I Narratori / Feltrinelli

VINICIO CAPOSSELA

NON SI MUORE TUTTE LE MATTINE

Feltrinelli

Prima edizione ne "I Narratori" marzo 2004
Quarta edizione maggio 2004

ISBN 88-07-01647-8

ELOGIO DELLA QUANTITÀ

Siamo rimasti solo voce. Come la ninfa Eco, che a furia di consumarsi, per passione, finì col rimanere voce... eco di voce, eco della sua voce.

Non abbiamo più peso, né corpo, né vita, siamo soltanto voce.

La voce che si spande nei canali della quantità, la voce rinchiusa, asserragliata a spurgare, incarcerata. La voce dai motel, la voce rimasta impigliata nella rete dei telefoni, delle strade, dei binari.

Siamo rimasti Voce, senza più corpo, sul bordo della nostra gioventù, sull'orlo di come sarebbe dovuta andare. La voce delle serenate, che ci echeggiano nelle orecchie, e non ci lasciano in pace.

Puniti dalla troppa passione, ci si è portati al punto di rimanere fermi davanti ai bivi.

Allora ci è voluto il ritiro, l'impresa e l'epopea.

La voce è diventata la nostra divinità, il nostro nume.

Essa soltanto ci tutela e conserva, ci riproduce, che ci ha infebbrato la vita, ingravidati, e solo la voce è rimasta per sgravare quella colica di immaginazione, quel mare grosso che ci ha sollevati fino a dove Dio si è fatto intravedere e poi ancora, ci ha annegati, ributtati dalla parte di sotto. La voce è la nostra barca, il nostro confine, quel che resta di noi, l'eco della nostra voce, rimbalzante per tutti gli spigoli dai quali ci siamo intravisti.

La voce, eco della visione.

Dove siamo finiti tutti? Il tenente Dum, Caarlo sul sidecar a spasso nella notte, e Nuttless, e Maldonado... siamo rimasti solo voce.

E i poeti... i maestri? E i geni... i farneticatori, dove sono finiti? Dov'è il lustro dell'umanità?

Forse ora non sono più, non più nelle arti almeno, forse sono tornati alle strade, vociferano nelle officine, si accaniscono con le loro opere, che gli tolgono il senno.

Da lì dentro riportano il mondo a una frase conchiusa, a un marchingegno, a un volano... si annidano oscuri, nelle fucine, nello scasso, nel girone del recupero. Lì si abbandona la farneticazione, l'umanità rivoltata, l'umanità pangermanica, il cui linguaggio esotico è il tedesco. L'umanità a gas, che ancora conserva, che tutto conserva!

Il genio portentoso è tornato alle cave, alle fucine, s'è ridotto ai pistoni e alle pompe, da lì elabora la vita e la dispiega!

Qui sotto, tre gradini sotto il livello della strada, nel ventre di capodoglio della quantità, gli stuzzico i suoi grossi fanoni con il becco della mia penna. Mi abbandono all'impresa, all'edificio di vanità della costruzione della mia epopea.

Bisogna spurgare ora e spandere inchiostro come il calamaro degli abissi che si nasconde per essere centrato.

Materiale ce n'è. Materiale a peso, a litro, a quantità! Da farsi prendere dalla paralisi. Subito!

Vorrei che queste pagine si potessero prendere a etto, sfuse, a capitoli, a ognuno la parte che gli serve, come dal macellaio. Ordinatela a capitoli! A capitolazioni! Io non ne so più, non ne posso più...

Mi esce dalle orecchie, la Quantità, mi sopraffà, mi seppellisce, m'invade, mi butta a letto nel torpore... è torbida la quantità, non ci si ritrova, non ci si rispecchia più. La quantità mi sommerge, mi fa abbassare il groppone... non c'è scarto, non c'è nemmeno la speranza dello scarto nella quantità!

Tutto arriva e rifluisce! Rumina, rutta da sola e si ringoia, tutto si prende. La purezza dell'anima, la gioia, la bellezza, sprazzi perfetti, aguzzati dalla solitudine, dalla sbornia, dalla mistica... bagliori che raggiungono fino al fondo dove ci si è annidati, dove si è scomparsi, rintanati, ricacciati dal fastidio, dall'inedia, dalla febbre. Ah Gioia... abbagliante pagliuzza da cercare al setaccio, perforante come un'ulcera, chiarificante, che deposita, incatenata nel pigmento del materiale riproducibile, nelle registrazioni, nelle pagine, in tutti i supporti a cui rimane attaccata!

Se non si può dare in quantità, bisogna allora finire nella quantità! Buttare l'opera e il pensiero nella quantità, spremerla come un pus, come un'infezione, come Troilo spremeva il suo mantice!

Non c'è altro lì fuori. Solo questo conta... o se no, se non è veleno, allora distillarlo, depurarlo. E se è vapore, se è magia eterea, allora disseccarsi, sbiancarsi, come i legni sulla spiaggia.

Germogliare bisogna, infettarsi, in modo da imprimere sulla lastra di registrazione l'anima. Non ci devono essere artifici, è l'anima che di suo deve emanare, la lastra soltanto conta.

Oppure ancora, se si è febbricitanti, mobili come cani per strada, farla imprimere da sola, al passaggio.

Venire registrati, farsi prendere la targa in corsa.

Dev'essere la vita, che non lascia in pace nessuno per propagarsi ancora, per riprodursi.

Le femmine vengono prese dalla tristezza, una tristezza primordiale, ogni mese, tutti i mesi, quando falliscono la riproduzione. La vita gliel'ha messa in corpo, e la devono portare a frutto, altrimenti piangono, senza sapere perché.

Ai farneticanti del mistero è stata messa dentro la farneticazione, non hanno requie, devono depositare, come i salmoni le uova, controcorrente e diventare mostri, mostri d'amore.

Ai mangas, ai cantanti solitari, gli hanno messo il lutto dentro. È la loro ricchezza, il dono, e la vita li magnifica e non gli concede tregua.

Alla massa perciò! Ai magnetofoni! Ai dischi! Alle registrazioni, ai libri stampati, al materiale supporto dell'infinito! Al deperimento! Al recupero!

Ah... eccola che arriva... gioia nascosta... sopraffatta... a lampi... arriva con violenza... senza lasciare fiato!

Sì, sì, bisogna spandere!

A quantità! Altrimenti è la morte secca!

Siamo rabdomanti, inseguiti dalla magia, sepolti nella quantità!

Ci prende, la magia, senza avvertire, e scompiglia tutto il catasto. Niente regge al grande moto, all'agitatore sotterraneo e supremo. Esso rimescola e cambia di continuo quello che da fuori sembra invariabile. È una trivella la vita, la grande trivella.

Cambia faccia alle cose, le rigira come quarzi e costringe a cercarci in mezzo, storditi, perdendoci e avvistando di continuo. È l'epoca forse, l'ultima epoca, quella ottenebrata dalla quantità. Si accavallano le cose. Tutto si raggiunge, tutto è raggiungibile... continenti, anime, registrazioni, tutto è comunicante, farneticante, deviante, mai si è potuto tenere la rotta meno di così... ci vogliono prigioni sigillate, e ancora le arriva e le raggiunge la rete tentacolare, la rete delle strade, la rete delle onde... la rete, la Rete!

Dunque non si tiene la rotta e si finisce nella Rotta, nella capitolazione, dove nemmeno le epoche si lasciano in pace fra loro.

Non si può vivere di una cosa sola, amare una cosa sola... le cose si richiamano fra loro... uno vorrebbe restare fedele, ma quelle si buttano una nelle braccia dell'altra, si passano la parola, si innamorano o respingono, a catena. È una caccia al tesoro, e il tesoro è Tutto Quanto!

Non c'è da soffrirne! Ce n'è a quantità! Forse è Dio stesso la quantità! Dio, God, Tutt' Quant'!

Si può esimersi dal venerarlo? Se Dio ha deciso di trovarsi nelle sonate, nei distributori, nei quartieri tangenziali, nelle strade sterrate, nei motel, nei lamenti del porto, nell'alba che tutto spazza, nelle ruote che tagliano da sotto... ci si può opporre a questo? Se Dio ha deciso di non lasciarci in pace! Poteva fare una pianta soltanto, nutrirci di una cosa sola, e invece niente. Egli ha voluto la quantità! Perché Dio è nella quantità!

La vertigine, la magia, tutto quello che fa riaprire gli occhi, le orecchie... Dio! È forse sempre Dio questa colica di vita e di immaginazione, di solitudine e di... ancora e ancora, che costringe a restare nelle stanze, negli scantinati, sotto il livello delle strade, per sentire meglio. Per auscultare tutto quanto.

A ognuno si rivela come può... ai viaggiatori, ai carcerati, ai musicisti, ai riparatori, ai rinchiusi! Ognuno alla sua altezza, ognuno alla sua portata, basta affacciarsi al livello dove Dio si fa vedere, dove ne regala in quantità!

Ah, qualcuno mi illumini, o mi dia una mano, o mi dia un piede buono, o una macchina, o una casa, che da solo non riesco a divincolarmi, né a prendere dal tanto che c'è... alla qualità ho già rinunciato, ora non rimane che indagare nel torbido della quantità!

Tutto si conosce e si ammucchia, nemmeno i sogni lasciano in pace, si gonfiano, si formano, si inabissano, non danno requie.

È il flusso. La frana. Lo smottamento! Niente può stare fermo, niente rimane uguale, e tutto quello che resta fermo marcisce e si decompone da solo.

È la vita questo movimento... questo smottamento.

La vita che scorre per chi è nella corrente e deperisce nelle scabbie delle acque chiuse. E se anche non ci investe, scorre comunque da un'altra parte.

Niente più mi lascia al mio posto, niente mi lascia in pace, né la città, né la campagna, né la piana ipermercata che si spinge fino al bordo delle strade di pietra dove mi sono venuto a rinchiudere.

Fuori la città lavora ai fianchi, a fracasso. Brucia, impreca e consuma. La terra intera abbracciata dai nastri asfaltati, arginata dalle costruzioni, surriscaldata, generante, divorata, esplode nelle notti selvatiche, nell'oscurità fumigante, nei maremoti, si divincola e scuote come può. La si sente da fuori accanirsi come un crogiolo primordiale, pervasa da musiche che cicalano richiamandosi l'un l'altra. Io intanto rimango qui dentro, aggrappato come dietro un masso, uno scoglio d'esilio... al riparo della piena, dell'arteria viva della vita.

Se è solo nell'acqua limpida che ti puoi specchiare, allora guariscimi, Dio della quantità, dall'affanno e da me!

Dammene da godere della Quantità incommensurabile, ma non ingolfarmi, non farmi perdere nel niente, nel frastuono, nel ristagno, non farmi incasellare i giorni in quelle formette da dolci, giacché nessun giorno è una vaschetta. È uno sfiato...

Danne ancora al mio cuore... il mio cuore! È morto mille volte almeno, il mio cuore. Ha vissuto addirittura morendo, covando la morte in sé, se l'è tenuta attaccata, ben stretta, senza distinguerla, ed è morto cento volte al giorno. È la vita... ma è certo, non si muore tutte le mattine, si muore una volta sola.

LA BERESINA

Mi coricavo nella branda, coi tappi nelle orecchie e l'odore di muffa nel naso. Il cucinotto sottoterra buttava su il frescume, e sotto al frigo c'era un accampamento di formiche. Non veniva nessuna voglia di alzarsi da lì dentro.

Il sonno mi mangiava. L'inedia. Più dormivo e meno mi alzavo. Gli uomini scoraggiati diventano indecisi, perché non vedono nessun buon partito davanti a loro. Mi rigiravo tra la bufera della Beresina. Rimasticavo la disfatta.

Ecco! Le colonne marciano nell'oblio, nel sogno, fino al grande fiume dell'inverno. Non c'è più terra su cui trascinarsi eppure i pontieri spaccano baracche, procurano legno, costruiscono il passaggio, ci mettono giorni, e i reparti lentamente passano. Ci mettono giorni, mentre la moltitudine degli sbandati si accampa sulla riva. Li esortano a passare. Di notte, dicono, dopo, a operazioni concluse, ma loro restano ai fuochi, vinti dall'inedia.

E così per quattro notti. Passeremo domani, dicevano, e rimandavano nell'oblio. Non ne avevano la forza. Non ce la facevano a inseguire la vita, a spingerla ancora verso il caldo. Per ultimi infine bruciarono i ponti, e solo allora li presero d'assalto, e morirono annegati. Ma la maggior parte non si mosse nemmeno dalla riva, laggiù sulla Beresina.

Lo scoraggiato è indolente.

Ma il tempo vola e le necessità permangono.

L'ussaro invece...

L'ussaro conosce la notte, conosce il freddo della notte e il suo verso. Conosce l'ampiezza della terra, perché l'ha misurata a gambe. Conosce la paura e il coraggio, la furia e l'orrore. L'onore e lo smacco che brucia la faccia. E conosce l'alba, l'aurora, l'addiaccio, il sogno che si intride nella terra, l'adrenalina del mattino.

Si combatte all'alba, si duella di prima mattina, nella febbre del sogno interrotto, dei muscoli intorpiditi. Pieni di aglio e di gin, nell'alterazione ossessiva dei tamburi. L'ussaro è nomade delle campagne... guerriero... attraversa la terra, e se non muore entro trent'anni è un cialtrone.

Napoleone a Mosca, a settembre, alle soglie dell'inverno, in una città vuota, senza viveri, con un enorme lussuoso palazzo a disposizione, che si fa vincere dall'inedia e dall'indecisione. Restare, acquartierare nel nulla, nel cuore della Russia, intorpidirsi nei saloni senza corte per un inverno intero e salvarsi. O affrontare la distanza e la notte?

Il Cremlino lo fece sentire come gonfio di sonno, in un motel alle tre di pomeriggio, mentre lontano, a casa, stava succedendo qualcosa.

Si sentì un clandestino. L'ansia livida e il torpore lo presero. Sapeva che doveva tornare, non poteva lasciare la casa aperta, la capitale intera a disposizione. Però indugiava, indugiava nella clandestinità. Rimandava e iniziava a farneticare. Attendeva che fossero altri a decidere per lui, che lo zar chiedesse la pace, che qualcuno si ritirasse. Attendeva gli eventi. Attendeva che fosse troppo tardi. Infine arrivò l'inverno e ordinò la ritirata. Così si comportò chi affermava di poter perdere una battaglia, ma non un minuto di tempo.

E io intanto marcito qui... dove la luce non può trovarmi. Infestato di sogni, impregnato come uno straccio sporco, come un ragno, come un Nessuno.

Gocce d'acqua sulla pelle sciolta, mentre il vapore invade lo scantinato come incenso dall'altare della vasca smaltata.

E gli oboi caricano in squadra, a quadriglie, a batterie, volteggiano, caricano sul fianco i cacciatori, la guardia in parata, sostenuti dal fuoco d'incontro delle viole. Un volteggio, un'epopea.

La campagna d'Egitto! La campagna di Prussia! E poi per campagne il mondo intero... le nere terre di Pomerania, i tamburi, le tracolle, l'incedere marziale. Nei saloni sontuosi sciabolate di violoncelli e di archi fendono l'aria e la gonfiano di gloria. È l'epopea! A volere, ad osare niente è precluso! L'epopea è di chi non dorme mai e non festeggia che una volta sola.

Infuria alla radio la prima sinfonia di Borodin, opprime ed esalta, tra le lenzuola e il lattice del giaciglio. Anche qui per terra arriva, dove la luce continua a non potermi trovare, e si irradia nella polvere della stanza e luccica il pulviscolo sospeso sul vapore ingannevole... abbagli a vampate, visioni d'epopea.

Campagne, terre senza strade. Terra per uomini e cavalli e cannoni. Eccole, le campagne... alture, pianure, vallate e fiumi soltanto a dividere le terre. Le campagne più fertili d'Europa, le più antiche, la Moravia, il continente.

Tutto avevo negli occhi e tutto negli stivali. Mi rigiravo senza uscirne tra il frastuono delle viole e dei cannoni. Ce n'era da non smettere più, non smettere ancora, nella luce scabbiosa, tra le urla e gli schiamazzi e gli sberci che incombevano da fuori, nel cortile.

E ancora cedevo al buio denso del sonno e salivo infinitamente sopra e sopra, alla torre di Babele dove avrei trovato alloggio, e c'era di che spaventarsi a guardare sotto. Scalavo e scalavo i cornicioni in pietra dell'opera biblica e mi si diceva: avanza pure, procedi senza paura. Da lì in cima vedevo la distesa di nuvole che s'era formata. Nell'azzurro pieno di riccioli bianchi, le volte delle nubi, un bianco e azzurro da piangere. E non ebbi più la forza di abbandonarli ancora. Il sonno mi aveva ripreso, nello spasmo dei tessuti, nel crampo dei muscoli. Il pomeriggio micragnoso, caderci così, come dentro un tombino, a piedi uniti, una sacca nella vita aperta.

L'acqua calda, le piastrelle sbiadite, il vapore che le copre, la carne che si scioglie dentro.

La vasca. L'impero della vasca! I pensieri galleggiano assieme al corpo deformato dalla lente azzurrata dell'acqua, e si muovono dentro mani e piedi, vestiti di acqua, accuditi dall'acqua, finché non può più durare e si toglie il tappo. Non è una cosa immediata. Pare di averne di acqua, di sotto, e quella piano piano, andandosene, mangia le gambe. L'aria inizia a tagliarle, ma ci si è ancora dentro. È una cosa lenta... comunque succede. Il corpo svuotato finalmente della sua placenta liquida affiora miserabile quale è, mentre il risucchio dell'acqua nello scarico produce come un rumore di starnazzo d'anatra. Fino all'ultimo succede. E poi basta, le nostre gambe si devono abituare a non averne più di acqua, come fossero rimaste buone soltanto per l'aria. Non sguazzano più in niente, inerti e col freddo che mano a mano gli si attacca addosso. Che miseria rimane la pelle sdraiata nella vasca vuota. L'acqua se n'è andata e noi non abbiamo fatto niente per fermarla.

Così, anche il canto della carne se n'è andato. Certo, ne rimane lo stesso di carne, a tutto si sopravvive, a tutto ci si abitua, all'asperità, alla crudezza dell'aria, alla sua carezza d'ammoniaca. Carne però resta, cotta, lessata senza condimento.

Asciutta, profumata addirittura. Inerte, senza canzoni che affiorano a filo di vapore. Carne bianca nello smalto della vasca vuota. Bisogna fare in fretta a sloggiare, insieme al risucchio d'anatra dei tubi. Alzarsi, asciugarsi e sparire, insieme all'acqua. Ristorati perfino. Ma meglio non soffermarsi, dopo si vedrebbe soltanto carne cruda sullo smalto. Miserabile, forse anche oscena. Triste di sicuro, da far passare la voglia di alzarsi.

Faceva lunghi bagni l'imperatore, bagni col sale, che alla fine gli mangiarono la pelle. Il bagno bollente come una sconfitta, la vita che se ne va di dosso.

Non più il fasto del vapore, dei calici di vino, il banchetto dell'amore. La festa dei profumi. Tutto si è perso. La gloria!

Il bagno, la consolazione dell'esilio. Il baratto dei sensi. Quando altro non si desidera che sonno, e la carne si fa pesante. Restano soltanto le passeggiate sullo scoglio atlantico e i bagni caldi.

Il mondo intero scomparso. Gli occhi ancora pieni di tutto, e niente più intorno. Soli, inchiodati a uno scoglio. Divorati dal ricordo. Divorati di sé.

Separarsi ogni giorno. Imparare a immaginare. Fino a che restano le immagini soltanto. Il supplizio, l'agonia della memoria, che tutto chiede mentre fugge. Che niente lascia alla vita, eppure tutto vuole riprendersi per vivere.

La memoria! L'attacco all'incommensurabile, la battaglia per l'eternità, la carica suprema! Al ricordo! A plotoni!

"...Sopravviverò per raccontare al mondo le grandi imprese a cui abbiamo assistito, mio buon Las Cases..." disse l'imperatore.

L'immortalità, l'impresa insidiosa si succhiano la vita a poco a poco. Bisogna saperci andare in groppa, saperci stare in sella a quella solitudine. Le forze, gli impeti, i ricordi, vanno alla carica, si buttano, sparacchiano a caso, si sfogano contro fantasmi, armate inesistenti...

È la più difficile la campagna della memoria. Niente più quartieri generali, niente marescialli e nemmeno avversari. Eppure è l'impresa che tutto immola e ancora di più chiede. La penna diventa pesante... si appare e dispare sul bordo dell'oblio, e finiscono queste cariche, queste gettate di memoria, oltre le linee dove niente rimane, nemmeno la ritirata... la retroguardia in rotta. Niente più... l'oblio.

Gli sparì lentamente e tutto in una volta il mondo all'imperatore, e non ce ne fu più per nessuno.

Morire assieme ai morti, in compagnia di milioni di anime morte mentre tutti intorno chiedono memoria di sé. Memoria. La gloria perfino che chiede memoria e intorno niente, sonno soltanto... sonno e acqua calda e sali.

"...Li puoi vedere così, incedere nella neve, a colonne serrate, la guardia, la vecchia guardia che avanza nel disastro, senza affrettare il passo, tra gli sbandati e i cosacchi che li pungono, come sciacalli. Con gli alti cappelli di pelle d'orso, calati fino agli occhi, le uniformi azzurrine, le bandoliere bianche, i pennacchi, le spalline rosse. Dovevano sembrare come papaveri in un campo di neve, Napoleone e la sua guardia, passavano in mezzo alla folla dei cosacchi come una nave da guerra da cento cannoni in mezzo a una flotta di navi da pesca. Continuarono così nel silenzio e nel freddo. Fino a che arrivarono. Tutto il resto si perse per strada..."

Non farsi più toccare da quello che c'è in giro. Dalle finestre chiuse, dall'aria al carburo, dalle strade, dal morbo della luce, dalle urla nelle condutture, dalle formiche sotto il lavandino.

È vita ancora questa colica di immaginazione sotto la cenere? Perché certo ora il resto mi toglie tutto di dosso.

Le carte grosse già giocate, ora non rimane che la scomodità e il fastidio supremo.

Portinaie, parcheggi, lattine a motore, belati. Certo che non vi posso vedere, mi togliete tutto. Tutto.

Ci vuole qualcosa di grande per salvarsi. L'Impresa! Un sogno almeno. Qualcosa che faccia della vita un santuario, un'epopea, del tutto laterale, un afflato con la storia.

"...Freddo, neve e tanfo di cadaveri. Arrivarono le vecchie polacche, coperte di cenci. Il cielo livido e la neve si prendevano tutto quello che restava del giorno. I cadaveri giacevano a perdita d'occhio. Il campo di gloria! Uomini e bestie ugualmente morti e induriti nel gelo del nuovo giorno. Le vecchie mendicanti si davano addosso ai corpi, assieme ai corvi. Tenacemente li spogliavano dei pennacchi, gli levavano le spalline, si prendevano i bottoni dorati. Restavano a terra i cadaveri, nudi, squarciati, nella neve. E mai più venne il giorno per loro..."

Nel reticolo del sonno mi rotolavo. Mi facevo tessere addosso la tela e il filamento. Rimanevo a covare visioni e rancore. Com'è vicina alla morte l'inedia! Che appena si fa tanto di rinvenire, al lezzo della stanza, alla contemporaneità, non ne rimane più niente.

Orfani soltanto in mutande si rimane.

Però com'è comoda la malattia, come ci si affeziona! Il mondo intero non basta più. Non esiste neppure. Solo il fastidio.

Da fuori, nel cortile, ululavano i cani fessi, i forzati della curva. Il bercio del reggimento scolare mi arrivava fin dentro il letto.

Avevo voglia di tapparmi le orecchie! Non serviva, ero aggredito da tutte le parti.

Stavo lì accovacciato. Le assi di legno chiaro correvano sul pavimento imbarcate, come sulla tolda di una nave. La vasca troneggiava più in alto, riempiva di vapori la stanza. Me ne stavo lì come un Marat assassinato dal Sauvignon Blanc. Rintanato. Nessuno ne sapeva nulla, solo i rivenditori e gli agenti immobiliari, giacché lo stabile era in stato di vendita.

Lì dentro covavo l'odio. L'odio supremo, il torcibudella. Come i serpenti appena nati, che già mordono e uccidono la madre e attaccano gli alberi e conficcano i denti nel legno.

Dovevo spurgare il veleno, spurgarmelo di dosso. Come le lumache, come i pesci gatto nelle vasche cementate. Tutta la stupidità si doveva calcinare. Combusta, temprata, affilata nel veleno. O io o lei. Veleno! Da restarne uccisi o immuni. Era la mia guida il veleno. Il mio pane. Il mio confine.

Fuori il traffico si muoveva nella polvere, sulle rotaie di ferro del tram che fendevano la pietra, le vecchie carrozze arancioni arrancavano spostando gli uomini e le donne affannati tra gli istituti di cura del quartiere. Uscivo, infine, preso per fame.

Una volta fuori, l'unico posto per cercare viveri era la macelleria.

Veniva a servire l'uomo direttamente dalla cella frigorifera. Era piccolo, con la faccia da faina e gli occhi stretti, i pochi capelli li aveva sul rosso, sopra la pelle di cartapecora. Aveva la cassa staccata dal banco, come un piccolo abbaino. Lì dentro ci teneva la moglie, in distaccamento. Si controllavano le vite. Era nervoso e gentile. Presi una fettina di fegato per onorare l'esercizio, e poi chiesi le birre.

Nel frigo c'erano la Splügen e la Forst. Birra da edilizia. Disse "La Forst è speciale". Lo disse con un ammiccamento tutto suo, come fosse una confidenza da uomo a uomo. Lo guardai, era sulla cinquantina. A quell'età aveva già fatto tutti i suoi errori. Mi convinsi subito e ne presi due bottiglie.

A quell'ora veniva perfetta. Birra leggera da bere a pranzo in primavera. Bisogna essere tecnici, diceva, Nuttless, prima l'approvvigionamento, poi il resto. Affidarsi ai vecchi e alla stanchezza. Non sbagliano.

Ritornai al mio santuario scantinato. Mi ritornò con quelle birre un po' di vita in corpo, e decisamente con poca spesa.

Dunque era lì che dovevo stare, che era zona franca, almeno fino a quando le sirene della gioventù avessero smesso di fischiarmi nelle orecchie, a spurgare laggiù, nella polverosa strada ferrata.

Di fronte c'era una grande caserma dei carabinieri. La loro jeep nel buio della notte, sotto la torretta, sembrava da dittatura argentina, battevamo lo stesso quadrato dell'isolato, loro per la ronda, io per il parcheggio. Giocavamo alla merla, nella notte senza conforto di quelle strade, con la luce sempre bassa, nell'oscurità incombente. È sempre buio, del resto, fino a che non accendi la luce.

Era un piano rialzato, perciò si poteva anche rientrare dalla finestra. All'interno c'era il cortile di una scuola. Mi svegliavano gli schiamazzi dello studentato. I più piccoli che giocavano a calcetto, e quelli più grandi che facevano parlatorio, vicino alla rete, fumando sigarette. Era una di quelle scuole private, a pagamento, che accorciano anche gli anni dei corsi. Questo rendeva più insolenti gli allievi con tutto il personale, i figli di papà che imparavano da subito a trattare con disprezzo la signora del bar di fianco, con le sue occhiaie, i debiti e i giochi a gettone.

Dentro c'era un cattivo odore. Mi si attaccavano le afte nell'acqua ferma e corrotta dell'acquaio. Prima di me era stato affittato a due ragazze straniere, la moquette si era fatta appiccicosa, non si sa bene cosa ci facessero lì dentro. Mi veniva da pensare a quegli appartamenti a ore, laggiù verso l'uscita della città, verso le tangenziali che facevano sentire fin lì la loro scia, il loro richiamo.

Ero afflitto dalla fame, perenne, una fame nervosa, di stomaco. Per l'inedia arrivavo a uscire sempre quando era già troppo tardi per provvedersi. Poi nel digiuno mi si affollavano le visioni.

CONFESSIONI DEL RINCHIUSO

Ma noi che ci abbandoniamo così, nei treni scuri, nelle strade scintillanti, che ci facciamo ingoiare dalla notte, che cosa speriamo, che cosa alziamo e che cosa abbattiamo?

E tu perché non ti decidi a prenderla o lasciarla al suo dolore, di modo che poi segua la sua strada, se non è quella divisa con la tua?

Questo succede a volere tutto!

Birre, birre acide al posto atomico, anche a questo porta il buio e chi lo segue.

La gente ride troppo, la gente non è buona. C'è ancora in mezzo perché non si governa. Piena di consumo e percentuale e compenso. La paura ammazza il topo!

Arrendersi a qualche cosa, coltivare qualche cosa, tenersi in tasca qualche cosa che non ti faccia sentire perduto.

Un bauletto di tesori, un volante di Mercedes del '65, il luccichio di un vodka sour. Oppure mettersi in prigione per avere la prospettiva di uscire. La messa a fuoco, la distanza.

Che si parli alla prigione, alla femmina, a un'anima o a un cane... bisogna scegliere.

Se no sono le strade insensate, il buio di gasolina, il bar assordante, il bivio!

Per me, io ci ho mollato, ma gli altri come fanno?

Il virus mi mangia la carne. Mentre me la succhia la fa bianca. Inizia da poco, per dire la verità. Una punta di spillo.

La buca, la lacera, la lede, va avanti, lavora, se la cucina, mentre io gli do corda e ci perdo il senno.

Si borda tutta di rosso intorno l'afta maledetta. S'infiamma il tessuto della carne, della mia carne, che prima era sana e ora non è più.

Se ne andò la salute con la fatalità, e il senso dell'integrità. Venne quello del marcito e del nascosto... "Mi hai insegnato a camminare contro i muri, mica so andarci più in mezzo alla strada" dicesti... ed eppure io venni da te e di notte sul tuo petto quando mi sentii in pericolo di vita, e tu non sapevi ma mi curavi lo stesso, in quella stanza alta, che ancora non conoscevo.

Poi venne il nascondimento, la colpa e la morte, e niente fu più come prima.

Andò a male l'identità... un velo nero, un marchio, un tramonto livido, e io fui così fuori di casa per sempre e niente si ritrovò più.

La gente muore intorno a noi e noi ci sentiamo immortali. Il segreto m'è entrato però nelle ossa, la paura ha scavato un fossato intorno, il mondo non basta. Il mondo intero è niente senza di te.

Così funziona, per fissazione. Nostalgia e fissazione. Il bene e il male dell'anima. Ma ora mi sembra già singolare pensare d'essere stato sano una volta... nel sangue, nel cuore. L'integrità se ne va, come la purezza, come il resto. Minati dentro, sfondati, caracollanti. E non possiamo più contare su di noi per affrontare il nemico. Ci ha tolto la terra di sotto.

La morte degli altri come pare epica e giustificata... ecco Dean Moriarty che si accascia sotto un treno, Modigliani senza coscienza all'ospedale dei poveri...

È una questione che sembra quasi sotto la loro volontà, la fine, la fine giovane, senza orrore di caderci dentro è un altro vedere, ma il precipizio da soli...

C'è una specie d'incoscienza dentro, una cosa che mette come una spensieratezza, una voglia di rimandare, una leggerezza... questo fa andare avanti le cose fino a dove ci si può ricondurre a una cura.

Ma quando la paura è entrata, quando si è infilata tra quegli spessi strati di grasso e cotenna dell'incoscienza e dell'umore... l'umore fantasticante, trasognante, translucente. Il grasso umore che tutto fa sopportare, la foca del nostro inverno, l'incoscienza nutrita di commissioni, di vetri da pulire, di calcoli, risparmi e preoccupazioni, e buonumori ingiustificati. Lì la paura va a fare il nido e cresce e si nutre come una zecca.

La vita si sfascia da dentro i suoi organi, da dentro i suoi fasci di nervi e di vene e di ossa e di quanto altro la tiene in piedi per la strada, e procede nel panico, nella virulenza, nell'inanità.

Nessuno mi può più arrivare, o chiedere niente. Ho fatto il mio lavoro tutto da solo. A rimbalzo. Fino a che non ce l'ho fatta più. Ho preso pesantezza a spostarmi, è diventato più rischioso eseguire il mio salto da rana. La macchina a ossa ha consumato la carica. Ora covo ferino nella stalla, aspettando il mattino.

Ed eccomi di nuovo a sei anni, il rumore nell'orecchio come un bruco sulla foglia che procede mangiandola. E che cos'è questo?... un baco che rodendo arriverà al cervello? Ed è già questa la notte? Era sembrata una faccenda da grandi, in realtà.

I genitori dormono nella stanza vicina e io non ho nulla che possa farci. Morirò stanotte. Nemmeno volendo riuscirei a dirne, a chiamare qualcuno. Il rumore del baco, il suo rodimento continua e io non sono in regola con i peccati, anche a quelli avevo pensato di rimediarci da grande. Ci sarà tempo, pensavo, più per rimediare a quelli fatti che per commetterne di nuovi... ma invece mi toccherà andarmene così, con quelli che ho già sul groppone.

Già così... dalla parte di Spessotto.

Mica dalla parte dei Davide, quelli con la scrima fatta, che niente gli si toglie da sotto i piedi, che da piccoli già se lo tengono stretti l'astuccio, che la cartella non se la fanno mica scivolare così, nel rigagnolo, e poi non devono mettere i quaderni ad asciugare, sulla stufa a metano, già tutti inzaccherati, già dalla parte di Spessotto anche loro, nell'impiastro da subito, che la sera incombente se li abbranca nella luce d'inverno, come un gendarme...

Gli Spessotto, i vigliacchi che non dicono la verità e si fanno scoprire subito, che escono di casa di soppiatto, che non sono a posto, che non la dicono chiara, sempre sinceri nella viltà... la lealtà...la lealtà... e le loro speranze non si sfoderano mai chiare, e sono lunghe come il coltello del vigliacco, che mai si decide a tirarlo fuori davvero...

Che non dicono dove vanno, che si attardano accolpati... sparacchiano a vanvera intenzioni più grandi di loro, e stanno tra i vicoli e i crepacci del borgo, dove la luce non arriva bene...

Però non ti facevano niente gli Spessotto, gli altri invece no, non ti ci volevano dei loro. Ci provai una volta... gli corsi dietro a lungo, ma quando ci arrivai mi lasciarono lì, tramortito, nella neve bianca, e le botte arrivarono come ovatta, come ovatta nel silenzio del campo, mentre tutti intorno erano scomparsi... non c'era più nessuno, e il silenzio, il mio primo silenzio, mi copriva, mentre non sapevo ritrovare la via di casa... sei anni e sei già perduto...

...Nascosto... rinchiuso come un Giona qui dentro, evaso dall'ordine, dal compito, nascosto dallo sguardo, dal cospetto degli occhi, sottocoperta, imbrandato... e si vorrebbe solo restarci sottocoperta, mentre il mare intero ti minaccia e ti vuole, e bisognerebbe buttarcisi subito, prima che ti ci buttino loro, per liberare te e anche gli altri dalla tua malattia... dalla tua destinazione...

E allora non vi corro più dietro di sicuro. Ne ho già prese di storte. La voglio comoda o niente. Non ne ho più per inseguire nessuno.

Vi vedo... è un attimo, la vertigine di un momento. Partiti...

Come su un dirupo... treno, stazione, vetri rotti, passi, sputi, cicca, corpi, plastiche, pornografia, maledetti, nervi e cazzotti sulla faccia, e schiaffi da solo e bestemmie e porchemadonne, cerchi strinati, vampate di gioventù, ustioni e senza scarpe, e dunque ci risiamo ancora in mezzo al troiaio, a lasciare ancora, a prendere, a perdere, senza mai abituarsi. Lasciarsi sempre, senza mai partire!

Ce n'è da sgretolarsi di vergogna, da ammazzarsi di niente, da crepare di fastidio.

Bisogna decidersi a essere cattivi, una volta per tutte, una volta per tutti. Per i musi, le scarpe, i clacson, per il fastidio supremo.

Perché ci si arriva bene anche a questo a furia di mentire di continuo, di aprire la bocca per niente, di carezzarsi per niente, di baciarsi per niente, di toccarsi per niente, in letti impropri, in vite improprie, nelle orecchie il cicaleccio perenne, rodente, decervellante, sempre razzolanti tra chi non sa trovarsi un posto, una regione limpida, un fortilizio per gamberi.

Dunque merda alla cortesia. Merda ancora di più alla lingua, e tanta più mmerda all'ammore!

Che imbarazzo! Che schifo!

L'amore che fa sentire giovani, che fa ritornare giovani! Si torna così giovani da pisciarsi addosso, farsela nel letto, addirittura, e dormirci dentro.

E poi l'intervallo maledetto! Le pause e tutto quello che spinge gli uomini a mischiare salive e debolezze, desideri, invidie e gelosia e nell'anelito di qualcosa, qualcosa, un cric per arrivare ad affacciarsi alla finestra, tanto per languore, per incompletezza.

Contatto, oscenità, parole grossolane, sprecise, moine, fandonie e balocchi. Cosa mai vi avrà fatto di bene l'amore?

Così si finisce di nuovo ai treni, né presi, né persi.

E ora devo restare o andare, o accidenti qualcuno me lo dica. Lei, controllore, col suo apparecchio per rispondere alle sue inserzioni da bordello. Prenda lei questi occhi che finora si sono riempiti dei miei, insensatamente. Affetto buttato, ricordi combusti, già fabbricati. Me ne vado, capito?

E quando vai non illuderti di coltivare assenze. Te ne vai e questo è tutto.

Basta essere buoni!

I buoni riempiono il sacco fino a che piegano il gobbone, e poi non possono guardare avanti, ma a terra soltanto. Ti passano le voglie da quella posizione!

Bisogna avere intralci. Roba da perdere. Prigioni, muraglie. Chi si riprende più?

È per questo che si va avanti a farsela addosso con l'amore, perché c'è il sotterfugio.

Chi ci ha ancora da perdersi e rovinarsi, è ancora capace di dire "No, così non sono felice", ha ancora a che ambire. Dunque cerca il modo di arrivare alla sua Felicità.

Ma chi lecca il catrame coi dischi dei freni consumati, con le piaghe in bocca, non ha di queste sfide... quello continua a leccarla, la strada, così sottovento che gli sarà difficile essere trovato. È una bella fortuna avere ancora tutto da perdere. La vacanza è gratuita, perciò non vale niente, ma la prigione ha il suo prezzo.

C'è bisogno di sentire un poco di persecuzione, un poco di martirio per riprendere quota. Sentirlo da fuori, fare schieramenti nel mondo. Allora sì, che non si è più soli. Iniziano i galeotti ad avere in cuor loro un'aria complice.

Aria d'avventura.

Compari d'anello. Come quelli delle panchine, nelle stanze dove si è consumato per primo il languore del romanzo!

Dove devono essere rinchiusi quelli come me che hanno schifo dell'ammucchio? Sparatemi subito o infinocchiatemi un'altra volta. Sono abbastanza stupido per sguazzarci, per starnazzarci, per appozzarmi come una falena nel vino di Pachino, abboccare a tutto. Perciò meglio che me lo tengo lucido, il mio esilio nell'anarchia della solitudine. Insieme si va per viaggi, si mette su casa insieme, ma non si va per le strade, non ci si ferma ad ascoltare canzoni, mica si parla alle canzoni. Quelle ci rubano pezzi di cuore, pezzi d'altrove. È ben pericoloso fermarsi ad ascoltarle. Non ce n'è abbastanza di mondo oltre le canzoni.

I grandi... ascoltare i grandi.

E dove sono, come trovarli? Accendono soltanto la luce come un abbaglio, pretendono la nostra solitudine, tutta la nostra solitudine. Se la portano a spasso, la rimbambiscono per bene con tutti i trucchi necessari a farne la loro amante, ma non sono disposti a mettere su casa insieme, dopo, se la tengono così, per le scappatelle, per le sveltine di nascosto in macchina, nello stereo della macchina, per farci ancora sognare di essere da un'altra parte, in un viaggio, una crociera. E così finisce che per quanto si lavori, per quanto ci si applichi e si ami, c'è sempre qualcos'altro, qualcun altro con cui desiderare di farsela da un'altra parte. Allontanarsi sempre senza arrivare mai.

Ho conservato innocenza o solitudine? Sempre di sogni si tratta, me li posso rimpastare con i tappi nelle orecchie, qui dentro. Mentre i ragazzi urlano nella ricreazione io ci marcisco in mezzo, nella poca luce. Che passi pure il giorno, non so che farmene, né dove andarlo a cercare. Mi tengo stretta la mia notte.

E ORA MI TOCCHERÀ DI AMARE IL BARRIO

E ora mi toccherà di amare il barrio. Com'è simile la parola amarezza alla parola amore! Amare il barrio per tutto quello che mi sono immaginato nelle sue strade, dove non ho un solo campanello da suonare, né un bicchiere da bermi, e nemmeno da chiedere in giro che fine ha fatto Nuttless o Giacomin, o che fine hai fatto tu. Non c'è nessuno qui, me lo sono inventato tutto a mio piacere. Mi ci posso fare un giro adesso... a spasso... uno spasso nel barrio. Quando voglio, e senza più salire a casa. Restarci del tutto nel giro di carnevale. Ora non è mai tardi, non è più tardi ora. Ci posso sguazzare in mezzo, e le strade vederle sempre e soltanto da fuori, da dentro mai più.

La via e la strada ferrata, e il grosso slargo monumentale. Lì mi rigiravo nella notte, da solo, senza parlarne.

Uscivo. Dovevo uscirmene, e vagavo senza appigli, senza porte a cui bussare. Salivo sui tram illuminati tra le facce tristi e pensierose, verdastre e immobili nell'ampia lunghezza snodabile.

Me la studiavo la città da tutti gli angoli, e non ci trovavo qualcosa per ficcarmici dentro, un pertugio per entrarci. Mi vinceva.

Cercavo un poco di epica nel trasporto urbano. Mi spingevo fino a dove arrivavano le rotaie. Lungo le alzaie, fino alla porta della dogana, fino alle periferie, costeggiando il silenzio del loro eterno riposo. Me lo dovevo tenere per me quel silenzio, quel mondo non trovato. Eppure doveva ben essere andato a finire da qualche parte il frastuono della mia gioventù, il botto e la vita. Lo cercavo senza sapere dove si era rinchiuso.

Passò una sera da sotto le finestre la sfilata di carnevale.

C'era un'aria di baldoria. Forse per sapere dove veramente si nascondesse la festa, scesi di bolina e mi incamminai anch'io al seguito, nella scia dei festoni consumati e delle carte che arrivava fino al centro, alla grande piazza. La piazza dei non cittadini, degli ospiti.

Si raggruppavano sempre al centro quelli, con le loro grosse radio, come per tenersi uniti, gli stranieri. Forse in quei cunicoli che portavano fino a lì uomini e topi, forse era lì la festa! La festa delle bottiglie sparse, delle farmacie aperte, la festa a cielo nero. Giravo tra gli scampoli di conversazione e le risate e le urla straniere. Giravo da clandestino, ma non ne trovavo.

Mi affacciavo ai finestrini, ci guardavo dentro alle carrozze di ferro che sferragliavano per il centro come giocattoli. Ma nemmeno lì si era nascosta. Le strade pavesate tra i palazzi della vecchia borghesia erano il loro salotto. E loro scorrevano come palle da bowling lanciati verso il buio. Camminandoci a quel modo si finiva per fare caso a tutto. I fuori di casa del resto fanno molta più attenzione agli odori che escono dalle finestre degli altri. Si immaginano le pietanze... cercano... come i gatti annusano il quartiere.

La galleria alta ed europea di fianco alla piazza, le volte dei palazzi, gli ammezzati, le vetrate fatte a semicerchio di quei magazzini da negozio mi parlavano delle ditte di spedizione che avevano servito le Americhe. Le Malameriche.

Cercavo tracce, fiutavo nella contemporaneità, nella foschia e nel freddo, le storie del quartiere.

Mi dovevo immaginare tutto, vapori e cappelli, nel passaggio tra le ridotte e i magazzini tra i ristoranti umidi e caldi di abalone. Andavo fino ai margini degli affollamenti, dei mercati rionali, seguendo gli argini lasciati dalle ondate del passaggio.

Anche senza andarmelo a cercare mi finiva sotto il naso e le ginocchia, l'assembramento. Passava farneticante e contemporaneo nelle navette di trasporto a benzina, tutto pulsante e maldisposto, socializzato e monolingue, rovesciato nelle strade per l'Aperitivo.

Arrancavano come potevano, verso l'angolo della bibita. Chi a piedi, chi in bicicletta, chi in decappottabile, chi in vespa, scavalcandosi, spintonando, passandosi sopra l'uno all'altro. Quando si acquietavano un poco, allora era la volta degli allarmi da antifurto. Scattavano di continuo, avevano una pausa incorporata che dava l'illusione che fosse finita, ma subito riprendevano. Soprattutto a quelli dei negozi c'era da stare attenti. Provocavano una veglia di quartiere, come le occasioni speciali, i terremoti, o gli incontri di pugilato notturni dall'altro lato del mondo. Si aprivano le finestre e la gente si affacciava in mutande, in canottiera, come ai bei vecchi tempi, uniti tutti dall'antifurto. Si discuteva, si scendeva addirittura in strada, finalmente tolti alle stanze.

Le eccezioni non fermavano i lavori, comunque. I muratori erano i primi a comparire la mattina. E così anche i martelli pneumatici dalla strada. Mi trapanavano la testa fin dentro le coperte. Bisognava alzarsi alla svelta. Guai a chi resta a letto. Chi lavora ha ragione. Il giorno si fa chiasso da subito, ma una volta annottato occorre fare silenzio. Scomparire!... non farsi più sentire... lasciare le strade al silenzio e alla morte, fino a che le prime gru, mattiniere, ricominciano il loro balletto da giraffe sopra le scaglie dei tetti e i meccanici tirano fuori dall'officina le loro macchine nel cortile per farci arrivare addosso le loro vite, ignorando del tutto le nostre.

Ma ora era la notte, e io cercavo il mio barrio, il quartiere dove non saremo dimenticati come cani di passaggio e senza nome, e cercavo parole da quelle strade. Parole che ora soltanto mi arrivavano. Nella stessa solitudine le ritrovavo intatte, come congelate, perché erano quelle le strade che avevo calpestato da solo. Per me soltanto avevano un'epopea, non ne sapevamo nulla insieme, nemmeno avremmo parole per dircelo, ma ancora camminare fino a lì, arrivare alla porta della dogana, nel chiasso che la affolla, mi parla allo stesso modo, perché è così che me la sono inventata. E ora lo posso anche chiamare il mio barrio per l'assenza e il rimpianto che ci ho nascosto, come il cane quando seppellisce l'osso.

HAPPY HOUR

Il quartiere era dietro alla ferrovia. Diviso dalla città dalla ferrovia. Solo un viadotto a scorrimento veloce lo teneva attaccato. Il nuovo centro telematico sopra la stazione, gli alti palazzi con i segnali antiaerei e le costruzioni della sotterranea lo tenevano nascosto alla vista, quel quartiere.

Le strade erano larghe e con poco traffico, auto solo in parcheggio e nessuno in giro. Tirava un'aria dismessa, da distaccamento.

La stanza dell'agenzia era spoglia, come nelle sedi dei nuovi investimenti.

La ragazza dietro al tavolo al telefono aveva i capelli scuri e l'accento indigeno, una portoricana del Suditalia.

Le parole risuonavano nell'eco della stanza vuota.

"È per voi la casa? Siete sposati?"

"No, serve a me soltanto."

Cielo plumbeo, gonfio, senza aperture. Pomeriggio a perdere nell'isola fra gli stabili. Pomeriggio a perdere e bar. Vuoto, geometrico, scintillante d'acciaio.

John Coltrane sulla traccia. Alle pareti quadri come murales, scritte stilizzate. Nowhere, dicono. Nessuno. Niente dove andare.

Che fossi morto dentro lo sapevo già, anche senza farmi le analisi. Sapevo che dovevo morire e basta. Mi schiantavo sui treni, sui tram, sugli autobus. Non mangiavo...

Aveva un'aria molto metropolitana, la mia amica, e un ciuffo di capelli neri davanti agli occhi. Occhi blu e labbra ben disegnate, l'espressione sempre trasecolante.

Se ne stava appoggiata al bancone e sbatteva le ciglia.

Qualcosa che non andava ce l'aveva pure lei per naufragare nel pomeriggio a quel modo, lì dentro, mentre il giorno affondava, senza nient'altro da fare.

Rimbalzare su tutto, muri, strade, pareti, ore. Anche lei aveva ancora qualcosa su cui rimbalzare.

Giornate a perdere verso il cambio di stagione, nel quartiere in disuso, di là dalla ferrovia. Dove niente succede e tutto sembra abbandonato, anche le scritte a spray sulle panchine.

Solo il pomeriggio oltre la porta, e il ghiaccio tritato dietro al bancone. Così ci inoltrammo insieme nel sentiero del vodka sour.

Il barman ce li servì frozen. Aveva stile, e anche una fascetta elastica da tipografo a metà braccio. C'era da abbandonarcisi con fiducia, come ai ferri del chirurgo.

Rimanere senza parlare, barattare la vita col luccichio del ghiaccio tritato e della mentuccia sull'acciaio del banco. Erano soltanto le 16.15 per noi, unici clienti.

Nessuno ci aspettava. Parlare, parlavamo poco.

Non c'era da avere paura della sera incombente. La sera che arrivava. Ci si era già abbandonati in mezzo, come pesci nel mare. E la sera arrivava lenta e senza annunci.

Una storia dopo un'altra. Oppure nel silenzio, nelle deviazioni delle pareti bianche del bagno. I bagni dei locali, sempre puliti a quell'ora di pomeriggio, quando il bar intero è a disposizione e tutto è in ordine, preparato, e le bottiglie luccicano nella penombra, e gli shaker. E il banco è ancora puro come la tavola prima del pranzo.

Si diventa padroni. Lo si conosce sempre meglio. Il resto del mondo si allontana, una possibilità remota nell'elettricità della vodka.

Sedie, vetro, mani. Tutto è sempre meglio, sempre più sensato, senza inganni. Niente da sforzare. Quello che viene, viene da sé.

Ci si può anche ingannare, ma la verità, come i crostacei, è meglio da cruda.

"Mentire o morire?" Ma nemmeno questo alla fine importa. È piuttosto una voluttà, la voluttà di cedere senza volersi aggrappare. Preferire questo a tutto il resto. Per vocazione, per inclinazione a imboccare strade laterali. Lasciarsi andare al dominio degli eventi, e che scelgano loro la fine.

Difendersi soltanto. Dalla povertà, dalle parole inutili nell'anice del pomeriggio sotto gli androni. Questo solo conta.

Per il resto il pomeriggio può continuare a cadere.

Era guasta, infelice e romantica. Qualcosa non le era andato per il suo verso. Passava da una stella cadente all'altra.

Il suo amico, il suo ultimo amico, le aveva lasciato per casa delle poesie, zuccherose poesie che iniziavano con *mi querida* e *mi preciosa*, e una settimana di conti da pagare in tutti i bar della strada.

Aveva le sue ferite e le sbatteva via con gli occhi. Anche lei la partita grossa l'aveva mancata. Le gravava addosso.

Quando ci sono di mezzo quelle partite così intercontinentali, quelle città più grandi di noi, e tutti quegli aerei, non c'è molto da fare per non farsi accoppare. Tutto il resto appare piccolo.

Più il teatro è stato prestigioso, più epico l'inseguimento, più la miseria della sala vuota divora.

Ci va di mezzo a quel punto anche il fascino della geografia.

Come si deve sentire uno, dopo, a ritrovarsi perduto in quei quartieri, quando dall'altra parte della terra, dalla parte della luce, in quello stesso momento, c'è una capitale del mondo e il cielo splende sopra Central Park, e quello stesso cielo ci copre d'ombra quaggiù come un'eclissi.

Miserabile si deve sentire, che quasi non ne vale neppure la sbornia.

Ce n'è rimasto di mondo a disposizione, per loro... i "viaggiatori"! Ma è a chi rimane la stanza vuota in mano che gli si attaccano le cimici.

"Un miserabile mi diceva confessandosi. Un miserabile si sentiva il nostro Ribot. E me lo diceva nei bar del quartiere messicano dove ci incontravamo di nascosto il pomeriggio. Era bello però, così bello, e si sentiva un miserabile. Ci aveva ancora cuore per quello" mi confidava sull'acciaio. Poi sospirava nel silenzio.

"Ah, ma come si può resistere quando la bellezza ti chiama? Quanto poco ci vuole per partire! Un secondo per partire, e un anno non basta ancora a ritornare."

Però è altrove. È sempre altrove che succede.

Lì dentro, a parte il pomeriggio, c'era da aspettarsi soltanto che non venisse sera troppo in fretta. Per via della clientela. Evitare l'ammucchiata che si formava pian piano e si impadroniva di tutto. Che non rovinasse la malinconia clandestina.

Continuavamo nel boulevard del vodka sour, e ci saliva come un'euforia. Ognuno per conto suo. Ci si godeva il naufragio. Ognuno si teneva stretta la sua assenza, però a vista l'uno dell'altro. Non tentavamo di mischiare le carte, cercare scorciatoie. L'amarezza, quando c'è, bisogna godersela, senza imbrogliarla, che non ne capita spesso. Bersela tutta. Si allargano vuoti nel cuore, si fa più spazio, ci può entrare di tutto. Anche la brezza del quartiere. Anche il sour professionale. Anche la disperazione, che senza di quella quel posto non sarebbe stato niente.

Ci si gonfiava il cuore, come una mongolfiera ad alcol, ci sollevava e ci portava a spasso alleggeriti.

A quel punto veniva pure a piacere lo struggimento, spenderlo così, nel grigio, senza luci di ribalta. Senza esotismi. Come sottoterra. Nei posti che ancora non contano.

Col calare dell'oscurità iniziò ad affollarsi il bar. Arrivarono alla spicciolata, a due alla volta, e infine il loro rumore si prese tutto. Tra i molti si fece largo fino a noi un cileno con la faccia rotonda e i capelli gonfi, unti, a mascagna. Mi guardò e disse "Ah... tu quieres el barrio? Ah ah, hombre! Lo veo en tus ochos. Está aquí el barrio, está aquí". Poi uscì nella strada e ridendo indicò il quartiere vuoto.

Salimmo sulla sua macchina. Era una macchina di città. Le macchine di città lo sanno a cosa devono servire. Possono avere il cruscotto che cade a pezzi. Le portiere che non si chiudono. Possono avere passato i quindici anni di età. Ma alle macchine di città va bene, perché sanno che non devono mai uscire dalla città. E anche a volerlo, non ce la possono fare. Il viaggio gli è precluso, e così ci si è già tolti il pensiero.

Non conoscono le autostrade. Rimangono fedeli come cani e ammaccate, con l'autoradio a rotelle, gli interni disfatti, e i fili che gli escono dalla plastica.

In quel deperimento organico tornano a essere macchine estere come quella in cui ci infilammo, che tutto sommato era una Kadett 1000.

Le feste accese dei semafori, delle illuminazioni ci venivano incontro a colori come fuochi d'artificio ghiacciati. Poi tutto si fece più rado. Oltre il ponte della ferrovia la strada portava a viali più larghi, con palazzi a un piano solo, quadrati.

Il vento ci soffiava dentro a quelle strade deserte, e le riempiva. Iniziavano a sapere di frontiera, di pianura incombente, di barrio sur, di inondazione e di cavalcavia.

Oltre ancora, la strada si faceva più giallastra sul catrame. I primi grossi camion sostavano lì, parcheggiati lungo i marciapiedi sulle strade gonfiate dagli alberi a primavera e lasciate alla solitudine e al vento.

Era nera la strada, e senza cielo. Lo faceva immaginare soltanto il cielo, che non c'è mai il cielo, lì sopra.

La rischiaravano appena le luci dei binari sotto gli stabilimenti, le lampade gialle sospese ai fili da muro a muro, finché le basse costruzioni non la ostruivano più, e il buio informe se la prendeva tutta.

Camminavamo in silenzio. Senza giacca, mi stringevo la camicia addosso e spingevo le mani nelle tasche.

Entrammo infine alla ristorazione. Il capannone era addobbato con festoni, e c'erano piante e molti tavoli e le voci arrivavano col riverbero nel circolo sociale di Sri Lanka.

Gli indiani avevano facce cordiali dietro al banco del self-service.

Tenevano in caldo le cassette fumanti di cibo al curry e di lenticchie. E servivano la birra fresca. C'erano anche i bigliardini sotto il capannone. Dava un certo senso di calore, di casa, il conforto di quell'esotismo così a portata di cucchiaio, rispetto al silenzio di fuori, alla cupa ostilità della città di pietra.

Non c'era verso però di finirci in quelle strade, in quelle "ore felici", assieme al grande romanzo, al fascinone sentimentale.

Ci si finisce solo dopo, portati dalla piena quando iniziano a prendersi cura di te quelli che la spazzano, la strada. I solidali.

È un'altra famiglia. Lo diventa. A quelli ci si lega. Ti portano, ti curano e ti mostrano, e sono quelli che disgraziatamente non possiamo mai amare.

Gli unici gentili.

Aprono case e cuori, dove prima non si è riusciti ad aprire nemmeno la buca delle lettere, che anche quella si teme, per le brutte sorprese che ci si possono annidare.

Ci portano a spasso, sono i compagni nel buio della strada. Non hanno con sé nessuna lanterna. Non fanno luce.

Ci accompagnano, senza potere altro.

CALVADOS E CAMPEROS

Così tornavo nelle strade del barrio. Andavo a bermi il caffè nei bar degli arabi, tra gli alti palazzi anneriti, i fruttivendoli e le portinaie. Dal vetro rimiravo il passaggio del mattino. I custodi buttavano acqua in mezzo alla strada per sciacquare i portoni. I gommisti impilavano fuori i copertoni sul catrame.

Era uno spettacolo vedere affluire le forniture, nel vapore e nella nebbia. Scaricate dai camion frigoriferi arrivavano carcasse di animali, carrettate di pesci, trecce di agli, scamorze, insaccati, sacchi di pasta e di farina, damigiane di olio e di vino.

Finivano tutte da Emicrino, mentre lui, trabordante e incattivito, se ne stava nella sua sala d'inizio secolo con le colonne di ferro e il soffitto merlato, seduto al tavolo da dove leggeva il bollettino delle corse e berciava a tutta la sua famiglia. Era incarognito il boss, ma la sua era l'unica vera sala brookolina della città, sempre aperta per i suoi paesani, che potevano starsene al tavolo migliore a tutte le ore, tra i dolci ricoperti di miele, i datteri, gli agrumi e gli amari. Da fuori arrivavano fiori a cataste, e passavano a piedi i grandi vetri dei vetrai. Nell'inverno in quella strada pareva ci dovessero ancora portare il ghiaccio tirato dai cavalli. Gli uomini con le coppole e i vestiti scuri già passeggiavano tra i negozi di artigiani e i vapori delle stirerie dalla mattina presto.

Tra gli stabili fatiscenti, sopravvissuti ai bombardamenti, l'umanità, le cicche e le macchine sembravano vani baluardi al lavoro della polvere delle nebbie e degli acquitrini. Non ci si vedeva mai chiaro, la luce arrivava tra le strade sempre tagliata, attraverso il pulviscolo invincibile.

Cambiava di continuo, la luce, arrivava addosso e poi spariva, si ritraeva di fronte al livido degli androni, al nascondiglio dei bar sotto le passatoie di marmo alte e tristi dei palazzi.

Dopo quello spettacolo, incoraggiato, iniziavo a darmi da fare con gli annunci immobiliari. Ci provavo un poco, inoltravo qualche chiamata dal telefono unto della sala bigliardi somala, cominciando il giorno tra il puzzo di sigarette, le urla e gli schiamazzi. Poi rinunciavo al domicilio. Erano sempre troppo misteriose, di mattino presto, le vie per arrivarci, alla sistemazione. Così mi ributtavo alla pensione. La pensione dei due giardini.

Agli angoli d'ingresso della strada stazionavano le signore. Lungo il viale era un'emorragia pendolare. Da lì in fondo, nel corso della via, la città si liberava dei frontalieri, degli itineranti dal percorso a molla con ritorno giornaliero, tutti diretti alla ferrovia, l'imbuto della partenza. Dava il meglio in prima serata quell'afflusso, prima di chiudere del tutto i battenti per la nottata. Come picchetti ad argine dei marciapiedi c'erano le signore, in cui impigliarsi. Erano tutte nel pieno degli anni, della specie delle mammane, quelle con le gonne a fiori. "Baffetto" ti chiamavano. "Dove te ne vai baffetto... vieni qua, io ti lavoro bene."

Era discreta la mamma nel dirlo, si teneva a distanza, strizzava l'occhio, e si lisciava il mustacchio.

Era sempre una buona accoglienza, per tornare nel quartiere del rifugio, il barrio clandestino. "Ammore" dicevano, e si era già a casa.

L'ufficio era un appartamento da abitazione. Era molto confortevole, così mi ci piazzavo a pomeriggi interi, profittando del caldo, del vino e del telefono buttavo fuori lo sguardo meditativo nella strada silenziosa e oberata. Le segretarie iniziavano a guardarmi male, quantunque godevo della fiducia del capo, quindi insistevo. E poi, più danno, più bisogna chiedere. È la regola dell'ospite.

Questo succedeva fino all'ora dell'aperitivo. Di lì in poi cambiava tutto. È un'alchimia l'aperitivo, una frontiera.

Gavi l'aveva ristrutturato da poco il suo bar della Piazza, ed era indietro con le tratte del pagamento, le cambiali di valuta. Si dannava in tutti i modi, per tirare su i quattrini. Faceva panini, primi piatti, assaggi.

Importava i vini e si atteggiava a sommelier. Attaccava facile discorso. Aveva una specie di uniforme che obbligava a portare anche all'aiutante. E poi, era ossessionato dalla fica. Vino e fica. Aveva il vezzo dell'esotico. Disprezzava gli stranieri, ma apprezzava i vini esteri, e se li faceva pagare eccome, come una marchetta di classe. Provava sempre a piazzarteli i suoi Sauvignon australiani, quelli della California, gli Chardonnay del Sudafrica, lo sforzato del Cile, i muffati di Sumatra, il bariccato di Gibuti.

Lì mi si comprometteva nella troncatura estera la buona riuscita della serata. M'incattiviva il Vigno de Toro e all'uscita, alla chiusura delle sette di sera, l'àggita già mi consumava. Era tutto finito.

Rimaneva la strada al neon, i fiumi di metallo in movimento e le signore coi baffi, in chiusura pure loro, che contrattavano con le ultime legazioni arabe, le più viziose. Le sirene laceravano la piazza, e le ambulanze accorrevano. Appena finito il Ramadan, si contavano gli accoltellati. Li faceva violenti gli islamiti la prima birra, molto.

Stratronco, a quel punto mi avviavo alla carica. Mi dirigevo all'abbaino. Era dall'altra parte della città, fuori dal quartiere. Ci andavo già sicuro di essere respinto.

Bussavo, bussavo e venivo bussato. Ogni minuto di silenzio era un jab, ogni pausa di campanello un gancio, ogni chiamata a vuoto un Susy Cue.

"Tesoro, sono io, apri la porta... ammore della mia vita... vieni fuori un momento... ho qualcosa da dirti."

"Apri puttana, sono stanco di prenderle. Voglio dirti che ti amo! Che c'è la luna di fuori! Che i Savoia sono tornati, diocane! Lasciami raccontarti!"

"No che non sono ubriaco! Io non sono quello che sembro. Non è colpa mia se sembro quello che sono. Apri, insomma, fammi entrare, tesoro!"

Tiravo calci alla porta, ma prendevo solo il palo.

Scendevo di nuovo tutta la scala. Mica lo sapevo se c'era o no. Di sicuro non c'era per me. Però, un poco mi ritenevo fortunato.

A quel punto ci voleva il contrattacco... bisognava!

Tutti possono farcela con l'attacco, è l'istinto, ma a contrattaccare ci vuole più determinazione, più risorsa.

Così finivo caricando in avanti oltre l'ostacolo e la meta.

Era un grotto fraudolento, un posto di valchirie, dove un monco suonava il pianoforte, e gli urlatori declamavano i pezzi dei loro miti, in copia fedele. Una troncatura medievale, un tombino di birra nell'oscurità e nel rumore. Il mastro birraio nemmeno lo si vedeva, sepolto tra i suoi malti. Stava sopra, in un gabbiotto a due piani da dove esercitava anche l'emissione sonora, fonografica. Alle pareti c'erano scritte galattiche, a spray, da garage. Conan il barbaro e i suoi seguaci.

È lì che mi ricongiungevo con Caarlo. Si poteva anche prendere un'altra strada forse, ma non la prendevo mai. Era lui il mio vero appuntamento, quello che non tradiva. È la strada che non va d'accordo con le donne, mi dicevo, mica io.

Caarlo era piuttosto celebrato là dentro. Si esibiva in letture in cambio del drink. Ma ugualmente alla fine glieli avevano razionati i coca-e-rum. Non lo mollava mai lo stesso, il bancone, se non per riguadagnare la pedana.

L'urlatore allora smetteva, lasciava il posto al più grosso e il pianista gli fabbricava una stesa di note introduttive. Il tappeto rosso, l'ouverture...

Saliva sul piedistallo. Era grosso e tozzo nel collo, come un'iguana. Li guardava tutti sogghignando nell'oscurità. Il popolo dei trolls.

Li sberciava di traverso.

Li distingueva appena dalla fessura degli occhi. Era al top. Altrimenti non saliva nemmeno. Ma dopo di allora, nemmeno scendeva più. I medievali continuavano intanto a fare chiasso, stimolati dalla bibita e dalle brutte fiche. Aumentavano di volume addirittura.

"Voi..." diceva sorridendo "...voi..." e dopo, aspettando con gusto il momento, come per farselo gorgogliare in bocca "...voi mi fate schifo!"

Non applaudivano. A lui facevano schifo e lui faceva schifo a loro. Nessuno smetteva niente di quello che stava facendo.

"C'è un solo poeta in questo posto questa sera!" continuava.

"Un solo poeta in tutta la città!

Un solo poeta forse in tutta la nazione!

E quello sono io!"

Bodinsky, il poeta, era il suo Dio. Lo declamava, per introdursi. Non gliene importava che ascoltassero. Gli venivano su i versi gorgogliando, aguzzati dalla nottata.

"Ora vi leggerò un grande pezzo..." aggiunse, asciugandosi col gomito, alla maniera felina "un mio pezzo... un pezzo di Carlo 'Cinaski' Costantino. Si chiama *La cucina*."

Lo lesse, il baccano restò uguale, anche se diminuivano le persone, alla fine i due tavoli più vicini, tavoli di legno grezzo, di assi d'abete da birreria, applaudirono.

Rise il vecchio. Aveva frantumato lo zenit, non gli importava niente di niente. Il posto era marcio dalle fondamenta... e pure lui.

Per la bellezza e il livore e la sbronza, non contenendosi più, iniziò a ruggire... AURRR!! Scese dal gradino di legno, trovò un ammiratore, lo prese sottobraccio e se lo portò fuori, ruggendo per la strada. Dentro riprese il baccano e il concertino.

Rientrò dopo una mezz'ora Caarlo, e salì di nuovo sulla pedana.

La serata non accennava a finire.

"Voglio leggervi ancora questa... Cialtroni! Ignoranti!"

E ricominciava estatico.

Nel setaccio dell'orario erano rimaste impigliate due ragazze. Una aveva la faccia larga, da india, con un cerchietto dipinto di rosso al centro della fronte, l'altra il cerchietto non ce l'aveva.

Leggeva a quel punto a tratti, come gli veniva, a ispirazione, senz'altro accompagnamento della mano. Smetteva, scendeva, risaliva e riprendeva su sua stessa richiesta. La serata non finiva mai.

Alla fine ci cacciarono tutti in qualche modo. Sul marciapiede Caarlo continuava a spargere la sua pappa alle ultime bohémien.

Poi intimò "Andiamo a casa tua!".

"Va bene, poeta."

Così finimmo nell'appartamento delle due infermiere. C'erano in giro dei divani beige, e un tavolo di vetro color fumé.

Caarlo si tolse di dosso i pantaloni. Disse che gli erano di troppo. Rimase con gli stivali camperos.

Andò verso la credenza marrone e disse "Cos'hai da bere qua? Calvados, mmh! Bene bene, mi sa che ti scopo a te stanotte...".

"No, no, ciccio, tu a me non mi scopi..."

Aveva impugnato la bottiglia di calvados e se la beveva a collo, in piedi sul tavolino del divano.

"Mmh, che bella casetta! E allora scoperò te!" disse rivolto all'altra.

"No, Minnesota... nemmeno a me mi scopi, mi sa..."

"Ah, sì? E allora che cazzo ci sto a fare qua?"

Prese la bottiglia e cominciò a spruzzarla su tutte le pareti. Poi gliela spruzzò addosso come fosse seltz.

Si mise a ridere senza più finirla, fino a che non lo scacciarono a calci nel culo. Non aspettava altro, non bramava che di tornare in strada.

"Bisogna stordirla la vita" spiegava. "Quando ha avuto l'avventura di finirti addosso. Scuoterla come un pero maturo. Fare cascare giù tutto, il frutto e le scartine. Non darle requie.

Ci vuole la strada, e scatole da prendere a calci, e merde di cane... guarda quante ce n'è in giro, è da queste che si vede la solitudine della città, e dai gatti che non ci sono, e da tutte queste macchine ferme. Guardale..." e gli tirò un calcio "...ah, l'odio quanto è più sincero dell'amore... ecco, abbatterne una fila! La macchina ferma si può ben dire che rappresenta il mio diritto alla precedenza, lo vedi, no, che vengo prima io, dunque le si può ben prendere a calci, non aspettano altro... è evidente...

Bene, amico mio... ma adesso lasciati dire una cosa... è lo spagnismo che ti sta mangiando... tu le persone le tocchi soltanto, non afferri. Hai bisogno di uscire, vatti a fare una toccatina in giro... e poi tornatene indietro, sazio o no non importa...

Ah... io nel mio sto volentieri, la solitudine la so ammazzare da solo, ma per reggere la compagnia ho bisogno di distrarmi. Quando esco, allora lo voglio tutto il mondo, voglio parlarci, andarci in fondo, se no non mi ci affaccio nemmeno... e se non c'è di che parlare allora mi tocca ubriacarmi, e quando anche con quello non si arriva a niente, allora comincio a ringhiare... la rabbia mi piace, ti fa sentire stupido, ignorante e giovane.

Lo vedi... si può camminare su e giù per questa via per anni... senza che serva a niente. Non se ne accorgerà nessuno... lo devono sapere, invece! Bisogna costringerli a saperlo! Io chiedo, telefono, molesto, ci vado a bussare. Le parole devono smetterla di essere un muro!

Bisogna camminarla, la strada! Non immaginarsela soltanto. Da grandi camminatori, come Rimbaud, con le piaghe ai piedi e i pugni chiusi nelle tasche sfondate... tu sei un camminatore da interni, lasciatelo dire, ma io mi ci sfinisco... calpestare la notte per intero, tra gli sconci palazzi, laggiù fino all'hinterlànd... it's Myland, dove la gente cresce come i fiori tra il concime e le mosche e dal condominio si affaccia il professore in mutande nel cuore della notte come un cucù e sbraita e dice che la colpa di tutto... della triste solitudine, dei divorzi, dei figli che uccidono le mamme nel sonno, del rincaro del carburante... la colpa è tutta dei giapponesi...

A camminare così ancora si inciampa, si può anche cadere, ma altrimenti non succede niente. Le cose grandi per tutti non esistono, sta a noi farle grandi. E quando sono grandi vanno lasciate in pace. Come le montagne, come i giganti. Come Golia...

Non lo faccio il tifo io per Davide e la sua piccola fionda del cazzo. Io sto dalla parte di Golia, e dei ciclopi. Di quelli che devono essere lasciati in pace. Perché, lo vedi, il gigante e la montagna sono troppo vicini a Dio, troppo distanti dall'uomo per averne misericordia. Non hanno interesse a considerare le sue piccolezze, ed è per questo che vengono sfidati...

Loro se la sono guadagnata la loro solitudine. Golia non lo voleva nessuno, e Polifemo era così solo che aveva anche un occhio solo, e la montagna enorme e silenziosa com'è indomita e sola... eppure deve sopportare le bandierine e le gallerie e le altre piccole molestie dell'uomo, che come una mosca gli ronza intorno e come una mosca gli posa addosso tutti gli escrementi di cui si è nutrito...

Perciò le cose grandi vanno lasciate in pace, e i sentimenti per essere belli devono restare nascosti...

Si possono fare grandi le cose solo ricambiandogli l'abbraccio oppure restituendogli i pugni...

Anche laggiù... nell'hinterlànd... it's Myland, le circonvallazioni ti abbracciano al ritorno... ti accolgono a braccia aperte, se ti fai abbracciare. Abbracciarle così, tristi e dolenti come sono, com'è triste e dolente l'umanità che ci si affolla sopra, e il loro dolore è un poco anche il mio.

Però dagliela anche tu una possibilità. Anche agli altri, anche al resto... se non mi avessi dato una possibilità, nemmeno noi ci saremmo mai incontrati. L'umanità... sei disposto tu a rotolartici in mezzo o hai ancora troppa paura di sporcarti?

Ah... quanta bellezza c'è in giro!

Potrei innamorarmi di tutto adesso... potenza della curda! Nessuna impresa è stata mai fatta da sobri. Bisogna bere e consapevolmente! Da cecchini! Prendersele mirate e sacrosante e con ragione! L'uomo ne ha bisogno, io ne ho bisogno, se no non avrei nemmeno il coraggio di parlarti così ora.

Però... c'è chi beve e si vanta della sua ubriachezza... c'è chi si ubriaca e poi si vergogna dei suoi sentimenti... io osservo tutto questo e lo sopporto bevendo. Un bicchiere è un'arma impropria quando lo appoggi vicino al cuore... la vita va corretta, eccome, è troppo dura da buttare giù liscia... il bar non te li regala i ricordi, ma i ricordi ti riportano sempre... al bar.

Guardati intorno. Alza la testa, guarda in alto... guarda che cielo di bar! Che cielo di pensioni. Che cielo a pagamento, a una stella sola, a due stelle, a tre stelle. Guarda che insegne... che firmamento bluneòn. Verrebbe da passarci una notte per ognuna, come nelle camere delle vecchie zie. Guarda queste vie, guarda che nomi... Eden... Rally... Best... 2000... Lady... Bagliori... Pensione Mondial... e poi ancora più avanti, l'ultima della fila, proprio oltre l'angolo... guarda che bella scritta di luce rosa che ha. Sembra un corallo... Hotel Paradiso si chiama, però, se gli chiedi una stanza, il pagamento lo vogliono subito, anticipato. Così è... solo l'inferno fa credito!"

All'angolo, nella strada deserta era parcheggiata la sua vecchia Volks. Era nera come l'asfalto e rassegnata. Dagli altoparlanti dentro il Polaco cantava... e il Gordo Troilo lo accompagnava...

Pareva che fossero anche loro lì, come noi, nella strada. In mezzo alla strada.

Il loro fantasma alitava di musica e assenza lungo i muri. C'era una malinconia che doveva essere anche la loro. Lì... tra la striscia nera delle basse case impilate e le insegne di neon, arrivava la voce del Polaco. Era limpida, ed elastica e piangente, come un salice nella notte... *Peccato bandoneón...* cantava... *per il mio cuor...* e ancora implorava... *ma quando... però quando... se sempre sto tornando?* e mentre lo chiedeva non lo sapeva nemmeno lui cosa stava chiedendo. E a chi, ed era costretto ad aspettare la strofa dopo per capirlo. Era rovinato, perduto... *que importa perderme?...* tartagliava sgranando... ritenendo parole.

Il tango che cantava non era malinconia, che quella viene dopo. Era proprio la cosa mentre succede, così, senza compiacimento, insostenibile per questo...

La Volks se ne stava nella strada con le portiere come orecchie aperte alla notte, e la voce del Polaco feriva i muri, implorava alle finestre... la via Settala intera era una milonga vuota.

"Ecco un'altra serenata che il mondo non sta ascoltando." Caarlo lo disse e si incamminò. Poi si fermò come trasfigurato. Con le mani protese verso il cielo pareva invocare qualcosa, le braccia sembravano ali, ma non voleva volare, voleva piuttosto far scendere giù qualcuno da quelle finestre. "Venite qua... cosa dormite a fare tutti quanti? Dove, dov'è che siete finiti tutti?"

Il Polaco e il Gordo triste intanto erano lì come avevano sempre fatto, sotto una finestra, dove un angolo si stringe. E i muri... i muri che tutto avevano visto... i muri sapevano.

I muri guardavano verso sud, solo loro tornavano sempre all'amore.

PECCATO BANDONEÓN

La strada ferrata sul pavé, nel freddo della notte, lunga strada per i miei piedi, con l'amarezza nel cuore. Stelle senza luna e gemme senza primavera.

Ecco la mia stagione, camminando tra le rade luci dei chioschi. Travestiti all'angolo, vigilantes, nessun piano preciso nella testa. Il portiere ha già richiuso la porta, e non c'è indizio di trovare casa, né requie, nel quadrilatero delle strade.

Le case sul lato vecchio della stazione, quelle basse e infilate, protese verso l'oscurità finale... da lì il Polaco Goyeneche sembrava uscire per cantare la sua ultima curda... *peccato bandoneón*, avrebbe detto, *per il mio cuor...* e lo avrebbe detto in piedi, di fianco alla serranda del bar, abbassata per metà, mentre il vecchio, gordo, obeso, immenso Troilo seduto sullo sgabello apriva il mantice come un'aquila. Pareva di vederli nella foschia, nell'ora tarda, di fianco a un garage di gommista, al lato uno dell'altro, come da sempre, da quando erano cresciuti, uno flaco e uno gordo.

Quello con la faccia allungata, il più inquieto, quello doveva avercelo per forza un compare più grosso di lui, per potere infrangere meglio le onde, per formare la coppia, come in un eterno cinema muto, sulla stessa, solita strada del quartiere, dove Giacomin, il carbonaio... *giocò sempre alla mia sinistra... sempre... forse per essermi più vicino al cuore...*

S'intravedevano come spettri fluttuanti, nella luce della luna, appena coperta da strisce di nembi di quelli lunghi, striati, che possono viaggiare fino alla fine del continente.

Peccato bandoneón, la tua rauca maledizione è vera... avrebbe cantato ancora il Polaco quelle parole di gola, dignitoso, comprensivo, come chi già conosce, e il pichuco Troilo... *questo mu-*

chacho Troilo... e la sua gran gioventù fatta di rughe... che ha dentro tanto amor da rompere le tasche... come assente... s'interrompe... e beve... ancora beve.

Ah, la magnificenza della sete! Quando la vita punge il palato, quando la notte è uno spillo e le parole aghi!

Bisognerebbe bere allora, quando la verità ci fa rinculare e prendere la botta! Uff, datemene ancora! Versatemene, anche per terra, ma versatemene, anche inutilmente, come le lacrime si versano, che è questa la notte in cui ho sete, e ho chi mi accompagna.

Per quante ne abbiamo già dette al cielo, ai vicoli e alla strada, la lama rimane affilata.

Le parole continuano a intagliare la notte e le grosse lancette degli orologi ai polsi delle strade come forbici continuano a fare a pezzi il tempo

...la tua lacrima di rum mi leva... anche il fondo... bassofondo, dove il fango si solleva...

È una lama il tuo respiro d'asma... bandoneón! E ne chiedo ancora, come quando è successo, e per lo struggimento mi butto fuori dalla macchina in corsa rotolando come un fuso nella strada fino al fondo della voglia, prima di morire di tutto, e di niente in tutto.

Ma nonostante l'eco e il suo labirinto così più vivo di noi, non ce n'è di Polaco qui in mezzo. Ombre soltanto si vedono, le ombre lasciate dietro dai nostri passi, che se l'ombra, come si dice, è l'anima, allora sarà il bandoneón la lama che me la staccherà dalle suole.

...la casa, e la luna suburbana, e il tuo amore e la tua ventana, tutto è morto, già lo so...

La voce e le parole ferivano i muri. Il Gordo continuava a suonare, a spingere, a strizzare il mantice come un porro, come un'infezione, tra le sue dita grasse. E le strade continuavano a guardarci. Le pensioni a una sola stella. La stella polare... l'Hotel del Sud, che già dava verso la frontiera... e tutte le altre poi... era un cielo stellato e il quartiere una costellazione. Ma non dicevano quelle stelle, non imploravano, come in un notturno al quartiere, fin da là sopra... *sul tetto della casa dei miei vecchi... fermati qua! Fermati qua! Quedate aquí...*

E perché proprio qui, poi? Dove non ci sono che strade vuote e crudeli... dove non ci sei nato, dove nient'altro che l'oscurità ti ci fa rimanere appiccicato come una falena al contrario che si ostina abbagliata a battere la faccia dalla parte del buio.

Forse è perché non si è avuta la fortuna di nascerci in un barrio, perché non ci si è attaccati a un vicolo, a un portone, a un barbiere che tutto ha preso a scivolare intorno, a cambiare ogni giorno, che tutto ha preso questa mania di rifarsi la faccia di continuo, tanto da perdere infine la nostra. Che forse la clandestinità è arrivata insieme alla sbornia, alla vita, a queste stelle di neon e ci ha fatto orfani, e ci ha dispersi nel dappoco così senza una freccia, un'indicazione, una bussola.

A furia di immaginarmelo, alla fine ce lo trovavo davvero un quartiere, alla mia sola portata. I muri tutti ne avevano da dire, e raccontavano sempre e soltanto una storia sola, di quando ci vagavo in mezzo ferito, di quando non ci avevo ancora perso la voglia e sopra la strada nera c'era una luce, una luce accesa, e un corvo appoggiato al davanzale, gracchiante su un lucernario... una lama di desiderio e una di gelosia e una canzone, sensuale, malinconica, tra l'oscurità dei tetti e le antenne delle televisioni.

Ora è rimasto il quartiere, muto e urlante di fantasmi, di assenza, di vento a folate, e di macchine parcheggiate male e di allarmi che ululano molto più dei cani... e la notte, quella puttana, mi prende sempre alle spalle. Non voglio più sapere cosa ci sarà davanti, troppo ce ne sarebbe da spiegare ancora, troppe voragini e troppi malintesi.

Sincerità per sincerità, preferisco rimanerci in mezzo piuttosto. È l'unico modo di essere leali.

La lealtà... la lealtà.

...per prima cosa amar, e poi soffrir... e infine andare... senza ripensamento...

Tutte mi tornavano alla mente le canzoni dell'addio, e mi tenevano l'anima all'amo.

Come nell'alba piovosa in cui tornai, sepolto dalle nebbie e dal rancore, e mi sorse dentro il mio primo veleno.

Me ne uscii allora nelle strade, dalla tua porta, marcito come le foglie d'autunno marcivano intorno, gialle e marroni, fradicie di ruggine...

Camminai verso i quartieri oltre la ferrovia, dove i binari solcano le strade e i grossi camion restano parcheggiati davanti alle case disposte nei quadrati degli isolati, ciondolando su un binario solo. Il vento soltanto le percorreva, e la luce di carta ondeggiante del ristorante cinese ancora aperto disegnava ombre e dragoni lungo i quartieri del barrio.

E anche i cartelloni sulla strada mi parlavano di lei.

Crudeli, le réclame mi guardavano fin dentro dal cartèl ... *com'è che è? vedo i tuoi occhi, ma non ci sei tu... ora che sei... solo un'immagine in vetrina... che tutti possono ammirar...*

Prenderò le strade, ampie, e avrò un lungo muso d'automobile da metterci in mezzo, per travolgere i banchi di nebbia e di nostalgia quando mi arriveranno addosso a folate.

Come nelle grandi avenidas così andrò nel vento dell'autunno, portando il mio lutto come una bandiera.

Non verrò più, non più cane senza medaglie sotto al tuo balcone, né tirerò più sassi al cielo azzurro della tua finestra

... la casa, il viale e tu... che non vai via da sola... ti porti il tempo della giovinezza...

Nient'altro voglio sapere, nient'altro che questo. Non voglio trovare niente più sul tuo viso. Non posso sopportare di trovarlo cambiato.

La strada lo sa. La strada ha conservato tutto il mio amore. La strada me lo ridarà indietro mentre cammino fumando, soffocando una lama con un'altra lama.

Cammino per queste strade, dove altri hanno vissuto la vita che avrei dovuto vivere io. L'hanno vissuta al mio posto, e io la guardo da sotto le loro finestre. E nessuno, nessuno me la ridarà mai più indietro.

Spumavano gli alberi a primavera, e tu avevi un vestito leggero... tu avevi un vestito leggero...

BEN

Vestito bianco stretto, senza maniche, le gambe lunghe, le anche sporgenti, da indossatrice. Scarpe bianche, alte, smaltate, spesse come zoccoli.

Gli occhi scuri, i capelli neri lunghi, la pelle un poco rovinata, ma era una ragazza, insomma.

Ben si ferma, toglie la sua Saab 9000 seminuova dal giro imperterrito del circo ambulante. La musica è alta, forte, il Sony la spara dal basso come può. Ben ci si è già perso dentro. Beve rum da un bicchiere di plastica. È tornato in città. Non ce n'è più lì, non c'è più niente per lui.

Urla nelle strade conosciute e si sente come non potesse andare né avanti, né indietro. Attraversa di continuo e soltanto. I volti si succedono ai volti, i sottopassaggi, i catarifrangenti, le lamiere, gli autovelox. Attraversa tutto senza viverci in mezzo.

Quando finisce si ferma in un pub di lusso. È aperto. Illuminato. Le bottiglie in fila disposte su una scalinata, a grappoli, luccicano a cascata, i vetri nello smalto blu e verde del neon luccicano negli occhi. Chiede del rum da asporto con aria furtiva, il barman si abbassa, glielo dice di lato, a parte "Ascolta, questa non è una pizzeria. Niente bicchieri di plastica qui". Allora Ben tira fuori il suo, di vetro, già pronto, da dentro al giubbotto. Il barman lo guarda, lo indaga, fa segno di avvicinarsi dall'altra parte del bancone, rapido, ne versa una presa. Ben paga il prezzo intero. Esce. Torna alla strada. La macchina pulsa di luci, di lancette e di numeri. Alza di nuovo il volume. La musica è nel pulviscolo, nella foschia, nelle strade nere. Circolare, rotatoria.

Poi la vede... il vestito bianco... la somiglianza... ferma la macchina... accosta.

"Sono cinquanta più la camera" fa lei.

"Uh uh e che cos'è un cinquanta? Niente in tutto, del resto."

Il vestito bianco apre la portiera e sale. Da dentro splende meno che sulla strada. Ben la guarda, la studia attraverso la fessura degli occhi.

Non si è incattivita ancora. È una ragazza di Ungheria, di vent'anni soltanto.

Indica la strada. Sorride. Ben pensa che potrebbe essere come andare a casa, come andarla a prendere a casa sua, come per la spesa, come per qualcos'altro. Non c'è niente di serio, nemmeno nel suo vestito bianco.

Ben guida, segue le sue indicazioni. Il traffico scorre tra i grandi incroci. Le gambe magre, troppo magre, lunghe, niente in tutto, solo lo spacco di un vestito bianco.

Lei fa segno di parcheggiare. Ben accosta la macchina a un marciapiede sporco. L'aria fa alzare i fogli da terra e carte e pacchetti di sigarette vuoti. È una laterale. Gli alberghi procedono per il lungo, tutti splendono di una stella sola.

Ben chiede di un bar, se ce ne sono intorno. Lei lo guarda seria, severa come un lampo.

"Perché vuoi un bar?"

"Niente" dice lui. "Niente."

Poi entrano. La segue. È un'anticamera. I muri sono scrostati. L'impianto elettrico li crepa in mezzo, apre vene di fili.

La luce è bassa, non si vede quasi. L'uomo è al tavolo, obeso, gonfio.

La camicia chiara gli tende i bottoni, tira la tela per tenerlo insieme, per tenercelo dentro.

Dice che c'è da aspettare. Aspettano. Poi lei si avvicina all'obeso, gli parla affettuosa, lo tocca, lo palpa, gli mette le mani sulle spalle. Quello si lamenta, dice che fanno troppo rumore. Protesta che li faranno chiudere di nuovo se continuano. Fanno fracasso. Tutti. Troppo chiasso.

Lei gli massaggia il collo di più, tuba quasi, protesta come un'infante.

"Oh ma no. È stata Susanna. È stata soltanto Susanna che è caduta! Non lo voleva mica!"

"Mmh, ma il rumore è troppo. Non si può, non ci si fa..."

"No, dai, io almeno sono brava lo sai" fa lei, sempre mielosa.

Dietro al tavolo c'è una stanza vuota. S'intravedono due lì dietro, scuri in faccia. La televisione li flescia di blu e di bianco, li dipinge cangianti. Tacciono.

Ben consegna il documento. Sul banco scatole di cerini sparse. Ne prende una. La apre. Lo accende. Il retro recita "Waterloo Vip night-club. La tua capitolazione personale. Se ti vuoi bene, ci devi una visita. Aperto tutte le sere". Poi chiede ancora se c'è un bar.

"No. Non ce n'è di bar qui. Perché, che cosa è che vuoi tu?" dicono duri.

"Whisky, birra, vodka! Quello che c'è."

"No, qui coca-cola c'è, se la vuoi."

Lei allora lo minaccia con gli occhi. Dice "Niente alcol, tu poi non venire mai. Tu mette troppo tempo e dopo colpa mia".

"Ma cos'è? musulmano?"

"Forza, forza che a me serve la camera, e quello poi si scorda."

L'anticamera è stretta dietro l'obeso. Da dietro arrivano un signore in uniforme e una donna di colore sorridente. Premono, passano nello stretto, il volto imbarazzato, solo un poco. Il vestito bianco fa segno a Ben di andargli dietro. "Andiamo, andiamo."

La porta è sul piano. Entrano.

La stanza ha le persiane... il letto... il copriletto stinto... il lavandino. Il vestito bianco si siede sul bordo, c'è una lampadina in alto, senza lampadario. Luce bianca, 60 watt.

Lei tira fuori il preservativo dalla borsa, lo scarta. Lo guarda, la voce più dura. Decisa.

"Per cinquanta ti lavoro di bocca e scopare. Soldi prima."

Da fuori, dalla stanza del retro, arrivano ancora voci dal televisore, si sentono applausi e risate, è un programma d'intrattenimento.

Lei si toglie lo slip. Il pelo è stretto, ritagliato, le gambe sembrano più esili, livide.

Lei dice "Sdraiati... ah guarda... che hai adesso... lo sapevo, tu ubriaco!".

"No, no."

"No, no, tu ubriaco."

Poi si calma. Lo guarda ancora con sospetto. Inizia a srotolare il preservativo, dall'alto, dalla punta.

Da dentro la borsetta, squilla una musica. È la *Marsigliese* "Aux armes, citoyens!" "Scusa... telefono."

"Sì..." dice "...da, da..." Parla in lingua straniera. Chiude in fretta la conversazione, poi torna a lui. Lo guarda di nuovo, senza voglia. "Tu ubriaco!"

Abbassa il capo, si china sopra. Un po' lo succhia, ci gira intorno con la lingua, lecca la plastica... un po' funziona.

"Scopiamo" dice. Si sdraia anche lei, di schiena.

Aspetta. Ben si china, come un granchio. Si appoggia poi, con la testa sul letto. La testa di lei, di fianco, vicina, il respiro alterato, poco. Lo sente anche lei, vicino. I capelli sono freddi, e anche la carne e i denti, e tutta la pelle si ritrae all'abbraccio di plastica.

"Basta! L'avevo detto che sei ubriaco. Oh! cazzo, bisogna fare in fretta. Guarda che se tu ora non venire non colpa mia." Poi guarda l'orologio da polso e si divincola da sotto. "Basta adesso, basta. Devo andare adesso."

"Uh uh, ma non è niente, niente, fa niente davvero."

Ben si rimette a posto i pantaloni. Non si sente affatto ubriaco. Escono ancora. Scendono scale, salutano, sorpassano l'obeso, il televisore, il corridoio, il banco. Prende una scatola di quei cerini. Sono già fuori.

L'aria è fresca. Ce n'è ancora, per tutti. La città ne è piena.

Ben apre la portiera per primo, siede al volante. "Da quanto sei qui?"

"Tre mesi" dice. In quel momento fa caso che alla ragazza mancano i denti ai lati.

"E lavori sempre in questo viale?"

"Sì, sempre qui."

"Allora ripasserò."

"Sicuro, quando vuoi, ma non venire ubriaco."

"Non sono ubriaco, non ancora."

Lei scende, guadagna il marciapiede. Lui aspetta la precedenza, riprende la strada, le passa davanti. Saluta.

Lei non lo vede, non guarda più alla sua macchina, gli occhi già sulle altre, quelle in arrivo.

Ben riprende la strada. La musica non ha più intensità. La fa in silenzio, fino al bar.

L'insegna è spenta, ma entra lo stesso. Le luci sono basse. Ordina vodka. Al banco due li conosce, così attacca bottone.

Hanno delle ragazze con loro, straniere, e il posto sta chiudendo. Dice "Si potrebbe andare dove sto io. Sarebbe fantastico... no? Vedi, è una cosa che non faccio mai questa... ma stasera mi sembra proprio una serata speciale... Ah certo, è tardi... domani ti devi alzare, ma ne vale la pena, no? Il guaio è solo quando non ne vale la pena, no?... Non sei d'accordo? Ah sì! Anch'io mi alzerò presto domani, prestissimo, certo, ma mi pare che si possa rinunciare a qualche cosa quando ne vale la pena, no?".

Il discorso gli si fa impastato.

"Senti, lo so che è chiuso. Ho capito, ma... fermatevi, dove avete detto che state andando?

Come hai detto che ti chiami? Grace? Che magnifico nome! Lo sai? Ti potrei raccontare una storia su un nome così... uno dei pezzi più belli degli ultimi dieci anni. Ce l'ho in vinile da me. Una rarità. A proposito! Ci ho anche da bere. Invito tutti, tutti!

Senti, forza, e fammelo l'ultimo, dai! È proprio l'ultimo, lo giuro. La staffa! Cazzo, non mi credi? Forza, l'ultimo chupito... No sour? Solo birra o roba secca? E qual è quello che ci si avvicina di più? Vodka seven? con la limonata? Almeno mettici dentro un po' di zucchero e limone. Che ti costa? Ormai ci ho il sapore in bocca!"

Il barista lo apostrofa duro. Ha il cranio rasato e la barba solo sul pizzo del mento. "Senti, tieniti questo come è, che tanto dopo un sorso ti ci affezioni subito!"

Escono fuori. Si siedono in due contro la saracinesca abbassata.

"Un po' sporco qui, compare! Non trovate?"

Le ragazze intanto si avviano dentro una macchina, salutano.

Ben le chiama ancora, quelle continuano per la loro strada. Ridono. Ridono tutti in giro.

"Lo sai, Nic, che quello ci aveva ragione... mi ci sono affezionato subito anche a questa limonata.

Ehi, te ne vai già, Nic?"

Ben si avvia come è venuto. Ascolta *The Nightflyer.*

Imbocca il controviale. È tutto scuro intorno.

Passa le luminescenze dei baracchini, passa gli africani che li affollano. Prende una strada. È stretta fra le mura dei palazzi. La prende in contromano. I palazzi si assottigliano, i condomìni si fanno stretti, più stretti per la velocità. Le pareti si avvicinano... i quadratini dei piani... le cellette dei balconi. Accelera ancora e non finisce mai. Nessuno arriva dall'altra parte.

Ben accelera... spazza la strada... attraversa il pettine di metallo delle auto parcheggiate... alza il volume.

Le luci si fanno di nuovo intense.

Da una laterale il muso di un cofano s'immette nella strada. Ben continua... verso lo scontro. L'auto di fronte si butta di lato... il suono del clacson si perde dietro... come un'eco nel passaggio.

Imbocca il cavalcavia a scorrimento veloce. Avanza tra le luci blu di contraerea degli edifici in vetro.

Parcheggia davanti al deposito dell'immondizia. Poi scende a testa avanti, chiude la portiera. Esce chinato, piegato, la faccia verso terra.

Nel grotto le onde basse, le frequenze, spostano l'aria, danno allo stomaco, muovono il buio.

Nella nebbia greve il bagliore rossastro dell'unico faro si fa strada sulle sagome moventi.

La vibrazione del drum'n 'bass arriva direttamente fino a metà del corpo. Comprime le fondamenta del locale. Al banco sfollato e spoglio servono solo birra, sottomarche di superalcolici o acqua minerale.

Ben prende vodka e tonic water.

La gente è avariata, nei vestiti sformati, nelle pellicce di capra, sotto i copricapi di lince. Avanzano come mutanti e ondeggiano sulle walking machine di gomma slacciate nell'ultima sacca dell'oscurità.

Uno smilzo delle isole smazza il fumo. Ben chiede la chimica. Quello sparisce nel buio.

Poi ritorna. Ce l'ha. Fa delle confidenze.

"Ehi, dico, è un mese che sono in città, ma qui si chiacchiera e basta, non lo so dire neanche io qui com'è che passa il tempo, eppure passa veloce."

Lo dice da vicino, dentro a un orecchio, al riparo dai bassi.

Ben si cala l'ecstasi, la manda giù con l'acqua minerale. Poi aspetta e rimane così, a giocarsela nel metro quadrato del bancone. Nella bolla viva che galleggia le immagini lo assalgono...

...Era la prima alba livida. Dopo i fuochi del murazzo, dopo lo stordimento dei grotti sul fiume, dopo le carcasse d'auto incendiate, l'alba della gente che affolla i mezzi per il lavoro, mentre tutto della notte sta morendo e l'anfetamina dà il meglio e fa masticare le mascelle. Uscivamo da un appartamento della periferia, scendevamo le marmette delle scale nella bolgia improvvisa del giorno. Mi sdraiai sul sedile dietro, coi paraocchi dell'Alitalia. Era sveglio da tre giorni il Songhio, ma diresse la sua "blanche" per altri trecento chilometri e mi scaricò in un bar per camionisti. Lì avevano il ristorante e le camere. Il freddo era venuto addosso tutto in un colpo, e lo smaltii nel fresco del copriletto, nella poca luce delle tapparelle, nella stanza senza bagno dove dormivano gli operai dell'edilizia. Me la godetti per bene la camera, intrisa com'era di colpa e di ritardo e anfetamina e brividi di freddo. Era il primo caldo di maggio che ci aveva fatti madidi di sudore nella giacca di pelle nera.

Fuori il profumo desolato dei campi della pianura e il profumo di terra bruciata e di rotaie.

Dormii così, per due ore soltanto. Un sonno come un rifugio nel-

la fuga, come un evaso, come un ricercato, nascosto in una stanza da ventimila lire, sotto il salone da pranzo vasto e vuoto di un cubo socialista della ristorazione. E al risveglio non ebbi più a che ritornare...

"Mi piace la città con un po' di veleno in corpo..."

Accordi liquidi e strilli di gabbiano. Sospensioni della cassa, voce femminile, negra, ripresa, distorta dal basso e dalla batteria. La sala salta nell'ampiezza del magazzino. Fasci blu cobalto contro l'aria.

Finestre da carico, da fabbricazione...

Babbuini campionati. Ben si lascia sollevare dalla vibrazione. Il caldo sale e la vodka lo aumenta subito d'intensità. Non vede lo zoo intorno, si guarda invece le mani sul banco e gioca a cambiare con un occhio solo la prospettiva del bicchiere. Potrebbe finire tutto adesso... nel cunicolo della luce calda... da dentro il tombino in cui si è calato.

Oppure scendere ancora nelle frequenze basse, nell'energia del nocciolo. L'energia del rullante, del cuore, dello sfascio del nucleo. Arriva a onde il caldo, gli stringe la mascella.

A sbocchi e vampe, a ascessi gli ritorna l'unità nel corpo. L'unità... l'unità.

Perché tutti possiamo cadere, io posso cadere, voi potete cadere.

Ben cerca con gli occhi negli altri occhi, bianchi per la luce wood, occhi di estranei, occhi ammucchiati, occhi nei cessi, nelle tane, addossati, occhi coi pearcing in bocca e poi gli occhi dei topi nel parcheggio unti, ringhianti, omicidi.

Era il più grosso dei topi, per stazza. Aveva il naso a uncino, porcino. Il profilo arcuato, con i capelli lunghi, unti, con la coda. L'altro sorcio era magro, più piccolo, marocchino. Ben li sentiva urlare nella strada.

"Tu arabo del cazzo... DEVI BACIARE LA TERRA DOVE CAMMINI..." Si toglie la maglietta, si slaccia, si sforma il topo grosso... poi si avventa sul topo piccolo.

Lo calcia mentre quello sta nella polvere, contro il muro, infido.

Non si tengono più, sono partiti. Il socio del topo grosso gli si lancia dietro anche lui, urlante, imbestiato, ottuso, non capisce più niente... "ARABI BASTARDI!" Corre orrendo nei suoi blue-jeans stretti e picchia, picchia sconnesso, sgraziato, mena dove capita, urla ancora "TI AMMAZZO, TI AMMAZZO!".

Si molitrano, si infangano nella polvere del parcheggio, nel precipizio della notte all'uscita del locale.

Poi si abbracciano i due bianchi, i grossi, i triveneti... ARABI DEL CAZZO... si abbracciano come al calcio, solidali... felici, si riavviano verso le loro macchine.

Il viale viene avanti, largo, lento, vuoto. È una vena aperta. Ben si ferma alle luci dell'edicola.

Entra dentro. Avanza tra le pareti delle videocassette porno. Sepolto nella luce del neon, l'uomo è chiuso dietro al finestrino. È oberato dai pezzi di corpo, dalle carni in fotografia, dai titoli, dalle cosce, dalle bocche aperte, dagli schizzi dei guardoni. Compra il giornale del mattino, lo scova in mezzo al mercimonio, al puttanificio. Cambia il foglio da cento, poi si dirige lento verso il piazzale grande, quello d'incrocio. La strada è deserta, l'attraversano soltanto i taxi. Passa una macchina sportiva, si allontana veloce.

I palazzi di pietra verticali sulle strade di pietra... la pietra è dappertutto intorno, sopra e sotto.

Stanno appoggiati alla pietra del palazzo i magrebini. Hanno cappelli da baseball a visiera lunga, si passano la palla sull'asfalto.

Restano lì appesi alla notte, sotto il portone del condominio, parlando di football, come aspettando che la mamma li chiami su per la cena.

Ben li guarda... passa oltre poi si ferma... ritorna... punta al centro del crocchio. "Polvere ne avete?"

Quello col guanto assentisce, dice la cifra mentre gli altri continuano a rimbalzare la palla per terra.

Ben prende i soldi accartocciati in tasca, li consegna. L'altro si infila una mano in bocca, i denti da cavallo gli brillano alla luce dei neon. Tira fuori la pallina di plastica da sotto il labbro. La sputa.

Ben la prende, gli sparisce nelle mani.

"Non è che è una fregatura?" chiede.

Il battitore muove le spalle. "Tu tranquillo, amico, io sempre qua."

Se la fa in macchina sul vetro dello specchietto. In alto, sulla cima dei palazzi, grandi scritte digitali lampeggiano nel nero.

I cristalli liquidi del cruscotto, i led luminosi, azzurri del Sony, le luci sotto la plancia, i catarifrangenti, il metallo lucido, tutto scivola attraverso la fenditura dei fanali. Ben vede tutto molto colorato, a colori intensi, e continua a cedere. S'impiglia nel cerchio dentro ai viali, si fa trasportare nel circo, si appiglia alle targhe, si rimorchia ai passaggi, rotola e rimbalza espulso alla mercé della strada, di niente e di nessuno.

Prende ancora il girone dei viali, verso l'uscita della città, verso l'imbocco autostradale.

I cartelloni vengono avanti... lenti... come elefanti. Le luci si alzano aranciate.

Passa il grande centro commerciale, volta a destra verso il parcheggio. E avanzando cede. Cede ancora all'ultimo smercio.

Le macchine procedono a rilento, fra i versi delle negre, che schiamazzano tutte nella polvere.

È una Saigon appena prima del ritiro. Le negre berciano, si chiamano al richiamo patuano.

A gruppetti, a branchi, chiedono passaggi. Altre scendono dai portelloni aperti dei camion. Altre ancora emergono dalla campagna intorno, slegate, tra l'erba mangiata dall'asfalto. Scendono dalle gomene, si calano dai grandi specchi retrovisori dei tir fermi lungo i confini della strada. Abbandonano i bastimenti stradali, lasciano le tende. Hanno capelli di carbone, gambe muscolose, sono colorate come pappagalli, brucano la notte, insaccate nelle loro calzamaglie a rete.

Si sbracciano nel mezzo della strada, fermano le macchine dei guardoni scapoli, ci si buttano sotto, si avvicinano in banco come mosche, poi spariscono di nuovo, tra i rimorchi in sosta.

La vegetazione è bruciata, stanca, impolverata dal frastuono. Ben avanza a rilento stordito dallo zoo. Indaga tra il cicaleccio, lo smercio al chilo, svergognato, senza infiorettamento. Servito al cartoccio, nel cartone duro, nei fazzoletti da campo.

È abbagliato dalle luci. Dietro la macchina, i questuanti affluiscono, come mosche, ininterrotti, spremuti dall'ultimo giro di torchio della notte.

Tutti, intorno e dietro, brancolano. Grumi d'istinti come cuccioli ciechi.

Un viso nero d'un tratto gli si para davanti.

Apre la portiera, in un istante, senza scegliere.

Entra. Siede sul sedile. È come tutte le altre, un brandello di notte che luccica nel buio controluce, nei cristalli liquidi del cruscotto...

Ben prende la bottiglia di vodka dalla tasca dietro al sedile e ne ingolla un altro sorso.

Va avanti nella polvere. "...'Ndiamo" dice lei. "...'Ndiamo"

Il piazzale è enorme, vuoto, senza reti intorno.

La luce allo iodio di un grande traliccio strappa l'oscurità, la tinge di giallo, la fa livida come un penitenziario.

Lei ordina "Ferma qui".

Nel buio tra i container Ben distingue una figura piegata in avanti come un babbuino, le braccia aggrappate alla fiancata del rimorchio. Si aggrappa, si dimena, arpionata da dietro... fotte...

Ben vede tutto questo a schegge, a fotogrammi non sincronizzati, così come la borsetta di plastica che la negra apre, e il fazzoletto di carta che usa per togliere il lubrificante dal preservativo, e la mano terrosa che inizia a muoversi con forza, e i gemiti finti di lei, mentre guarda fuori dal vetro, fuori... lontano.... oltre lo iodio... oltre il buio.

Ben esce dalla macchina, come sputato fuori, con la faccia quasi strisciante per terra.

L'erba è intrisa di umido e di fazzoletti di carta raffermi... l'aria odora di gomma... si toglie la plastica di dosso, barcolla, dà libertà alla vescica.

La negra rimane ancora accovacciata di fianco alla portiera aperta.

Si tira su le spesse calze chiare, color carne, tagliate intorno all'inguine, con un grande buco.

Dice ancora "...'Ndiamo, 'ndiamo".

Ben aspira l'aria intorno, si raduna i pantaloni. Risale. La negra vede un drappello di altre creature, vengono avanti tra l'erba alta. Urla qualcosa, come un richiamo. Fa segno di fermare. Si affacciano ai bordi e poi spariscono tra le piante.

Più dietro, verso l'ipermercato, nell'ultimo anfratto che nemmeno lo iodio raggiunge più, scivolano ombre come di uomini...

Ognuno brancolante per conto suo, fuori dalle automobili, fuori dal girone, a piedi, scalzi, monchi, si inseguono nelle ombre giganti stagliate contro l'eternit, e poi non vede più niente altro che strada e ancora strada ed è di nuovo nella rete.

La luce sorse omogenea nella foschia nebulizzata, come un acquario. Veniva dalla terra più che dal cielo, s'irradiava nell'anice della pianura. Ben si fermò nel parcheggio composito del Motel Agip. Infilò l'auto fra le altre, di grande cilindrata. Scese strisciando. Le porte gli si aprirono davanti da sole, ci passò attraverso come in un Mar Rosso. Prese una stanza. Era al sesto piano. La moquette era spessa, il doppio vetro si apriva ampio sull'autostrada.

Voci distorte vengono dai tubi, dai muri, dagli impianti di aerazione e arrivano come echi metallici fino alla stanza. Ben guarda la luce dell'alba fuori dal motel. La desolazione della luce spoglia le strade.

Ha freddo addosso, la febbre.

Apre il frigo di formica e beve la birra che trova dentro. Aspetta insonne che il giorno arrivi del tutto, trema di febbre, clandestinità e paura. Chiude gli occhi, vede tanti piccoli spilli.

L'autostrada, sempre aperta, passa da sotto di continuo ma non ne sente più il rumore.

Quando è iniziato tutto questo?

IO E NUTTLESS

“Ma Nuttless ti chiami tu, o mi chiamo io?”

“Cazzo, chiamiamoci così tutti e due.”

“Va bene” dissi io. “Tu che sei più grosso ti chiamerai Nuttless. E io mi chiamerò Nudols...”

“Bene, Nudols, dove sono le birre?”

...Nuttless aprì la finestra. Il mare era di un giallo piscio, e la luce gli impedì di distinguere...

Lo zio si era già alzato. Era nel bagno quando un grido lo fece sobbalzare dalla tazza...

Nuttless! Cazzo, ma c’è anche il fottuto bar, qua dentro...

Adesso ci chiaviamo tutta la roba...

Ma costa, Nuttless...

E che ce ne importa, tanto paga appapà, e vai a telefonare piuttosto...

E a chi telefono, alla troia di tua sorella che non ci hai nemmeno?...

Non dire così che ti rompo il culo! Sei un marocchino caprone peggio di Scarface...

Brutto stronzo...

Lo zio prese una sega elettrica, gli staccò la testa e provò a infilargliela dietro...

Ahia, no, così mi fai male, protestò Nuttless. Ma fammi dormire e non stracciare più le palle, con quella macchina da scrivere...

E poi stammi a sentire se vuoi imparare qualche cosa.

Non devi mandarle affanculo le donne dopo cinque minuti che le hai conosciute, prima chiavale almeno (e ruttò) perché le donne hanno il cervello come una noce, e nessuna può capire che bersi sei negroni in una sera AIUTA.

Ah, sì e dimmi, Nuttless, e che cosa altro è che aiuta?

Be'... i garofani bianchi, le scorregge con sentimento, sganciare...

E che cosa...?

Gli stronzi come te... le dita nel culo quando chiavi una donna con le brache calate a metà, che non gli fanno aprire per bene le gambe...

Il limone. Il bagno in macchina, la violenza carnale. I biglietti invito omaggio donna al Corallo. Fare a botte tra amici... la gran classe, ballare fuori tempo, le tette sode a forma di champagne... la fica tutta quanta. L'Oktober Fest, il pianoforte a lame... lo yogurt magro... due dita in gola, i sigari Havana, L'Avana, le vetrine rosse delle troie di Amsterdam, Amsterdam, le troie... quattro birre e whiskey, bestemmiare. Il pieno nella macchina, le mutande pulite, il barista arabo, i preservativi nuovi... la Volpina, le spiagge deserte il martedì mattina, le reti antisqualo, incazzarsi, metterglielo dentro quando è duro, la sauna, l'alkaseltzer. Gli occhi che dicono mai! Le telefonate inaspettate... le chiavate inaspettate, la Renault 6, Marlon Brando nel *Padrino*, il padrino, gli occhiali scuri. Tu che mi vai a prendere le sigarette (allora, ci vai o no?)...

Il cinquino, quando ti cercano, Stanlio e Ollio, la festa di nozze, le cantine sociali, il profumo dei fiori... mezz'ora di ginnastica, farglielo sentire fino nello stomaco, le braccia che ti stringono, il vento freddo, i genitori che vanno al mare, la moquette, la famiglia...

Ma a che cosa aiutano, Nuttless?

A non tagliarsi le vene per il lungo nella vasca da bagno e continuare ad andare a mettere a posto Canale 5 a una vecchia che puzza di baccalà.

E tu vivi per questo?

Girati, figliuolo...

Nuttless era più grosso di me, ma s'imbriacava meglio di me. Era più tecnico.

Sapeva dove andarlo a comprare, per esempio.

Io stavo già solo come un disperato, in una stanza che era stata l'ambulatorio di un medico di campagna. Adesso però di medicina non se ne praticava più. Il paziente ero io e dentro ci stavo soltanto con una branda e un frigorifero.

Nuttless mi veniva a trovare, si fermava la domenica... allora compravamo le confezioni da ventiquattro lattine.

Birra Forst, ai magazzini all'ingrosso, e anche lo spumante. Erano magazzini di quelli che vendono le bibite e le acque minerali, coi muletti elettrici per sollevare le cassette e le pile di ogni cosa bevibile.

Quando si pagava bisognava compilare l'ordine. Era una cosa da uomini. Nuttless diceva "È un conforto vedere tutte queste distese di lattine di birre, tutto questo ben di Dio. È una cosa che aiuta... sapere che non finiscono".

Quando era domenica le birre se ne andavano. Le lattine finivano dappertutto. Che fossero chiacchiere o silenzio, le lattine vuote aumentavano sempre di numero.

Per distinguere le vuote dalle piene Nuttless le accartocciava con le mani e poi le buttava via. Era una cosa da uomini.

Fuori le macchine continuavano a passare a due metri dalla porta. Non la smettevano mai. Era la statale. La statale dei platani.

Ogni tanto qualcuno ci finiva contro a quei platani, e io mi tenevo alla larga. Tutto, mi dicevo, Gesù, tutto fa' che mi succeda, tranne che di sbattere contro quei cazzo di platani. Avevano il fondo del tronco pitturato di bianco, ma non serviva a niente, continuavano a sbatterci lo stesso.

Erano grossi e piazzati per terra.

Le macchine passavano di continuo e facevano tremare i vetri. Di notte una luce gialla veniva dal riflettore allo iodio, di giorno invece c'erano solo le macchine che passavano e basta, e li si potevano pure vedere in faccia, gli autisti.

Quando ero con Nuttless anche le macchine non contavano, ne avevamo di più noi da raccontarci di questioni... coprivamo il rumore con le chiacchiere e le birre e il resto. Però nella notte, quando ci restavo solo lì in mezzo, alla mattina presto, lì, per il rumore ci diventavo pazzo...

Nuttless era un tecnico. M'insegnò tutto. Dal canto mio ero un barbaro.

Mi insegnò com'era fatto il negroni, a distinguere il rum dal gin, e che il gin era indispensabile da tenere in casa, così come l'acqua tonica e le bibite.

Ma la vera questione era il suo modo di affrontare la cosa. In mano a lui niente più era una faccenda da disperati. Tutto andava a posto, erano cose da uomini. C'era da attrezzarsi, imparare a essere previdenti, evitare i pericoli, riuscire a prenderne in quantità sufficiente, evitare le scassature di cazzo, e tutto questo perché l'insieme di queste cose aiutava. Anzi, era l'AIUTO!

Rimanere chiusi in casa senza un goccio di niente, quello si era già imparato che non aiutava, e nemmeno andarselo a cercare di notte, nell'affollamento del circo equestre, anche quello non aiutava. Con le sigarette pure bisognava essere attrezzati.

Però, poi, che ricchezza avere quello che serviva! Birre, vino, sigarette... bisogna imparare da giovani, poi anche il resto può andare a posto.

A quel punto la miseria viene sconfitta, la gioia trionfa.

Quando si possiede un frigorifero si può già dire di essere qualcuno. Io il frigorifero me lo guadagnai di seconda mano da suo fratello, suonando al suo matrimonio.

Era un Rex. Lo pitturai di verde.

Non usciva tutte le sere Nuttless. Sapeva stare ai box. Sapeva quando ne valeva la pena. Sapeva aspettare. Sapeva anche quanti soldi aveva in tasca e quanti gliene occorrevano di benzina.

Sapeva stare a casa sua e aveva un sotterraneo dove si rintanava. Lì il telefono non ci arrivava, e nemmeno la madre si azzardava a chiamarlo quando s'infossava lì sotto, giusto le zanzare lo scovavano quand'era stagione. Era il seminterrato condominiale. Laggiù, in uno stanzino di cantina, la partita era soltanto la sua... s'accendevano battaglie... baluginavano epopee. Nella sua passione non aveva bisogno di aiutanti. Dei suoi soldatini di piombo che rivestiva a pennello con dedizione da incisore, su in superficie non se ne sapeva niente.

Ma poi arrivavano i giorni dell'uscita.

Era riservato Nuttless, tecnico. Non si sapeva mai dove avesse da andare. Si era abituato a dire solo le cose che riguardavano anche te.

Per gli altri semplicemente spariva. Quando c'era, c'era del tutto, quando non c'era, non c'era più per nessuno.

Sapeva muoversi per appuntamenti, usare il telefono, faceva le cose all'antica... ci si metteva d'accordo, sull'ultima parola.

Conosceva le date delle fiere, ricordava le feste, i compleanni, i giorni di apertura dei bar, le chiusure, sapeva i prezzi degli ipermercati, gli sconti, conosceva i centri commerciali, sapeva quali marche si trovavano in uno e quali nell'altro, e soprattutto era più grosso di me.

E un amico più grosso ti salva sempre.

Nei giorni dell'uscita ci trovavamo a un bar a metà strada, quindici chilometri per tutti e due. Caffè Sahib si chiamava. Quella era la partenza... del resto ci vuole sempre un locale da dove partire.

Quel bar deve sapere fare soprattutto i negroni, di sicuro. Se no, non c'è partenza... tutto sta nei primi quindici minuti, come alla guerra. E così... *à la guerre comme à la guerre!*

Li facevano in bicchieri a vasca, così all'impiedi. Siccome era un bar interstatale, andavano presi al volo, rapiti al bancone, in corsa.

Era una folla spolmonata quella che l'affollava, a gas, berciante, mica una folla cittadina.

Dietro al bancone c'erano i tavoli da gioco e il telefono a gettoni. I ragazzi che li facevano quei negroni, per Nuttless mettevano sempre più gin che per ogni altro, sapeva come conquistarseli.

E quello per l'inizio. Il resto arrivava per strada e faceva sempre attenzione Nuttless alla strada. Siamo cresciuti laggiù in pianura, così, a ruote. Qualsiasi cosa per noi, per succederci, ci ha avuto bisogno di chilometri. Conoscevamo l'importanza del mezzo. Nuttless si muoveva con la Renault della ditta di riparazioni tv, un vecchio modello di famiglia, blu, di vent'anni.

Era attrezzato. Portava il sacco a pelo in ogni stagione, e le chiavi di riserva le teneva in un astuccio a calamita sotto la carrozzeria, sia quelle di casa che quelle della macchina, ma a casa, quando se ne andava, non ci tornava mai.

Si metteva in strada solo alla fine, quando tutto era davvero finito. Guidava come poteva il volante di plastica caramellata marrone, e al primo cedimento si fermava. Usciva, vomitava, e si metteva a dormire, non importava dove, appena riapriva gli occhi ripartiva. In questo modo è sempre arrivato.

Usavamo garofani bianchi, per sciccheria, da mettere sull'occhiello della giacca, bianca pure lei, e quando venne la primavera, fu veramente qualcosa. La musica arrivava fino alla strada.

Mi insegnò *What a wonderful world... Georgia...* era un romantico, sognava un locale con le giacche bianche, dove suonassero *As time goes by...*

Noi saremmo stati i padroni, occupati soltanto a stappare champagne al piano di sopra... su, nel privé.

Non avendolo ancora, quel locale, ci contentavamo di frequentare i miei, quelli dove ero ingaggiato per intrattenere la clientela. Clientela con la bocca sempre occupata, mangiante, sbevazzante, parlante.

Suonavo sempre da solo in quei locali, come in un esilio. Non c'erano altri musicisti. Non ci arrivavano lì. Era il confine. Mi scaricavo anche il piano Fender Rhodes senza aiuti... senza sentire altro rumore, rientrando, che quello dei miei passi...

Li conoscevo bene... erano la mia compagnia... passavo la maggior parte del tempo con quell'eco, a parlare da solo, a farmi da mangiare da solo, a guardare la gente nei bar, a odiarli tutti, perché i bar non erano mai all'altezza delle suole... e così i loro panini e i giornali, e tutto quanto servisse per tirare avanti.

E non si era all'estero, e neppure in città. Non si era da nessuna parte.

La città almeno ti può sporcare l'anima, ma la pianura ti sporca soltanto le scarpe. Non c'era niente, nemmeno l'illusione di un pubblico, o semplicemente un pubblico. Nessuno ascoltava nessuno.

Io però iniziai ad ascoltarmi, e poco alla volta la mia voce mi fece meno schifo... ma quando Nuttless iniziò a venirmi a trovare in quei posti, allora non fui più solo.

Portava qualche amica, sedevano al tavolo, ordinavano da bere, facevano addirittura delle richieste e infine s'innamorò pure di mia sorella. Era destino, e del resto non c'era niente da fare, era lei la migliore.

Veniva all'ambulatorio, beveva le birre, mi ascoltava suonare mentre le macchine fuori passavano. Ero io il suo night-club personale, lui stappava le birre, s'imbriacava e io suonavo. Finalmente avevo un pubblico.

Quando tutto il resto era finito rimaneva lui, il Meraviglioso, il Marajah!

Era l'ultimo dei boss, aveva fabbricato abusivamente, di notte, su una spiaggia il suo primo locale. Quello del seminterrato cittadino invece, il Count Down, aveva ancora le colonne con gli specchi, e la gloria di vent'anni di disco-music e spumante.

Apriva per noi la cella frigorifera e riforniva. Riceveva nei vapori della cucina, dove preparava un risottino allo champagne salatissimo, capace di far impennare le consumazioni anche a quell'ora.

Era già l'ingresso per il mondo dello spettacolo, il sottoscala. L'università. Ma quando passò dal Veuve Clicquot al Pinot di Pinot, capimmo di essere usciti dalle sue grazie.

Conosceva i film, Nuttless. Si chiudeva nella camera da letto dei suoi tre fratelli e si guardava le cassette che sapeva a memoria.

Il cinema era la parte più epica di lui. Si capiva soltanto dopo aver visto un film quanto ci aveva meditato sopra. Conosceva Kubrick, Leone, Cimino, Scorsese. Preferiva i film veri, quelli da uomini... perché il cinema è in definitiva la sintesi degli uomini.

In bocca a lui le scene erano epica. "Ecco... questo è il momento..." mi diceva Nuttless "...qui si capisce... qui c'è il poema, la lezione che rimane..."

Ci pensava a lungo ai film, ai grandi film, più che alle poesie, ai racconti o alle canzoni. Il film parlava per tutti loro. Perdeva per tutti noi...

"Ecco, ascolta questo... ascolta Pacino 'così potrete dire... quello era un uomo cattivo! Potrete alzare il vostro ditino e dire... quello era un uomo cattivo...' conosci questa storia eh, Nudols? C'è bisogno, dell'uomo cattivo!"

Oppure modulando la voce "'Non è vero, la vita non può invecchiarmi. Siamo due vecchi, Nudols, tutto quello che ci rimane sono un poco di ricordi, e se uscirai da quella porta non ti rimarranno nemmeno quelli.' Ah ah! Nudols!".

Quell'inverno venne la neve. Non si vedeva altro dai tetti dove ero finito per stare... neve dal cielo alla strada.

La città era piccola e non rimaneva nemmeno una via sgombra... c'era una sola stufa per riscaldare tutto il sottotetto, così che si poteva sentire caldo oppure freddo nello stesso tempo...

Lì Nuttless mi portò il Film. Quello che divenne il nostro Film. Era la storia di un'amicizia, e di un tradimento dell'amicizia. Una cosa da uomini in definitiva.

Il videoregistratore faceva un rumore particolare nell'avvolgere i nastri. Fu il suono di quell'inverno... l'inverno in cui ci chiamammo Nuttless.

"Vede, senatore... anch'io ho una piccola storia... un tempo avevo un amico, lo denunciai per salvargli la vita... era una grande amicizia... andò male a lui, e andò male anche a me..."

"Che cos'è, è il tuo modo di vendicarti, Nudols?"

"No... è soltanto il mio modo di vedere le cose."

Vedi, Nuttless, ora che siamo arrivati a questo punto, chi può davvero dire se ci andò bene oppure no, se quella era la strada, se questo era l'arrivo.

"...Si vedono subito, dalla partenza, i vincitori, ed anche i brocchi... io avrei scommesso tutto su di te..."

"...E avresti perso."

A furia di film, veniva l'alba. Arrivava da dietro le finestre, dietro le tende, che scuri non ce n'erano. Veniva di solito un'alba opaca, sugli occhi insonni intrisi di sogni, un'alba che non metteva voglia di alzarsi. Un'alba che lasciava orfani dei film e pieni di propositi.

Ogni cosa nella vita avrebbe dovuto essere come scritta in quelle battute... a saperle dire!

Aveva indicazioni Nuttless, per la vita, per come avrebbe dovuto essere.

Abitava in famiglia, in un condominio. Sapeva un mese prima quando la casa sarebbe stata libera e allora si organizzava, faceva inviti.

Sapeva cucinare, naturalmente. Preparava soprattutto tartine con gamberetti e le salsette tonnate erano la sua specialità. Allestire quelle cene era nella sua indole... parlare e cucinare... gli antipasti soprattutto... mettere dischi italoamericani... anche questo aiutava. Lui serviva, ingrassava e inebriava versando fontane di Berlucchi a cascata sulle coppe impilate a piramide.

Fino a un certo punto non ci fu nulla che potesse durare più di una settimana in fatto di donne, per Nuttless.

Si imbriacava come un pazzo, cercava le sue simili e le incontrava. Era sempre un'avventura.

Spesso non si ricordavano più chi fossero di preciso, né che faccia avessero, fino al sabato dopo, quando si rincontravano. Allora ricominciavano da capo, ma non durava molto. Mai.

D'un tratto però, nell'estate, iniziò a fare discorsi misteriosi, ma sull'oggetto del suo amore non si sapeva, e non c'era modo di capirci niente... poi lo si imparò... era una barista del locale. Ed era pazza. Lui si buttò nella storia mani e piedi con tutto lo scecco. Parlava di abitazioni comuni, si avventava all'assalto.

L'accompagnava a casa, la portava, la riportava, se ne prendeva cura. Era però una ragazza intricata, forse era pazza, o lo faceva uscire pazzo... lui comunque non demordeva, inventava, faceva di tutto per lei.

Per tre mesi almeno sparì dalla circolazione... poi, una sera, ricomparve.

Anch'io non ero messo meglio. Andammo al solito locale e ci ubriacammo della tequila col verme, quella della gioventù... ne bevve parecchia e poi ancora... alla fine non sollevava nemmeno il bicchiere, lo prendeva direttamente con i denti e lo mandava giù. Aveva atteso quel momento se l'era procurato a lungo. Quando l'alcolico gli si sciolse bene in corpo prese una sigaretta, l'aspirò forte e se la appoggiò sulla carne del braccio. Il dolore non lo sentì quasi... si bruciò la carne con una specie di piacere, sorridendo sardonico... per sentire un dolore più forte del suo disse... avere dolore significa essere vivi, bisogna tenerselo caro.

Poi prese a insultarmi. Andammo fuori. C'era la neve ed era notte fonda...

"Forza Nudols, picchiami!" gridava.

Era una cosa da uomini. Si tolse la camicia. Rimase a torso nudo... "Vaffanculo Nuttless!" gli urlai io. "Ti credi di essere furbo solo tu, ti credi di soffrire solo tu? Eh? Che cazzo ti credi? Di essere capace solo tu di fare lo stronzo nella neve?"

Mi tirai via la camicia anch'io, e ci trovammo mezzi nudi agitando i pugni.

"Dai, dammele Nuttless, fammi vedere che sei capace! Lo so che tanto sei sempre stato dalla parte di Max!"

"Vaffanculo! Tu e il cavallo che cavalchi!"

"E tutta la cavalleria che ti viene dietro!"

Gli tirai il primo pugno su quella pelle grassa che aveva... sorrideva Nuttless a suo modo.

"Vieni, vieni!" diceva. "Picchiami, dammi un pugno!"

Glielo diedi, così in mezzo alla strada, lo centrai alla spalla, poi me ne tirò uno lui, nello stomaco, e mi fece male, allora fintai di destro e gli tirai un calcio nel culo. Lo presi in pieno. "Stronzo grassone" dissi.

"Così, Nudols, dammene un altro!" mi incitava.

Ma non glielo diedi, me ne arrivò uno sotto il mento... allora iniziai a mulinare le mani dicendo "Uaaa! Sono Red Dragon, e tu chi sei?".

"Sono Sukaaaazz!"

Così iniziammo la battaglia giapponese, ma arrivò prima la polizia per i lamenti dei vicini... Rientrammo dentro mezzi nudi, sotto gli abeti carichi di neve...

Nuttless si riprese, in primavera conobbe una ragazza molto forte... era larga di spalle e piazzata di culo e di collo. Aveva i capelli lunghi come una valchiria.

Fu un'altra storia appassionata, scopavano dappertutto, anche a casa mia. Non lo si poteva più invitare, dove veniva lui, veniva anche lei, e dove si trovavano, facevano.

Nei campi, al chiuso e anche all'aperto... lei gli lasciava messaggi sul parabrezza della macchina, lui le lasciava la risposta...

Sia come sia, di nuovo Nuttless scomparve, ma per fortuna lei era fascista di famiglia, e lui lasciò perdere il colpo, favorito in questo dalla politica... il destino qualche volta una mano te la dà.

Non molto dopo, conobbe una ragazza, un'amica di famiglia.

Le fece la corte nei primi festival di settembre, quando i campi odorano ancora. Si fidanzarono per un anno, poi si sposarono... io feci da testimone di nozze. Tutto a un tratto ero sposato anch'io... mi presentai vestito da pagliaccio e per tutta quella serata trascurai la moglie...

DE OSPITALITATE

Ospite, sono stato. Ospite professionista. Conosco il mestiere. Mi ci sono ingozzato. Di campanelli, di voci nelle segreterie telefoniche, di riviste femminili nei bagni, di fotografie.

Facce attaccate nelle cucine, nei corridoi, sulle lavatrici, facce rubate allo scatto e poi sparse ed esposte agli estranei. Foto delle loro stesse facce. Appese, infilate, appiccicate ai muri. Facce. Facce. Facce! Nelle case dello studentato soprattutto, le case dell'apprendistato promiscuo. Le case comuni della gioventù, il parcheggio degli anni felici. Pare che ci vivano dentro i giovani, già simulando la vita di dopo. Si fanno le visite, telefonano, chiavano, chiamano casa.

E poi quelle degli adulti, i maturati, piene di oggetti, invase dalle pubblicazioni, dalla discografia, dall'accessorio. Le case dei professionisti. Il mondo fuori coagulato, acquistato a pezzi e poi riportato a casa. Registrato, filmato, simulato, a portata di mano, per quando gli ritorna la voglia.

Oppure ancora nelle case dei putti, gli ex ragazzi scapoli, con le madri distese sui divani letto, incattivite. Vinte dall'acqua ossigenata.

Dappertutto va l'ospite. Non si sa quando arriva, non si conosce quando parte. Mangia, ascolta ogni cosa, s'ingozza di promiscuità. Ma non usa mai il telefono. Mai il telefono. Non è professionale.

Per quello c'è il giro dei professionisti. Dove lo scatto costa il doppio. Nella catena di sant'Antonio dell'ospitalità. Masterpiece of Hospitality. Benvenuto in sua camera!

Più salgono le stelle, più aumenta il conto, e più non paga nessuno. Sono tutti ospiti! Nessuno paga all'uscita nel quattrostelle dello scrocco, nessuno maneggia il dollarone. Sono tutti prepagati. Ognuno è mandato per conto di qualcun altro. Girano nella catena dell'ospite, nella moltiplicazione dei timbri del rimborso spese. Il paese intero ne pullula. Gli aeroplani ne sono pieni. Agli autogrill si affollano, nei treni di prima classe, nei ristoranti! Più si paga, più paga appapà.

Si fanno carriere apposta per finirci in quel girone. Uno comincia a contare qualcosa solo quando ci è finito dentro.

Finché ci si paga la benzina da soli non si conta niente! Si è un due di picche. Ma poi, girando e girando come una centrifuga, si eleva e si schiuma il girone, su su verso l'alto, fino a che la si smette di girare.

È il vertice finale, e termina in un punto fisso.

Il punto in cui si arriva a scomparire dal mondo, standone al centro.

Per il resto, tutto intorno, gli ospiti a catena muovono lungo il paese a raggi differenti come una girandola.

Hilton, Masterpiece of Hospitality, è scritto già sulle schede plasticate che aprono le porte. Niente più chiavi, che sulle chiavi non ci si può scrivere niente, e poi se le rubano gli ospiti, che le chiavi non le meritano, giacché vivono a consumo e senza possedere.

A tutto hanno pensato, gli sponsali dell'ospitalità contrattata. Se li convenzionano uno con l'altro, tutti i bisogni degli ospitati. Li simulano, a trabocchetto.

I frigobar, gli sciampagnini, gli annunci, i canali privati, i canali della pornografia. Profittano di tutta la mollezza e la debolezza della solitudine incontrollata in cui finiscono, di tutta la clandestinità viaggiatoria, di chi si ritrova NUDO IN SUA CAMERA.

Per tutti quegli uomini perduti, il lusso è il succedaneo dell'amore.

L'affetto si misura e si paga a centimetri di moquette, a grammatura d'oro dell'accendino, a idromassaggio, a condizionamento d'aria, a poltrone più larghe d'aereo.

Solo l'alluminio alle finestre ha la capacità di farli immiserire, li deprime.

Questo soltanto gli è interdetto. Il resto tutto li riconforta.

Li erigono generalmente nel fango, ad argine del fango i loro castelli di plexiglass.

I porti franchi del terziario viaggiatore. Tra mezzo l'eternit e la catramata tangenziale. Ai margini, lungo le barriere delle città. Veloci da arrivare, pronti per andarsene. Il vetro soltanto li separa dalla fanghiglia umida che li circonda, dalla lamiera della gramigna autostradale.

Ho conosciuto il nemico. Ci ho viaggiato insieme. L'ho sentito parlare nelle ricetrasmittenti, l'ho auscultato dai suoi cicalini, mentre spandeva l'intimità privata nell'onda elettromagnetica. Tutto sopporta l'aere, pettinato e percorso dalle chiacchiere infinite. L'aria ne è satura. Impregnata. Attacca tumori alla gente.

Girano già per le strade e ovunque, reggendosi un orecchio con la mano gli auricolati. Malati di otite trasmittente. Avvelenatori e avvelenati, tutti insieme irrescindibilmente...

Si finisce nello stesso aeroplano, ugualmente pagato da altri.

Nei saloni d'attesa. Nei posti di nessuno. Alle sale d'imbarco! Alle sale convenzionate! Condizionate! Ai gymn club! All'autogrill!

Ah, bisogna vederla dall'alto la piana ipermercata...

È una grande distesa di luci allo iodio inquadrata in file e corsie, come i suoi campi coltivati. L'affollamento, la massa autotrasportata la solca e l'irriga. È una distesa senza né capo, né coda. File e file di luci e di fanalerie si susseguono.

Fanali laboriosi come formiche, racimolano e ordinano traiettorie fino al limite del traffico sterrato.

Ovunque brucano le lamiere ambulanti. Sugli impianti del metano, sul capannamento, sulla neonificazione. Sull'accrocchio della megalopoli tangenziata.

Sulla sua internazionalità sommersa che ci brulica dentro, ottusa e fieristica come una talpa.

Tedeschi, coreani, asiatici, rappresentanti della Singapore Airlines, russi, mafiosi, polacche, rumene. Tutti si riversano negli alberghi del terziario d'avanzo. Nei condomini coi numeri ai citofoni. Si abbandonano fiduciosi al flusso futuribile, telematico, tra l'eternit e le oche a bordo campo. Corre sui bit l'ospitalità internazionale, trasportata d'urgenza nelle navette aeroportuali.

Mi svegliai senza riuscire a sollevarmi, vinto dalla clandestinità. La televisione era ancora accesa. Dentro ci urlavano due massaie aizzate dal conduttore. Litigavano, rimettendosi al pubblico giudizio delle case. Per un cane litigavano, un cane in cattività che dava fastidio a un vicino.

"E non lo dovevi prendere..." diceva una all'altra, dandole del tu.

"Ma l'ho fatto per fare un piacere..." rispondeva l'altra "...era come un bambino piccolo, chi è madre mi può capire!"

"È lo stesso, tu l'hai preso e perciò la colpa è tua!"

Aveva una voce dura l'altra, con un forte accento del Sud, da capocondomina.

"Ma io l'ho fatto solo per fare un piacere..." piagnucolava la prima, però già non si capiva più niente perché ognuna sbranava l'altra e non la lasciava parlare, e il conduttore gongolava, e l'audizione forse saliva. Chiocciavano a più non posso, oramai erano arrivate alle minacce personali. Rimestavano. Affidavano alla televisione tutto il livore del condominio, il cane, e le scope battute sotto i soffitti, e la berceria infame, che nutre il tumore dei vicinati coatti. Già sboccava fiele dallo schermo, che lo santificava. Alle pistole! esortava. Alle camicie di forza!

Trovai la forza di alzarmi e spegnere. Era arrivato fin lì lo sbercio. Fino al silenzio asettico della moquette, fino al doppio vetro dell'ottavo piano.

Sul tavolino c'erano gli avanzi, i sottopiatti di carta ricamata. Gli effetti personali in spargimento disintegrato. Nell'aria un odore di pulito, da aspirapolvere.

Il televisore rimaneva acceso di suo. Un programma da videogiochi riportava frasi di benvenuto, intestate a nome personale del cliente.

Le tende erano di un colore giallo scuro e davano alla luce la stessa tonalità. Da fuori non si vedeva nulla. Solo i fari abbaglianti sulla strada a scorrimento veloce. Tutto pareva trattenuto dall'ovatta. Non si sentivano nemmeno i passi lungo il corridoio. Nemmeno gli attrezzi delle donne delle pulizie.

Anche questa è la differenza. Dalle quattro stelle in su viene inserito il silenziatore. Da fuori non arrivano più né urla, né rumori, e nemmeno ti cacciano alle dieci per liberare la stanza. Il garbo sconfina nell'anoressia.

Mi alzai. Vagai per la stanza, ammalato di sonno, con i piedi scalzi. La vasca era di smalto bianco, con mattonelle da condominio marroni. C'erano piccole confezioni di plastica di shampoo e di bagnoschiuma.

La vita scorreva simulata, illuminata dalle lampadine bianche, lungo lo specchio, come un camerino di teatro. I bicchieri di plastica sul lavandino, quelli da spazzolino, ancora avvolti nel cellofan.

Era già l'orario clandestino, l'ora di nessuno, la vacatio legis. La sacca di tempo abusiva, il pomeriggio che i quattrostelle concedono prima di riprendersi la stanza. Aprii il frigobar. Era piccolo. Dentro ci stavano soltanto cose in miniatura, bottigliette, biscotti, liquori mignon, noccioline tostate. Ma niente di solido. Presi una lattina di birra. Ne assaggiai un sorso ma non andai avanti. Avevo una fame fraudolenta che non mi lasciava la voglia di mangiare nulla. L'unica cosa che desideravo era di non uscire di lì. Di confondermi con le rifiniture, di presidiare il silenzio, di non essere trovato.

Non c'era altro dove andare dopo. Solo lì dentro la grazia sepolta mi avvolgeva.

IN STANZA CON GOULD

La Passione secondo Gould si è ibernata nella registrazione, ha sezionato il cuore, ancora palpitante di bellezza, l'ha aperto a metà, l'ha asciugato dal sangue, dalla contaminazione e l'ha disposto sul vetro illuminato al neon del tavolo operatorio. Il doppio vetro del motel.

E su questo banco lumescente ora può operare la chirurgia estetica dell'occhio.

Scorre la sua musica nei fili, nelle vene di silicio dell'opera riprodotta, nei rivoli degli apparecchi che la digitalizzano, la fanno codice e la restituiscono, a cuore ancora aperto, intatta così come è stata registrata. La chirurgia, suprema arte moderna, la restituisce agli stessi templi di solitudine da cui è venuta. La camera di motel.

Scorre la linfa vitale tra i canali registrati delle scritture, delle comunicazioni.

Si collega a noi attraverso corridoi d'aria, preferenziali, condizionati.

Mondata dall'impurità del contatto, la musica di Gould ci parla.

Ci rende perfetti, abbracciandoci in un abbraccio senza corpo. La sottrazione che l'ha originata ci regala ora la più grande vicinanza.

Scorre la vita, destinata agli spazi, all'infinito astrale, al buio dove le stelle gemmano lattiginose, dove fioccano maculanti, imprimendo le rètine degli strumenti, in un tutt'uno con l'armonia del grande meccano cosmico.

Sgravata, essa appartiene già alle stelle e alle luci gelide dei neon. Appartiene alla perfezione della moquette pulita e spessa delle camere sonorizzate, dei banchi ottici, del metallo degli shaker, della pulizia d'acciaio del banco bar nella penombra, alle lamiere affusolate delle macchine veloci. Alla seduzione del movimento dei cristalli liquidi appartiene, alle loro rètine vive che imprimono i pensieri scritti nelle lavagne inconsistenti del doppio vetro del motel.

Egli è pietoso, di una pietà consolatoria, per le imperfezioni umane, per l'infelicità e per il dolore.

Anche per il silenzio della stanza egli è pietoso, per gli arti rotti, per la frantumazione delle unità.

Ha affidato al microfono a nastro l'impressione del suo cuore. L'ha depositato come una farfalla nella trasparenza del plexiglass, l'ha affisso ai led luminosi del banco di registrazione, affinché il grande Nord potesse infine arrivare sino a quaggiù, alle stanze imbottite.

Lo strumento, evirato di ogni ridondanza, suona sordo, come un cembalo.

Le note muoiono una sull'altra, senza l'avvolgimento del sostegno. Sono note sole, e perciò possono armonizzarsi senza invadersi. Ognuna ha il suo canto, ed egli pietoso le raccoglie, una a una, e le ripulisce.

Le fa cantare a baionetta, fucilanti, insieme. Gli fa scorrere addosso la vita in piena e non ne lascia asciutta una.

Esse tutte rispondono all'appello, galvanizzate ed erte all'attenzione del loro giudice.

Finiscono le note spiaccicate ai doppi vetri come grosse gocce di pioggia.

Compongono il paesaggio tangenziale dall'ottavo piano del motel. Nella fissità dei nastri d'asfalto, dei luoghi di passaggio, il verde attorno si fa più scuro, più grave, nel quadro di Gould, e il cielo più cupo.

Le gocce, cadute a grappoli, rotta l'unità della tensione, restano trasparenti e sformate alla fine del volo.

Fuori nel silenzio ovattato un'auto sbanda senza fare rumore, rimbalza contro il guard-rail di acciaio, si gira su se stessa. Un'altra che arriva veloce la centra, la sfonda nel vetro. Si rompe, lontana e minuscola come le grosse gocce di pioggia si rompono.

Abbandona la presa dell'asfalto e finisce nel fango accartocciando carni e lamiere.

Nel silenzio artico della perfezione del motel tutto rimane intatto. Le sirene blu dell'ambulanza si protendono nel buio incombente contro il cielo.

Le nuvole vengono a ondate, dandosi il cambio una con l'altra.

Vengono avanti dolenti, avanzando a scaglioni, a cariche successive, ossessive, senza rompere la perfezione della musica.

Gould pietoso raccoglie anche le gocce che finiscono la loro corsa sui vetri e le lamiere morte, fondendole nel crogiolo della sua Passione.

I cori ibernati nella pagina si sciolgono, si affastellano, le voci fuggono, liberate finalmente al movimento dal blocco di ghiaccio in cui il tempo le ha fissate.

Dalla lunga distanza dove egli si è sottratto si sciolgono fino alla deriva della camera, della notte.

Si reggono come su alti sgabelli da bar che cadono di continuo e cambiano il piede di appoggio.

Stanno tutte sull'angolo, in bilico sul punto di fuga, toccando l'equilibrio nel momento stesso in cui il castello cade.

Scalano gli appoggi armonici che gli rotolano via di sotto per consentire la loro fuga da acrobati verso l'alto, verso l'equilibrio superiore che le sovrasta.

Si fanno largo le voci della Passione secondo Glenn Gould coi loro sottili movimenti, tra i nostri luoghi oscuri. Trillano e muoiono e poi riaffiorano spinte dal basso.

E fioriscono come si fiorisce nell'intimità, alla fine delle battute.

LA BRUCIATA

"A furia di mollare le redini si è scassato il cavallo." Guidavo, e questo mi dicevo, ferito dalle strade, invaso dallo spettacolo.

Le tangenziali si snodavano e squartavano la terra tra i capannoni cementati.

Guidavo tra le corsie di ferro arrugginite, come rotaie messe di traverso, inchiodate ai paletti che costeggiavano la strada.

A primavera ci fioriscono i biancospini e i fiori gialli dei piscialletto, lì, nel bel mezzo della Bruciata, la terra di nessuno.

Terra di container parcheggiati, di processioni notturne, di ragazze albanesi e nigeriane in fila nelle pozzanghere, che si cambiano nei fossi e si vendono nella notte alla maniera babbuina.

Terra d'interporto stradale. È la fine, l'imbuto del grande Nord.

L'internodo camionale. Il caravanserraglio del cibì, degli uomini tatuati, dei teutoni a rimorchio.

Stridono le tonnellate nello svincolo, gemono i pneumatici ciclopici.

Odorano di olio bruciato e di gomme. S'insudiciano nell'asfalto come nella mota.

Ci sguazzano, trabordano. Fuori e dentro della rete autostradale.

Entrano fin nell'ingresso del bazar i carovanieri con l'ampio, fumante muso stemmato. Volvo, Daf, Scania.

È il trasporto scandinavo, l'artiglieria pesante. I camioni di Navarone.

Muovono con manovre ammiragliate in flotta, nel parcheggio della distesa interportuale.

Muovono a banchi, manovrano. È la mercanzia in movimento, l'approvvigionamento continentale. Bisogna lasciar spazio.

Parcheggiai nel poco di spiazzo che era rimasto, sotto i tralicci dell'elettricità.

Estrassi dal cilindro del baule un mazzo di mimose secche, e salii la scalinata del tempio del ristoro...

Piastrelle marroni, fon a gettoni, sale da bagno, tutto è un unico movimento.

Si spostano come una danza le masse viaggiatorie, dentro la cuccagna plastificata.

Si slacciano, flautano, perdono aria, si liberano dei pesi del viaggio, lasciano mance al volo. Si asciugano ad aria, spengono le cicche sui soffioni boraciferi.

Si riversano allo spaccio alimentare. Alla Motta!

Lo vogliono buttare giù, come al pugilato! La parata elettrica tutta accesa, non c'è spreco, luci a profusione nel sole malato delle tre del pomeriggio. Mi unisco anch'io alla danza, mi ci butto, mi ammasso, scivolo fino alla distribuzione, al rancio, mi avvicino di soppiatto e infine, di sorpresa, decreto... ordino... reclamo... BBIRRA! BBIRRA!

Percalle, di spalle, dietro al banco mensa, attillata nella divisa verde d'ordinanza, si volta a quel punto sussultando. Poi, già seduto al tavolo, mi raggiunge e mi centra.

"Tu ti trascuri" afferma. "E trascuri anche me!"

Ero l'ultimo cliente, e vinto dalla debolezza cronica, ordinai birra e prosciutto, melanzane al forno e peperoni. La cuccagna da autogrill.

Aveva l'aria seria, Percalle, compresa nella mansione. Ci teneva a rimanere al riparo dalle critiche.

Lo sapeva che razza di carogne erano le altre donne di servizio. La stupidità che avevano covato negli anni, con l'affaticamento, educate così ancora più in casa che sul lavoro. Che poi casa o lavoro era lo stesso, sempre guaiti ferini e malelingue a ogni mancanza. Mancanze rilevate puntualmente del resto, assurte da subito al peso di questioni private.

Ah come si sentivano tutte sempre di essere derubate di qualcosa! Vittime di un'ingiustizia! Perciò per tenersi l'impiego aveva imparato a non parlare mai, a ostentare l'impegno. Si era fatta diligente, insomma.

E lo faceva per bene il lavoro, tirata su come era a furia di "tanto la vita figlia mia è domani, e altrove!" sapeva come stare al suo posto.

Quando finiva il turno consumava il pasto nella sala vuota, tra gli sgabelli alzati, così come pattuito nel contratto.

Un po' la pativa la gente, quando le arrivava tutta accalcata, fumigante, stretta nella corsia coi vassoi questuanti, protesi alla mensa!

"Guarda..." diceva "...li vedi? Adesso non c'è più niente da fare: HANNO FAME. Non gli importa di starsi addosso, di pestarsi i piedi. È il momento... DEVONO MANGIARE."

A quel punto gli arrivava fin dentro i tegami la clientela.

Anch'io avevo fame. Fame da orario di chiusura, insopprimibile, nervosa. Non se ne arrivava mai alla fine. Ce ne mise un po' a terminare i lavori, Percalle, ma alla fine venne a sedersi al mio tavolo, che tutto sommato ero un cliente.

Guardava fuori, oltre le vetrate, oltre l'autostrada. Non lo sapeva nemmeno lei come ne sarebbe uscita da lì in mezzo, così giovane e così destinata. Le strade le si confondevano davanti. Bisognava evitarla in qualche modo, mi diceva senza sapere bene come uscirsene da quel reticolo tangenziale di capannoni ed erba medica, di letame e aria porcina. Guardavamo fuori dal cubo della ristorazione... anche quando fioriva la pianura era come se la foschia le avesse tolto d'un tratto il vestito di sopra lasciandole a vista, scoperte, le gambe livide e imberbi.

"Dov'è che vanno cercate quelle cose che dici, eh ciarlatano... dove bisogna trovarle, tra gli affascinanti forse... ma quelli che lo dicono o quelli che lo fanno? Dove, dietro le telefonate... in quali fili vanno a sparire?

Tu ti trascuri" disse guardando fuori, vaga. "E intanto una stagione è passata e mi sono persa il repertorio di un armadio intero."

Mi ributtavo nel mattatoio ambulante. Per tornare ci mettevo sempre da due ore a due giornate. Ci andavano, per riadeguarsi alla palude.

Facevo sosta al distributore del gas. SPRINT GAS. Aveva un'insegna gialla e verde, un cavallo alato, la scritta esotica "Con Api si vola".

Ma non volava nessuno. Restavano a terra i forzati del propano. Tutti in fila con macchine più grandi di quelle che ci si poteva permettere. Andavamo a gas.

Arrivavano a ondate grosse Mercedes, vecchie Alfa Romeo, Maserati, Jaguar addirittura. Scendevano sempre dal mezzo, i guidatori della pianura a gas.

Si facevano un giro, profittavano della sosta per rimettersi a posto la borsa. Davano una boccata allo sbocco propanato, gli faceva bene quella puzza, gioivano sempre per quella soluzione, ogni volta come la prima volta, e poi si rimettevano dentro. Avevano fatto il pieno in economia, erano felici.

Ah, l'umanità a gas!

La macchina aveva bisogno di una ripulita. I giornali sul fondo s'erano impregnati. E poi le audiocassette, la cenere, il cruscotto appiccicoso per la birra rovesciata. Bicchieri vuoti nelle sacche dei sedili, tappi. Era un odore misto di birra, bucce d'arancia e arbre magique. L'odore dei grandi viaggi insomma.

Imboccai la tangenziale che s'impennò subito, passando sopra al campo nomadi. Sopra al cimitero delle auto. Lo scasso.

Passava vicino a una collina precisa e regolare, a forma di panettone, ricoperta di un manto verde, con sfiatatoi. La collina dell'immondizia. Rifiuti raffermi ammucchiati a strati. Era l'unica collina che si vedeva, come un dorso di balena affiorante. Le altre, quelle vere, più lontane, le colline perdute, non si distinguevano per via della foschia.

Si viaggiava sempre sotto quella specie di cielo senza colore.

L'unico modo per renderla tollerabile la vita era sfuggirla. Sovvertirla, di modo che non ci fosse nessuna condizione di normalità. Cambiare il fuso orario, il tempo, lo stato, la percezione dello stato. Passarci di sotto, di fianco. Mai finire dove ci si aspettava di essere trovati.

IN STANZA CON KURZ

Mi svegliai e non c'erano persiane. Solo vetrate. Le macchine scorrevano lentamente. I container stavano abbandonati nel piazzale, come cicogne su una gamba sola. Nel buio aspettavo che la notte passasse, chiuso nella scatola a fiori di tappezzeria. Mi dibattevo. L'umore mi slittava da sotto ai piedi, viscido come un pesce.

Avevo passato la maggior parte della vita fra sconosciuti, in balia delle ristorazioni, dei pomeriggi vasti e senza indicazioni. Le condizioni variavano intorno a me e io non trovavo il modo di rimanere uguale.

Così ero nella stanza da congressista. Leggevo dei riti di Kurz. Laggiù nell'Africa interna, primitiva. Del fiume nebbioso, che risale come un serpente le viscere del continente. Del mistero e delle tenebre che calano la sera e si estendono dalle acque limacciose del Tamigi fino al fiume Congo avvolgendo tutto il mondo conosciuto.

Delle tenebre onnipotenti che possono rendere un verso d'animale grande quanto la notte, e noi grandi come il cielo, giacché il cielo niente sarebbe per noi, senza di noi.

Era fatica restarci in mezzo a quelle conchiglie di neon, a quel rivestimento, con l'anima molestata da tanto infinito. Poi fece il suo ingresso la cameriera. La porta non era chiusa e quella non si ritrasse nel trovare la stanza già occupata.

Io guardavo le gambe, le mie. Leggevo di Kurz, delle tenebre, di come fra poco sarebbe finito sottoterra.

"L'immortalità della gioventù... l'invincibilità" anche a me mi stavano abbandonando. Ora la terra, il sudario della terra non lo sentivo più così lontano e impossibile.

"Avevo grandi progetti..." diceva Kurz "...li hanno saputi solo quei pochi, e lei, la sposa lontana, in forma soltanto di menzogna. Questo hanno conosciuto di me...”

La rete intanto arrivava come le tenebre fino alla stanza. Attaccava, lambiva la sottocoperta del motel.

Bisognava rimanere nella rete. La rete autostradale, la città che si svolge in lunghezza, dove le distanze alterate non si misurano più in chilometri, ma in tempo di percorrenza.

Dal motel lo si comprende. Al suo interno cova un rumore indefinito di maree e di tubature e non si sentono gli uccelli. I ristoranti sono sempre aperti e i suoi abitanti, i clienti, cambiano di continuo, e anche i lavoranti. Vanno fuori i secondi, ma non cambia il ring dell’autogrill, risacca dei viaggianti.

Occorreva non uscire più dalla rete. Doppi vetri e Glenn Gould, questo era. Non scendere mai fuori, non uscire di cabina e molto sarebbe risolto. Guadagnare abbastanza da non avere più da uscirne.

Come un non trovato, come un Kurz trasformarsi in voce soltanto, voce che filtra dalla rete, trasportata nella rete, che si ode nella rete, fino a che giunga di te soltanto l’eco della tua voce dalle stanze dei motel.

Si ridurrebbe così la possibilità di commettere leggerezze.

Per tutti, all’interno della rete, ci sono le colonnine del soccorso. L’Sos è assicurato. Si è tutelati, consolati. Ci sono dei protettori. Le aree di servizio. Le oasi. I turni. Le boe. Il codice d’accesso. Il notiziario. Il tempo dentro è circolare. È quasi il moto perpetuo, il superamento dello spazio, l’elastificazione del tempo.

Nella località Bruciata si realizza l’intersezione tra la campagna vinta, selvatica e stuprata, e l’interno della rete.

È questione di un passaggio a elica, giacché non ci deve essere contatto. All’entrata si paga il biglietto, come al cinema, e poi non si può più uscire dove si era prima, come si era prima..

Si entra forzando punti molli, di confine, come la porta di ferro girevole del motel, check-point Charlie pedonale.

Ci si imbatte all’autoporto in bar frequentati soltanto dai clienti della rete e si trovano lì dentro tutte le birre del continente, come essere già in un unico estero.

I conduttori dei cargo arrivano dal Nord, e buttano tutta la virulenza del viaggio al di là della dogana, tirandosi dietro anche l’aria del Mare del Nord che arriva fino a lì, sfilacciata come una risacca, come una scia sul catrame.

La rete ha una sua propria stazione radiofonica da oasi protetta, che si confonde con le onde a emissione più bassa dei cibì... *cibì lupo di mare, abbassa i fari, abbassa i fari...* su diverse frequenze l’onda mobile beccheggia in sintonia. Una sola però è quella certificata l'ufficiale, quella che accompagna con dispacci nella notte la corrente catarifrangente lungo il gran bazar tangenziato, oltre la terra di nessuno.

La circonvallazione è il nodo della rete. L'autoporto è il punto dello sbarco, i mezzi sono i panfili di grosso tonnellaggio. Là, su quei moli a piazzale, vengono abbandonati i container soli.

La si avverte bene sull'orlo delle camere la solitudine dei container, la solitudine dei rimorchi. La tenebra li raggiunge a vapori, a miasmi... gli accampati, i capitani stradali. Sotto i cavalcavia... lungo il fiume catramato, appena fuori dalle mura tangenziali, a ridosso delle città e lungo i bordi come torrette saracene si affacciano lì le feritoie dei doppi vetri delle stanze e dentro si intravedono i soli, i destinati all'anonimato.

Mi piace stare negli alberghi buoni, starci dentro con le luci degli abat-jour accese, anche se è giorno, rigirarmi tra la moquette e le lenzuola bianche senza odori. Mi piacciono quelli nello stile del motel. Essenziali, guarniti di tendaggi dichiaratamente motel, che non simulano una casa ma sono una stanza soltanto, asettica e di passaggio. L'unica cosa a cui tengo è l'illuminazione, perciò mi attrezzo con una piccola lampada di riserva, colorata. Mi piace starci dentro come in un uovo, nell'anonimato, tra gente anonima. Scostare un poco il tendaggio, veder scorrere il traffico fuori senza sentirne il rumore, né la mancanza.

Dà alle città un aspetto straniero. È come vederle da un osservatorio. Come da una stazione spaziale. Come essere all'estero. Come nelle sedi diplomatiche, che pur essendo sul suolo di un paese non vi appartengono. Sono zone franche.

I lunghi corridoi, le file di porte. Il rumore attutito dei propri passi. È la solita storia. L'identità si realizza nei posti costruiti per negarla.

Ora mi piace lo stile svizzero, ma quando fa caldo sono da preferire quelli più rumorosi. Quelli del Sud. Come laggiù a San Antonio, dove la gente ci vive dentro tra le urla, i litigi, le ubriacature. Tutti dentro... la promiscuità dichiarata.

Questa del congressista è invece una tregua stagionale con l'opulenza della pianura. Una tregua nei luoghi dell'anonimato.

Ubriacarsi nel motel alle due di pomeriggio e usare il telefono soltanto. Come parlare agli sconosciuti. Escono le verità più brucianti. Escono e non lasciano traccia, non finiscono a deposito, si dissipano immediatamente, con la loro uscita dalle porte.

Tramandiamo a sconosciuti. È così che ci riproduciamo.

SUN MOTEL

Si fumarono la cocaina in camera, lei si mise il cappello da Zorro in testa e poi lui si avvicinò e la strozzò.

Il cappello aveva una catenina di facce rotonde di metallo, una rideva e una piangeva e così via, una attaccata all'altra. Lui la sfilò dal bordo del cappello a tese larghe, e la strozzò con quella.

Erano in un motel.

Per terra un bicchiere da brandy pieno di birra. Vetri dappertutto.

Poi a seguire... bottiglia di Rosso di Montalcino, bottiglia di birra Lutèce. Bicchieri grandi, vassoio con sigarette e tabacco sminuzzato, autobiografia di Napoleone. Chiave con stemma del Sun Motel. Poggiabicchiere di carta a forma di sole. Lamette. Involucro di plastica stracciata del bicchiere.

Di sotto, sul piano d'appoggio... mille lire arrotolate, contenitore per caramelle di lamiera aperto. Piatto con sigarette. Lamette. Lucky Strike, sigaro. Foglio bianco, apribottiglia, lamette, biglietti, tappo, accendino, lattina di Dab, bicchiere di plastica pieno di birra, taccuino, lampada, bicchiere avvolto di cellofan del frigobar. Portafoglio di coccodrillo, chiavi di automobile. Portacenere. Giacca di pelle sul portavaligie. Bicchiere rotto sul legno. Lamette.

Per terra... asciugamano sulla birra rovesciata. Borsa di plastica nera, lucente sopra al letto. Stivali lunghi con cerniera, neri, accasciati per terra.

Il corpo di lei, sdraiata sui cuscini.

E ancora... apparecchio radio lettore cd sul comodino. Borsa di plastica vuota marchiata COOP sul frigobar. Citofono, luce sul citofono. Mozzicone di sigaretta con cenere attaccata, in piedi sul comodino. Tendaggio aperto, bocchettone antincendio sul soffitto.

Finestra aperta sul parcheggio, sulla strada, sulla casa viaggiante, sull'autocisterna, sui mezzi di passaggio.

Lei ha un orecchino rosso e la cintura alta con la fibbia, i collant, le braccia dietro la testa. Il copriletto stampato a giungla, colori dominanti fuxia e rosso. Giacca di pelle. Mobili verdi con bordi di legno e listelli.

Fuori alberi gonfi, nella strada arancione. Un negozio di lampadari acceso tutta la notte. Cassonetti dell'immondizia, cabine del telefono, luce rossa. Insegna BOSE. File di parcheggi numerati, coi cespugli finti. Un faro sul campo di calcio. Sotto, nel centro commerciale, un negozio di pitoni. Tarantole e iguane verdi chiuse in gabbia con foglie di insalata vegliano il passaggio dei tir. La radio trasmette musica nortegna. Da fuori arriva solo il rumore del passaggio delle macchine.

Lui si versò un altro po' di birra. Continuò a guardare la strada. Gli piaceva vedere le auto passare e non esserci dentro. E gli piaceva il nero senza cielo della notte. La moquette a quadretti per terra. Tutto era adatto alla clandestinità.

Ripensò a quel pomeriggio. Nel parcheggio una ragazza giovane, bionda, coi capelli appiccicati alla fronte. Disperata. Piange. Vicino a lei un uomo corpulento sui quarantacinque, vestito di scuro con una cravatta chiara. Le apre la porta della Mercedes SW. Lei non sale. Lui si avvicina imbarazzato. Poi l'abbraccia, dietro di loro le piante finte del centro commerciale. È il tramonto. Le nuvole sono bianche, scure, insignificanti. Era ancora solo e aveva una borsa di birre comprate al supermercato del pianoterra. Aveva chiesto di usare il bagno del bar e l'avevano guardato male. I due intanto erano rimasti così stretti nel parcheggio. Disperata lei, impotente a sentire la sua disperazione lui. Poi se ne andarono, o non ci fece più caso. Il portiere era un cocainomane pazzo. C'era una terrazza, dietro i vetri. Di pomeriggio era vuota. L'aveva notata passando. Per il resto non usciva mai dalla stanza.

Era già parecchio tempo che rifuggiva il mondo nei motel. Li sceglieva sempre ai margini, sulle strade, sulle tangenziali, né dentro, né fuori. Era l'unico modo per non frantumarsi. Ogni volta che apriva bocca con qualcuno scopriva di appartenersi sempre meno.

Qualcosa a sua insaputa annullava la verità.

Quello che sentiva di più profondo si sgretolava nel contatto. Aveva la sensazione di perdere i sogni. Invece, chiuso nel motel ascoltando una sola canzone, quella canzone poteva diventare più reale della vita stessa.

Doveva fare così. Voleva farlo. Per purificarsi dal linguaggio era costretto a non parlare, per non finire a esprimersi con la stessa lingua di tutti.

Il motel invece dava dignità a quello che immaginava. S'impastava del tutto nei sogni e nessuno si perdeva più. Se li godeva sfilacciarsi in bocca e poi prenderli, gonfiarli, lasciarli. Ogni tanto sollevare di poco gli avvolgibili e osservare fuori il centro commerciale. Scendere solo le scale mobili per comprarsi le birre. Questo era tutto. Non rompere mai la clandestinità. Siccome la verità era inconoscibile si fidava solo di quello che immaginava.

Ogni tanto doveva cambiare motel. Li sceglieva sempre su una strada di passaggio. Meglio se con un grande parcheggio vicino. E con grandi finestre sulla strada. Ai margini della città, ai confini, ai bordi. Scendere in strada lo atterriva. Doveva rinunciare a sé, al piacere dell'immaginazione. Questo lo faceva soffrire.

Ogni cosa che aveva così intensamente sentito si perdeva, cessava di essere degna di essere raccontata. Pensò sulle prime di essere diventato pazzo. Soffrì nel sottrarsi alle persone che lo avevano amato. Ma tornare a loro contatto gli procurava una sofferenza ancora maggiore. Solo rientrando alla stanza, a quell'unica canzone, un sentimento di unità e di sensatezza gli si apriva dentro e lo possedeva per intero.

Aveva perduto l'amore cercando di spiegarlo. Ora non gli interessavano più i consigli. Il bere lo costringeva al rumore dei bar, alla musica dei bar. Si attrezzò diversamente, e rinunciò del tutto a uscire. Continuò ad ascoltare una sola canzone.

Non poteva diluirla. Era l'unica cosa vera con cui divideva il suo risveglio. Era intriso, imbevuto di quell'unica musica. Era un cristallo.

Aveva occhi strani, maculati come fragole e uno strano accento nella voce. Lo chiamò al telefono e lo richiamò, cercò ancora. Era per lavoro. Il lavoro andava fatto. Lo venne a prendere infine un pomeriggio verso le cinque. Era digiuno. Pensava di potercela fare. Ma non ce la fece. Al convegno sul tricolore iniziò a torcersi i piedi e le mani. Non sapeva dove stare. Quando toccò a lui la parola disse soltanto "Viva la repubblica e viva la bandiera!". E se ne andò dalla sala. Ricevette lo stesso il compenso. Poi chiese a lei di portarlo via di lì. Le ispirava fiducia. "Meglio che andiamo a berci qualcosa" disse. Il posto era ancora chiuso, una vecchia vestita da cuoca lo teneva in custodia. Ordinarono due bottiglie di Müller Thurgau. Lui taceva e beveva, poi prese la rivista e sfogliò il suo racconto. Era di anni prima. Gli venne di leggerlo, a voce alta, così glielo lesse con entusiasmo, man mano, più che a lei a se stesso, e poi come per riprendersi il tempo lo lesse ancora e ancora finché ebbe le lacrime per quello che era stato, che era stato scritto, ma non sarebbe stato più. Bevvero, rosso stavolta. Lui non la guardava, sentiva l'eco delle sue parole e ne era divorato. Parlò ancora di sé con quella libertà con cui si parla solo agli sconosciuti.

Le macchine passavano spostando l'aria leggera. Le luci erano molto più vive adesso. Si fermarono davanti alle gabbie di vetro. I pitoni non si muovevano, parevano solo respirare profondamente. Uno, il più grande, era giallo, pallido, la pelle fatta di esagoni regolari. Una piccola luce al neon li illuminava, le iguane stavano invece addossate le une alle altre. Non si distinguevano, tutte così ugualmente verdi. Entrarono. Il portiere smilzo si era rasato, aveva la pelle liscia, i capelli in ordine, lo sguardo criminalc. Era estremamente annoiato. Li guardò, poi gli fece intendere di avere la roba.

La hall era deserta e l'assaggiarono direttamente sul banco del bar.

Fuori dalle vetrate il traffico continuava uguale. Lei saldò il portiere. Salirono in ascensore. Avevano ancora una bottiglia di vino rosso e la birra. Nella stanza la luce era già accesa.

Adesso che erano lì dentro lui si sentì a posto, solo non sapeva da che parte incominciare. Lei stese la polvere sul tavolino di fianco al televisore. La smazzava con la lametta e diceva annoiata "Che schifo... i surrogati della personalità". La teneva in un astuccio di metallo per caramelle. "Sono protesi, tante piccole protesi..."

Poi vide il disco. C'era solo quello nella camera. Gli chiese di metterlo. Lui disse "Non posso. Non posso farti ascoltare questo".

Lei urtò la birra che le cadde addosso e per terra. Lui andò in bagno e prese un asciugamano, tornò nella stanza e asciugò con quello. Le porse i soldi arrotolati e li usarono. Faceva caldo nella stanza, tutto gli era conosciuto e continuava ad avere sete. Nella luce bassa faticò a riconoscere il suo volto nello specchio. Gli oggetti gli erano diventati estranei, tutto giaceva inerte, senza la sacralità della solitudine.

Doveva colmare quel passo per ridargli vita, per ridarsi vita. Altrimenti sarebbe restato anche lui inerte come le cose. E la musica non avrebbe più parlato al suo cuore. Doveva farla parlare, e a voce alta. O cacciarla subito. Ma lei restava, col capo reclinato all'indietro. Ed era bella, ed era nella tenebra, nel riflesso arancione di fuori. Cercò e cercò, aveva gli occhi sottili, aperti per lo spazio di una fessura, vedeva solo le ombre delle palpebre e gli piacevano, pensò a voce alta, continuando a bere e a scartare bicchieri di plastica. Cominciò a parlarle del posto dov'erano. Le spiegò le cose che si vedevano da lì dentro, la portò vicino alla finestra aperta e le mostrò quello che vedeva dal tempo in cui ci si era rinchiuso, e poi iniziò a leggerle dai suoi fogli.

Lei cominciò a sentirsi bene. Si appoggiò sul letto. Gli stivali avevano una lunga cerniera, lui la fece scorrere e l'aiutò a liberarsene, poi li accantonò vicino alla parete. Lei si stese fumando una sigaretta. Allora premette il play dell'apparecchio.

Era una musica malinconica... una serenata messicana. Molto lenta... solo una chitarra... nostalgica.

Era la sola cosa che riempisse la stanza nella bassa luce arancione. Chiuse gli occhi e appoggiò la sigaretta all'impiedi sul comodino. La cenere si cristallizzò come una stalagmite. Una voce si aggiunse alla chitarra, una voce limpida, sola, struggente. E poi se ne unirono altre, come di mariachi. Raccontava di un amore perduto. Di un destino e di una terra lontana. Non c'era abbastanza spazio lì fuori per immaginarsela una terra lontana, ma dentro sì. Non aveva più nessuna importanza, era una zona franca, una rappresentanza del deserto che aveva nel cuore.

Rimase distesa. In silenzio. Lui si avvicinò alla finestra e guardò fuori. La solidarietà era finita, si erano spinti troppo avanti. Si avvicinò. Le prese le mani. Lei gliele diede. Era bello. Le mise le mani dietro la nuca, poi le appoggiò il capo sul petto. Sentiva caldo. Parlò come in una confessione, abbracciandola. Lei aveva gli occhi chiusi e non rispondeva. La musica continuava. Avrebbe desiderato che lei già sapesse. Che capisse. Non aveva fatto parola a nessuno, ed ora... era così difficile capire? Capire la sua anima che gli parlava così chiaramente. L'aveva educata, affinata a non diluirsi, a non disperdersi. Adesso era perfetta. Un unico grumo di concentrazione. Un'esistenza in una serenata. Nel cesello delle righe scritte aveva tolto tutto, gli ornamenti, la lingua, non aveva più ammorbato il suo linguaggio. Come un monaco, fino alla sintesi. Si era preservato, si era sottratto, solo per la purezza dell'immaginazione.

Lei però aveva sonno. Iniziava a essere stanca ed era tardi, doveva andarsene di lì. Lui continuava a parlarle e la bloccava con il suo peso. Iniziava a fare chiaro, le ombre si distinguevano appena. Doveva assolutamente andarsene. Provò a dirglielo. Lui non sentì. Allora lei si alzò per andare in bagno e approfittò per infilarsi gli stivali. Lui disse "No!", ma si era già chiusa dentro.

Bevve quello che era rimasto della birra e tirò ancora. L'anima intera gli era venuta a galla. Si guardò intorno e capì che non avrebbe tollerato il suo stato più di così. Avrebbe dato tutto pur di non rimanere solo nella stanza ancora. Era inebriato di questa rivelazione. Lei avrebbe potuto scaldargli il cuore, ma doveva farlo subito. Non poteva aspettare oltre, domani tutto sarebbe cambiato e sarebbe tornato quello di prima. Bisognava agire immediatamente, spiegarsi. Lei uscì dal bagno. Aveva il trucco in ordine e la borsetta a tracolla, pronta per uscire. Vide il volto contrariato, sorpreso di lui, allora gli offrì la sigaretta che si era preparata. Si appoggiò al tavolo, sorrise, e prese il cappello nero a tese larghe che ci era sopra. Lo guardò, disse "È bello! Me lo dai?".

Adoro la luce dell'alba nel motel, mi fa sentire più attaccato alla vita. Quel furto rubato alla notte, la desolazione della luce che spoglia le strade. Il freddo addosso, la febbre, la notte passata. La desolazione, lo sconforto e il motel, la vasca del motel. Essere fuori di casa. Il terrore di avere perso la via di casa.

Fuori un grande rumore cresceva invadendo le strade. Il frastuono investiva, assaltava, scacciava i pigionanti. Era un terremoto, divelleva il selciato, scioglieva l'asfalto. Sbruciacchiava le piante, un rumore sordo, festoso, impetuoso. Arrivava a strappi e singhiozzi. Demoliva i doppi vetri, incrinava i cristalli, si spandeva... allagando le hall, fin dentro le reception, invadeva i campeggi, spazzava via i solitari, dalle camere e i clandestini. Sgombrava tutti, con le piccozze e con i rampini... ecco... arrivano... arrivano gli alpini.
BUM BURUBUM BURUBUBUM BUM BURUBUM BURUBUBUM BUM BURU-
BUM BURUBUBUM BUM BURUBUM BURUBUBUM BUM BURUBUM BURU-
BUBUM BUM BURUBUM BURUBUBUM BUM BURUBUM BURUBUBUM BUM
BURUBUM BURUBUBUM BUM BURUBUM BURUBUBUM BUM BURUBUM BU-
RUBUBUM BUM BURUBUM BURUBUBUMBUM BURUBUM BURUBUBUM BUM
BURUBUM BURUBUBUM BUM BURUBUM BURUBUBUM BUM BURUBUM BU-
RUBUBUM BUM BURUBUM BURUBUBUM BUM BURUBUM BURUBUBUM BUM
BURUBUM BURUBUBUM BUM BURUBUM BURUBUBUM BUM BURUBUM BU-
RUBUBUM BUM BURUBUM BURUBUBUM BUM BURUBUM BURUBUBUM-
BUM BURUBUM BURUBUBUM BUM BURUBUM BURUBUBUM BUM BURU-
BUM BURUBUBUM BUM BURUBUM BURUBUBUM BUM BURUBUM BURU-
BUBUM BUM BURUBUM BURUBUBUM BUM BURUBUM BURUBUBUM BUM
BURUBUM BURUBUBUM BUM BURUBUM BURUBUBUM BUM BURUBUM BU-
RUBUBUM BUM BURUBUM BURUBUBUMBUM BURUBUM BURUBUBUM BUM
BURUBUM BURUBUBUM BUM BURUBUM BURUBUBUM BUM BURUBUM BU-
RUBUBUM BUM BURUBUM BURUBUBUM BUM BURUBUM BURUBUBUM BUM
BURUBUM BURUBUBUM BUM BURUBUM BURUBUBUM BUM BURUBUM BU-
RUBUBUM BUM BURUBUM BURUBUBUM BUM BURUBUM BURUBUBUM

IL RADUNO DEGLI ALPINI

Arrivano gli alpini! Arrivano a folate, a catastate, in quantità! RANTATATÀ! Dal casello doganale, in tangenziale, in ferrovia, in filovia, sull'autobus, dall'autoporto, con ogni trasporto. Eccoli arrivano... sui motobotti, sulle ambulanze, a vagonate, a camionate...

Invadono le strade, invadono i chioschi, vengono fuori anche dai boschi e non si trova più posto, né hotel né pensione, tutto si prende la guarnigione. Con le motorette, con le camionette, coi motozappa, coi sidecàr, i fuorusciti fieri dal C.A.R. Con le bande... con le trombe... con gli ottoni... coi megafòni... con le mogli ingrassate, coi figli cresciuti, giovani e vecchi arrivano a milioni... a plotoni. È il raduno! Annuale! Generale! Mondiale!

Arrivano a fracasso, a paletta, a cazzuolate... sulle carriole, fin dentro le aiole, innaffiano i muri, di corsa, di striscio, e la città tutta puzza di piscio. Nello zaino i thermos, col brodo bollito, illanguidito... i mitragliatori caricati a bologna, senza vergogna, i pistolotti di mortadella. Assaltano i forni con i panini, insalsicciati, già divisati. Con i pennacchi. Con le feluche. Impiumettati. Con gli stendardi, coi bottiglioni, arrivano i commilitoni. Con il catetere, col carrozzino, con il lettino... RATATATÀ!

Col genepì, coi mutandoni, coi lanettoni, con i calzoni nei calzettoni. Con gli sci a rotelle, con lo slittino... con la grolla, la sgnappa, il grappino, si riconforta l'animo alpino. Ritrovan tutti la gioventù! BUMBURUBUMBUMBUM! Marciano, brindano, cantano in coro, con gli altoparlanti, de-ambulanti... in carreggiata, tutti alla festa, animo in gamba... un carnevale senza la samba, senza ragazze... piccozze e ramazze, e poi tutti in branda.

TARAPATUM, TRAPATATUM! Con le piume da uno! Con le bandiere! Chi può dirgli niente di più... tutto è concesso! La città presa al sacco! L'ordine è smesso!

Con le roulotte. Coi ferrybòtt. Col caravàn. In autobòtt. L'autostrada ne è invasa, la barriera bloccata, la stazione assediata. Il corpo dei vigili, tutto ospitale, gira gentile reggendo il pitale... non staccano più una contravvenzione, tutto è permesso per convenzione... puliscono anzi, con lo scopino, con l'ambulanza, col carrettino.

EVVIVA, EVVIVA IL TRICOLORE, LA FESTA PATRIA DELL'AMORE!

Arrivano gli alpini, a braccetto con i nonnini. E i giovani con le mamme, col cravattino, col fiocchettino, in giaccavento, come al giuramento. Tutto vogliono in allegria, tutto si portano da mezzo la via... e ancora vogliono andare a ragazze!

Fin dentro la macchina pronto, si infila un drappello, ardito attacca lo stornello. Un attimo, un'informazione ed è già sulle ginocchia il commilitone, dell'autista ruggente, la Garlinzona. La scodinzolano tutta... l'annusano... la leccano... dicono "È buona!". Intanto la macchina avanza nel mucchio, escono intorno e dappertutto. Escon dai vicoli, in contromano, come una manna, appendon le botti, le succhiano a canna. In vettura si agitano... i cappelli a beccaccino, han la tastata facile e il ruttino. Non ci mollano... non voglion più scendere. Ecco uno che insiste, mi vuole sgombrare. È alpino, del resto... diritto di vino!

Accelera allora la Garlinzona, glielo fa rimescolare il pistone, di scuola. Fende gli stormi a sciamate... solca le fanfare amplificate... le ammucchiate da venti o da uno, che oggi qui non è solo nessuno.

Poi tutt'a un tratto, infumanata, si libera e butta l'intera brigata, ci caccia fuori... con tutti gli onori... addenta la curva, in derapata, apre la portiera al volo... ed eccomi solo. Si perde il riverbero del rifrangente tra i plotoni ondeggianti di gente. Mi rialzo nella latrina, tutta annaffiata, impiumettata, già rifiorita di stella alpina. Mi prendon nel mucchio, mi mettono sotto... "Venga anche lei, giovanotto!" Ecco il tamburo, il fazzoletto, e ora animo, voce nel petto! Cantano tutti, e come dai tempi dei garibaldini, dirupano giù per la China Martini. Sollevano i cori... i mazzolini di fiori... e dopo tre giorni di duro cammino, siamo arrivati sul Monte Canino... sopra quel ponte, sopra Bassano, sopra quel ponte ci darem la mano... TANTARATANTARATAN... lassù tra la Julia e i bollitori di Nardini, lì si innamora tutto il corpo degli alpini!

Passa l'autocisterna e annaffia tutta la giberna... ci inzuppa l'alpino in uno scroscio di Bardolino.

Come fantasmi passano i muli, sfilan bardati, apparecchiati, con la mazzetta, con la paletta, con i picconi, per i costoni di tutto il Friuli, parlano tutti, si affogano beati, intonano, innalzano gli accordi inebbriati...

Poi, tutto a un tratto, d'improvviso, intristiscono, immalinconiscono, lì, tra le vetrine illuminate del centro, tra i negozi d'abbigliamento accesi, a sera tardi, non rientrati, evasi in un milione, per un quarantott'ore dalla televisione, e iniziano a abbracciarsi in un coro solo... coro di montagna, polifonico, smisurato.

Accatastano le voci come le fascine per fare i falò, bruciano la gioventù che gli hanno rubato al militare, la più eroica, la più rimpianta... e i giovani che della naia bruciano soltanto le ore, gli rinforzano la voce ed il languore.

Si spande il canto per il centro, per la via Emilia, come tra le guglie solitarie, tra le vallate, e arriva per un momento a colmare la vastità del ricordo. Alle mulattiere scoscese arriva... alle notti stellate e infinite della guardia... al deserto dei tartari arriva. I tartari non arrivati... i barbari non pervenuti... protesi verso gli oscuri scoscesi... verso il nemico... nel buio, in fila da uno, gli occhi aguzzati contro nessuno.

Si accasciano una sopra l'altra le voci, illanguidite dalla sbornia. Gli occhi luccicano contro il neon delle boutique, luccicano sopra ai golfini appoggiati sulle spalle, luccicano e cantano. Tutti lì, in balia di quell'assalto di nostalgia, e ancora una volta non vedono niente. Deragliano pericolosamente, come pecore senza pastore, ondeggiano sulle cime, tra le altezze e le vette dei ricordi, vacillano tutti insieme lassù, e poi... è la rotta generale. Si salvi chi può! Dopo quel picco di emozione rotolano giù a valanga, a slavina, non si tengono più assieme... si slegano gli abbracci, si sfasciano come un domino e poi ci mollano... si mollano... uno con l'altro a piccoli rivoli, a drappelli. Rompono le righe e la notte li raccoglie ad uno ad uno e a ognuno ritaglia la sua deviazione.

Ritornano parlottando pian piano, interminabilmente, chi alla macchina, chi al camper, chi alla pensione, chi, più alpino, nella tendina innalzata nel verde spartitraffico di un bagno canino.

Nella notte campale, gialla per l'illuminazione municipale, i bar tutti rimangono aperti a vegliare quell'esplosione, quel lampo, come immote cappelle da campo.

RITORNO A CASA

Due settimane di trasferta. Cambio, frizione, trasporto. Il mezzo una cosa sola col corpo. Umidità 150 percento, cielo coperto. Caldo, il primo caldo, l'asfalto lo butta su, dal cemento, dal selciato, dalla polvere. L'aria si è fatta grassa e oleosa, riempie la bocca.

Uscita tangenziale numero tre. Stadio, stazione, aeroporto. Direzione circolare, direzione ancora uguale.

Le strade traboccano man mano che la città si addensa. La gente brulica. Invadono le corsie, formicolano nei parcheggi, bloccano gli incroci. Freccia, marcia, retromarcia, viale, controviale.

Gira l'isolato intorno alla caserma, fa il giro del quadrato dietro alla camionetta dei carabinieri, che lo guardano sospetti.

Parcheggia. Posto a pagamento, strisce azzurre, un ritaglio di cielo nell'asfalto.

Scende dalla macchina senza condizionatore sudato, sfatto. Scarica la borsa, nasconde lo stereo nel baule, si carica come un asino e si avvia verso il portone. È lontano. Ci arriva chino. Cerca a tentoni la chiave. Appoggia tutto per terra. Prova a entrare. La porta ritorna indietro da sola, si chiude. Ci mette un piede in mezzo, lotta un poco per buttarci la borsa. Finalmente è dentro.

Il pianerottolo puzza molto di chiuso e d'infornata di cavolfiori. Trattiene il respiro, appoggia i bagagli e prova ad aprire. La portinaia lo distingue da dietro il vetro della sua cuccia. Subito corre alla maniglia ed esce come un cane da caccia.

"Ah... proprio lei! L'ha fatta bella stavolta! Guardi che qui si salta tutti per aria! Per aria! Lo sa... ha lasciato il gas aperto! Il gas aperto e la casa vuota! Fortuna che me ne sono accorta! Non fosse stato per me... i pompieri ho dovuto chiamare! I pompieri, di corsa... ma dico, stia attento... la prossima volta. Stia attento... ma dico mi sente? Mi sente?"

"Mi scusi, mi scusi." Poi s'infila dentro. "Mi scusi." Le finestre sono aperte. Per terra un pacco avvolto nel cellofan coi nuovi elenchi del telefono. Il bagno è pieno di foglie, entrate attraverso le sbarre delle finestre. Si risciacqua la faccia. Esce di nuovo. Prende le chiavi della posta, apre la cassetta. Dentro offerte di viaggi premio un invito a una dimostrazione gratuita, due buste bianche della catena di sant'Antonio e la bolletta del gas.

Aveva comprato un'enorme treccia di aglio. L'aveva in macchina da una settimana. Erano agli freschi, grossi. L'odore aveva trapassato il cofano e aveva impregnato anche l'abitacolo. Quando apriva la portiera doveva far depressurizzare un poco l'interno prima di entrarci. Anche i vestiti avevano preso quell'aroma. Li levò dalla borsa e li attaccò al muro. Poi accese il fornello e ci mise sopra una pentola con un filo d'olio d'oliva. Bollì l'acqua e ci buttò le linguine. Mise anche due spicchi d'aglio a rosolare, ci aggiunse un peperoncino, ci buttò la pasta scolata dentro, la girò e se la servì in un piatto pulito. Si apparecchiò nel cucinotto.

Le uova erano vecchie e non sapeva che fare. Allora telefonò al negro Dum Dum, per chiedere consiglio. Dall'altro capo del filo, come da dentro un tubo, rispose una voce metallica "Vuoi un consiglio? Mille lire".

"D'accordo. Ci ho due uova vecchie nel frigo... come mi devo comportare, le faccio o le butto?"

"E cosa ne so io, che nel mio ci ho due carote mosce e una mela nera... tu falle, poi vedi. Se stai bene te le mangi, se no le cacci fuori."

"Altro?"

"Altro cosa?"

"Altro da consigliare?"

"A una domanda rispondi sempre con un'altra domanda, e quando regali dei fiori, regalali finti. Un fiore finto è per sempre."

"Mille grazie. Sei a casa dopo?"

"Neanche morto. Qui non c'è niente da prendere."

Tornò alla cucina. Preparò le uova e tirò fuori il vino.

Se ne era comprato un cartone di quello da conforto, adatto al riscaldamento. Era il suo bentornato. Lo sturò col cavaturaccioli, facendo attenzione a non rompere a metà il sughero e se ne versò un bicchiere. L'essenza svaporò dal calice e gli arrivò nelle narici. Gli andò alla testa subito, e aspirò avidamente. Gli sciolse il sangue solo a vederlo, il rosso rubino di quell'oppio delle Langhe già mentre lo versava. Lo bevve lentamente e sentì caldo. La vita gli tornò in corpo come un fiotto tra i muri senza storia della stanza.

La prima caldana l'aveva lavorato ai fianchi sull'autostrada. L'estate era arrivata in anticipo, e dappertutto. Solo lì dentro non ce n'era traccia. Le stagioni non ci arrivavano mica nella penombra dello scantinato.

L'acqua era finalmente calda e per il grande sfinimento temeva di addormentarcisi dentro e finire affogato nella vasca. Nuttless, che era un tecnico, glielo aveva sempre raccomandato, che mettersi a bagno così da ubriachi poteva essere pericoloso.

Lo smalto era opaco. La sciacquò col telefono della doccia, poi la riempì, ci si distese e si dispose a morirci dentro. Tutto a quel punto iniziava a essere definitivamente lontano, i volti, le strade, le destinazioni. Durò a lungo e come un esilio, fino alle visioni, fino a che la pelle gli si fece bianca e rugosa. Si alzò a fatica, annebbiato per il calo di pressione, ma ne uscì vivo. Infilò il kimono giallo con la manica strappata e sedette sull'unica poltrona. Non c'era niente lì dentro ad attenderlo. Solo la fine del viaggio, la fine dell'autostrada. Tutto il resto diventava lontano e misterioso da raggiungere. Era come essere finiti in una deviazione e non vedere più luce. Niente si ritrovava, tutto si perdeva. Adesso però era stanco, e alla stanchezza ci si poteva affidare, non c'era da andare più in là. Continuò a bere il vino. Il telefono non suonava. Si ricordò delle notti aspre della gelosia, dell'attesa e ritrovò solo quelle, lì dentro. Il tempo passava in balia delle ossessioni, poi però la ventata di stagione, che muoveva tutto il paese, gli arrivò anche lì dentro, sotterrato com'era. Certo in giro da qualche parte tutto stava succedendo.

Eppure a pensarci bene non c'era niente che valesse veramente la pena. Poi gli tornarono al cuore gli altri cani randagi, gli occhi maculati, tutte le luci di fuori, e il silenzio si fece più pesante. Era come se il mondo se ne fosse andato... mantenere la posizione, mantenere la posizione. Qualsiasi entusiasmo era fuori tiro, distava troppo, eppure era difficile rinunciarci. Fermarsi al sicuro... mantenere la posizione. La febbre lo stava riprendendo... non dovrei, non dovrei sfidare ancora la strada... Cercò un tappo per la bottiglia aperta, mise un cambio nella borsa e fu fuori dall'appartamento.

La strada era buia, silenziosa. L'aria si era fatta ancora più densa, ci si poteva camminare nudi. L'auto puzzava di aglio. Scivolò sull'orribile strada, abbassò il finestrino e fu di nuovo nel traffico.

Folla dappertutto, mentre si dirigeva verso le periferie, fendendo la festa che mano a mano andava scomparendo.

I semafori diminuirono, e la velocità aumentò. Imboccò i rettilinei e infine si impennò sulla rampa della tangenziale. Era un'autopista illuminata a quell'ora. I palazzi di vetro dell'hinterland, le costruzioni in plexiglass, le luci a castello della città di tubi, i gazometri, la metanopoli, gli alberghi tangenziali, da prostituzione estera, i quartieri dormitorio... era una città che dava gusto ad andarsene. Arrivò alla barriera del pedaggio e imboccò l'autostrada verso sud. Si sentiva la febbre addosso e sudava.

Accese la radio, la musica non era un granché, la stazione della classica era sopraffatta dalle interferenze, così infilò un disco della descarga cubana.

Si piazzò nella corsia di centro, per non dare fastidio a nessuno. Sorpassava lentamente le luci rosse delle roulotte. Erano lunghe le roulotte, passata una ce n'era subito un'altra. Erano tutte targate D, Deutschland, la piena del Deutsch Mark. Col primo caldo sono i pangermani più pronti a svignarsela. Lo aspettano da un pezzo, bell'e che attrezzati. Non si tengono... però lo fanno ben ordinati, in fila indiana scendono il continente. È una cosa un poco da giostrai, che male si addice ai loro mezzi fiammanti, quella processione di gente posata, di mezza età, che parte portandosi la casa dietro, così per avventura.

Continuava a sorpassarli, buttando occhiate dentro gli abitacoli, cercando di carpirgli il segreto del viaggio insonne. Li sentiva solidali. Sentiva di appartenere anch'egli alle popolazioni di passaggio.

Si fermò a una stazione di servizio tra i molti rimorchi e i grossi camion del Nordeuropa in sosta, coi loro autisti dentro, addormentati nelle brande da viaggio. Era la loro campagna d'Europa. Molti avevano indicato sul retro il nome di battaglia.

Davanti alle pompe una lunga fila di auto. Sulle prime pensò che il carburante fosse finito, per via di tutto quell'esodo, ma poi si accorse che stavano soltanto aspettandosi l'un l'altro nell'appuntamento autostradale. Erano i migratori dei locali da ballo, quelli che arrivavano fin laggiù alla riviera, per fare la due giorni continuata. I forzati della trance.

Si accostò e ordinò il pieno senza scendere.

Riprese la marcia. Era insensata, ma a quel punto non si poteva nemmeno tornare indietro. Perciò bisognava fare come i colombi e andare avanti.

C'era stato un tempo, nell'infanzia, in cui queste alzate autostradali nel cuore della notte lo avevano riempito di mistero. Adesso però si sentiva come una ruota che ha consumato la gomma e inizia a fare attrito col cerchione e non ce n'era più di quella malia. La bottiglia la teneva stretta in mezzo alle ginocchia, e ogni tanto se ne versava in un bicchiere appoggiato sul piano del cruscotto.

Continuava ad andare avanti, con la sensazione di perdersi. Da qualche parte, indietro, le cose avevano smesso di stare al loro posto. Quell'andare aveva smesso di essere un viaggio, era una sacca di tempo rubato al sonno, a pensieri che non riusciva più a mettere in fila. Eppure nel moto, nell'attraversamento, sentiva di essere esattamente dove doveva essere. L'identità, il presente, si andavano realizzando soltanto nel passaggio.

L'autostrada in quel lungo tratto non era veramente una strada, piuttosto una ridotta di transito, incassata tra i capannoni e i guard-rail, a cui solo la notte donava dignità.

All'orizzonte, verso sud, iniziavano a nascondersi le colline, le colline perdute ai piedi delle quali era cresciuto. Iniziavano a distinguersi e ad avvicinarsi all'autopista, vaghe e incombenti, come fantasmi neri ai bordi della pianura. Erano leggere, viste da lontano, e rassicuranti... parevano non portare rancore per il suo addio.

Allora azionò la freccia, imboccò la corsia d'uscita e rallentò per pagare il pedaggio. La fuga era già terminata. Inserì la tessera magnetica. La voce metallica della macchina lo ringraziò e lo invitò a proseguire con prudenza. Così fu fuori dal recinto della rete autostradale. Le strade tornarono a perdersi in rivoli e in torrenti, una volta defluite dalla grande arteria. Subito fuori dal casello stazionavano altre file di macchine in attesa di appuntamenti.

Si immise nella rotonda, ci girò un poco dentro indeciso sulla direzione da prendere. Poi voltò per la strada dietro alla ferrovia, la percorse, passò due pizzerie ed entrò nel cortile interno di uno stabile industriale... lampeggiava da dentro rimbombante, come un altoforno di musica e di luce...

Lei aveva i soliti occhi maculati... come a macchie di fragola.

La sua inconsistenza era la migliore complicità. Quando la trovò finalmente, non ebbe più niente da dirle. Uscirono e ripresero la strada. Non c'era altro modo. Le passò il vino... era sfinito. Per tutta la strada fatta gli veniva difficile parlare.

"Posso farti obliare, dimenticare di me come se nulla nel frattempo fosse mai successo... ma quello che io ora so e tu ora non sai, quello non si può colmare..."

Lei lo guardò, poi si appoggiò alle sue gambe mentre lui continuava a guidare. Le passò le mani sulla pelle del collo, la sentì molto liscia. Lei si appoggiò con la schiena sulle ginocchia, lui teneva in una mano la sua spalla.

La bottiglia ora era finita, ma continuava ad avere energia in corpo. Intorno ai vetri della macchina stava venendo giorno. Le messi di cereali alte e verdi si alzavano contro l'azzurro cupo che andava formandosi sopra le nuvole...

La teneva ora con una mano attorno ai fianchi. Era bello così. Non sfogare la sbornia nel chiuso di una stanza, essere in mezzo agli elementi. Solo l'alba e quella musica di ottoni andavano accendendo desideri maggiori. Sarebbe stato il caso di andarsene, soffiati via dalla stagione... verso est, alle terre dei daci, svegliarsi sui monti della Carnia, tra le rocce, sul mare freddo del Carso... e poi proseguire nella polvere, incappare in un matrimonio a Dragačevo... arrivarci con una collana d'oro o di aglio di scorta e applaudire la sposa baffuta, e lo sposo smilzo e allungato, che beve slivoviz e tiene il bicchiere tra i denti e lo spacca per terra quando ha finito, mentre i suonatori soffiano nei bassotuba.

Invece si fermarono al Sun Motel.

"Be' qui ormai potrei sentirmi a casa" disse lui.

Però non gli aprirono, risposero soltanto molto tempo dopo, e per dire che erano completi.

"Mentono!" pensò, "ma non importa."

Uscì dalla statale e si diresse verso le colline, la campagna intorno schiumava di verde e i galli cantavano. Iniziò a sentirsi più in pace, man mano che attraversava la terra conosciuta. La macchina sembrava superarla quella strada ancora meglio di lui, e la seguiva obbediente. All'imbocco del piccolo paese rivide la vecchia del tabacchino, e accennò a un saluto, ma la donna non lo riconobbe. Girò al bivio e imboccò il viale alberato, poi parcheggiò sotto le piante. Tutto taceva tranne gli uccelli. Scese e annusò l'aria... la respirò a fondo... sapeva farsi riconoscere.

"Per una volta..." pensò stirandosi fuori dall'auto "...e comunque piuttosto che un padre, preferisco essere un figlio..."

Salì le scale del condominio, erano le solite. Così come ora le saliva, le aveva scese un tempo di corsa a quattro alla volta. Erano di finto marmo. Salì su fino all'ultimo piano, all'ultimo pianerottolo. Salì e infilò la chiave... la serratura era difettosa, perciò la chiave si inceppò nel meccanismo. Sentì dei passi arrivare fino a dietro l'uscio di casa... distinse il rumore conosciuto del lucchetto che si apriva con due scatti... poi la porta si aprì. La madre, rigata in faccia di sonno, era in vestaglia, una cosa senza pretese, rosa. Disse soltanto "...Me l'ero proprio sognato che stavi per venire... Benedica".

L'appartamento dentro era in ordine, nell'ombra, con tutte le foto appese alle pareti e i piatti dipinti e le cartoline.

La cucina pulita, immacolata. Sul buffet la sfoglia della pasta. La tovaglia a fiori della tavola.

Il padre si affacciò furtivamente dall'oscurità. Dal buio del corridoio si sporse alla porta con un collant da donna infilato sulla faccia.

"Be'?" chiese lui. "E che è, una rapina?"

"No, è per le zanzare, che non mi pungano!"

Dai buchi della tapparella della finestra sul balcone, la luce limpida del primo mattino filtrava tra gli alberi che arrivavano fino lì, al terzo piano.

Li abbracciò, poi andò verso la camera. Tutto era intatto, come da ragazzo. Il letto rifatto, il rivestimento di legno perlinato, la campagna fuori dalla finestra.

Per una volta non si sentì un fesso, lì dentro, non si sentì di essersi arreso.

Si tolse i vestiti e si infilò nel letto. Gli mancò il fiato per la stanchezza, e non gli venne di fuggire ancora, per quella notte.

LA BALERA DI MALDONADO

Era festa alla balera di Maldonado. Era il gran ritrovo. Perciò Maldonado aveva pensato a tutto.

"Eh sì, compadre, certo che l'ho invitata, ho invitato tutti. E se no a cosa servono gli amici?"

I cileni avevano i capelli lunghi e lisci come gli indiani e stavano in piedi all'ingresso, come attaccapanni addormentati.

Già da fuori, arrivando, si sentiva la voce amplificata e gracchiante dell'impianto da ballo.

Maldonado li teneva sempre molto lunghi i suoi discorsi al microfono da giostraio del locale, e nessuno capiva niente di quello che diceva a parte il finale, che era sempre "...Y viva Cuba y America Latina!".

Il salone era grande, e Maldonado dopo il discorso si andò a piazzare all'ingresso, dietro al tavolo della porchetta.

Aveva le mani unte, luccicanti di grasso, maneggiava le porzioni tra i piattini di plastica.

Quando era in festa celebrava così l'allegria. Era il suo rito indio, un rito pagano, il gran Asado. Ogni volta che l'umore se lo prendeva organizzava la parata, l'ecatombe di carne alla griglia, e lo preparava all'aperto, anche d'inverno, che anzi nell'intemperia ci metteva più sentimento. Lì lo aggrediva la nostalgia della pampa sconfinata.

Era lo stregone indio. Officiava il rito.

Luccicava tutto, da sotto il cappello a tese larghe con la sua catenella di facce ridenti e piangenti. I capelli neri da corvo, il naso aquilino da auraucano, ma soprattutto erano gli occhi a luccicargli per l'entusiasmo.

"L'ho chiamata, compadre, ho chiamato tutti stanotte, ci faranno la sorpresa, verranno, verranno!"

Era un romantico, Maldonado, ma le curde se le prendeva serie, e finiva con la testa nel lavello, sotto l'acqua del rubinetto e i capelli corvini gli si dividevano a fascine dopo, come grano nero. Quando si svuotava da cinghiale dietro ai cespugli e si buttava nella rissa e li menava a due alla volta con una mano sola, perché l'altra se l'era slogata la sera prima allo stesso gioco. Allora c'era da mantenere una certa cautela.

Davanti alla porchetta però si immansuetiva, ci serviva anzi uno a uno e ci imbeccava tutti, ci civava come uccelletti al nido.

"Tenga, tenga, compadre, ecco per te la meglio parte..."

Nella bottiglia di Tequila Histórico c'era dentro il verme, il verme a cui attingere, il verme della causa della gioventù, che te la fa mandare giù tutta, e restare dopo tre giorni a letto, e dà le visioni, e fa comparire gli assenti.

Era festa nella balera di Maldonado. L'arco di san Rocco, illuminato in gran parata, acceso di lampadine colorate.

Era il raduno annuale. Si rientrava da dovunque si fosse finiti. Il gran rientro delle colline perdute.

All'ingresso c'era la fattucchiera, di fianco alla macchina della verità astrale, a gettoni.

C'era Raul, il violinista nostalgico, fiammeggiante nella sua divisa di mariachi, che subito si avvicinava e cominciava a lamentarsi perché a lui gli piaceva soltanto la musica triste e perciò non trovava mai ingaggi.

"Yo faccio solo musica de sentimiento..." diceva come in una confessione "...de nostalgia, y desgraciadamente, compadre... nella musica de mi país están muchas canciones alegres, la *Cucaracha*, por ejemplo... eso es que la gente quiere escuchar. Ma non riesco a suonarle, yo, le musiche allegre, perché la mia natura è così... sentimental, malinconica... la musica è especial, vero? Me entiende, amigo? E così son especiales todos los que la practican, y son especiales en todo el mundo, porque tienen un don de oír distintamente de los otros y encontran esfumaturas que la gente non vede. E perciò tienen un don y tambien una condena..."

Si ripeteva e andava avanti e indietro e di fianco e non la finiva più, ma peggio di lui c'era il suo amico, il Sempre Ubriaco, quello sì che era un cattivo regalo, una malapigliata a chi gli capitava, perché ci aveva la sbornia muta, la sbornia incomprensibile, il discorso interminato, intoppato, a cucci e spintoni. Buttava fuori le parole a intermittenza, poi ti afferrava per un braccio e ti bloccava come una medusa. Ci aveva i denti ad amo, beveva, beveva, poi tutto a un tratto si seccava a terra a piedi in su sotto il banco.

Poi c'era Mancoinca, el cantor... che era capace di cantare e addormentarsi allo stesso tempo, ma solo sul palco, e prendeva il suo nome da una divinità azteca e aveva avuto il perimetro florido della divinità, e che gli anni avevano prosciugato come il lago Titicaca da cui Egli veniva.

Alla plancia Guido Montero governava l'emissione sonora, eternamente sorridente. Aveva i capelli da donna e la camicia portoricana. La portava sempre, anche in casa, quando inciampava nei suoi figli piccoli. Aveva il sorriso da cavallo e poteva guidare o ballare per ventiquattr'ore. Era stato autista di camion e sapeva partire per i viaggi direttamente dopo il suo turno al piatto. Avevamo fatto insieme tutti i traslochi. Una cosa da uomini. Dovunque avessi portato la mia roba, Guido Montero l'aveva traslocata, aveva organizzato la squadra e tutto il resto. Ed era sempre finita all'alba, quando ci prendevamo la birra al tabacchino sotto le finestre di casa sua, addobbate, mentre il giorno plumbeo arrivava sotto le chiome degli alberi. È lì sopra, in quelle stanze dei figli degli amici, tra i loro Pokémon, che si finisce dopo le separazioni coatte, in mezzo ai loro giocattoli.

Guido Montero attaccò la sigla e d'improvviso, introdotto da un applauso a fracasso e con gran stridio di congas, entrò dirompente il brevilineo corpo di ballo del Florida. Erano tozze e tracagnotte le danzatrici, basse di anche, vestite di pelli di leopardo e stivale da gladiatore. I maschi invece avevano dei corpetti di cuoio e la calvizie. Avanzavano felini nella sala osannante che gli si apriva davanti come un Mar Rosso.

Nel gruppo di ballo si destreggiava Gary Merengue, corto come un sughero, che girava, girava all'infinito su se stesso, inaffondabile, con la testa incassata e il sedere piatto, eternamente lanciato nel ballo figurato.

E poi... Sancotar e la moglie. Lui, coi baffi e senza capelli, la camicia a maniche corte a righe, fuori dai pantaloni chiari, lei un poco sfiorita che si guardano placidi, mentre ballano senza troppe figure. Così, lì, al loro posto, fuori a ballare la sera, la casa lasciata dietro.

Era arrivato anche Samuel, il dottore nigeriano, e raccontava che Nuttless non c'era più modo di vederlo in giro. Che si era asserragliato, rinchiuso nelle miniature e ingrassava ogni giorno e aveva rimpicciolito le porte per non uscirne più.

Nel bagno c'era il solito alito di tubature, dietro la moschiera del corridoio.

E poi lo specchio, dove la Regina, nel buio del neon, sceglieva dalla potenza della sua chioma amazzonica i primi irriverenti capelli bianchi.

Sistemata dentro l'ufficio del telefono, addossata alla scrivania, la donna flaccida, trabordante nel maglione di flanella beige, nelle calze sfilacciate, a cosce non chiuse, parlava fitto fitto con una ragazza giovane. Le faceva le carte, e gliele faceva col mazzo da briscola. Era la macumba italiana, la mammasantissima! La ragazza la ascoltava mansueta sotto la luce del neon, era un poco slavata nell'aspetto.

"Sarà un matrimonio buono..." le diceva "...non avrete problemi, attenzione ai reni però... vedo un ramo nero di bastoni!"

E continuava senza mai smetterla, la sciamana.

La serata si ingrossava fra le tartine e i festoni di palloncini, i tavoli disposti per il lungo come in una mensa dei poveri, tra i piatti della cucina sul retro, e le tinozze di vino da prendere al mestolo. Al banco serviva la Regina, coi suoi capelli da Gorgone. Si era accasata adesso, ma era ancora lei che continuava ad avere in custodia la bottiglia di Histórico, quella col verme dentro. A mezzo dei suoi bicchierini ogni cosa riappariva, anche gli assenti. E così a mezzo di lei ella venne, insieme al sale e al limone, quando ne fui servito.

A quel punto il mare grosso della serata indefinitamente si acquietò. Si abbassarono le luci e il pavimento si maculò di palline colorate brancolanti, fuggenti.

Fu il tempo del bolero.

Un passo avanti e due indietro, una cosa all'antica, tra i coriandoli di luce sparsi dalla sfera da ballo di cristallo.

...perché l'amore è semplice e le semplici cose se le divora il tempo...

cantava Chavela Vargas con la sua voce acre, di radice di tronco e di peyote.

La vita, come il fuoco, un poco aveva scaldato, un po' bruciato, a seconda del lato in cui ci si era trovati.

Ci stringemmo tutti in quel bolero, sul ponte degli anni passati, nella tolda ondeggiante della pista. Ci guardavamo un poco i piedi e un poco gli occhi e la vita si ricomponeva in quel giro di ballo.

Eravamo anche noi una coppia tra le coppie. A guardarla dall'alto, la sala, ci saremmo visti tutti noi, immutabili e immobili nel naufragio degli anni. Girare lenti, a rincorsa delle piccole macchie di luce danzanti riflesse dalla sfera di specchi... beccheggianti, appoggiati uno all'altro... chi con una scopa tra le braccia... chi con la conquista di una sera... chi con quella di una vita.

Le sigarette infilate nella maglietta sulla spalla, il volo di fringuello di Maria Angela, e quello più pesante di Nuttless, che nel ballo, come tutti i grossi, si faceva più agile di ogni altro.

Fuori passavano i binari morti della stazione piccola dove ci eravamo sfidati in gare di corsa a squilibrio e i campi da serenata che a giugno inverdiscono e più avanti la casa e il cielo verde della sua finestra e i campi di erba medica e i sassi perduti tirati a quel cielo e l'amaca, appesa sotto l'arco di rose, e il giardino dove facemmo a pugni per difendere il suo onore alla luce del lampione San Soucì.

Arrivava anche dentro la sala quella luce, dal cilindro a elica dell'aerazione, lo stesso da cui riusciva a entrare il primo mattino, sui fantasmi rimasti, a scoprire i prigionieri dell'ultimo bolero.

Dove eravamo finiti tutti?

...uno torna sempre... nel suo vecchio posto... dove amò la vita...

Solo ritornando al posto dove la si è amata la vita, si vede come stanno da assenti le cose che abbiamo amato, come sono restate orfane di noi, però ancora pronte a restituire quel poco che abbiamo saputo mantenere per loro.

Era un ballo lento e solidale, il nostro, era un coro. Una stessa barca spinta nel mare oscuro del tempo passante ci spingeva tutti avanti, in un'osmosi.

...ahi Zandunga!...

cantava... artigliando le parole... la spina di Chavela.

Il bolero andava avanti, non era struggente, né forsennato, era appassionato e dolce, una cosa da uomini, e da donne, per le nostre camicie da tabacchini, per i corpetti stretti che soffocano il fiato, per il groppo che strangola Eva e anche Adamo.

A non buttarsi via del tutto ne rimane qualcosa per ritornare, qualche volta, ma bisogna aver coltivato un poco di mancanza per averne fame. Per averne ancora di cuore, quando la vita ci ridà indietro qualcosa di quello che ci ha tolto.

E così, per una volta, stasera ci siamo anche noi. Stasera so dove sono i tuoi abbracci e dove vanno a finire i tuoi occhi. Stasera li hai riportati a casa.

Abbracciamoci, cara. Per quanto tempo è stato acre il sapore del vino e miserabile il banchetto. Stasera soltanto è festa, ed è perché ci siamo che è così dolce e compiuta questa notte.

Resta, resta ancora, cara. Finché ce ne usciremo abbraccio, sottobraccio, sotto gli occhi lucenti del cielo.

Si sfilacciò infine lenta la sala, come un'emorragia, come uno sfinimento. A eliminazione si scollarono dal mucchio le coppie. Il bolero le sfiniva, lentamente e inesorabilmente le mandava a letto a una a una. La pista nera, di gomma dura, segnata dai passi del ballo, incisa di noi come la musica incide i solchi del vinile, continuava a girare, e noi con lei, danzanti su quel carillon, finché la corda non avrebbe finito la carica.

Allora furono estratte le chitarre dalle custodie, come pistole.

Si formò il cerchio e il coro uscì aggrappato alle bocche aperte, come a pozzi di anime. Estraevano da dentro il lamento più prolungato, quello di *Malagueña.*

Nessuno più guardava davanti a sé. Maldonado, il capitano, aveva abbassato la tenda corvina dei capelli fino alla bocca della chitarra. Batteva il pugno della mano sulla cassa, aprendolo e chiudendolo come uno schiaffo.

E gli altri tutti, i cileni, gli ecuadoriani, gli indios dai lunghi capelli, arrivati dal loro mondo remoto, fino lì, nel ventre della balera di Maldonado, si abbandonavano a occhi chiusi alla deriva del loro canto. I volti non si vedevano più, coperti dai capelli precipitanti davanti a sé, come cascate nere.

UUUUHH... UUUUUUUUUUUUUUHHHHHHHHHHHHHHHHHH
cantavano...
UUUUHH... UUUUUUUUUUUUUUHHHHHHHHHHHHHHHHHHH
...era il solo lamento che gonfiasse quelle vele...
UHHHHH... MAAAALAAAGUEEEEEGNAAAAAAAAAAAAAAAAAAAAA

Guardavo Maldonado nella sua trasfigurazione. E ritornava il caldo delle estati, e il freddo degli inverni, quando mi salvò la vita portandomi le arance nella malattia, quando mi portò sulle rive, sugli argini dei fiumi, quando mi mise la chitarra in mano.

Quando girava al mio fianco, muto come un indio e pratico di ogni cosa, che riparava a istinto... quando mi tenne a battesimo e fui il suo figlioccio.

Si struggeva sulle note, fino a che cadde morto assieme al coro, e restarono tutti addormentati e appesi alle loro chitarre aurancane.

A quel punto, tardissimo e miracolosamente, come una creatura soprannaturale baluginante di luce su tutta quella distesa di morti, arrivò Nuttless.

Aprì la porta sbattendo le ante, come a una resa dei conti. Aveva un sorriso sardonico, piegava un poco il labbro da un lato, scoprendo i denti bianchi. Aveva un'aria da indiano anche lui.

Si diresse al banco e prendemmo insieme di quel verme della giovinezza in acquavite, ce lo servì il fantasma della Regina, lo mandammo giù in un fiato, battendo il bicchiere sul tavolo, come si fa con lc sigarette, prima di fumarle.

Mi guardò canzonatorio e sibillinamente disse "Nudols la lealtà... la lealtà! Ti ricordi della lealtà? Ogni notte che non passi come vorresti, ogni volta che inganni un desiderio, ogni rinculata è un attentato alla lealtà. Devi essere dove davvero vuoi essere, devi essere con chi davvero vuoi essere. Devi dormire con la donna che ami. Nudols! Ricordi, Nudols? L'aquila non perse mai tanto tempo, come quando volle farsi insegnare dal corvo!".

Poi Nuttless sparì e subito dietro al banco comparve una foto che non avevo mai visto. Lo ritraeva in giacca bianca e papillon al centro del banco, abbracciato alle ragazze del bar, dietro a una fontana di bicchieri di champagne, sorridente e giovane nel suo sorriso.

Gli uccelli fuori annunciavano la luce del mattino. Mi svegliai sulla pedana, la mia pedana, a un metro sopra il pavimento. La sala era vuota, così mi riavviai verso i doppi vetri del motel.

L'ORACOLO STRADALE

Il sole pallido, e il bar col bancone in similmarmo e la vetrina traboccante di paste mi furono di conforto. Una signora con una pelliccia di topo ne mangiava di quelle paste, a più non posso.

Mi sentii alla fine riscaldato, tutto sommato, come da un senso di casa. Era andato tutto bene. La macchina era parcheggiata, non c'erano multe, c'era ancora l'autoradio e c'era il sole. La signorina rilasciò lo scontrino. E, tutto sommato, fui di nuovo in strada.

Dà sempre una certa soddisfazione mettersi un paio di occhiali scuri, imboccare i lunghi e larghi viali che iniziano a inalberarsi tra le tangenziali e il verde, e uscire dall'ultimo posto dove si è buttata via un altro poco di vita.

Sono stato bravo, ho provato a fare il bravo. Ma il discorso è che dopo una bottiglia di rum Ultima Revolution, la lealtà se ne va a puttane.

La lealtà! La lealtà è come la verginità. Si perde subito anche se ci si vorrebbe riprovare sempre, dopo. È un miraggio, un'ambizione. La lealtà si applica a tutto, anzi, si disapplica a tutto. Ogni volta che rinculiamo, che riteniamo, che siamo avari. La lealtà potrebbe salvarti l'anima. Però fa un bel rumore, quando si fracassa, la lealtà. Il rumore di una bottiglia di rum Ultima Revolution in frantumi per terra, e tu la bevi col bicchiere fra i denti, direttamente. Poi, quando la lealtà se n'è andata, puoi anche spegnertelo su un braccio il mozzicone, e rigirarcelo dentro. Se ne hai ancora di lealtà da perdere. Se no, ti stratronchi e basta, come tutti gli altri.

L'ha detto anche Napoleone. La lealtà! L'unica cosa che conta. Quella degli altri soprattutto.

Ma con me non attacca. Non dopo le sette di sera, di sicuro. Fino a quell'ora ne ho così tanta di lealtà e di propositi che potrei prendere impegni a vanvera, paternità, sposarmici addirittura, ci ho il morbo connaturato.

Il morbo responsabile, l'obbligazione contrattuata, il più possibile, l'eterno fidanzamento.

Uhm uhm... è la magnificenza il proposito! E uno ci prova pure con la galanteria, ma è sempre rischiosa la galanteria.

Non c'è che dire, il fatto è che l'anima tutta così d'un pezzo si presenterebbe rigida, quasi corazzata, è un corazziere chi la porta, ma si è troppo obbedienti e privi di nostalgia prima delle sette di sera. Di quella buona dico, la nostalgia da colpo di cannone, una potenza insomma. Però tutta quella lealtà ha bisogno d'aiuti, di sentimenti, di coscrizione.

Va concentrata per essere aggressiva del tutto, come una candeggina, e allora sì! Ha bisogno di panni vecchi anche, e d'abitudine. L'abitudine. La mia strada.

C'è poco da discutere, la lealtà infinocchia prima la gente, e con le proprie mani. Quando si marcia nell'obbedienza si è ben leali, si tenta perfino con quella degli altri! Ma la lealtà vera, quella dove uno si riconosce, incomincia solo dopo, dopo l'Ultima Revolution! Lì l'anima, da rigida, prende a disciogliersi come la banchisa antartica, a primavera.

Io, personalmente, me ne dimentico e basta. Quello che mi ero dato per sicuro non esiste più, l'impegno preso andato, pure lui. Sarebbe un po' come lo stile, la lealtà!

Non basta avercelo, essere andati a scuola. Bisogna anche ricordarsi di avercelo. Perciò puah... su tutti gli intenti!

Meglio sarebbe, come si diceva, "mollarla l'anima, una volta per tutte". Di conseguenze ne verrebbero, eccome.

Qualcuno si accontenta di sentirne l'odore di questo ammollimento, di questo inizio di deriva. Farsi due passi, meditare, rifiatare, uscirsene fuori di casa, dall'appartamento, che già la parola lo vuole ben significare che in quel posto ci si è appartati dentro, rincantucciati, rinchiusi. Questo è appurato! Comunque, insomma, basta uscire, prendersi una pausa, riprendersi un poco la vita che già ti aggredisce così alle spalle, nei punti di passaggio, nelle attese, nelle strettoie, dove alla fine non ci si può difendere, che si hanno già le brache calate a mezz'asta.

Ed è un assalto che una volta subito non si sa più come rientrarci in casa, come spiegarsi, come raccapezzarsi, e quando si prende quella brezza è pericoloso allora tornare. Si è presa quell'aria addosso, già incolmabile, quell'inquietudine che fa mollare la presa, quel desiderare a vanvera... quattro passi, quattro passi nella sera, e già uno non sa più come ritornare, come tornare indietro.

Un poco d'aria ed ecco la notte ci ha belli e presi. Notte di fortuna.

Succede. Ai solitari per lo più. Quelli che non stanno affatto zitti, che anzi la aprono la bocca, e ogni volta è un disastro, tutta la serietà, tutto quello che sembrano tenersi per sé, nell'interiore, lo riversano a carrettate.

Quelli sono prede facili della notte stellata, già che vivono come sul ciglio dell'espressione.

Hanno visioni lontane, anzi, intravisioni. Ascoltano cose, parlano da soli per la maggior parte del tempo, ma per il resto sono sempre socievoli, straparlano, o infine tacciono a sproposito.

Poi ci sono gli autistici, e lì il problema è differente. A quelli non gli bastano i piedi, ci devono mettere il muso della macchina di mezzo. Per forza. Devono sbattersi per strada, al sole o al neon. Hanno abolito i mezzi di riflessione. Niente tramvai, niente autopullman, viaggiano direttamente sulla catapulta.

Ci mettono in mezzo la strada come fosse cicatrene, come cauterizzante. Buona per le ferite, quelle da taglio.

"Strada bisognava metterci in mezzo, certo, ma non era nemmeno paragonabile a quella delle sue cosce lunghe, al suo culo molle.

Lo so bene io, che ogni volta che mi sono frantumato in una stanza con qualcuna gliel'ho domandato per bene, e direttamente, tutto preso dallo sfondamento, C'è qualcuno, di', c'è qualcuno che ti sta aspettando a casa? Eh? E quella rispondeva che sì, che sì... che le piaceva proprio tornare gocciolante di altri, e così lo venivo a sapere ancora meglio quello che lei, la mia, stava facendo. E mentre lo dicevo, lo stavo davvero dicendo a lei e mi ci squartavo da solo. Ah, lo so bene lei come lo fa. Conosco tutto. Ho perduto lealtà e verginità, così, tutto in una volta. E allora lo voglio misurare sul campo il gioco. Sperimentarlo anch'io.

Sarò il suo guardone. E per farlo del tutto sarò io la puttana.

La conosco eccome questa morte che mi squarta al mattino, è la stessa che nutre la mia insanità, è la mia linfa, la mia passione, il mio necrologio, la mia coprofilia. La bussola.

Oh, lei non ha nulla da redimersi, è essa stessa la causa.

Ma occorre tenersi distratti, fare i bravi, non guardare cose, non guardare corpi, non leggere, non pensare.

La lingua, l'occhio che le si fa acqua, le unghie che graffiano l'aria. Ed ecco la notte della carne mi ha già ripreso. Distanza, distanza! Tenere la distanza! Finché si tiene la distanza si è ancora in salvo.

Ma occorre fare caso a tutto. Anche alle musiche. Non ascoltare quelle che accendono febbri, che si è già malati, febbricitanti. Attenersi all'armonia, ascoltare Glenn Gould soltanto.

Pensare che era un santo, pensare che viveva solo di notte e parlava soltanto al telefono e sapeva la regola per sé, che per ogni tempo dato agli altri necessitiamo di un tempo per noi.

Pensare al suo stato monacale. Pensare ai suoi guanti e ai suoi cappotti, pensare alla sua goccia di perfezione distillata.

Mantenersi alla larga, o altrimenti il grumo d'istinti senza occhi e senza cuore che agita e preme nella camicia di forza acuirà il morso, e ti costringerà a fare chilometri, ti costringerà a spendere parole inutili e a staccarti da te, a sputare fuori, su petti estranei, il veleno. La momentanea cura che ti ucciderà.

E dopo, una volta calata l'oscurità, una volta che non si sarà trovato niente su cui sfinirsi o appassionarsi, ci si butterà sui mostri.

Si brancolerà nella tenebra al neon, nel girone tangenziale e allora, allora si avrà veramente bisogno della VODKA.

E più penserai al suo culo, più dovrai ammazzarti di vodka. S'incroceranno destini nel freddo, nel catrame e nella vodka, da venirne assorbiti, e si perderà tanto l'andata quanto il ritorno.

E questa miseria, questa clandestinità, ti si appiccicherà addosso.

Scaverà per bene, saprà fare il suo lavoro. Non apparterrai più a nessuno, e a te per primo.

A furia di esporla in giro, la vita ti diventerà estranea. L'oblio si prenderà la giovinezza e il mondo non avrà più strada sufficiente per perdersi. Non succederà tutto in una volta, non in un colpo solo, sarà piuttosto una piorrea, ti staccherà i denti piano. Diventerai incapace di scegliere, per prima cosa. Niente e nessun posto ti sembrerà sufficiente per te. Indovinerai già il puzzo della solitudine e della distanza dietro le porte degli appartamenti vuoti. Dietro ai sederi stazzonati degli agenti immobiliari. Ne sarai così intriso da smarrire per sempre la via di casa. Diventerai un senzatetto e continuerai, fino a che avrai abbastanza soldi e città e persone su cui rimbalzare. Ti abituerai ai letti, sempre diversi, e nemmeno più di un letto avrai bisogno veramente, piuttosto di un momento di tregua e sarà un riposo che ti farà soltanto rifiatare.

Ti perderai nelle cose, che appariranno sempre più confuse. Ti perderai, senza capire bene. Ti nutrirai. Non ci saranno tavole imbandite, nessun odore a cui affezionarsi. Ti procurerai il cibo che bisogna, per lenire il logorio di una fame cupa.

Dovrai contentarti dell'acidità, dei profumi della ristorazione, degli odori del soffritto d'oliva delle case dei parenti, dove sarai troppo vecchio per trovare ricchezza. O ancora, del disinfettante della moglie dell'amico, dei profumi deodorati delle piastrelle bianche dei bilocali delle giovani donne sole, dei loro pavimenti tristemente lucidati.

Non avrai più musica tua nelle orecchie se non lo starnazzo della radio commerciale dei bar in cui ti sei costretto a sedere per poterti radunare un momento.

Ti si appiccicherà addosso la volgarità, il TUNZA TUNZA, e non ci potrai fare niente.

Ti abituerai agli atri delle stazioni, perché ci saranno sempre chilometri di mezzo.

E sconosciuti, e qualcuna da andare a prendere, e succederà sempre davanti alle stazioni, perché quelle sono le più semplici da trovare. Lì, sotto i neon, nel freddo, lì ci s'incontrerà, senza partire mai.

Avrai bisogno anche di questo nella clandestinità. Di luoghi di nessuno, di appuntamenti con niente.

Il passato si farà più grottesco mano a mano. Si allontanerà, cambierà faccia col tempo. E non si riuscirà, incontrando chi già si è conosciuto, che a misurare di quanto si sia scavato profondamente il fosso che divide il vostro cammino.

La leggerezza e l'entusiasmo se ne andranno. Diventeranno un ricordo doloroso. E anche i posti che prima ti appartenevano ti si rivolteranno contro come uncini.

Ti faranno soffrire. Saranno la misura del cammino perduto, la geografia. Il mondo che ricordi diventerà un cimitero. Si diventerà scostanti, insofferenti a tutto quello che si è già conosciuto.

E tutto questo accadrà senza nemmeno un particolare abuso di droghe o di sostanze.

La clandestinità soltanto sarà sufficiente al lavoro. Andrai nei posti per necessità, non più per voglia. Ti ci sentirai scomodo.

T'infastidiranno i tuoi stessi vecchi genitori per la loro miseria, e per il modo di masticare a bocca piena, per l'odore di cui si è intriso l'appartamento comperato a mutuo.

Non avrai niente di tuo. E sai bene che qualsiasi cosa dovesse capitarti è lì che andrai a morire, come morirono gli altri, come morì Pier Vittorio Tondelli, nell'appartamento di ottanta metri quadri dei genitori costruito trent'anni prima, a Correggio. Zona espansione Sud.

Come morì Massimo Urbani, come morirono altri inquieti appartenenti alla razza più spregevole di ogni altra. L'artista italiano.

Le persone che hai amato inizieranno a essere un'eco nella cornetta del telefono. Telefono portatile. Non incontrerai mai veramente, perché avrai perso il desiderio, non ne avrai a sufficienza per costringerti a percorrere una strada, a dedicare il tempo. A dedicare e basta.

Non si riuscirà a darlo quel tempo, a nessuno, nemmeno per percorrere un pezzo di strada, saranno sempre e soltanto frammenti. Piccoli specchi su cui rimbalzare. E l'amore, il contatto, il cammino, sarà solo amore rubato, voracemente, rapacemente.

Sarai un soggetto a rischio. A rischio d'incidenti stradali, a rischio di ritiro della patente, a rischio di grane, di prostituzione, di calunnia, di malattie veneree, a rischio di Aids.

Ti tornerà in mente tutto questo, ogni mattina, appena sveglio, dentro una macchina, scrivendo, o pensando o bevendo... nel momento in cui più ti sembrerà di essere leale, ma non ti servirà, perché il giorno è lungo, molto lungo, più della notte. E arriverà presto il momento in cui per un'altra volta t'ingannerai. Saprai, d'altronde, sempre in anticipo la cosa da fare, ma non la farai mai.

Ti abituerai alla polvere, verrai infangato. Succederà spesso. Questo ti smarrirà del tutto... ti divorerà l'anima, il disamore.

Tutte le volte che ti ci troverai di nuovo in mezzo, odierai. E quel che più odierai non sarà la cattiva musica italiana, non il cattivo odore del cesso del ristorante, non il cattivo vapore di muffa della lavanderia, odierai e disprezzerai di più la tua cattività, e te stesso infine. A furia di buttarne via coscientemente e incessantemente non ne resterà più. Non potrai più fidarti dell'istinto, e diventerai merce alla volontà di altri, sarai incapace di decidere. Questo ti porterà alla paralisi, sopprimerà la lucidità e il talento.

Sarebbe forse meglio andarsene allora, presto, ma non ci riuscirai.

Andrà tutto avanti, e comunque. Finché il mondo lo permetterà. Fino a che non verranno a mancare persone care, fino a che non si finiranno i soldi, fino a che si avrà ancora credito, fino a che la malattia e la disgrazia ti lasceranno in pace, ma non l'orrore.

L'orrore ti attecchirà dentro, e senza nemmeno le tenebre della foresta africana.

Le persone che ti rimarranno attorno saranno quelle più consone al cammino. Ma passata l'epopea, dopo ti verranno a nausea. Puzzerà la cosa e da lontano. Non si coglierà più l'epica dell'occasione, del momento, non saranno più verità incandescenti, pronte soltanto alla confezione del ricordo. Sarà la norma, senza nessuna euforia.

Si perderà, dopo la famiglia, anche il senso di avventura che ti aveva spinto fuori, per le strade, a cercarne il respiro, il grande spirito muliebre e inizierai a sentirci, dietro a quell'euforia, la solitudine e la morte delle anime che hanno bruciato con artificio. Così nel girovagare, soprattutto al calare della sera, ti accorgerai che non c'è più nessuno che veramente vuoi vedere. Aspetterai senza forza, né desiderio. Mandare un altro poco più avanti le cose, questo soltanto. E sai già cosa ne verrà dopo, sai già come parlerai, giacché farai di questo la tua materia.

E con un'anima dolce, che pure forse verrà, allora finirete imprigionati dallo stesso linguaggio, quello che infine v'impedirà di amare. Vi farà diventare 'amici'.

Avrai infatti delle amiche. Amiche che non ti riuscirà di desiderare, ma che saranno però indispensabili.

Ti faranno sentire compreso.

Ovviamente fino a che non farai qualche errore. In quel caso conoscerai questura, ospedale, carcere, non fosse che li hanno aboliti, anche i manicomi.

Questo è il pedaggio. Sono cinquantamila, grazie, e ora può proseguire."

Così l'oracolo stradale apparso nel suo abito di sonagli e di campanacci dentro la cabina del pedaggio autostradale mi scrutò, mi indagò, pronunciò il suo anatema sibilante e mi lasciò proseguire nella foschia della pianura.

LA CONTESSA WALESKA

Era già arrivato settembre, sull'isola.

Da quegli addii di Fointanebleau non si era salvata la famiglia, quella che per ambizione, più che per amore, si era formato l'imperatore.

In quell'isola già prossima all'imperio del ricordo preparava ogni cosa con scrupolo, appartamenti, arredamenti, la servitù, ma nulla parlava più del sole, del mare intorno. Le lettere che arrivavano erano poche e controllate, e così pure le informazioni.

Egli era già divenuto un brigante, su quel trono da farsa dell'isola, ed ella era restata una regina, ostaggio dell'intrigo dei vincitori.

Ne pativa l'imperatore il fascino, la giovinezza, la superiorità mai vinta del lignaggio. L'attendeva ansioso, legittimato dal matrimonio, ma vanificato dai fatti.

Ella invece già tornava al suo, già accettava la corte di un ufficiale, già tornava alla protezione paterna, al riparo dall'avventuriero.

Tornava al mondo conosciuto. Tergiversava alle acque termali, rimandava.

...Verrò dopo Aix, dopo Parma, a giugno, a settembre, il prossimo inverno, siate comunque sempre certo del mio affetto, mio buon amico...

Lasciava l'imperatore nel dubbio, a farsela col suo fantasma.

Egli scriveva, e non otteneva risposta. Scriveva lettere senza riceverne, e questa condizione, anziché esacerbarlo, lo prendeva ancora più all'amo dell'intimità, dalla parte uncinata degli affetti.

Ella intanto spariva lentamente, fisicamente e definitivamente, come il resto dell'epopea, dalla vita di lui.

Restava l'isola, e i suoi stretti confini di vento e di mare.

...Mi basterà un piccolo appartamento, per quando verrò a trovarvi... – gli scriveva rassicurandolo – *...abbiate solo la compiacenza di provvedere a un giardino... trovo crudele che da Parigi non vi abbiano mandato quei fiori...*

Costruiva intanto l'imperatore. Amministrava. Perfino nel chiuso di una cella avrebbe trovato il modo di impartire compiti ai topi.

Ripuliva, edificava il palazzo, quasi avesse davanti un vasto futuro da offrirle.

Attendeva. Voleva farsi trovare pronto.

Domandare di dividere insieme la caduta... la disgrazia? Quasi che non meritasse la grazia di lei, egli non le imponeva la presenza, né di condividere l'esilio. L'attendeva piuttosto come un regalo.

Era del resto un affetto istituito, dovuto quasi, legato dal sacramento ancestrale della maternità.

...Vostro figlio, il re di Roma, sta bene, siatene sicuro come del mio affetto...

Ma niente di quell'artificio bastava. L'imperatrice non veniva.

E nemmeno faceva avere notizie di sé, si dava malata.

Tutto quel piccolo regno viveva l'onore di riceverla come sua unica legittimazione.

L'imperatore stesso spariva di statura. Senza famiglia era soltanto uno scapolo sconfitto.

Egli aveva però un'amica. Il genere di donna a cui aveva donato la brillantezza del corteggiamento, lo smalto del fuori di casa, la leggerezza della tournée vittoriosa, quando si passa in corsa, a cavallo, sull'onda della gloria, e gli altri rimangono a terra, fermi al passaggio, attendendo un ritorno.

Restò negli anni quell'amica come una finestra di luce lontana, un'immagine azzurra.

L'amica a cui si scrive con libertà, cui si offre il fuoco d'artificio della propria compiuta natura.

Anche nell'aspetto ella restò fantastica. Come una nuvola chiara... il bagliore dei suoi capelli, già slavi, polacchi, nobilitata da quell'aristocrazia di famiglia che l'elevava, ma non ingombrava come il peso delle dinastie.

Venne inattesa, l'amica, in un giorno di settembre.

Venne al comando del cuore.

Al suo arrivo fu scambiata per l'altra tanto attesa, ed ella dovette fare della notte un velo.

Fu coperta agli sguardi da quegli stessi uomini che avrebbero dovuto ostentare i fasti della legittimità coniugale.

L'imperatore l'accolse nel buio stellato dell'isola, nascosto dalla vista degli altri e la condusse al monte Capanne, su, al romitorio di Marciana.

Lì aveva una tenda da campo, un eremo in cui si rifugiava al riparo delle curiosità isolane.

La fece accomodare e una volta dentro, con la complicità che si riserva all'amante, disse "Voici! mon palace!".

E in quel palazzo restarono rinchiusi per due giorni e due notti.

Godette di quell'affetto, della festa inattesa dei sensi, fino a che poté, ma il suo cuore illividito gli impedì di goderne appieno. Ella scompariva di fronte all'edificio della legittimità costituita, della storia a venire, della vita da fare. Non poteva arrivare oltre. Le sue parole e i suoi gesti non potevano cadere altrimenti che con il peso leggero dell'avventura.

Le ore passavano, e cresceva nella tenda l'inquietudine. Egli si sentiva sempre più scoperto e perduto.

D'un tratto l'imperatrice, che non dava notizie di sé da mesi, si era fatta più vicina che mai. Ne presentiva la venuta, poteva addirittura arrivare da un momento all'altro, occorreva fare presto, spiegarsi, agire subito.

Anche in tutto quell'esilio veniva a valere infine il ruolo dell'amante, a cui la casa è preclusa, l'amante che si raggiunge fuori, quando la vita è altrove.

Egli con lei, in quell'isola, era già un clandestino.

Eppure in quel momento la vita gli porgeva l'ultima occasione di tenere vicino a sé un affetto, una compagna che avrebbe reso più amorevole l'esilio.

Ma a quella possibilità riservò quei due giorni soltanto.

Pianse lacrime dignitose l'amica, dopo i discorsi che le arrossarono gli occhi. E intanto veniva organizzato che partisse di notte, col mare grosso di vento. Dovette partire col buio, più di notte che di giorno.

Accompagnati da un ufficiale al seguito, mossero a cavallo nella macchia. L'imperatore la scortò fino a un bivio impervio, e poi li lasciò proseguire soli.

Se ne pentì subito. Diede anzi ordine di fermare i partenti, ma il tempo era peggiorato, e l'ufficiale preposto rinunciò all'inseguimento, attribuendo al destino la fatalità della partenza.

Rimase a lungo pensieroso nella notte inquieta, l'imperatore.

Poi tornò a Portoferraio, negli appartamenti. Girò di nuovo tra le stanze allestite, e in breve riuscì a ritrovare quella sensazione di casa che si era sforzato di inventarci. Il santuario che aveva edificato con la dedizione dell'assenza.

Mantenne le stanze pronte, in ordine, carezzando dentro di sé al caldo del suo piccolo regno il luogo che aveva conservato per lei.

L'imperatrice non venne mai.

Non seppe mai.

Nemmeno Bonaparte ne seppe più nulla.

Continuò fino alla fine a dipingerla con parole di tenerezza.

Un mese dopo accettò la compagnia di una cortigiana, che si installò stabilmente alla piccola corte di Portoferraio.

BORSE DA VIAGGIO

Non c'era niente più di cui parlare, c'era da andarsene e basta, senza rimanere col peso di tutte le cose intuite. La stagione era iniziata. Il primo caldo. Bisognava svignarsela, giacché tutto si comprende solo agendo o ritirandosi. E questo è poco ma è sicuro.

Già al bar Sirtaki non ce la facevo più, però ordinammo a forza altri tre giri di ouzo e qualcosa lo misero dentro, pure nella pochezza del locale. Ci buttavano del ghiaccio, un dito d'acqua, e poi questo anice greco, che se non ti dava in corpo, ti dava in pancia.

Durò il tempo di altri tre giri di banco, poi scappai alla stazione, vidi il treno per Trieste delle 4.45 e decisi. Caricai le borse del ricambio e le issai sopra.

C'era fretta. Finii a caso in uno scompartimento di seconda, coi sedili di finta pelle marrone già abbassati e con dentro un militare sdraiato per il lungo. Fui cordiale. Mi sentivo l'animo da perdigiornata, prendevo la spinta.

Mi stesi col militare e mi addormentai anch'io, come un commilitone. Più tardi quello si alzò e salutò uscendo.

Salutai anch'io nel sonno impastato. Non me ne importava. Finalmente ero trasportato. Poi mi accorsi che il treno non andava più da nessuna parte.

Nel sonno appiccicoso sembrava che si fosse fermi da un giorno. Stavo per invelenirmi quando arrivò placido un veneto e disse che il treno si era fermato.

Ero finito nelle carrozze staccate, e quelle erano belle che arrivate.

Mi alzai tutto sporco e sudato e non m'importava. Avevo mal di testa per la sbornia, ma non troppo. Abbastanza da desiderare un bar.

Cercai il deposito dei bagagli e fui libero.

Mi diressi al buffet. Erano le otto del mattino di una giornata umida e opprimente. La foschia si prendeva tutto il paesaggio. Davanti alla stazione, sul bordo del canale nero e luccicante, la gente aspettava il battello come si aspetta la metropolitana. C'erano inglesi vestiti da neozelandesi e un pacioccone byroniano di Cape Town, tutto rosa di carne e di vestiti, agghindato col fiocco e coi pantaloni corti, e anche ragazze puritane del New England c'erano, coi loro vestiti color panna.

Girovagavo così, indeciso sul da farsi, di fronte alle banchine, alle chiese senza cielo, l'acqua e l'aria si mescolavano in un unico vapore come se la città e tutta la laguna fossero una grande vasca.

A vederla, quell'acqua marcescente, mi venne voglia di aspettare di impigliarmici, di perdermici fino all'aperitivo definitivo e finale, la lobotomia chirurgica dell'Harry's Bar. L'umidità però opprimeva e non ce la feci a inoltrarmi nei vicoli e nelle calli.

Tornai dentro al buffet della stazione. La spremuta la facevano in un chiosco a parte.

La preparava una signorina austera, nel suo banco-frutta. Aveva fragole fresche e altre primizie di stagione. Guardavo tutto questo già da forestiero, da sconosciuto, mi veniva da far perdere le mie tracce.

Le volevo perdere del resto, e questa era la conseguenza. Non ci avevo pensato prima, ma a quel punto il desiderio si fece ineluttabile.

Se ero lì perché non ne potevo più, a cosa avevo da tornare ancora?

Bisognava andare avanti, oppure deviare in qualche luogo di passaggio. Però mi mancava la determinazione.

Una volta uscito, fuori dalla stazione, in una grande bancarella di libri a basso prezzo acquistai un ritratto della campagna d'Italia di Napoleone Bonaparte.

Mi buttai nel treno successivo, era già estero, andava oltre la frontiera.

Coi nervi scoperti dell'anima, nelle folate dei finestrini di carrozza, chiuso dentro uno scompartimento di velluto, l'immaginazione viva come una febbre, mi abbandonavo all'eco delle grandi giovinezze. L'epopea della gloria, la stagione delle campagne d'Italia infuriavano fino a me, nel fracasso delle rotaie.

La campagna d'Italia! La prima impresa! Il volo leggero d'entusiasmo! Il desiderio feroce! Ecco il giovane generale Bonaparte, vincitore di eserciti e nazioni... tutto quel genio, quella gioventù che travolgeva come una piena il vecchiume, che accendeva d'entusiasmo l'Europa... però inerme all'infedeltà invincibile di lei! Sulle ali brucianti della gloria dannato e arso dalla piccola ed enorme cosa di un corpo amato, corpo infedele... ci voleva un'angoscia più grande per buttarsi a quel modo davanti a tutti al ponte di Arcole. E poi l'ambizione feroce, il soffio incombente dell'epopea!

Questo soltanto avevo intorno, e nessuno mi aspettava o sospettava. Nessuna ironia da battaglione, nessuna spiegazione. Scomparire. Come nell'acqua era scomparso Jeff Buckley, due giorni prima, senza lasciare notizie certe attorno a sé.

Scomparire.

Il genio... la fiamma intravista, illuminante, incombustibile. Scomparsa in un porto chiuso del Mississippi, e senza lasciare indicazioni, senza sapere cosa pensarne. La giovinezza magnifica e immolata, tutto sentivo.

Allontanarsi nuotando dalla fiamma, dall'amore, dalla devastazione. Allontanarsene a nuoto, come un Kurz sparito nel continente in un rivolo del fiume amazzonico, così lo immaginavo allontanarsi da tutti e diventare una divinità per una folla indigena dell'interno, ma non nel Tennessee... non per una congestione... per un paio di stivali...

Come poteva la morte attenderlo lì, in quell'acqua, chiamarlo dentro a cantare?

Si buttò a nuoto, così, cantando. Lasciandosi dietro il disco da fare, la ragazza, l'inquietudine, e cantando gli si riempì d'acqua la bocca, i denti e gli stivali.

Morire con gli stivali pieni d'acqua, con la bocca piena d'acqua del Mississippi, con tutte le parole che aveva ancora da dire. Ognuno cammina sempre vicino alla morte, ma andarsene così... insensatamente... in un'altra più grande vasca da bagno... così è andarsene soli...

Avevo nuotato anch'io una volta nella luce della luna in un'acqua d'esilio, sentendo freddo, battendo i denti, mentre tutt'intorno era notte, ed ero già clandestino.

E adesso andavo sbattendomi, scaraventandomi sulla carrozza, verso est, scomparendo.

I pensieri erano batteri nella coltura d'immaginazione dello scompartimento caldo. Mi riportavano all'acqua. L'acqua profonda del fiume, limacciosa, fangosa forse. Un porto chiuso, com'è un porto chiuso? Il segreto delle grandi giovinezze... com'è?

Lo indagai a lungo nella penombra della carrozza.

La strada ci era sembrata a tutti più degna di essere percorsa, sulle ali di *Grace*, della sua voce che si impenna... a lungo... e poi cade in un singhiozzo... un sussulto... schianta il respiro e le ossa come se il fiato e il corpo gli avessero ceduto. Ma sono cose queste che non si dicono, si urlano in macchina da soli. Si urlano disperati e mistici, come le cose di cui si afferra la grandezza, quelle che lasciano innamorati come i sogni. Innamorati e orfani. E ne parlo così adesso scrivendo da solo in una stanza piena di borse da viaggio a cui non so perché, ma sono tornato.

Borse da viaggio
Ne ho pieno il corridoio, c'è afa e canicola
E un'altra volta non sono partito...

COSA HA UCCISO JACK KEROUAC?

Cosa ha ucciso Jack Kerouac, l'uomo che ha scritto con più gioia sulla vita?

Cos'è che l'ha ridotto a morire bevendo birra e scotch davanti alla televisione?

Un uomo che ha cavato magia da ogni pietra che ha calpestato!

Non gliene è importato più niente. Niente l'ha interessato più. E non dico la strada, ma tutto il resto.

Finito.

Arriva un punto in cui il mondo intero non è niente in tutto.

Un poco di quiete ebete dentro, poppando la bibita, roba però che non sa più uscire di bocca. Di bocca escono solo graffi e rabbia e sputi per tutti.

Si esce e ogni volta che si mette fuori il becco si trova solo la grazia deturpata. La bellezza che aveva preso il tesoro dei giorni e ora non è che vecchiezza cariata, andata a male, incattivita e non c'è modo di tenersela stretta, nessun altro modo per accarezzarla ancora che frequentarla nell'intimità.

Stare così in bermuda per casa, come le vedove che fanno santuari dei loro giorni. Ampi santuari, visionari e dolorosi, e camminano in solitudine. Da soli soltanto si può essere quello che si vuole, con la testa così affollata di visioni da dover far pagare il biglietto all'entrata.

Niente più dell'epica amicizia, della fiamma che aveva scosso le strade. Niente della perla è durato.

Ma chi ha scritto a quel modo ha amato. Ha amato tutto. La terra dolente, il sole e il ferro, ha amato il segreto e l'esposto, la tenebra e la luce, il caldo e l'asfissia dei covi della musica.

Quale colpa allora l'ha abbattuto?

Perché c'è sempre una colpa dietro ogni divorìo. Quando in piedi sui letti si urla alla vita, nel pieno dell'orgia e le bottiglie si rovesciano nei motel aggrappati al mattino e i portieri ci vogliono cacciare e ci sono donne da poco o da molto, e urla, e la vita si divora a fauci aperte come l'aria che passa più rovente tra i denti...

È colpa?

Oppure è che si è consumato tutto?

O che il dovere la sa sempre più lunga e si deve scrivere e scrivere o si deve ancora qualcosa... Ma infine, dov'è finita la gioia?

La guida dei nostri passi. LA GIOIA!

Quale fastidio l'ha uccisa, quale invidia, quale distrazione?

O è soltanto un ormone che dopo il corpo non produce più?

Uno cerca di salvarsi col dovere, con la rinuncia, affilare pena, entusiasmo, ricordo... avvicinarsi sempre di più a come dovrebbe essere stato. E come è stato trovarsi davvero lì? Nel grotto indiavolato dove la cosa sta succedendo! Dove Charlie Parker esce come un uccello impazzito dal safari di *Night in Tunisia*!

Dove si rimane aggrappati al tavolo a battere i piedi per terra e ancora non basta e metterlo nella penna quel cazzo di serpente elettrico, la VITA! Il caldo impazzito dello stantuffo del sassofono mentre si grida raschiandosi la gola e si prende fino a che ce n'è, e l'alba ancora non basta! Sbattere la testa increduli, schiantati dal rullare dei tamburi. E ancora, e ancora, che non basta nemmeno la sbornia... auff!

Non basta trovarsi davanti alla giungla nera, profumata di Elvin Jones e vederlo cantare e lamentarsi mentre percuote i tamburi, come una pantera, e la giungla intera gli suona dietro. Vedere la sua anima gorgogliare sui tamburi, e gli occhi, gli occhi che si meravigliano da soli!

E rimanerne incurabilmente orfani quando è finito!

O forse ancora è che tutto è soltanto come una grande abbuffata, che dopo lascia spossati e schifati, con la pancia a pezzi e la bocca impastata! Ma poi neanche questo è vero, perché, e tu lo sai vecchio, il bello della sbornia non è andarci sopra dopo?

Non siamo mica noi di quelli che alla mattina, se ci arrivano, si prendono il caffè!

O forse è a non amarsi per niente, a maledirsi di continuo che succede, a fare caso alle sciocchezze, alle brutture, a non mantenersi sempre tesi verso la luce, a perdersi nelle retrovie, a non avere palle, a farsi tirare in basso, a raccontarsi palle da soli, a essere buoni, a fare i buoni, a non tirare cazzotti, a non aggredire di jab.

Dico, accidenti, è la vita!

Si vede una strada e se ne immaginano di continuo di strade... quelle che non si sono viste, e sono proprio quelle che ci fanno secchi.

Oppure ancora è l'avarizia che ti ammazza o la sofferenza presa a dosi smodate! L'avarizia, come un laccio, un'asfissia intorno al collo. Avarizia di vita. Avarizia della vita. Tenersela sempre stretta per paura che se ne esca del tutto e non ci rimanga più niente.

Così è con l'amore. Uno se lo tiene stretto, ne gratta via solo un poco ogni tanto, giusto per scialare, per l'ebbrezza, come quelli che ammucchiano la meta. Quando uno ce l'ha, dopo gli fa festa sbracarsi con gli spiccioli. Ma il grosso intanto è da parte. Se lo tiene conservato fino a che non marcisce, perché non si è preso niente.

O forse ancora è la paura delle cazzate. Quando se ne fanno così tante che non ci si sa più accudire.

O forse che uno crede, per essere intero, di andare dietro alle emozioni e non sa fare andare le emozioni dietro alla vita. Che insomma, bisogna andare e basta, e chi si ferma a pensare è un onanista perduto, e chi ha dei dubbi, coi dubbi ci rimane in mezzo alla strada, senza prenderla.

Ora tutto quello che conta per andare è prenderla una strada.

Se no è il terrore. Si rimane davanti ai cartelli e quando uno inizia a rimanere fermo davanti ai bivi non può più andare in giro. Si deve ritirare.

Inizia ad avere la rabbia. Deve attaccare lo spazzolino al chiodo! È da mettere in isolamento, che anzi ci finisce da solo.

Ma... Jack Kerouac non ha passato tutto questo.

Non ha speso il tempo nel deserto dei bar ristrutturati in compagnia dei dj dell'etere, soffocato, senza strade, solo, fra le tradotte autostradali e le lamiere ambulanti e il belato informe, rabberciato della nazione dove tutto si è dato e non rimane niente per niente, se non lamentarsi, che è tanto più facile che amare.

No, no. Ma dove e quando tutto è successo? Altrove, lontano da qui.

Ma anche questo però non ha nessuna importanza perché ognuno cresce per dare senso alla strada che fa e per ognuno la perla è diversa, ed è comunque la sua. E noi sappiamo qual è stata la nostra!

Quando la strada ci si è slacciata sotto come vita aperta, e spazio nella notte. E c'è stata ricchezza per noi, oro e diamanti.

Che i poeti servono solo a farci trovare la nostra ricchezza, non a invidiare la loro. A dirci che sì, è vero! Abbiamo bisogno di spazio, spazio ancor più che di tempo!

A farci sentire compresi mentre arranchiamo, sbaviamo, farnetichiamo, tradiamo, consumiamo.

È il mio destino. Il mio cammino. Mi ci abbandono come una vergine, mentre il vecchio canta *Like a bird in the wire... Come un uccello nella gabbia ho provato ad essere libero...* e la macchina romba in rincorsa con l'alba e si fa a gara solo per cercare di essere dappertutto, rappezzare tutto, tenere in piedi tutto. Quando abbiamo urlato nella notte e la Grazia, il suo oscuro segreto, ci ha scrostati nell'oscurità. E le lacrime, le calde lacrime di bellezza... quando la bellezza ci ha rotto come cristalli. Quando la bellezza ci ha fatto paura.

Allora, cosa l'ha ucciso?

Quando una vita può contenere altro da sé, quando un'anima è abbastanza grande da contenerne altre e risuonare col mondo, fargli provare paura, come Buckley, la musica di Jeff Buckley!

Ascoltavamo *Lover you should come over*, e avevo paura. La ascoltavamo urlando tra le labbra, singhiozzando convulsi, e avevo paura! E non era per la guida, la paura.

La si sentiva addosso, sulla pelle, come a essere diventati serpenti, come rettili sulle squame, sulle cicatrici. Era il contorno e la strada, e nessuno sapeva cosa sarebbe successo dopo, né dove stavamo andando. E quando l'incognita è così buia spaventa. Entrarci dentro, a tutta mandata, senza fari e sai che allora puoi farti davvero male ed è magnifico! Un uomo che riesce a regalarti la paura è tanto grande quanto un uomo che riesce a regalarti la felicità.

La paura carnale. La paura di vivere! E a farlo così, solo coi suoni, è troppo! E quando è troppo si schiatta.

La vita è una mantide che brucia quelli che più la amano, se li prende, e più ci si avvicina al nocciolo, più brucia, più si va in alto, più qualcosa si oppone. Forse è questo. Forse è che non c'è abbastanza posto. Si dà fastidio. Bisogna sgombrare. Si lasciano in giro orfani poi, soli, sulla terra fredda, nuvole senza ali e con gonfia tristezza nel cuore.

Soffrire così tanto per quella cosa, LA COSA che si è intravista e che non si vede più, che non si sa più come prendere, lontana, fuggita.

E la vita dopo, il cammino dopo, è sempre più sotto. Due vodka sour più sotto.

Allora, vecchio, che cos'è che gli ha tolto tutto?

Perché se lui l'ha perso, tutti noi possiamo perderlo.

E perché quello che succede dopo non c'entra neppure con questa tristezza?

E cosa fa cadere così, senza tenersi niente da parte?

E se tutta la faccenda è gioventù, quando è che succede? Quando finiscono le passioni, e le ossa si fanno più spigolose, e la barba più ispida?

Quando si cede al proprio solitario rancore, e si lascia e si abbandona?

Come se il grigio fosse la maturazione, la maturazione della povertà!

Allora, quand'è, vecchio... quand'è che iniziano a pesare i passi?

Perché i piedi possono essere ferro o piuma... ma quand'è che da rondini si diventa mosconi?

Quando definitivamente granamignosi di cuore, di soldi e di tempo?

Quando quattro passi per strada diventano più di quanto uno possa sopportare?

Perché voglio trovarmi lontano allora. Guidare nella notte e trovarmi ancora sulla strada dove il nostro andare, così come divide, unisce.

MANTENERE LA POSIZIONE

Umidità 400 percento. 37 gradi. Bisogna mantenere la posizione. Se non si è più capaci di prendere una rotta, meglio allora tenere la posizione.

Posizione ferma davanti al ventilatore. Fermo anche lui.

Svitato il dispositivo che lo fa girare a 180 gradi. Nessuna tentazione a portata di mano.

Il mese feriale è arrivato senza pensarci. È un mese che vuole ci si pensi per tempo. È il precipizio dove l'anno si va a buttare, ma anche se ha avvisato arriva sempre come l'ospite, a sorpresa, e non si sa mai dove metterlo.

Io mi metto di fronte al ventilatore. Seduto. Il frigo pieno di birra col portello incastrato nel ghiaccio. Dentro due intere confezioni da sei. Imprendibili.

Non ho la forza di correre più dietro alla vita, così l'aspetto qua. Nello scantinato.

Treni in partenza a ogni ora, aspettando soltanto che sia troppo tardi per prenderli. A mezzanotte non ne partono più. Allora finalmente mi metto tranquillo. Mi godo le zanzare.

Nel pomeriggio abbacinante la portinaia butta l'immondizia con fracasso. Immondizia divisa. Per materiali. È l'unico rumore nel silenzio del deserto. Un frastuono.

Qui intorno alla caserma esco solo per i rifornimenti. C'è un'aria di solidarietà tra scampati a qualcosa di grosso. È come un'epidemia, una mobilitazione. Negli esercizi aperti si fa la conta di chi è rimasto, palazzo per palazzo.

Esco finalmente. Mi svago alla spesa.

Il supermercato al fresco conserva plotoni di birre e scaffali di vino. Non me ne vado di lì dentro prima che le buste siano così piene da tagliarmi le dita.

Allora soltanto mi avvio a tornare alla base.

C'è come un'aria di terremoto e io ho un certo timore a frequentare il cucinotto, perché è proprio sotto la vasca da bagno e coi terremoti, si sa, succede sempre così, la tazza ti scappa di sotto, e la vasca ti annega da sopra.

Solo gli stranieri se la fanno con la caldana. Non la temono per niente. Al bar vineria di Morocco gli arabi se la passano con le bottiglie di birra da 66 e coi bottiglioni di Barbera da due.

Qualcuno se lo viene a prendere da asporto, il beveraggio. Un tipo magro, smunto, appena prima di me, si è preso una 75 di Jack Daniel's.

Ha pagato e si è avviato fuori per scolarsela a casa. Sul retro della maglietta aveva scritto BONJOUR TRISTESSE, un saluto al barista.

Ognuno se la giocava come poteva. Si aveva l'impressione che ci fosse molto più ferro in giro, per via delle serrande abbassate. Nella portineria la puzza di cavolo e di dado s'era fatta ancora più opprimente. Tutte le puzze si liberavano col caldo, come le vecchie flaccide si mettevano in libertà. Di molte sfumature diverse erano, ma tutte ugualmente marce, cariate, offese. Venivano dall'asfalto stesso, pieno di sputi e pisciate di cane, dai bocchettoni delle cantine, sguaiate come gole aperte al loro alito andato a male.

La strada davanti alla caserma era deserta, solo la ronda notturna dei carabinieri la batteva. Per tutte le vie si sfogavano i lavori, si sventravano catrami e piastroni del selciato. Erano i binari quelli che davano più da fare. I binari dei tranvai. Quelli costringevano gli operai a spicconare, ad aprirlo tutto il suolo, a indagarlo tra le aiuole spelacchiate.

Non c'era niente di sensato a rimanerci in mezzo, nello scantinato. Mi venivano i nervi a ogni minuto, ma non mollavo. Non avevo la forza di decidermi. Quando si parte bisogna ben partire per il lungo, se no ci si rimane solo invischiati nelle tratte minori, nelle laterali. Mi punivo nella consegna, mi applicavo.

Mi facevo mancare il mondo del tutto, nella speranza che me ne tornasse la voglia, ma più ci restavo, in quel niente, più ci prendevo gusto. Nell'incameramento tutto si faceva troppo lontano. I piedi s'invischiavano e il pavimento s'attaccava e si appiccicava che era una bellezza. Rimanevano le birre, il ventilatore, le scatolette.

Bisognava attrezzarsi col caldo. Provvedersi, per evitare di finirci in mezzo dopo, quando tutto era chiuso. La domenica, quando restava solo la stazione e il suo supermercato sotterraneo. Ci si arrivava col tram, coi finestrini abbassati solo a metà, sporgendosi fuori boccheggianti, come da una ghigliottina.

Si arrivava così al grande piazzale di cemento, abbagliante.

Là si accasciavano le vite e gli zaini. Più oltre, dentro i cunicoli, si scendeva nel reparto condizionato. La città sotterranea. In verità pochi soltanto stavano davvero partendo.

Era il gran ritrovo! Vecchie checche in beige e forzuti della vigilanza che pigramente corteggiavano le cassiere. C'era un'aria dimessa. Non partiva nessuno. Si restava tra la plastica e i tramezzini della ristorazione continuata. Polli arrosto girevoli, insalate di gomma e besciamella da consumare sui tavolini alti, all'impiedi oppure sullo sgabello colorato, rosso o giallo, nello stile delle finiture dei trasporti sotterranei.

Coppie di mezz'età, incuranti, circolavano refrigerate... a pranzo fuori alle cinque di pomeriggio. Forse a casa loro si crepava di più, nel condominio, e così se la passavano alla stazione, da romantici, come in una luna di miele.

L'inserviente passava lo straccio di continuo e i corpi arrivavano e passavano anche loro sul pavimento. Il supermercato brulicava di clienti come formiche sfiancate dalla techno muzik della radio insopprimibile. Era un piglia piglia tra il cellofan.

Si facevano provviste dentro ai cesti a rotelle e non si parlava.

Solo gli ispanici si richiamavano a voce alta... *para aquí, para allá...* si imbeccavano caricandosi a spalla le casse da ventiquattro di Von Wunster come sacchi di malta.

Ma l'antizanzara era finito... rimaneva solo quello chimico, da prendere in flacone. Io però preferisco il puzzo dello zampirone, se è per le zanzare.

Finito lo svago si usciva fuori, di nuovo nel cemento nudo della domenica pomeriggio. E poi più sotto, al treno interrato.

Sono allo squaglio le carni metropolitane, nei vestiti di lino beige. Di belli non ce n'è. L'alta moda è andata alla villeggiatura. Le mannequin onorano i camminanti solo nella stagione della professione, nei mesi della fiera, quelli dell'accumulo.

E solo le più giovani, le appena arrivate in città che ancora si sbattono sui mezzi pubblici, prima di passare anche loro alle auto invisibili, ai circuiti chiusi.

Ma nel mese della feria non ce n'è più neppure di quelle. Rimangono i brutti soltanto, con le loro facce verdi e la pelle grassa, nell'aria viziata del sotterraneo e nel neon.

Arrivano soffioni boraciferi dagli anfratti della città, man mano che si guadagna la superficie, scansando il morto in piedi col cartello sandwich HO FAME.

Bentornato in mio quartiere. Puzza come gli altri, anche se è vuoto e in zona di cliniche geriatriche e caserme.

Qualche donna sola la s'incontra al supermercato. È molto clandestino. I custodi hanno un'aria come di chi la notte ha le chiavi. Ci si immaginano inviti, appuntamenti, ammucchiate, d'accordo con la ronda. Ma non si sa. Oltre i 37 gradi non si sa niente.

L'unica che aveva voglia di fare due chiacchiere era dal fruttivendolo. Alle verdure stavano in postazione nel gabbiotto padre e figlio che con lo stesso stile accondiscendente, a bassa voce, davano sempre ragione al cliente.

Alle signore soprattutto. Gliene raccontavano di ogni tipo, le troie, palpando l'uva, con l'aria indecisa e la bigiotteria ambulante.

Loro, i custodi della frutta, evitavano di contraddirle in modo tutto particolare.

Tenevano aperto. Non facevano nemmeno battute allusive. Partecipavano alla conta dei rimasti, e intanto riempivano i sacchetti di pezzi di frutta lucida e insalate ghiacciate. A concedergli di sceglierla loro la roba, lo prendevano come un onore.

La sposa era alta e istruita, con i piedi un po' aperti all'esterno, sospesa nel generico. Chiocciava, informandoci che anche il suo palazzo era vuoto.

Uscendo ci ritrovammo a fare lo stesso pezzo di strada, però ero troppo abbattuto per osare... attaccare bottone e nel fresco dell'androne implorare "Mmh, signora, siamo rimasti soli, solo noi in questa epidemia, lei è un miraggio, siamo quasi in intimità, siamo in fondo della stessa via. Potrebbero essere tutti morti, la prego scopiamo, scopiamo...".

Così mi tenni il sacchetto e me lo portai dentro.

Anche il bar dell'angolo era aperto. Arcadia si chiamava. Dentro c'erano gli sfaccendati. Bevevano bibite. Stropicciavano il quotidiano sportivo, mentre il televisore sempre acceso trasmetteva i campionati mondiali di sollevamento pesi.

Il vecchio tram di ferro, a corse dimezzate e annullate nei giorni festivi, veniva a servire la partenza come su un vassoio fino davanti al portone di casa. Quando proprio non se ne poteva più, il pomeriggio si usciva fuori su quei binari deserti.

Per meglio deciderci a prenderlo quel tram mi dicevo "Be', facciamoci una birra almeno". E mi affacciavo nell'Arcadia, spiando le sale biliardo, gli infiacchiti e i videogiochi.

Poi, con la lattina in mano, me ne andavo a bermela sul cemento di fuori, sulla soglia. Andava sempre a finire così. Mi montavo di euforia per quella mezz'ora e tanto bastava a non partire. Ci vedevo meraviglie... era la birra fresca.

Per i rifornimenti c'era l'Esselunga. Restava aperta anche di sera, nell'oscurità del quartiere oltre i binari deserti.

Le sigarette invece erano appannaggio del distributore automatico. Ci si appoggiavano, in riunione, un crocchio di africani, attorno a una Skoda SW che forniva ogni tipo di riparazione idraulica.

Di fronte c'era il bar tavola calda. Non aveva l'aria condizionata e dentro stavano tutti sbracati e abboffati di aperitivi a parlare di corna. Quelle degli altri soprattutto. Per iniziare. E poi finivano alle proprie.

Erano una tavolata di gente in età da lavoro. Nel pieno del lavoro. La barista era segnata in faccia, coi capelli mossi e la permanente da rifare.

L'uomo più accanito aveva del divorziato. I baffi pure aveva del separato. Su ogni cosa chiedeva un'opinione agli altri. Oltre le corna c'erano sempre di mezzo pure storie di case e di soldi. Decisioni da prendere, sentenze, consigli. Erano affari truci, riassesti di convivenze, bassezze. Ci galleggiavano in mezzo, tra l'asfalto e il rancore. I più vecchi invece restavano dignitosi, senza proporre niente. Sguardi. Assenze. Assentimenti. Bocce.

A notte fatta, una volta usciti, era un buio da camminarci dentro. Le luci erano fioche, artificiose, vacue. Adatte alle aiuole spelacchiate, soccombenti alla notte. Camminavamo dentro al buio umido senza dirci niente.

Anche nei bar notturni la musica non cambiava. Sempre corna e vodka sour fatto male. E il barista ci correva dietro per timore che gli portassimo via i bicchieri.

Nella notte passavano rari tram sulla circolare, sferragliavano nel caldo riportando a casa i pakistani e tutti i mazzi delle loro rose invendute.

Ci volle la precettazione infine. La convocazione obbligatoria per farmi sloggiare.

Quando arrivò il momento mi diressi alla stazione che si ergeva enorme e polverosa sopra ai cunicoli del reparto condizionato.

Il movimento aveva un'aria terminale, sotto la grande galleria di metallo.

Vagoni fermi. Lunghi trenini di carrelli per bagagli passavano suonando, tra gli accampamenti nel grande rimbombo. Folla ce n'era, ma come a fine corsa.

L'ORINOCO DEL CHIAVICONE

L'afa stagnava pure sull'Orinoco del Chiavicone.

Nella caldazza senza scampo i sensi morali, l'estetica del vivere si allentavano. Lasciava libere le popolazioni di calarsi le brache. Si offriva il meglio insomma. E non si potevano dare consigli con garanzia. Oltre i 40 gradi non si garantisce niente.

Nel parcheggio della Conad una ragazza di colore di Santo Domingo ballava una lambada che usciva dalle porte di una Fiat Punto mentre il suo mantenitore e benefattore italiano arrancava instupidito e scimmiottante. Si muoveva anche lui, come poteva, nell'osceno passo di danza.

Sotto al condominio Sangrillà si era montata la piscina.

Era di plastica azzurra gonfiabile, di un telo alto un metro e mezzo da terra.

Ci si sollazzava dentro la famiglia. Il marito s'impegnava a levare le mosche morte dall'acqua con un retino per meglio preparare il bagno della sua strabordante Cleopatra, che, dopo molti indugi e gridolini, si adagiava mollemente nell'acqua, occupandola.

Ci aveva paura di annegare, la vecchia, così si appoggiava su un cuscinetto gonfiabile che l'infaticabile le porgeva. Si ribaltava e scaravoltava a più riprese, lottando con la plastica gonfiata che le sfuggiva da sotto le cosce. Poi la vinceva, ci si stendeva sopra e, tra l'eternit immobile, i due colombi trovavano finalmente un po' di requie nella calura.

Sulla strada sterrata verso il Chiavicone c'era la spiaggia dei poveri. Le baffute tutte rosse, paonazze, se ne stavano nell'aia sdraiate a prendere il sole.

Sudavano, sudavano molto. Sembravano würstel in cottura,

però restavano lì per tutto il pomeriggio, ai bordi di un mare di argilla, mentre le cicale segavano le piante assordandole, fino a che la sera cadevano a terra morte.

Ogni tanto si rigiravano nella pozzanghera che si erano fatte da sole.

Anche loro mantenevano la posizione. Non ci mollavano.

Qualcuna di tanto in tanto tornava dalle vacanze.

"Oggi..." diceva il Tenente "...è tornata la Baffa. È stata in montagna..." pronosticava "...si vede che le piacerà chiavare al fresco."

"Oh, sapeste..." informava lei puntuale "...come si stava bene, lassù, a fare all'amore al fresco."

Però le era cresciuta un po' di barba. S'era lasciata andare. Chiacchieravano così sotto al portico con le tenaglie in mano, davanti a un tramonto subtropicale. Il Tenente Dum Dum le ascoltava dopo il lavoro alla torre d'acquedotto.

Col ruspista avevano saldato un grosso sperone adatto allo sfascio per demolire la cupola. Era l'inizio dell'opera, l'inizio dell'impresa.

L'inizio della costruzione del mausoleo in cui si sarebbe andato a rinchiudere.

Nella canicola erano usciti fuori dallo sfascio calabroni, uccelli e pipistrelli. Se la svignarono tutti. Tra le rovine restò solo un piccione di tre giorni tutto spennato. Dalla demolizione fuoriuscì anche molta polvere e mosconi. Ma quelli sono stanziali sul territorio.

Per il resto i collegamenti si mantenevano col telefono, bloccati come si era nella melassa della pianura. Era il massimo dello sforzo consentito per sostenere l'attività sociale. E le notizie, una volta arrivate, erano difficili da verificare.

...Benzina ha sigillato l'appartamento al terzo piano, sulle bonifiche. Ha attaccato il condizionatore e sulla finestra chiusa ha appiccicato un poster di Bahia. Non si muove. Col caldo è diventato taccagno, risparmia anche sull'olio e picchia la moglie se consuma troppo salame...

...Caarlo se ne sta in una suite del motel Gibuti Inn, 600 percento di umidità. È tutto nudo a eccezione degli stivali camperos, e sta seduto su un tappeto leopardato. Si è fatto crescere le unghie molto lunghe e si gratta. Di tanto in tanto butta un'occhiata alla giungla di sotto. Kalakuta, la repubblica dei Famma Fumà...

...Il Tenente Dum Dum raccoglie i pescigatto vivi, che gli escono dalla piantana della doccia. Nella cantina ha trovato un'iguana. Li tiene in una bacinella per quando sarà il loro momento. Per ora la specialità della stagione resta la "Platessa all'acqua pazza"...

Nella canicola, verso le sei del pomeriggio, al raduno della pompa di Benzina si raccoglievano gli avanzi. Era quello il momento in cui uscivano i sopravvissuti dai condomini, sull'asfalto, e accorrevano lì, tra i fusti d'olio esausto e l'erba medica bruciata.

Si sedevano sotto il baracchino del cambio d'olio, chi a giocare a frisbee, chi a passare il tempo.

Gli uomini si accanivano con lo scalpello e il martello da fabbro attorno al coperchio di un grande fusto. Serviva allo Storione di Cosenza, il camionista, per fabbricarsi il fornello per bollire la conserva di pomodoro. Parlavano tutti concitati in cerchio e discutevano sul metodo, attorno a Tarasconi, il Polifemo della forgia.

Era questi un uomo ricoperto di grasso come una foca, e aveva mani enormi, tagliate con la squadra. Indossava pantaloni da podista, canottiera da centometrista e scarpe antinfortunistiche.

Lo scalpello pian piano, a furia di colpi, si mangiava la lamiera e avanzava nel disegno. Benzina seguiva le operazioni compassato da dentro al gabbiotto e manovrava la radio. La pompa era fornita di amplificazione stereo, sintonizzata sulla stazione dell'afrobeat, a onde medie, direttamente sui dischi della repubblica di Fela Kuti.

Benzina dietro le tapparelle dell'ufficio teneva in frigo le lattine di birra. Non si usavano soldi. Bisognava ricomprarle da un'altra parte quelle bevute, e poi rimettercele. Egli sosteneva il baratto.

La stazione di servizio era sulla statale 9, di fronte ad un fabbricatore di lapidi e di statue in gesso.

Le macchine, di quella stagione, passavano rade.

A mezzo dei camion arrivavano provviste di ortaggi freschi, droghe e damigiane di vino, merci di prima e di seconda mano. Orologi, gomme, autoradio. E anche i pulmini 238 dei polacchi ci facevano sosta. Scaricavano le macchine fotografiche, le fisarmoniche e i cannocchiali e se ne rimanevano all'ombra del loro pullman arancione mentre intorno niente succedeva.

C'erano tipi che avevano smesso di lavorare da mesi aspettando il futuro. Aspettando il Marocco.

Gli prendeva lo scoramento e si rifugiavano alla pompa. Davano una mano, ogni tanto. Stazionavano nella calura.

A fianco del baraccamento c'era l'impianto a bracci sollevanti per lo smaltimento dell'olio. Nell'estate veniva apparecchiato. Quando il sole se ne andava, allora attaccava il self-service e la giornata era finita.

Col calare delle tenebre la piana si popolava di ombre. Tra i baracchini dei venditori di cocomeri e le loro fioche luci coperte di zanzare si intravedevano sagome furtive. Uscivano dagli accampamenti dei giostrai nottetempo i vampiri di benzina, poi gli scommettitori di monociclo, i costruttori, i pescatori di frodo, muovevano nell'assedio dei grilli del Chiavicone. La notte si addensava sul greto del fiume.

Oltre c'era la savana africana. Dalle piante di marangoni uscivano le regine della foresta, gli uccelli del paradiso. Notte e giorno, vivevano tra gli alberi, o nel letto del torrente. Non si sapeva altro di loro, uscivano dalla boscaglia dismessa con copricapi colorati, perline, bracciali e specchietti, agghindate di fiori di plastica intorno al collo.

Muovevano in branchi.

Si richiamavano tra loro con versi chiassosi da una parte all'altra del fiume e a volte lo attraversavano se c'era chi rispondeva. Avevano materassi nascosti tra i cespugli e giacigli moventi. Non pativano mai la caldana.

La luna si era ammalata. Alti giunchi stavano disposti come lance sul greto seccato. Si vedevano ombre soltanto tra gli alberi, tra i pali, come in una caccia grossa, e venivano versi di rospi, di faine e mugolati in spicchininglish.

La terra trasudava, buttava fuori l'umido come una sauna, un'umidità slavata ricopriva tutto. Quella densità avvolgeva la notte come una rete di ragno. C'eravamo rimasti appiccicati tutti laggiù, come insetti ubriachi nell'ambra, come vespe su una pozza di liquore dolciastro. Marciva tutta la pianura con bellezza e irresistibilmente.

PRILEP

Infine mi piazzai a sedere al bar, davanti alla spianata degli autobus.

Sfilai una sigaretta dal pacchetto di Carpati e me la accesi.

Il ristoratore era giovane, aveva una faccia da Neal Cassidy e un figlio di tre anni, con la testa enorme e gli occhi azzurri da slavo. Aveva anche delle chiazze biancastre e secche sulla pelle.

La radio trasmetteva la Macedonska music, il caçek. Il caldo era molto forte, secco e calcinante. Gli autobus fermi al sole, biancheggiavano le loro bande gialle e arancioni.

Non ne partiva nessuno nel mezzo del pomeriggio assolato. Soltanto le macchine con l'insegna taxi sollevavano la polvere, senza clienti dentro. Dietro la vecchia casa ottomana si alzava la montagna ossuta, rossastra e chiazzata di verde sotto il cielo candeggiato della Macedonia.

Al tavolo venne Brisco. Aveva dei tatuaggi addosso, di quelli economici, una farfalla e un numero su un braccio, da carcerato.

"Cosa sono?"

"Niente" disse lui. "Sciocchezze, errori di gioventù."

"E sulle dita cosa hai scritto?"

Aveva una lettera tatuata su ogni dito.

"Era il nome di un amico, un grande amico."

Non volle dire altro, aggiunse soltanto "Cose da giovani, sciocchezze, cose che si fanno da giovani".

Poi strinse i pugni attorno ai bicchieri per portarli al vassoio. Le dita chiuse come in un'allucinazione formarono il nome di NUTT LESS.

L'altro cameriere che ci girava intorno diceva sempre che erano belle le donne. Lo diceva qualunque donna vedesse.

Baciava l'aria al loro passaggio, era tutta roba sua, gli piacevano tutte.

E il pomeriggio intanto cadeva per le strade assediate di spezie.

Immobile non prendevo più nessun autobus, non mi avventuravo per nessuna strada. Restavo fermo e fumavo spegnendo momenti.

Mi sposto a fatica del resto, e tutto in una volta, grossi spostamenti, a strappo, a singhiozzi, a balzi da rana, a coliche, in apnea. E lì non ci ragiono, non ne so niente, ma appena mi fermo di nuovo mi allungo, cerco di mettere una radice, un tentacolo, una ramificazione, e a ripartire poi è subito un rimpianto.

Così radificai alla sedia. Mi servirono un vino dolciastro, dal colore di lillà. Il calore nel piazzale alterava i confini, la luce si faceva opaca, come il vino bevuto nel caldo del pomeriggio. Da lontano una figura sembrava avvicinarsi a me. Vedevo cadere ciliegie da un vestito leggero come more di gelso. Rivedevo la pelle chiara, la carne che aveva riempito quel vestito... l'anice delle ciglia nel caldo del pomeriggio. Mi sentivo malfermo anche così agganciato alla sedia. Mi sentivo come vinto, ipnotizzato, mentre mi doleva la ferita e anche la cicatrice. La rivedevo lontana, il naso severo, la pelle chiara.

"...Eppure te lo dissi da subito che avevo delle febbri, delle malarie, che non c'era il posto dove sedersi, che non l'avevo preparato, lo dissi da subito eppure mi raccontai una bugia da solo..."

E intanto restavi e io non partivo, rimandando attendevamo. Poi ci coprì la sera nel silenzio mano a mano. Non si parlò più e il paese ci si tolse da sotto le ruote.

E non so perché, ma viene sempre e soltanto di andare a sud, solo i salmoni riescono a risalire verso nord, per quello sono pregiati, si avvicinano alla vodka, per inclinazione.

Io seguo un'altra strada, appena un po' inclinata, in pendenza, quella della rakia, la via delle anisette, la rotta, la capitolazione a questa nostalgia, a questo vino avvelenato di lillà.

La Macedonia assomiglia a una specie di Messico, di Sierra Grande. Lo si sente già nella musica da danzón, una musica buona per la tromba e per i violini quanto quella dei mariachi. Una musica da western.

Non c'è umidità nell'aria, è come stare in un essiccatoio a 45 gradi. E non si suda mai, tra i rilievi rocciosi che si alzano dalla terra come grossi dorsi di lumache e si immaginano cavalieri a cavallo di muli e gendarmi con le divise ottomane. Spira un'aria da Rio Grande deragliato nella frontiera d'Oriente, aria da resa dei conti tra le basse e cadenti strade di Bitola l'elegante.

Ecco il primo pullman che parte, è color crema e azzurro, alza molta polvere, come una carovana, e ora anche gli altri cominciano a svegliarsi, cominciano a brontolare, è il loro orario, sgranchiscono i motori e si muovono sollevando polvere. Partono questi autobus come li vedemmo da quella stazione, e sono ugualmente polverosi, e non ci sono i tuoi occhi a vestirli, ora che tutto il mondo si è fatto nudo e orfano del tuo sguardo. Eccoli che iniziano a muoversi. Caricano la gente e un ragazzo scuro di pelle vende delle focacce ricoperte di semola avvolte in una carta grezza. Caricano le loro buste e gli scialli. Non ci si vede più per la polvere e nella polvere e nel vino mi assale il ricordo di un altro piazzale, quando i suoi occhi andarono in frantumi come biglie di cristallo nelle lacrime che caddero sul vestito a ciliegie, quando smettesti di essere intera e io, che mi affidavo al cupo e mutevole paesaggio del desiderio sul tuo volto come a una bussola, mi sentii perduto, mentre intorno una terra straniera si stringeva addosso alle ruote. Ah, quegli autobus, solo ad avvicinarsi, lo sai, ci sarebbe da partire subito e a caso.

Per questo gli uomini dignitosi non si muovono dal tavolo. Per non abbandonarsi alla tentazione di una partenza improvvisa. Per questo si lasciano assistere, per non mettere in difficoltà chi li sta servendo scomparendo del tutto e a un tratto, in un momento solo, senza lasciare detto dove si è andati a finire.

CAPITOLAZIONE SLOVENA

Mi svegliai nel sonno sudato, appiccicato al sedile di pelle. Il sole già iniziava a scaldare l'auto da dietro il vetro sporco.

Mi bruciavano gli occhi, impiastrati di stanchezza e di sonno. Però mi resi conto che alla fine me ne ero andato. La pianura, la caldana, tutto era rimasto indietro. Guardai per sicurezza il sedile davanti, e non trovai nessuno dei soliti, e di fuori nient'altro che il mattino.

Il serpente di macchine, la processione, si muoveva dietro agli alberi. Erano alberi d'alto fusto, dell'Europa centrale, e si stagliavano nell'aria limpida direttamente contro il cielo. Aprii la portiera e me ne uscii stordito. Era domenica e avevano, quelli che passavano, l'aria della festa, se ne andavano in gita tra gli alti campanili torniti, color panna, dei villaggi sloveni.

Il reticolo dell'autostrada era stato superato. Con tutti i tranelli dei chioschi, degli appigli, dei bivi dove attardarsi e rimandare partenze, che quando si è lì in mezzo nel madido catrame sporco di tutto il Nordest invincibile, anche la Frontiera è solo un'idea. Non la si immagina davvero una frontiera dietro alla palude nazionale.

È come la Guyana, la colonia penale, un'istigazione alla rinuncia. S'impara a godere di quello che c'è. Ci si fa l'abitudine. Si diventa finocchi pure, in colonia. Ci si perde nelle passioni fraudolente, nei locali, nei ritrovi, e si lascia morire così la voglia, nella deviazione.

Ma a pigliarla diritta la strada, e mantenerla fino all'uscita, fino a che non ce n'è più di coito garantito, ci vuole la sua determinazione.

È soltanto un'idea all'una di notte quella di vincere il sonno e la distanza fino a svenire e svegliarsi tra le pinete dell'Est. Un'idea da mantenere incollata alla strada, fino ad arrivare a una nebbia sottile, a una carreggiata conosciuta, a una sola corsia. Il mattino non ha più la stessa luce di pulviscolo da tapparella chiusa quando ci si trova nella nebbia cremosa, nella bassa coltre di vapore che stagna dall'altra parte del fronte. E l'auto ci scivola attorno e dentro, come in una cappa di torero, sospinta dai chilometri che si è lasciata dietro.

Il volante diventa sempre più leggero e il motore un orologio dopo i cinquecento chilometri. Solo allora smettono di essere una distanza i chilometri, un calcolo, una traduzione oraria, diventano numeri e basta, girevoli, incessanti nel rullino del cruscotto. E il corpo si adatta al mezzo e segue la traiettoria con la testa, il collo, le braccia. Un fluido diventa la strada, e l'auto un camion in folle inghiottito nella perenne discesa della festa mobile, che nell'insonnia, nell'euforia del sogno, tutt'intorno appare come una festa gigantesca. È questo il premio dopo le dieci ore di guida!

Inizia il miraggio, s'improvvisano ritrovi, negli abbagli degli occhi stanchi.

È una festa tutta personale. Il terreno diventa amico, si riveste di festoni al passaggio, come in un galà d'onore.

Nel miraggio le case, gli alberi, le indicazioni tutte partecipano alla grande parata. E si elemosina un chilometro in più all'adrenalina farneticante che ancora ci fa spingere il mezzo più avanti. Si chiede al groviglio fuso di gambe, comandi e strada un altro poco, un altro poco ancora. Ed ecco finalmente si dilaga, oltre i confini. Si continua sicuri, avanzando tra la spinta di misteriosi sciamani, fino a che le visioni non ti afferrano per il collo, da dietro, fino a che i contorni della strada diventano l'argine del sogno trabordante.

...Alberi, roulotte, guidatori tutti procedevano in un'unica fiumana nella mattina d'estate, a rotta di collo, come in una migrazione generale. Forse è che la corteccia del nervo ha bisogno di gonfiare visioni per non perdere la strada, di produrle come bolle fino a perdere la possibilità di acciuffarle ancora. Sarebbe così dolce cedere al sonno, al discioglimento, al deragliamento, finanche allo schianto alla fine. Dolce come cedere alle sirene.

E invece UAFF!! Ecco che qualcosa mi afferra alla radice dei capelli e mi solleva proprio dai nervi della schiena. È il congegno della sopravvivenza che scatta, mi abbranca e salva dal disastro, dalla nube azzurrata del sogno...

Riaprii gli occhi di schianto mentre stringevo il volante impastato, amalgamato alle dita. La macchina continuava a scivolarmi di sotto, tra le curve e le colonne sobrie, e infine infilai la strada sterrata, parcheggiai sotto gli alberi e rinunciai.

I vestiti mi si appiccicarono addosso nel sonno malato, e mi sentivo come una febbre. Il moto si era interrotto, e non c'era più nemmeno l'avviamento. I fari dimenticati accesi avevano paralizzato il miracolo motorio. Nell'aria fresca del mattino tornò quella catapulta a essere un grosso cassone di ferro soltanto. La guardavo con occhi iniettati, senza preoccuparmene, che quando si è così sbaragliati, in mezzo al continente, la Fortuna deve per forza avercelo qualche riguardo.

E così, come a richiesta, comparvero pronti, uscendo dai cespugli polverosi dello sterrato, i due primi indigeni del viaggio. Erano slavati, scampanati, coi baffi stenti, incuranti. Arrivarono a bordo di una Moskovich. E si vide subito che già lo conoscevano il problema. Aprirono il baule ed estrassero i cavi, sollievo elettrico di ogni scarico di accumulazione. Era quello il loro unico bagaglio, che dentro altro non si vedeva. A gesti realizzammo il collegamento, muso a muso, vis-à-vis. Con mestiere collegarono gli elettrodi e nella scarica dell'accensione, come in una gara da granchi tra vetture, si trasmise il fuoco della scintilla del moto. Subito richiusero le bocche dei cofani, rifiutando sbrigativi la birra che gli andavo offrendo.

Sparirono nella boscaglia dietro gli alberi della statale, senza altri convenevoli, senza comprendere parola.

Lungo le pianure che portano all'Ungheria l'altopiano è afoso, l'aria ristagna ferma sulle bonifiche. La frontiera croata, appena fabbricata, scintilla in edifici di lamiera blu e grigia. Si erano imbellettati di divise e di dogane, e le donne soprattutto si applicavano con passione allo scaravoltamento indagativo dei bagagli nel mezzogiorno ristagnante.

Ce l'avevano nuovo, appena fatto lo Stato, e lo facevano sfolgorare... capannoni, camion, lampeggianti, era tutta una novità la costruzione. Non si sentiva ridere nessuno, e nessuno parlare, solo il silenzio accompagnava il cadere delle kune nel gabbiotto del passaggio.

Il primo grill dopo il confine già riluceva di quei bei colori esteri, di quegli arancioni e verdi da bandiera. Le ragazze servivano cibi in gelatina, gelidi nella loro carne chiara. La radio iniziò a trasmettere marcette e non la smise più per tutto il tempo. Erano queste fanfare simili a quelle degli alpini, ma di una coralità più impetuosa, più ottusa.

La zona che confina a nord è una lunga depressione domenicale, piatta e umida. Le strade ci si attorcigliano dentro, ci s'impigliano come in una palude. Non c'è altro da fare che andare avanti, per non ingarbugliarsi nel pantano senza vita della domenica, l'eterna domenica che in tutti i posti pianeggianti del mondo ha la stessa tristezza di scolatura di piatti. E con tutto lo sfinimento di chi ci è ancora in mezzo alla strada, di chi ancora sta brancolando in un brutto posto, bisogna brandire le forbici della decisione, ad ogni bivio, pur di non rimanerci invischiati. Qualunque strada va bene. Sono quelli i punti cruciali del viaggio, le retrovie fumiganti di foschia. Il rischio è alto. Si gira e si rigira in tondo, e niente è successo ancora. S'inizia a prendere tempo, a nascondersi negli esercizi pubblici, vinti dalla clandestinità e dallo sconforto, in tutti i posti buoni per una tregua. Niente si sa, tutto si rimanda e si affonda sempre di più nel viscido, nello scivoloso, nella sabbia mobile domenicale oppure, in definitiva, si taglia la corda e basta.

Scorrevano le vite sciape, stagnanti in quella zona che non è niente in tutto. Non è Balcano, dove la miseria s'intride con i sogni, e la polvere si alza come uno sparo e non è l'ordine illustrato da Casa d'Austria imperiale negli alti campanili. Solo si avverte un poco di Ungheria, ma quella da pesci gatto del lago Balaton.

Sfilavano le case, né più ricche, né più povere, lungo quella foschia rovigotta, e i bar lungo la strada servivano una birra dal nome già germanico. E intanto la strada piano piano, come una lenta emorragia, scendeva verso la capitale.

Si procedeva storditi, a nervi scoperti nella luce bianca. Ogni chilometro era una fatica a propulsione. Si cedeva al sonno impastato, infebbrato nella semicoscienza del rumore stradale, fra i tornanti che si succedevano nel pomeriggio. Diventa penoso alla lunga quel vagare tra le vuote domeniche altrui, domeniche infinite e rattoppate, lungo le strade rappezzate. È il dazio da pagare alla febbre irrequieta che ci butta alle strade e ai confini.

Vinto infine da quella scolatura di pasta, fermai in mezzo al parcheggio tra le macerie ferrose sul retro di un ristorante, alla maniera dei camionisti quando si arrendono al sonno e all'afa. Nel sudore plasticato caddi di faccia senza la forza di metter le mani avanti.

Riaprii gli occhi nel bagno impiastrato dei sedili, riconoscendo a fatica... dormiva anche lei, sfinita dalla sua febbre, in balia della stagione, come affidata a me che, in quel momento, ero ancora solo una possibilità.

Mi buttai fuori, stirato e contorto. Niente, niente ancora era cambiato, in quel sottoscala di continente. Tutto restava com'era a dispetto del rilasciamento del sogno, l'eterno consolatore.

Il bar dentro era vuoto, rintronato come sempre dalla solita techno muzik di dieci anni prima, in piena azione. Nel retro del ristorante preparavano braci su lattoni da benzina. Nella sala non c'era nessuno, soltanto la donna del banco.

Avevano sempre un'aria un po' brusca in quella Hrvatska. Che servissero il loro caffè nei bar della capitale, nella zona industriale, o nei déhors da passeggio, avevano sempre addosso lo stesso malanimo. Sbrigativi. Ostili. Gente indurita, al bar dalle marcette, gli slavotognetti... TUM TUM, musica, baretti, alettoni e guarnimenti da macchina, mentre correvano sfrecciando tra i guard-rail arrugginiti, da Maribor alla capitale.

Cinta di palazzi industriali e stinti fin dalla tangenziale, sfolgorava la città di Tito. Verso l'imbrunire, appariva in una nuvola di foschia più ampia del resto nella pianura e così rimase dietro nebbiosa come una fumata di scappamento.

Soltanto dopo Karlovac la lunga domenica esangue sembrò avviarsi alla fine. Allora iniziò il terreno ad ondeggiare, a infoltirsi di erba e profumarsi, finché arrivò finalmente l'aria addolcita della campagna sotto le stelle e le colline della morbida strada per Spalato.

È quella strada l'unica a servirli, e tutta la nazione in movimento la percorre. Autobus, camion, automobili, si aggrappano uno all'altro in un unico serpente illuminato. È una fila intermittente di fari che ferisce gli occhi e toglie ogni visione.

Tutta la Slavonia occidentale, solvente e rassicurata, si riversa in quella strada. Sul lato sinistro però le luci finiscono. Non ce sono più. Oltre s'alzano scure e misteriose montagne. Sono le montagne della Bosnia. È sufficiente prendere quella strada perché tutto il resto sparisca, perché nulla rimanga di quella colonna occidentale.

La notte ampia si stringe tra i rilievi e subito cala addosso la sensazione del silenzio e dell'ignoto. Tutto quello che si è veduto fino allora non è stato altro che una propaggine della carta conosciuta. Nel buio invece, dopo quel bivio, diventa zona non protetta, terreno d'inquietudine.

L'unico mezzo che s'incontrò percorrendola fu un vecchio furgone Volkswagen. Arrivò da dietro veloce, al sorpasso, solitario nella notte. Sparì inoltrandosi verso le montagne e a quel punto entrammo nel territorio dell'inquietudine. La sensazione che niente vale più della materia conosciuta, niente del vivere associato.

Il container emerse dal buio all'improvviso. Era la frontiera. Bastava quello a definirla. Era posticcia, fatta da una sbarra in mezzo alla strada custodita da due donne in divisa militare. Indossavano la tuta mimetica verde, e avevano un'espressione dolce. Erano sole a presidiare la loro nazione insanguinata, la montagna martire, la Bosnia. Nient'altro imbellettava quella frontiera. Né lampeggianti, né divise, né bandiere.

La strada per Bihać proseguiva scura oltre lo sbarramento, oltre quelle divise, oltre di noi, oltre i documenti che non avevamo.

Tutta una guerra può stare così in due container messi di traverso lungo una strada, in un confine sigillato e posticcio, nella complicità con cui si parlano i pochi che l'attraversano e che si conoscono per nome. C'era molto da immaginare in un silenzio così denso.

A tornarci, da quel mistero, le montagne rimangono dietro ancora più scure, senza dire nient'altro di sé.

Bisognò tornare fino alla strada battuta, al serpente di fari a cinquantacinque all'ora per provare già la nostalgia, la morsa, il rimpianto della strada mancata. Che è dalla strada non battuta, da lì soltanto che i veri viaggi cominciano.

Si proseguì nell'intruppamento fino alla deviazione per Knin.

Da lì in poi, da quel bivio, tornò a essere buia la strada e secondaria, iniziò a correre su paesi senza anime, e così correvamo anche noi, mai sorpassati da nessuno, in un silenzio irreale, diverso in tutto da quello del sonno.

Nessuna luce illuminava le case che continuavano a sfilare silenziose e abbandonate ai bordi della strada. A prima vista parevano disabitate soltanto. Ma a guardarle meglio si riconoscevano le orbite vuote delle finestre, i muri erti verso il cielo senza più tetto.

La facciata soltanto conservava l'apparenza della vita di prima. Un vialetto d'ingresso, le ruote arrugginite di un triciclo abbandonato. Della casa resisteva la muratura, ma della vita dentro niente dicevano. Sfilavano tutte così, ugualmente in piedi, ugualmente vuote, fantasmi uno a fianco all'altro.

La strada proseguiva, disabitata, costeggiata da pali del telefono senza fili, da fossati squarciati, senz'anime in giro, fino a che arrivò a un paese. Lì gli stabili erano crollati del tutto e giacevano sventrati. Nell'incrocio principale erano ammassate macerie.

Poi da quel silenzio di rovine venne l'eco di un coro e il riverbero di una luce accesa.

E fu nel mezzo di quello sfascio che apparve il caffè dell'Iguana. Era fresco di consegna, appena fatto, sfavillante, di un colore turchese, illuminato. Il rettile fluorescente pitturato sulle assi faceva mostra di sé in bell'insegna. Le casse dell'amplificazione appese fuori in strada spandevano un suono di marcetta.

Anche la clientela cantava. Avevano un'aria grassa, da birreria, abboffata, corale, un poco oscena. Sedevano attorno a un tavolo, all'aperto. Davanti a loro un plotone di vuoti di birra gli faceva da cartucciera. Quando ne finivano una si inserivano un altro proiettile in bocca e buttavano quello usato direttamente in un buco apposito tra le occhiaie dei palazzi caduti, che raccoglieva cataste di bottiglie, mondezza ed escrementi.

Li serviva un ragazzo giovane, ottuso e gentile. Ed essi cantavano, padroni finalmente del paese, delle case senza tetto e del loro baretto alla moda.

Sul legno dell'interno, pitturato in azzurro, alla messicana, facevano mostra di sé stemmi della casata del regno di Croazia. Una cartina li raffigurava tutti incastonati, i regnanti finalmente riesumati, avvolti in un cerchietto merlato del tipo di quelli che racchiudono le rappresentazioni dei santini e delle icone.

L'intera dinastia regnante sfolgorava in birreria nel ritrovato orgoglio nazionale.

Li guardavano dall'alto gli occhi vuoti delle finestre annerite brindare ai cacciati dalle case, alla vittoria.

Si alzavano a turno e andavano a orinare sui vuoti buttati nelle macerie.

Cantavano, finalmente ebbri di indipendenza! Cantavano da padroni.

Per il frastuono di quei bombardini scordati, non fu facile avvicinarsi all'informazione stradale, e mentre già mi apprestavo a sillabarla con discrezione e a bassa voce al lavorante, ecco che il teutone capo si riprende, ci localizza e, stimolato dai ricordi di qualche sua gita di gioventù, abbandona il canto ed esce paonazzo dal cerchio della corale bofonchiando "Moment! Io sapere italiano! Io sapere dofe foi chiedere! Afanti, dofete antare afanti..." e indicava, col boccale in mano "...afanti fra paludi, afanti nelle braccia dei fanghi, tra i canali... afanti oltre il nostro bar di Iguana, festoso e illuminato, nella notte dei vincitori... afanti, afanti, oltre tutta nostra terra, nostro paese...".

L'avevano finalmente tutto per loro adesso. Non c'era nessuno più con cui dividerlo, però, nemmeno ce n'era più di paese. Solo marcette, restavano, e allegria.

Proseguendo oltre il villaggio fantasma la strada si toglieva l'asfalto di dosso come un serpente, si inoltrava alzandosi nel nero di una zona pietrosa.

La direzione la indicava una freccia scritta a mano, ed era una via stretta, fatta per essere attraversata da una sola macchina alla volta. Saliva come una mulattiera per le colline carsiche, illuminate dalla luna. Non la percorreva nessuno, e si disperdeva in rivoli sbrecciati, senza indicazioni, senza destinazione, si perdeva mano a mano come le vene esauste di un corpo vecchio, quando l'ago non riesce a trovarle.

Poi finalmente superò i sassi nella zona delle paludi, riprese smalto e asfalto e cominciò a correre a livello dell'acqua dei grandi laghi increspati, che si aprivano e chiudevano nel buio della terra. Si perdeva la nozione del tempo tra quegli acquitrini, le nuvole aleggiavano attorno alla luna rossa come un coltello. Poi scese la rotta come in una depressione, fin sotto agli acquitrini, e risalì su di un costone di roccia finché da sopra un tornante finalmente si espose al luccichio dell'acqua più scura e vasta del mare. Era ancora lontano, ma la strada lo presentiva già mentre si srotolava sotto i calcagni delle ruote, fino a che raggiunse la costa ampia e illuminata.

Arrivò d'un tratto il mare, aperto e lussureggiante, dopo tutti quegli acquitrini, pieno di luci da pesca, splendenti come lucciole perdute nel nero.

La strada ora saliva rapida in lunghi bracci e poi si chiudeva in curve strette, sempre afferrata dal mezzo pneumatico, elastico e gommoso... un po' abbracciava la costa, un po' l'abbandonava fino a che da questo nascondino con l'oscurità s'intravide, stagliata nella notte, la torre tonda e superba di Sebenico, troneggiante sul paese addormentato.

Passò l'auto rombando nel paese e infine s'infilò in una piazza. Lì era una parata di macchine d'infanzia. 1500, 600 Multiple, 850, tutte dormivano con le loro facce intatte, parcheggiate nel fresco della sera, come nella contrada Occhino, come nel paese dei parenti perduti. Riprese linfa dalla brezza sottile la notte marina. Sotto si allungava, scendendo nel declivio, una distesa di ulivi, e più sotto ancora, il mare.

Il luccichio del porto e delle luminarie stendeva una mano di quiete sulla notte, come se tutto quello che si era intravisto oltre le colline non c'entrasse col mare. Che fosse faccenda della terra, che fosse un incubo delle montagne, dei cespugli e delle pietre. Il mare conservava il suo distacco, la sua purezza. Niente gli era accaduto, e nemmeno ne erano toccate le case aggrappate alla costa.

Lì finiva l'inquietudine, nella visione di quei trapezi illuminati come costellazioni nautiche, nella brezza.

Si poteva proseguire ancora nel limpido, come naviganti.

Isole galleggiavano nere, oltre e oltre nella notte.

Grossi autocarri e trasporti con rimorchi si muovevano tra le rade luci sospese sulla costa. I paesi addormentati si succedevano ai camion senza mai arrivare a nulla. Per l'insonnia le visioni ripresero ad avvolgere la strada. Erano immagini dolci ai nervi come sogni. Scioglievano le membra quelle sirene flautate. Lottando contro il piacere di cedervi, ancora andare avanti e scivolare nella notte, come vagabondi in terra straniera, schivando il traffico incombente del mattino, scavandolo da sotto... continuavo, parlando ad alta voce per non cedere alle sirene, descrivendo le visioni per filo e per segno al silenzio attento di lei, chiamandole per nome, ecco le piramidi, poi le bolle, la schiuma, le allucinazioni narcolettiche... e andavo avanti ancora e ancora nel sogno a elettrodo, fino a che dietro un ultimo rilievo apparvero in fila numerosa le luci gialle del porto di Spalato.

Entrò dalla periferia rombando lo Scania tra le ombre dell'aurora. Torme di ragazzi ancora in piedi giravano per la strada.

Brulicavano intorno al nodo delle partenze e delle destinazioni. Lì, spiaccicato contro il mare, si estendeva il grande piazzale, pettinato di continuo da poderosi bus da città, a due vagoni, col mantice in mezzo. La ferrovia ci arrivava ferruginosa da sopra, i pullman da sotto e dal mare le grandi navi illuminate, trasecolanti, ormeggiate sulla banchina...

Era il perno del movimento. Nessuno dormiva, tutti erano freschi, in odore di trasferta, brulicavano vicino ai mezzi diretti da ogni parte.

Gli autobus attendevano sornioni con le loro bocche aperte. Avevano volanti enormi, d'osso, e sul vetro anteriore, accanto al cartello di destinazione montavano un orologio di cartone, con le lancette puntate sull'orario di partenza.

Su alcuni, previsti in partenza per la sera, già si accomodavano le donne con le babbucce di pezza e i vestiti neri.

Su altri riposavano i conduttori, altri ancora erano vuoti e soli.

Su tutti il giorno scopriva la cortina appiccicosa del sonno.

L'AUTOBUS PER SARAJEVO

L'autobus per Sarajevo era parcheggiato in ultima fila, ancora più defilato degli altri. Era arancione. Un arancione vero, da antiruggine, e verde anche, con una bella scritta SLAVEK sul fianco. Uno dei due autisti ci dormiva dentro e l'altro, un uomo dall'espressione buona, con la faccia magra e la riga dei capelli impomatati da una parte sola, gironzolava nella piazza.

Per Sarajevo, spiegava, partivano due mezzi, uno alle otto di mattina e uno alle due. Col primo si arrivava di pomeriggio, con l'altro di notte.

Si passano montagne bruciate, terre arse, oche, pistolettate. Di tanto in tanto salgono vecchi contadini, donne anziane cotte dal sole, col fazzoletto nero in testa e la borsa di plastica dura ad anelli, per il mercato.

Il biglietto lo si fa sopra e ci si addormenta sui sedili di spugna arancione. Lunga è la strada per arrivarci, e uno non lo sa davvero verso cosa si prepara ad andare.

Si procede verso paesi aggrappati ai cucuzzoli, fatti a pezzi, passando in mezzo alle nere, paurose colline di Bosnia.

Tra le montagne agre sarebbe passato lo Slavek, nell'afa del giorno, tra le buche della strada e i paesi dai nomi sconosciuti, persi nell'interno, nelle alte pendici, nei tornanti delle strade deserte e mai spaziose.

Avrebbe fatto sosta quel bus in qualche spaccio con le mosche sul banco, poi avrebbe continuato la corsa nell'arsura del giorno, nella digestione sobbalzante e visionaria, distesi sui sedili tra i contadini con le scarpe grosse e le donne obese. Fino a che sarebbe arrivato.

Fu guardato a lungo quel pullman, stava lì quasi a indicare la rotta, la via per procedere ancora, mentre il mare vasto e vicino ci parava davanti l'ampia via della rinuncia e del ritorno.

L'uomo del bus continuava a squadrarci. Era sempre fermo di guardia a quel bus e salutava già in confidenza.

Le navi di fronte venivano prese d'assalto all'inizio del giorno.

Le masse vacanzanti e plasticate si limitavano ai bagni, si gettavano in cerca delle acque fredde delle isole croate. Non se lo sognavano neppure il rombo scarburato.

Ci avviammo di nuovo verso il bar, tra i passeggeri, tra la gente anziana e i loro sacchi di patate, i bagagli, i vestiti di vecchio taglio, le valigie cartonate, mentre tutto intorno i motori andavano scrollandosi la notte dalle lamiere.

Si mettevano in moto con un rumore da camion, un bel rumore di pistoni, di motore a nafta, un brontolio scuro, WROOMM-BOM-BOM-BOM, e la strada già tremava, e i cappelli di feltro per la festa, gli scialli, la lingua slava, svolazzavano nella polvere.

Li prendevano d'assalto, gli autobus. Partivano per le montagne, per gli sterrati che subito spogliano la città, verso i paesi polverosi dove i banchi di macelleria hanno le mosche comprese con la carta, là dove finiscono i palazzi e si sfilacciano i villaggi, dispersi nelle case a un piano solo, come di cartone, con la tappezzeria attaccata alle pareti e la moquette per terra e i ricami colorati, e i tessuti, i quadri di tessuto, i tappeti di pavone appesi al muro... quelle case sempre così in ordine, anche nel pantano delle strade sterrate.

Nella traversata li attendono negozi che vendono salumi pressati e scatole colorate di confettura, e hanno scaffali pieni di una marca sola.

Sono quelli i paesi dell'infanzia incontaminata del ricordo e gli autobus, i loro autobus dal fumo nero, ce li portano in groppa, fino a destinazione.

Rombanti... dipinti di blu... azzurri... bianchi... con i cerchioni a braccia. Con la plastica azzurrata verso il tetto, le ventole sul corridoio e il baule del bagagliaio. Sempre pronti, sempre di servizio.

Anche gli altri, l'altra categoria, affollava la stazione. Sedevano consumando cappuccini, aspettando partenze internazionali. Se ne andavano da quella piazza aggrappata al porto schiere di pullman per ogni destinazione del continente. Per Amsterdam, Stanbul, Praga, Atene, Madrid andavano, ma nessuno aveva il fascino di quegli Slavek, nessuno metteva così voglia di caricarci sopra le giornate e andarle a perdere.

All'alba le navi si staccavano dalla riva, tutte insieme, come per una regata, lasciavano il porto a ventaglio dirette alle isole frastagliate dell'Adriatico.

La città si andava svegliando. Il sole irrideva le cupole tondeggianti, le arcate delle case romane! Il mare azzurro una distesa di acqua e brezza fresca.

Riprendersi i piedi e le gambe, sulle pietre lucenti, nell'abbaglio dell'insonnia. Godersi le mura bianche, i balconi di pietra, le oscurità dietro alle persiane, la frescura degli androni nell'estate, avventurarsi per bar, tra le scale buie, i vicoli, il cielo terso, com'è solo di primo mattino. Seguire le navi in partenza, che lasciano lentamente lunghe scie bianche nel blu dell'esilio di Diocleziano.

Ecco la meraviglia! Da qui al Mediterraneo è il premio degli insonni. La perla arriva sempre al mattino nelle città sul mare. Bisogna aspettarlo in anticipo il giorno, tendergli la trappola, e dopo soltanto lasciarlo a chi ci deve vivere in mezzo.

Tutto era già in movimento, nella potenza del rito si muovevano religiosi e baristi. Dalla chiesa quadrata con le aquile e i corpi dei papi inumati nel marmo, la voce dell'officiante si spandeva nell'aria come un lamento di muezzin. Un muezzin cattolico, da comandamento, che raccoglieva e adunava le litanie sparse per tutta la Dalmazia.

Fin là sotto e da oltre ancora veniva il vento insonne. Da lontano, fino all'incenso e al marmo, all'ombra dell'abside guarnita, veniva... dai monasteri ortodossi della Bulgaria... dalle cripte di Timisoara, dalle moschee di Stanbul... dall'Oriente gotico e sacro... da oltre i monti, dove si segnano con le tre dita e rimbombano nei cunicoli della terra i dettami di Teodosio. Si sente arrivare fin lì il soffio silenzioso che scuote i monasteri a croce, seccati al vento della Macedonia, per le strade cadenti di Bitola, le case orlate dai balconi bassi, gli infissi di legno delle botteghe ottomane e si fonde in un'unica e trina lamentazione di culti.

La luce del mattino arrivava dalle tende, filtrando a raggi sulle pietre, sui banchi del mercato, sulle vecchie contadine che legavano collane d'aglio e offrivano nei sacchetti di carta da pacchi fichi verdi che hanno il sapore della vigna dove sono cresciuti. L'aria al mercato era fresca. Profumava di tutte le mercanzie stese in mostra, tra la folla, appoggiate sui banchi di pietra.

Buttavano nelle vasche la frutta e la verdura, poi contrattavano da sotto alla tenda.

A parte, confuse nella rissa, c'erano le vecchie, che venivano con la roba da casa, e non lo usavano il banco per le loro ricotte, il vino sfuso nelle taniche, il formaggio. Nel carnevale dell'ortaggeria loro li piazzavano a mano gli articoli, splendenti nel primo caldo della giornata.

Era affollato il mercato, come di formiche. Tutta l'umanità polverosa se n'era uscita da dietro i cannizzi degli orti e affluiva con la mercanzia. Al mattino! Al mattino! Al rifornimento! Presto! Erano già a metà giornata loro. Razzolavano laboriosi tra i banchetti comunali dove tutto costa cinque kune.

Il mercato saliva da lì, verso la collina, lungo il castello, si svolgeva in bancarelle di abiti, di oggetti di plastica e di calzature. Più in alto si saliva, più caldo faceva. Eravamo stracciati e insonni. Così decisi di comprarle un vestito adatto per il luogo e per la stagione. Iniziammo a rovistare tra le bancarelle. Erano tutti tessuti a fantasia, spesso lunghi, blu con margherite bianche o neri con striature, dorati oppure verdi e gialli, coi bottoni smaltati, con le chiusure a incastro e le cinture di plastica, con la fibbia rotonda.

Faceva sempre più caldo, le signore illustravano ogni capo nel dettaglio, vantavano la merce nella loro bella lingua slava.

Ci volle un po', e si rischiò anche di comprare una coda di volpe, ma finalmente trovammo il capo adatto. Era bianco e con grandi ciliegie rosse. Un misto sintetico. Se lo provò dietro una porta, mentre la signora l'assisteva serissima, come per ogni acquisto importante. Quando ne uscì le porse uno specchio col bordo di plastica. Si sveniva per la calura. Disse "Va bene questo".

Prendemmo anche una paglietta con una banda fiorata. E una spilla per capelli. Dal canto mio non mi cambiavo da tre giorni e mi piaceva che i pantaloni iniziassero a stare in piedi da soli. Mi godevo la narcosi, l'insonnia, il brivido. Infebbrato, non volevo più rinunciare a nulla, come i girasoli nel mattino. Ah sì, il mattino ha l'oro in bocca! Non bisognerebbe mai smetterla quand'è così... continuare a riempire i forzieri vaporosi che svaniscono nell'accasciamento.

Il sonno scarica le batterie in un unico contatto, si toccano gli elettrodi, ed è tutto finito, ma l'insonnia, invece, è il moto perpetuo.

Le misi il cappello addosso, e lei sorrise. La signora approvò con molta dignità, infilò i vestiti vecchi in una busta di plastica, e da allora ebbe solo quel vestito slavo con le ciliegie rosse.

Le stava molto bene. Perfetto per una ragazza in giro per l'Est senza passaporto. I capelli le cascavano davanti agli occhi e sulle lentiggini, si guardò addosso con aria interrogativa, e abbozzò un sorriso di riconoscenza. Aveva sempre la stessa aria distratta, pensierosa. Parlava poco, e solo a chiederglielo.

Nel buio del molo la nave era pronta, illuminata a festa e carica di passeggeri. Tutt'intorno era come un passeggio, il traffico del corso pavesato al sabato sera.

Stavamo lì bevendo la birra, mentre imbarcavano, senza sapere nemmeno noi di preciso che strada prendere. I passeggeri affluivano ordinati, muniti di bagagli, di documenti, sicuri delle partenze e dei ritorni. Noi ci aggiravamo intorno prendendo tempo. Due anime allo sbaraglio nella notte, e i minuti passavano.

Un filo sottile tra i nostri cammini. Com'era penoso a quel punto decidere.

C'era del bello nell'indugiare e bere la birra, come a esserci in pieno diritto, come chi ha cammino dietro e anche davanti, e invece si era a un passo dal bivio, dal livido della notte che ci avrebbe presi, a passeggio sul bordo del buio, pronti a sparirci dentro, divisi e per sempre, mentre i minuti passavano, pesanti e dimenticati.

Quel passeggio rimandava soltanto, si aspettava che fosse troppo tardi, che qualcuno si decidesse per conto nostro. Così, senza dire niente, chiacchierando di poco e di altro, ammirammo la nave traghetto tirare su il ponte d'ingresso per le vetture, e piano, inesorabilmente piano, come solo le navi possono fare, prendere il largo, staccarsi dal molo e sparire nella notte.

Tornammo a quel punto insieme alla vettura, legittimati, col pieno titolo di clandestini.

Dal piazzale degli autobus lo Slavek era scomparso. Se ne era partito col suo carico di due persone, e già andava, inghiottito dai tornanti.

La città non era che una crosta, un baluardo aggredito dal mistero del continente retrostante. Ci avviammo verso la statale, tra le tangenziali illuminate e i fari allo iodio degli stabilimenti industriali. Lentamente la luce lasciò il posto al nero della strada. La strada che correva sul mare, orlata di pini e di abeti d'alto fusto, e poi ridiscendeva, sempre seguita dalla luna.

Procedeva il mezzo come un vagone notturno sull'arteria stradale che si innervava sempre più intagliata nei costoni tra le alte montagne. La roccia si fece chiara come pan di zucchero. Sopra l'alto precipizio, tra rocce imponenti, la strada passava come un ottovolante, senza mai bucarle, percorsa da camion di lungo corso, piantonata dalle luci blu della milicjia, dai loro occhi stretti e slavati.

Scendeva lussureggiante dai rilievi aspri tra i campeggi addormentati e scompariva dalla costa. Lasciammo la strada del mondo conosciuto e ci inoltrammo in una mulattiera carreggiata. Si ritornò nel mistero. Niente rimaneva, né vento, né luci, solo montagne deserte, battute dalla luna. Le pendici si sovrapponevano una all'altra e una volta aggirate altre si alzavano, sempre più scure.

La radio, sintonizzata sul canale nazionale, era l'unico segnale che ancora proveniva dagli uomini. Per molti chilometri ci fu quello soltanto. Tutti i segnali stradali erano bruciati, nebulizzati, ridotti a triangoli senza più faccia.

Dietro una curva comparve un grappolo di luci su un cucuzzolo, una specie di santuario fatto solo di lumini, di croci illuminate. Un reliquiario della notte, custode dell'oscurità assoluta.

Procedendo ancora le coste brulle si fecero nere di alberi.

Continuavamo ad avanzare in un silenzio senza cani, fino a che la strada si distese lungo un fondovalle costeggiato da ampie querce, pavesata di striscioni inneggianti HDZ.

I palazzi condominiali di Mostar erano disastrati, in malarnese, e grossi buchi di artiglieria ulceravano i muri. Nessuno era in giro, né uomini, né macchine. Da lì in poi la strada si unì al corso di un fiume stretto e impetuoso, poi riprese a salire tra pini e abeti, e il fiume diventò sempre più un crepaccio nella valle.

Una specie di vapore veniva dal fondo dell'acqua gelida, e saliva tra le piante verdi e le felci. Saliva il fiume ancora e ancora incanaglito, tortuoso come un piccolo rivolo di Congo, sottile come un'aspide, saliva fino al centro della terra. Lasciava dietro pinete, scopriva altipiani, campi e fattorie. Come attraverso il pulviscolo, la prima luce dell'alba avanzava assieme alla strada, spogliando accampamenti e tende militari, costeggiando le sveglie dei soldati, gli alzabandiera, le marce, le fontane da bestiame. Iniziò a cadere una pioggia livida, sottile. Le case emergevano a gruppi, fra le cataste di legname ammucchiato e le chiese aguzze. Il cielo non ce la faceva più a tenersi la pioggia, la spruzzava a raffiche sul tergicristallo, mentre il giorno incombente, veloce, sollevava dalla coda il sipario dell'oscurità. Sulla mobilitazione degli acquartieramenti arrivava a sciabolate la luce, da dentro il viola del cielo tagliava gli occhi iniettati di strada. E sempre saliva la strada, a gara col fiume, tra le fattorie di legno inzuppate di pioggia e il fiume correva sempre più veloce, come non volesse fermarsi. Come un cane tirava verso le mura sue. Tirava all'osso.

Il vapore si fece via via di nebbia.

Dietro i vetri appannati il traffico della periferia iniziò a mordere la strada.

Una linea ferroviaria gli correva a fianco.

Erano vagoni di tram arrugginiti, stracolmi, affollati di uomini zitti, immobili. Si accatastavano dentro, reggendosi ai predellini senza dire nulla. Raggiungevano la città all'alba, attraversando la distruzione.

Le costruzioni condominiali fiancheggiavano le quattro corsie. Il giorno le scopriva man mano come una pustola. Il cielo rigonfio, viola, sbatteva acqua sui soldati, sugli uomini scoraggiati in attesa sui bordi delle strade che vagavano sotto i palazzi, senza più niente intorno. Perduti e inutili formicolavano sotto gli edifici squartati dal cannone. Il silenzio generale era rotto solo dal ticchettio del tergicristallo e dal rumore delle ruote di ferro sui binari.

Un enorme fiore di quindici piani in cemento armato apparve, appassito, accasciato su se stesso, smorto, informe, tenuto insieme dallo scheletro di ferro che gli fuorusciva a fasci di serpenti metallici dal fusto sbriciolato.

Tutto era spazzato. Vetri, muri, strade, fatti a pezzi con altri pezzi. Ferro... metallo e cemento seviziati assieme e lì in mezzo la carne, la debole carne umana, brancolante nell'alba delle 6 e 50.

Non sapevano dove stare, già a quell'ora a spasso tra le schegge e la polvere.

La grande arteria a quattro corsie arrivava fino dentro la città tra i colossi colpiti al ventre.

Piovigginava sui carrozzoni, sui tram per il centro, si riversava a catinelle l'acqua sul fiume che, ingabbiato sotto i ponti, continuava a correre e tirare come per mostrare il suo padrone morto. Gli edifici antichi sulle rive, più nobili, erano pieni di palle a scagliola, se le trattenevano in corpo, con una specie di smorfia sulla facciata, rimanendo in piedi lo stesso.

I palazzi signorili edificati da ebrei e ottomani, la borghesia dell'impero, restavano sfregiati tra i loro detriti, tra le macerie non spostate. La polvere era dappertutto, anche nella pioggia.

Quando non ci fu più strada fermai lo Scania, fumante di vapore e di acqua, in un piazzale.

Un uomo uscì con il libretto delle ricevute, un altro più lontano frugava tra le immondizie accatastate, mentre i piccioni gli volavano sopra come ratti.

...Lei scende nel piazzale, stremata, non ce la fa più a trattenere il tremore e piange, come vinta dentro. Piange forte.

Non può smettere di piangere. Piange per i suoi occhi, che vanno in pezzi e che mai più vedranno come prima, per il mondo che le si è rotto per sempre, per la gente che come topi brancola e passa con passo normale tra l'insostenibile. Per l'unità perduta piange. Nessuno fa caso lì in mezzo a una ragazza che piange, nessuno si avvicina e nemmeno io, che mi tengo a distanza di rispetto e non so più come guardarla.

Alza gli occhi alla pioggia, le montagne intorno le si chiudono addosso come sopra una conca. A tratti sono spellate, come da un'alopecia. Spiazzi senza alberi, tra le distese verdi e gli abeti. Quelle macchie sono coperte di aste bianche, croci senza braccia, disseminate a caso, in disordine, buttate alla rinfusa sulle colline sovrastanti, senza grazia, tra la città e il cielo.

Anche per quello piange...

L'aria era fredda, aria di montagna. Gli uomini, come formiche tra le macerie, aprivano i negozi, dai baracchini di legno tiravano fuori tavolini, spiegavano ombrelloni da caffè, stendevano tovaglie con cura, apparecchiavano per la giornata, come a una villeggiatura.

La vita cominciava a scorrere fin dal mattino presto sotto i palazzi monchi, sotto le palette bianche, le croci che sovrastavano il monte.

Nel quartiere musulmano scalpellini lavoravano accanto a piccoli minareti, propaggine di Turkmenistan da montagna.

Tutto intorno si squadernavano i banchetti del bazar.

Qualche vecchio si affacciava sull'ulica. Salivano le strade coi bar dalla facciata di assi di legno. Dentro erano coperti di legno azzurro e scaldavano su una stufa il bollitore.

Sulla parete dietro al banco una foto del presidente, e la bandiera bianca della Bosnia. Ora ognuno aveva la sua, finalmente, ma questa era la meno altisonante, la più immacolata.

La radio tra una canzone e l'altra mandava l'annuncio dei taxi... Sarajevo taxi 3131... chiami 3131 cantava l'annuncio... splendida occasione... splendida per te. I taxi, gli eroi dell'assedio... chiami 3131... una macchina vi assisterà.

Il mercato era in una piccola piazza, all'aperto. I banchetti erano già montati, a file sotto le tende, pieni di frutta sopra l'asfalto ferito, sopra le cicatrici dei mortai.

Entrammo nel bar. Era un budello pieno di fumo con una stufa, uno specchio, due tavoli affollati di uomini con la papalina in testa. Erano scuri di carnagione e parlavano poco.

Una vecchia stava dietro al banco. Lavava piccoli bicchierini.

Quando chiesi il caffè, "Nema" rispose, poi prese un piccolo mestolo di ottone, scaldò l'acqua e la versò nel recipiente.

Quando chiesi una grappa rispose ancora "Nema", e dopo la servì.

Quando chiesi l'acqua disse "Da da" e non mi diede niente.

Ci appoggiammo a una mensola, nel caldo vapore della stufa e dei bollitori, nel chiacchiericcio sconosciuto.

Fuori il sole l'aveva vinta sul fango e la pioggia. Mi guardai allo specchio e finalmente mi accorsi che la faccia che avevo non era più la mia. Il viaggio e l'insonnia l'avevano prosciugata, smerigliata, tirata come cartapesta, tesa di rughe come un soffietto a zampa di gallina. Soltanto gli occhi ancora si ostinavano a brillare.

Anche le mani si erano rinsecchite e fatte nodose, come di un vecchio, uno di quelli che hanno girato parecchie terre.

Anche a lei si era asciugato il volto. I suoi occhi si erano fatti grigi come vetro, e li attraversavano febbri, visioni mentre guardava oltre di me.

Fuori si mercanteggiava e il sole iniziava a scottare le montagne. D'un tratto l'euforia del viaggio insensatamente mi riprese. C'era ancora da sgattaiolare tra le gonne del mattino.

Da fuori arrivava il chiasso e l'ombra della strada, negozi polverosi, pieni di grandi tappeti arrotolati, disegni persiani, afghani, stoffe da tappeto rosse, stampate a leopardo. L'anima dei bazar e dei commerci covava viva come brace sotto la cenere.

Per tutte le strade niente si vedeva chiaramente, il pulviscolo velava ogni cosa che scorreva nella foschia, tra le ombre e le voragini nei muri.

La gente usciva da dentro le distruzioni come da un groviera.

Tutto era monumentale nello sfascio, i buchi anneriti delle finestre ottocentesche, il palazzo gotico sventrato, le piante che uscivano dal tetto di una villa liberty, villa da gioco, da tempi galanti, gli intonaci ovunque mitragliati.

La gente entrava e usciva come formiche, non si capiva da dove, sciamavano in camicia corta e nessuno costruiva niente.

Tutti percorrevano le strade come fossero appena tornati d'estate dall'estero.

In quel corso affollato ci infilammo, presi per fame, in una stanza da ristorazione, coi vetri sporchi che si affacciavano sulla strada. I polli allo spiedo grondavano grasso sulla carta oleata. I tavoli erano da consumazione in piedi, in formica verdina.

Da lì dentro, bevendo la birra calda, si poteva osservare lo sciamare ininterrotto del traffico in processione.

Ci passava di tutto davanti alle vetrine... carrette, cannoni, carriole... il semaforo era sempre verde. Correvano a precipizio...

Vecchi taxi Mercedes, Yugo color violetto, mezzi militari anfibi, mezzi di terra, camion da ghiaia russi, bombati, camion pieni di truppe, rambo italiani in torretta con gli occhiali, sorridenti alla popolazione, pronti per la fotografia, Fiat 131 con famiglie curde a bordo, jeep UNPROFOR, Fiat 128 impellicciate... tutti correvano come forsennati, passavano e poi si buttavano giù nel senso unico. Zavastava con le porte legate a fil di ferro, van americani, betoniere, motocarri a tre ruote, tram arrugginiti, con la pubblicità sgargiante sulle fiancate ondulate. Tutti andavano, veloci. Nessuno rimaneva in panne, nessuno intralciava e dopo un quarto d'ora esatto tutto il circo ripassava, e nello stesso ordine... scorrevano in cascata come in una piena, la piena del Deutsch Mark!

Pulsava dai baretti stile Ibiza che occupavano ogni pianoterra disponibile la piena del Deutsch Mark, dagli altoparlanti che buttavano in strada il loro UNZA UNZA, la techno muzik, parente stretta del Deutsch Mark, e poi zingari, ebrei con la papalina, vecchi col turbante, norvegesi, preti, monaci, caffettani scorrevano nel circo mobile lungo l'argine della vetrina. Tutti a spasso in Ulica Fernhandjia, svedesi, canadesi, pakistani, soldati semplici, mogli, famiglie, ufficiali posati, uomini di mezza età in divisa mimetica, lustra, ragazzi biondi, coi capelli a spazzola, francesi, spagnoli, olandesi, come a Giochi senza frontiere. Divisione Salamandra, squadrone Falco. Tutti ai caffè e alla piena del Deutsch Mark. La guerra... la redistribuzione del reddito.

Ah, i Balcani!

Ubriacarsi così, nei grotti di formica e mattonelle color crema, mentre fa caldo, ubriacarsi di pivo, la birra amara, bersela così, direttamente, calda da dentro le bottiglie da conserva, senza etichetta, di vetro marrone. Ungersi le dita e i fogli sulla carta grezza, berla nei negozi di alimentari, dove si vendono le conserve bulgare, coi barattoli gialli e rossi, fumare ai tavolini, con qualche grassa baffuta, buttarsi nei tram ferrosi, sudare in una camera che ha l'acqua un'ora al giorno, mentre i muratori martellano accanto a un minareto, sentirsi sempre dire dei no, che diventano sì, sudare sotto il cielo pesante, sotto le frecce acuminate del sole.

Pivo? Vuoi una birra fresca?
Sei impazzito? Voglio una pivo, e la voglio calda, da ubriacarmi all'impiedi.
Sto bene così, nelle case non a posto. Nelle case disfatte e animate. Voglio trascinarmi sperando che non finisca, piangere di vergogna per essere un uomo. In una strada con sette ferramenta, quattro barbieri, sei alimentari e diecimila buchi di artiglieria.

BAR-BARI-BAR

Di nuovo stava per arrivare la pioggia, il freddo spazzava la strada a raffiche livide.

Tintinnavano i fili di metallo nel largo piazzale vuoto davanti all'aeroporto, alti pali di ferro senza bandiere in cima. Tutt'intorno il terreno era come arato dall'uragano dell'artiglieria.

Lungo la strada gli edifici condominiali piantati nella terra erano come stati spazzati da un'onda, sventagliati dal fuoco, scheggiati, morsi, graffiati da una zampata ferina. Mannara.

Rimanevano dietro alla macchina, allontanandosi, offesi e soli, in mezzo ai campi, senza più strade intorno. Sparivano lentamente, liberando la campagna.

I campi erano folti, verdi e densi e nel giro di pochi chilometri tutto tornò intatto. Nell'odorosa campagna che il cielo scuro faceva intensa come gli occhi grigi delle donne, apparve il primo cartello stradale scritto in cirillico.

Procedeva la strada tra alberi d'alto fusto e stagni, guarniti di muschi e di felci. Nel buio incombente, all'unico tavolo della gostionica erano seduti due uomini, né vecchi, né giovani. Bevevano pivo.

L'aria si era fatta fredda, i grilli ispessivano il profumo dell'erba, suadente come un'avaria. Mentre chiedevamo un caffè uno degli uomini ci invitò a sedere al suo tavolo.

Attendevano pazienti la carne, che arrostiva su una grossa brace. Parlavano una lingua compatta, già simile al russo.

Poi arrivò sferragliando un vecchio camion, del tipo sovietico. Lo guidava un bell'uomo che scese a terra e si accomodò al tavolo. Tutt'intorno l'oscurità precipitava. Era un camionista, di quelli che battevano tutto il paese col loro ferro bombato.

Aveva i lineamenti degli uomini slavi del Sud nei ritratti fotografici, coi colori ritoccati. Visi quadrati, labbra carnose, capelli ondulati, brizzolati. La nomenklatura in formalina.

Parlava con gli altri, concitato, nella loro lingua ortodossa e di quello che disse compresi solo "Da... da. BarBariBar!" e in bocca a lui suonò come una formula magica, una via d'accesso, la chiave della serratura.

Raccontavano storie, ridevano e facevano rumore da meridionali, i serborussi, che forse sono loro i meridionali continentali. Se la raccontavano e mangiavano carne senza insalata, e intanto si era fatto già buio intorno, che lampade in giro non ce n'erano, sulla terra primordiale e invincibile.

Poi arrivò una macchina della milicjia e in un attimo, così come si era riunita, la combriccola si disciolse.

Il camion rugginoso ripartì per le strade curve della Bosnia e scomparve dietro al rosso fioco dei suoi vecchi stop.

La magia delle contrade si sprigionava nella notte forestiera, e con essa la paura che sempre sorgeva assieme alle nere colline, col calare dell'oscurità.

Nel buio si intuivano alti boschi da cacciatori. Era diventato un altro paese.

Sparirono anche le scritte in cirillico, e le poche case che si incontravano erano ancora vuote ma intatte.

Ascoltavamo la radio nella lingua austera della voce della speaker. Una di quelle donne che incarnano l'idea dell'ordine, la cui voce era un salotto da colazione imburrata.

Seria come soltanto di qua dell'Adriatico possono essere le voci radiofoniche, come i vecchi apparecchi radio cecoslovacchi, come lo stato, come le copertine dei dischi di Dvořák. Come le signore che affittavano le camere ammobiliate, prima della guerra, con le loro borse di pelle nera che chiudevano con l'incastro in metallo dorato, come i loro soggiorni in ordine nel pomeriggio, come le radio a onde medie che portano la musica in giro nel mondo, e l'afferrano con manopole color panna, che muovono lunghe lancette rosse, come di tachimetri Skoda, e segnano nomi di capitali lontane, come le valigie appoggiate nelle reti delle cuccette dei wagon-lit, così sono quelle voci di donna nell'apparecchio.

Senza nessuna sensualità personale, ma con il fascino di tutto un mondo perduto, in cui sprofondare come nei cuscini di raso di una bara, un cuscino di crisantemi. Così è il conforto che danno nella notte quelle voci slave, mentre si scava l'oscurità del paese degli orchi. È come portarsi una divisa, un pezzo di scuola, un'istituzione, qualcosa che insomma non può essere toccato, che non si può sporcare.

Per quello continuavamo a tenerla accesa mano a mano che tutte le luci scomparivano e ci si addentrava nella paura della notte.

Sperduti tra monti sconosciuti, covili, pollai e case arse.

Republika Srbska, ripetuto così ostinatamente da quel genere di voce, il nome suonava sinistro, premonitore di editti, di rivendicazioni, di decisioni incomprensibili, oltre la soglia del lungo cofano, in quella stessa aria attraverso la quale si spandeva... e chi informava infine, se tutto quel che si presentava sulla via non erano altro che case abbandonate?

Superato un ponte, la strada crollava, scendeva a uno sterrato, giù fino al fiume, si impennava subito dietro al paese, tra alberi e poiane, con buche profonde e strette fra i bordi di terra rialzata, si buttava giù, fino al greto della Drina. Non c'era anima viva. Era una discesa infinita, a rimorchio del fiume.

Una macchina è poca cosa, tra chi c'è dentro e la montagna di fuori, eppure è tutto quello che c'è, come la barca nel mare, è l'unica cosa a cui ci si può affidare. Un poco di vetro e ferro, contro tutto il resto. La radio aveva cambiato programma e trasmetteva del jazz, la strada scendeva e scendeva nel dirupo, e non si sapeva come farla finire. Infine raggiunse il fondo, e il fondo era il greto della Drina che spacca e apre le gole della Bosnia, e scorre profondo.

Solo a questo punto la strada si rasserenò e proseguì pianeggiante, diritta dentro la vegetazione lacustre.

Nel buio, dallo specchietto, s'intravide un riverbero di luce come di un mezzo lontano.

L'ostilità del territorio aguzzava i sensi, e ci faceva sentire scoperti. Non avevamo nessuno, non eravamo nessuno. La luce continuava a lampeggiare in lontananza, ma non succedeva niente, mentre la radio continuava a trasmettere la sua musica rassicurata, la macchina continuava ad andare, e fuori era l'abisso e il pericolo.

In lontananza si distinse una sagoma nera, come una diga. Infine il buio se la riprese.

Dal nulla una sbarra abbassata decapitò la strada. In mezzo il segnale rotondo ALT, forato dai proiettili.

Dalla baracca di ferro uscì un uomo in divisa militare di panno verde scuro.

Era grosso e ottuso. Scesi fuori, illuminato solo dalla luce dei fari. Anche l'interno della baracca era di ferro. Gli attrezzi per i timbri li teneva in una marmitta da rancio. Siccome non ci capivamo, ordinò di seguirlo dietro, dove dormivano gli altri.

Da dietro i vetri lei mi seguiva con gli occhi sparire dentro.

Intanto era arrivato un pullman intero. Se ne stava lì fermo davanti alla sbarra, col motore acceso, nel cuore della notte. Ne scese una truppa di gente. I bambini erano assonnati, e le mamme li tenevano in braccio. Avevano vestiti colorati e si disponevano ad aspettare a lungo, parevano abituati.

Il grosso soldato segnava tutto, in cirillico, su un quaderno di scuola, e faceva fatica a scrivere, come un bambino. Ci mise molto tempo per sistemare il timbro e tutto il resto. I fucili erano sulla scrivania. Il pullman continuava ad aspettare, fermo. Poi la sbarra si alzò.

Tornammo fino alla sommità delle cave, poi prendemmo verso sud.

Ora le colline erano alte, dall'aspetto rassicurante così come le case. Deviammo per una laterale, davanti a uno stretto gruppo di villini residenziali, case recenti col tetto alto e l'ultimo piano incompiuto.

Sfiniti, ci sdraiammo sui sedili.

Le ore passavano, nel dormiveglia vedevamo una luce spegnersi e accendersi, e poi un mozzicone di sigaretta dietro una finestra, e gli occhi di qualcuno che osservava.

Ci svegliammo indolenziti, come da un incubo, e proseguimmo con l'alba.

Per alcuni tratti la strada fiancheggiò fattorie e covoni di fieno alti come case, poi divenne più spoglia. Sui tornanti ragazzi si affacciavano attendendo un bus. Erano smilzi e stracciati. Poi la terra cominciò a ingiallire e inaridire. Il sole, uscendo, emetteva una luce biancastra. Si scendeva ad ampie volte, nelle colline stoppose, poi si aprì una grande, sconsolata vallata. Una vallata che spogliava gli occhi, e la strada pietosa ci scendeva in mezzo. La terra e la foschia avevano lo stesso colore cagliato. Non c'era vegetazione. La vita ci si era asciugata dentro. Infastidiva gli occhi quella luce stopposa, quasi impedendo di vederlo il mostro che sorgeva in quel niente coi suoi giganteschi reattori, la centrale atomica. Erano due enormi boccali concavi che partivano larghi dal suolo e si stringevano nel mezzo e si riallargavano in cima. Dalla sommità usciva un fumo denso, biancastro. Tutto intorno era in malora. Doveva essere quello il cambio turno, perché dai reticolati uscivano schiere di offesi. Gente a pezzi, stracciata. Erano come senzatetto, non avevano né tuta, né bicicletta. Uscivano così dal lavoro, nella polvere, come nudi. Nemmeno auto c'erano a raccogliere quei crocchi di uomini smazzati, curvi, con le facce intossicate e l'andatura scianca.

Non avevano borse, né chi li attendesse in quel deserto giallastro. Stavano lì scalzi, minuscoli sotto l'immensità del reattore.

Uno di loro fece segno di fermare, ed ecco era già salito dentro. Aveva un volto che doveva essere stato bello, ma ora era insano, distrutto. La pelle verdastra, citrina, porosa, i denti gialli, gli occhi malati. Erano spenti, sembravano già morti, e il paese intero aveva il loro stesso aspetto. Case alla rinfusa, piatte come scatole, senza tetto, senza negozi. Erano tutti direttamente in mezzo alla strada già alle sette. Ogni bellezza era fuggita, gioventù, piante, fiori, tutto risucchiato. Deambulavano senza nemmeno un bar, ronzando come mosche attorno al reattore.

Il nostro uomo, con gli occhi neri, gravidi di febbre, ci salutò e s'infilò in un capannello. Donne non se ne vedevano. Erano tutti scapoli nel paese della desolazione.

La strada scendeva ancora insensata, anelando solo di buttarsi nel mare, sfinendosi lungo i minacciosi rilievi del Montenegro, che per la foschia perenne a malapena si distinguevano penderci addosso.

I paesi non avevano piazze. Erano solo condomini, palazzi socialisti, in disfacimento.

Ci fermammo nel più grande di questi. Bileća, si chiamava. L'unico bar aperto era un bar notturno. Dentro era ancora buio, faretti, musica e poster. La cameriera, in assetto da discoteca, serviva i clienti per i quali dentro continuava a essere notte...

Più in alto, verso le montagne sassose, il confine correva su un lago. Era un lago chiuso, circolare, come un cratere. L'acqua aveva il colore della varechina e sui suoi bordi non crescevano piante. Da lì la desolazione procedeva fino all'Albania.

Sull'altopiano i container segnavano il confine.

Da lì iniziavano i massicci pietrosi, che nell'afa si accavallano e si accartocciano, e la strada li attraversava lungo muretti di pietra a secco e oliveti, subendone tutti i capricci.

Scartati i monti a uno a uno, sfogliati tutti i ventagli del Crna Gora rimane solo lo spaventevole fiordo di Kotor.

Non c'è altro modo di scenderlo che con la vecchia mulattiera, bagnata dalla pioggia. E una volta dentro a quella cremagliera, non c'è modo di ripensarci e girare il muso, si può scendere soltanto verso lo scuro nero specchio di mare chiuso tra gli strapiombi e la strada.

È una terra che non dà complicità, e quando non riesce a incantare, spaventa soltanto.

Più si scendeva, più l'insenatura diventava colossale.

La montagna ci cadeva addosso severa, e le fortificazioni si ergevano, fabbricate nella stessa roccia. Kotor, inchiodata sotto le sue rupi, aveva un nero castello, da dove partivano i più feroci mercenari d'Europa, dove si annidavano i pirati e le aquile.

Era un posto tenebroso. Niente era limpido. Anche il verde promontorio verso sud sapeva di malato. Su quella costa si riversavano al campeggio bulgari e romeni. Alla villeggiatura. Gente con sandali e plastica, ragazzi in pantaloni corti, tutti alla spiaggia, alla spiaggia! La lunga spiaggia dopo la distesa dell'erba e dei giunchi. La gente ci arrivava passeggiando lungo un canale di scarico a cielo aperto, chi a piedi, chi a dorso d'asino, chi in Zavastava, ma non importava a nessuno, erano tutti in vacanza, in una spiaggia libera del 1972.

Il tramonto di Bar pareva preludere alla fine dell'umanità. Il chiarore del cielo precipitava sugli enormi ragni bianchi di cemento appoggiati sul niente di quel promontorio rossastro e lunare. Gli ultimi raggi del sole si riflettevano sulle grandi cisterne incassate del porto.

C'era gran ressa ai botteghini della compagnia. Tutto il lavoro veniva fatto a mano. La donna era grassa e scortese, come un'impiegata delle poste. Sudavano tutti nel caldo umido della sera.

Gli uffici erano spartani, consunti. La signora compilava i tagliandi con le sue dita diligenti, e li passava agli attendenti sbracati nel caldo.

Non accettava altro pagamento che in valuta forte. Voleva il Deutsch Mark. Per non restare ostaggi della città lunare occorreva trovarne, cambiare, subito al nero. MIRZR! MIRZR! chiamava quella, e da fuori Mirzr arrivava, enorme, in canottiera e zoccoli. Puzzava di ascelle, maneggiando soldi insudiciati e che vendeva sfusi, a fascine, a mazzette, come al mercato.

E te li afferrava direttamente da dentro il portafogli i soldi, li contava svelto di lingua, e ti sbatteva in mano un terzo di quello che li avevi pagati, poi sbrigativo usciva fuori e tornava a gridare alla strada le sue quote.

Appena prima della nave, era lo spaccio del contrabbando. Le strade che ci arrivavano erano fatte di grossi quadrati di cemento. Nel ragno bianco era invece lo spaccio generale.

Quando la nave partiva chiudeva tutto. Rimaneva lì il grande ragno bianco, così, buttato a caso anche lui, nella terra arida, ai piedi delle montagne aspre.

La nave era color ruggine, come il tramonto, ruggine e blu con poche cabine sul ponte. Aveva una lunga plancia scoperta per il trasporto dei tir e un piano in pancia per le macchine, e poi la torre delle cabine, sulla poppa.

Attorno ai tavoli del bar erano piazzate le famiglie degli zingari. I maschi da una parte, le donne e i bambini dall'altra. Erano grasse le donne, anche quelle giovani, e con gli abiti colorati. Una bambina era vestita da sposa, in azzurro, con i pizzi e tutto il resto. Gli uomini fumavano e bevevano birre, c'era quasi un vapore da locale. Ci issammo sugli sgabelli fissi davanti al banco. Prendemmo lo ouzo, e lo allungai con l'acqua.

Un signore alto con la faccia scura e triste si avvicinò e prese a parlarci con il suo italiano da straniero, molto dignitoso e a voce bassa, di tutte le ingiustizie che aveva subito il popolo serbo. E la prese da lontano, perché cominciò dai turchi, e da come il re di Serbia cedette il potere dopo aver avuto un sogno, e dei monasteri che sorgono sulle acque gelate, e dei solimani, e dello ius primae noctis goduto dai turchi e della cacciata dei serbi, e di come i croati avessero cominciato tutto, delle loro scampagnate e dei massacri di notte di gente che viveva lì da sempre, e di come fossero stati obbligati ad andarsene, lasciando case e terre e affetti, e di quanti ce n'erano prima sulla terra che ora è Croazia, e di quanti ce ne sono adesso. E di come il Vaticano contribuì alla guerra riconoscendo subito lo stato croato. E di come non avevano saputo vendere il loro caso, e di come il mondo era stato male informato e continuava a pensare che fosse tutta colpa dei serbi, quando erano loro stessi le prime vittime...

Era un professionista, e quella tratta la faceva due volte al mese. Organizzava viaggi di caccia per conto degli occidentali, nelle riserve del suo paese dove ci sono ancora grossi animali che altrove è proibito cacciare.

Viaggiava da solo, e aveva l'aria del separato e anche una figlia da qualche parte. In più aveva una cabina, sulla nave, perciò dopo altre due birre se ne andò a letto.

Ai tavoli gli uomini continuavano a fumare e giocare. Fuori, tutto intorno a noi, c'era solo scuro, tetro, livido mare, e non era il solito Adriatico conosciuto, e non era anzi rassicurante per niente, sapeva piuttosto di spartiacque, di frontiera, la più avventurosa, e tutto si richiama e si respinge tra le sue sponde. Ora era notte e acqua in movimento. Così lo vidi, sporgendomi dall'oblò, così lo sentii gorgogliante di schiuma, veloce sull'amaro abisso dell'estate, sul ponte del nostro ritorno.

Quando rientrai, sbattendo le porte di legno, il bar mi apparì come un saloon. Per via delle anisette, a furia di aperitivi, tutto il locale si era fatto solidale. Una festa mobile, viaggiante.

Mentre la nave procedeva, a parte noi, abbuffati e mareati dai liquori, ci doveva pur essere qualcuno di sobrio che indagava quella notte dominandola, qualche marconista, qualche sentinella dell'oscurità...

Poi tutto a un tratto furono abbassate le luci, come in un'infermeria, e prese la sala quell'aspetto da turno di notte, da sentinella d'emergenza.

Le donne zingare si prepararono a passare la notte, con semplicità. Erano simili a vecchie indiane. La più grossa diede il via. Sedette per terra, sotto un tavolo, prese l'infante, lo coccolò un po' con una cantilena, e poi si allungò per terra. Come tessere di domino caddero una ad una, e nessuno dei bambini pianse. In un momento non ci fu più un posto per sdraiarsi. Era diventato un accampamento a colori. Resistevamo a quel punto solo noi e gli uomini. Poi anche il bar chiuse, così rimasero solo le parole straniere che uscivano dalle bocche viola degli zingari, dietro alle sigarette senza filtro e alla pelle scura.

Usciti fuori, la notte era tiepida. Anche i pochi ragazzi del passaggio avevano messo le loro chiacchiere nel sacco e ci si erano avvolti dentro. Tutto taceva arrotolato nella piuma sintetica, sopra le panche e sulle assi. Ne scavalcammo qualcuno e ci inoltrammo verso la punta.

La prua si mangiava l'oscurità, la tagliava come burro.

La torretta era illuminata, ma dentro non si riusciva a scorgere nessuno. Solo l'elica delle apparecchiature radar girava in tondo, viva. Veniva da immaginare la radio di bordo accesa, il caffè della notte, le chiacchiere degli uomini sopra, come sotto, nel comparto delle viscere e delle caldaie. Si procedeva. Una volta fatti parte del bastimento non restava che tornare ai ponti silenziosi, perduti nello stranito fantasticare. Deambulanti come ombre, mentre le forze venivano meno, e il riposo continuava a mancare.

Lei si sdraiò così com'era, senza nient'altro addosso, su un lembo di ponte, in mezzo agli involti degli sconosciuti... stava diritta per terra, come se fosse in piedi, con gli occhi chiusi e le mani in tasca.

Io resistetti ancora, ma poi, visto che lì sarebbe rimasta, mi avviai a cercare qualche soluzione.

Nel corridoio delle cabine si sentiva il respiro spesso e profondo dei viaggiatori. Quelli organizzati per tempo, coi loro letti e gli spazzolini da denti nella valigia. Noi, più vagabondi, eravamo destinati all'incuria e al ponte, che nemmeno il bar ci era lasciato. Scesi giù, in sottocoperta. Era proibito ma ci andai ugualmente. Il calore aumentava, fino a che nella plancia di parcheggio fu solo aria calda e rimbombo. Era illuminato quel garage come un porto ambulante. Potenti fari al neon, sospesi per aria, correvano per tutta l'estensione del ponte. Tubature rotonde, fasciate da garze, serpeggiavano ai lati, e poi sparivano nelle profondità dello scafo.

Aprii la portiera posteriore dello Scania, mi tolsi la giacca e mi sdraiai sul sedile nero, imbottito, così come era diventata abitudine in quel viaggio. Dormii qualche ora e mi svegliai inzaccherato di sudore. In bocca respiravo aria calda e puzzo di lubrificanti, nelle orecchie il cupo rumore dei motori.

Era come una fabbrica, di quelle con i nani sottoterra, che non dormono mai, ma i nani, come tutto l'equipaggio, erano fantasmi nascosti, la cui vista ci era preclusa.

Quanto rientrai di sopra albeggiava. Al bar c'era già movimento. Da terra le matrone si andavano alzando e gli uomini si erano sparpagliati. Uno di loro, il più svelto, si prendeva un caffè come se stesse aspirando una sigaretta. Stava appoggiato sui gomiti, tutto olivastro. Sorrideva solo quando parlava coi suoi. Presi un tè senza dire niente, con la bocca impastata per l'ouzo e per il caldo e me ne uscii. Andai a sedere sulla panchina vicino a lei, che continuava a dormire per terra intatta, a mani giunte sulla pancia, nella stessa identica posizione.

Poi in quel primo mattino iniziai a distinguere, tra il brusio dei viaggiatori, la cantilena zuccherosa di una donna dietro di me. Era sui cinquanta, capelli neri e un viso dai lineamenti ancora belli. Una maestra, doveva essere una maestra, di quelle integraliste, quelle belle donne del Sud, fanatiche, una condanna insomma.

Io la guardavo irretito, attratto e schifato, vinto dalla sua camicetta di seta sintetica color crema, dalla spilla e il foulard e il tono suadente, mellifluo e severo, di chi è sempre dalla parte della ragione. Parlava in lingua slava a una donna più secolarizzata, più bionda e alla mano, mostrandole "La Torre di Guardia". Era una professionista, infiorettava, vendeva, insegnava, documentava, tutto in una volta sola. A metà del discorso, suadente, stordente, narcotizzante, estrasse dalla borsa nera, da dottore, una piccola Bibbia rilegata in pelle, cercò a colpo sicuro il libro e poi il sermone, e infine ci mise il dito sopra, e lesse, seguendo le righe, mettendoglielo quasi sotto il naso alla bionda. Aveva le labbra sempre più strette maneggiando il suo strumento, uno strumento che addomesticava, con quelle pagine così sottili come veli, che veniva da mangiarsele. Erano soltanto le 6 e 30 ed era già in piena attività la catechista. Non perdeva occasione di fare proseliti, illustrava come un agente di assicurazioni, e l'altra diceva "da da...", ma poi, visto che non se ne faceva niente, cambiava signora, come l'ape cambia di fiore. Una volta in piedi era tutta un bignè ricolmo. Era larga di fianchi nella gonna di gabardine blu, le calze di nylon chiare, le scarpe basse a paperina. Ne aveva già trovata un'altra da indottrinare, una donna gentile, olivastra, una zingara. Glielo diceva un po' come quelle donne di ceto superiore, che fanno le volontarie alla Croce Rossa, gli sciroppava la dottrina a questo modo, e aveva l'aria di continuare a lungo, che sulla nave c'era molto da redimere. Tornò alla sua borsa e la raggiunse l'uomo. Pareva un chierichetto appena uscito dall'oratorio. Aveva i bermuda blu, e un cappello da boy scout con la visiera, sulla fronte aveva scritto NO DRINK, NO DRUG, NO SEX, NO PROBLEM.

Era molto servile, e con lui la donna rivelava la sua vera faccia di marescialla mentre l'informava dell'andamento dei lavori. E aveva proprio l'aria, l'omarino, di quelli che danno una mano in colonia, quei tuttofare che guidano il pulmino o riparano le lampadine. La seguiva dappertutto con una borsa piena di giornali. Lei ripose la Bibbia, e poi andò al bar, ora si vedeva bene il suo vero sguardo severo, punitivo. La bacchetta avrebbe desiderato, anche per arrivare al suo cappuccino. Non ne aveva della donna, eppure era così molle di corpo, color panna, veniva da pensare, dove la tengono la loro cattiveria, la loro severità le donne così? In quel grosso sedere, oppure è tutta nelle labbra strette, o nelle ovaie, o nell'igienismo esasperato?

Era un poco blasfemo guardarla a quel modo, ma non mi riusciva di smettere. Tornò dalla signora di prima e le fece una moina, ma solo con la bocca, gli occhi rimanevano uguali. Quantunque con me non ci provò.

Lei si svegliò in un momento e si alzò così come si era stesa, guardandosi solo un poco attorno. È bello quello svegliarsi da randagi, scrollarsi il sonno di dosso come polvere e non avere niente da raccogliere, solo da andarsene.

Tutto il battello, così di buon'ora, si scrollava di dosso allo stesso modo la notte. Nessuno aveva l'aria di patire l'orario, serpeggiava già il buonumore dei viaggiatori che sentono la meta a portata di mano. Sporgendosi sulla fiancata si vedeva la tetra foschia del mattino. Gli zigani erano tutti in fila sul parapetto, e qualcuno dei loro piccoli gli veniva a tirare i pantaloni. Erano tutti neri e spettinati, e non si preoccupavano di niente.

Sotto lo scafo arrivò una piccola lancia della guardia portuale, accostò e mentre era ancora in movimento un uomo atletico in camicia bianca salì da una scaletta di corda che l'equipaggio gli lanciava.

Arrivò sopra e si mise in chiacchiere con la guida. Le fortificazioni del porto erano sempre più vicine, e dietro di loro la città sporca e affollata. Troppi ne eravamo dopo tutto quel deserto. Alla fine scendemmo tutti. Predicatori, zingari, procacciatori di caccia. A tutti l'autorità ci accolse e ci diede il benvenuto.

Lo Scania fu fatto svuotare, e furono stesi i bagagli e le mercanzie del baule buttate sull'asfalto. I cani poliziotto li fiutarono tutti, e dicevano "...E che se usa qualche sostanza stupefacente, non c'è problema... e che basta che ce lo dice... ma che se la troviamo noi, poi ci sono i problemi... e che insomma... mi avete capito o no?".

Anche a lei la trattennero a lungo, per via del passaporto. Erano strafottenti i nostri connazionali. Gli stranieri li trattavano come bestie al mercato e avevano l'aria di essersi fatti ben bene, con la cocaina che gli capitava di requisire. Ce n'era un bello smercio del resto, nel porto levantino.

Parlando tra loro, confidando nell'incomprensione della lingua, chiamavano troie le donne e pezzenti gli uomini, i nostri bellimbusti in divisa, vanto del paese.

Poi saltò fuori che la predicatrice era macedone, ma viveva in Svizzera, che era tornata in patria dopo dieci anni, ma ora non aveva il visto, e per la rabbia si faceva rossa come un carbone acceso. Il boy scout, che alla fine era il marito, mostrava il passaporto italiano e piagnucolava, gli diceva "Signor poliziotto, umilmente, io lo so che il vostro potere è grande... ma vi scongiuro... dobbiamo solo passarci, di qua... fateci andare".

E più lui si prostrava più lei lo inceneriva con lo sguardo.

Alla fine comunque ci lasciarono tutti. Solo gli zingari, più furbi, se l'erano già svignata e non se n'era più visto nemmeno uno.

La nave di Bar-Bari-Bar non gli piaceva un granché all'autorità nazionale, dato che la controllarono tutta, anche quelli dell'igiene, e il cane antidroga ci pisciò sulla ruota della macchina.

Da terra presi i barattoli di conserva bulgara, i telefoni di plastica rossa della Bosnia, le catene d'aglio della Dalmazia, le monete ungheresi, le slovene, le croate e le rumene, i tappeti musulmani, il caffè turco, il vino istriano, i santini del Montenegro, i sassi radioattivi di Bileća, il peperoncino rosso di Valona, li raccolsi, li rimisi tutti dentro al cofano, e non fui per niente contento del mio paese.

LA COSTRUZIONE DELLA TORRE D'ACQUEDOTTO

Dalla punta della torretta di rame scrutava la pianura la luce nobile del faro. Abbaiavano incessantemente i cani e le betoniere. Oltre ancora era il fiume, secco per la maggior parte dell'anno. D'inverno, nella nebbia, quando transumava il pastore, era come essere nel Sinai. Sfilavano di lì intere armate di fantasmi. Uomini col volto di faine. Si sporgevano un momento, si guardavano intorno circospetti, poi gridavano... STANOTTE GELA!

All'inizio era una torre d'acquedotto. Abbandonata, costruita in sasso, cinta di mattoni sulle giunture, con una porta d'ingresso e un'inferriata alle finestre. Circolare e abbracciata a se stessa come una camicia di forza.

Ed egli pensò di non lasciarla in pace.

La cisterna superiore era costruita in cemento, come un anello la avvolgeva a cupola.

Ed egli pensò che da lì si potesse dominare la notte e l'alba.

Il fusto inferiore era un tubo più stretto.

Ed egli pensò che fosse l'interno di un sommergibile.

Sui muri lisci, senza spigoli, corsero gli oblò e le tubature come vene, arterie della pompatura, interrotte a chiuse, regolate da ruote d'immersione e da volani di scorrimento.

Sorse sul nodo delle acque la torre. Acque di fiume, di drenaggio, le acque chiuse e deviate, ghigliottinate, le acque palustri del Chiavicone.

La torre vi attinge e perfora le viscere fino al centro della terra.

Il suo pozzo da palombaro, chiuso da una grata di ferro, precipita giù fino alle creature marine del sottosuolo.

E la sommersa come una proboscide indaga indefinitamente le profondità vertiginose.

Uno stretto sentiero demaniale la serve. Essa rimane così isolata e fiera, troneggiante sul grande campo di frumentone.

Da quella superficie sorge come un fungo, una falena, un faro nella notte la torre.

Il negro Dum Dum l'ha edificata, studiando campi magnetici, alla maniera dei rabdomanti, consultando i più oscuri profeti della costruzione.

IMPRESA! Così era scritto anche sul cartello dei lavori, e dall'impresa venne l'epopea. L'epopea della costruzione. L'edificazione del sogno.

Ci furono gru come Godzilla, zampe preistoriche di demolitori e animali che uscirono dalle rovine.

Le squadre edili si succedettero, come equipaggi ammutinati sotto la guida del Tenente Dum Dum, suo capitano visionario, coi capelli imbiancati di calcina, mescolato alle squadre dei crociati della malta. Passarono i calabresi, vennero i salernitani, e poi gli etiopi. Nessuno sopportò l'impresa. I lavoranti non la riconobbero.

Ma a quale comandante è dato di unire al crogiolo dell'impresa l'equipaggio? Nessuno è altrettanto compreso nello sforzo.

È il destino dei creatori, dei pionieri.

Agli ossessionati, ai febbricitanti dell'impresa, a quelli solo cani arrabbiati e morsi ai calcagni. A quei visionari bestemmie, ammutinamenti e solitudine la sera, mentre si aggirano da soli intorno all'opera che li ha resi pazzi. La conquista che palmo a palmo li ha fatti prigionieri, l'opera che li ha vinti.

Sono perseguitati, non se ne possono liberare.

Si fabbricano da loro la croce e la bara.

Vanno avanti a contrasto e tenaglie.

La rivelazione gli si dipana nella testa e non si spiega a nessun altro. Finiscono nei loro cunicoli brucianti di risoluzioni, senza conoscere la lingua per comunicarle.

Le visioni si fanno intravedere ad essi soltanto e li ingravidano condannandoli a liberarsene, a separarsene togliendosele di dosso, fino a che si sbranano a brandelli.

Gli altri tutti sono un pericolo al contatto, li fanno incendiare, infiammabili come sono. Si comprendono solo tra loro.

Ognuno con la sua invenzione, con la sua mania. Bombe a gas con l'artificio dentro, che non vogliono lasciare il mondo come lo hanno conosciuto.

L'umanità ristrutturata gli arriva tutt'intorno fino alla boscaglia, al roveto del Chiavicone. Dove i gatti selvaggi ancora si inerpicano sugli alberi, e osano soltanto le anitre mute, i Nadermutt. E le femmine, in segno di condiscendenza, strizzano gli occhi e si lisciano i mustacchi.

Nemmeno i ballabili ci sono più. L'unica soddisfazione sono i rifornimenti di metano.

Rincuora sempre il risparmio! Mette allegria.

Il fallimento non è stato totale, né definitivo. Se non ci fossero le piccole economie, a tenerli impegnati, i ristrutturati si sparerebbero a vista. Fortunatamente c'è di che stare occupati. C'è da pensare alle lampadine da spegnere. Al contascatti del telefono. A tesserare i punti della spesa.

La tara è trasmissibile in linea diretta. Passa il menoma, che è un piacere. Più del colore degli occhi, più del gruppo sanguigno. Lo sparagnismo della vita!

Viene facile trasmetterla, insegnarla. Più facile del bene. Basta così poco... basta tenersi vicini, stretti stretti... vicino a una stufa sola. E si è già dalla parte di Spessotto.

All'impresa!

Urlò nel vento la betoniera, finché non restò chi la governasse. Tutti se ne andarono... e l'impresa conobbe le stagioni.

La stagione dell'afa boreale, adatta alla copula, quella delle gelate, buona per le gettate.

E le mezze stagioni, per le lavorazioni interne.

Si appuntò al petto, l'impresa, le medaglie dell'esaltazione e della derisione che le conferirono il marchio di opera.

E l'opera si erse nell'oscurità, baluardo contro l'umanità ristrutturata.

L'assedio la aggrediva tutt'intorno... le ville col leone di gesso sulle colonne d'ingresso... l'ondulina della bonifica... l'accozzo germogliante oltre le barriere tangenziali. Tra il luccichio dorato degli infissi in alluminio, splendente tra le auto nuove e quelle in rottamazione nella decadenza urbanizzata, in quell'assedio, dall'urlo della betoniera sorse la pulizia della linea.

La forma primigenia, insofferente d'ornamento.

E l'opera si stagliò civile, sopra l'ammasso ristrutturato.

Il fascio di luce fendette l'oscurità dalla torretta. E l'abitazione si sgravò dalla circostanza.

Non appartenne più al luogo e così non lo subì.

Essa dominò il paesaggio senza appartenervi. E divenne il luogo del viaggiatore fermo, il mausoleo dove si impigliarono le voci dei suoi viaggi nei becchi ricurvi dei pappagalli che dentro l'affollano come una voliera.

Vive di aurore e tramonti, ha sostituito al territorio la sua geografia. Eroica e sola rappresentante della natura primigenia selvatica e non rassicurata del territorio.

VIAGGIATORI E CARCERATI

Il Tenente Dum Dum se ne stava chiuso nel suo mausoleo al riparo della geografia circostante. Del resto, si era detto, se devo stare in un posto tanto vale che sia il peggiore. Si sente almeno la mancanza di tutto e il profumo della partenza. Gli echi dei suoi viaggi lo accompagnavano impigliati nelle voci dei pappagalli. Ci viveva dentro come in orbita, muovendosi col suo passo da astronauta appena atterrato sulla luna. Ascoltava una vecchia musica cubana mentre il cinerino sulla spalla gli beccava il cuneo di ferro che aveva infilato nel buco dell'orecchio.

"...Mistica!" proclamai io entrando. "...Mistica ci vuole, e telefoni usati con rispetto! Impugnati come un saluto... e che si faccia silenzio intorno, che qui si tratta di parlarsi. Di sentire qualcuno che se n'è già andato!

Bisogna essere animisti. Finirla con le barbarie. Fare le cose dissennatamente, divorare in tutti i modi, strapazzarsi senza direzione. Bisogna imparare la lezione dai camionisti che non fanno viaggi a vuoto e li fanno sempre pieni, sia all'andata, che al ritorno.

Imparare a muoversi quando si sa. Questo sono i vecchi, e le loro musiche azzimate.

Gli altri se ne vanno solo correndo e niente gli appartiene.

Bisogna finirla di non sapere usare le cose, di ignorarne l'anima.

Non si può ancora raccogliere tutto.

Bisogna cominciare a farsi guidare dalla stanchezza. Stancarsi per bene, stramazzare di fatica. Non ne resta allora per le stradine laterali. La strada grossa è quella che conta, e dev'essere ben lastricata, deve spaccare le schiene, di modo che non ce ne rimanga più per perdersi.

Non deve avanzarne di forza. La stanchezza dev'essere la guida, una volta che si è smesso di vivere come pesci in mezzo al mondo.

A chi è capace, a quelli la massa oceanica e ovunque il proprio posto. A chi non lo sa fare, per chi non c'è cresciuto, niente! Per quelli la prigione.

Non ne possono avere di mare aperto loro, che ci affogano dentro. Non sono stati fatti senza colpa, perciò non ci possono finire al tropico, nel girone largo!

A questi solo il giro stretto, la tradotta, quando proprio escono pazzi e non riescono a star fermi.

Ma niente libertà, che poi li ammazza.

Per loro bisogna guardare i minuti e perdere intanto le giornate.

Per loro al calare del buio viene il perdimento. La notte se li inghiotte lì, sulla risacca. Se li piglia tutti, colpevoli di esserci ancora nel mezzo, perduti un'altra volta e fuori di casa.

Gli vacilla il mondo da sotto, quando viene il buio, gli si sbriciola il piedistallo. Sono fregati in ogni parte. Non hanno che da disintegrarsi. Il livido gli prende il cuore. Il mondo non gli può bastare. Sono perduti. E dall'inizio, da quando gli cala l'oscurità addosso come un gendarme, e li afferra da mezzo alla strada, la strada grigia dove hanno finito per trovarsi e li disperde.

Da allora lo sanno che il mondo non ne ha abbastanza per loro.

Bisogna arretrare, che l'attacco li ha portati oltre le linee, dove non ce n'è più, nemmeno per la ritirata, e non hanno retrovie.

Cercano di arrivare a una postazione difendibile qualunque, e non ce ne sono.

Arroccano come meglio possono. Ritengono, che non sanno contenere.

Perciò hanno bisogno di prigione, che se no la vita li finisce.

Per loro, che è tutta una colica, la prigione gli serve a farli disintegrare il meno che possono.

La vita li ha fatti così, osteopatici. Hanno le ossa fragili, il cammino li disintegra. Li sperde nel buio, nelle famiglie degli altri, nelle voci degli altri, nei fanali degli altri.

Non ce n'è abbastanza intorno e non li ha fatti viaggiatori. Devono comunicare a distanza, che da vicino non si sopportano. Si devono far mancare la roba per sentirne poi il sapore. L'esilio gli dà l'identità, altrimenti sono corde fesse, non suonano. Si fanno infinocchiare.

Perciò l'unica è starne a distanza. E che sia tutta per loro.

Nemmeno ai domiciliari! Niente. La reclusione!

Che non sanno avercene di casa, ci si perdono dentro, girano a vuoto tra le stanze, che è già troppo avercene di stanze. Si sperdono. Non sanno che squagliarsi negli affetti. Li rimbecilliscono le cure, le affezioni, il bumma bumma. Si perdono nel sonno.

L'affezione li slabbra, s'intontiscono, si schifano.

Danno il meglio solo nella colica pirotecnica. A girandola. Quando si sbattono fuori dopo le reclusioni che li hanno resi pazzi, allora si rotolano per terra addirittura, fanno esibizioni, si sfasciano col botto, improvvisano, si riversano, sbudellano, declamano, arraffano, inascariscono.

A giorni di seguito, all'eccesso. E poi stramazzano, dopo aver consumato tutto, rovinano... buttano a scialo il lavoro di prima.

Lo buttano nel fosso dove sono finiti. E allora non sanno più come ritirarsi, come tornare, non ritrovano la strada.

Finiscono nel buio. Finiscono nel sonno. S'impigliano nelle case, trascinandosi nel giro piccolo.

Si intontiscono. Aggrappano lo sguardo ad ogni mancanza.

Si buttano ai telefoni, finiscono dove non c'entrano. Sfasciano l'UNITÀ. Niente più. Chiacchiere vizze, cucine in malodore, autostrade e strade normali. A quel punto chiunque li può tirare sotto. Ne hanno abbastanza da uccidersi da soli.

Devono trovare quattro mura per cercare di salvare. Non dovrebbero farsela in verità con nessuno. Sparire e basta. Trovare da aspettare, da covare. Sbaragliati dal sonno, pregando di essere abbastanza fortunati da non avere spallucce a portata di mano. Così che forse l'indignazione e la forza se li possano riprendere.

Agli altri invece, ai viaggiatori, i viaggi!

A quelli cresciuti selvatici arrampicandosi sugli alberi, ai Tom Sawyer, a loro il Delta e l'Orinoco! A loro le gite coloniali, le imprese di Fitzcarraldo, le avventure fluviali. A loro i pirati di Singapore. E gli altopiani e il Mato Grosso, e i caimani australi. A loro gli aeroplani e le cisterne, e le buttane dei cubani, e le risacche dei capoverdiani. A loro i nazisti ubriachi sperduti nella Jamaica, a loro il Dio Jah! Hailé Selassié, bummajé.

E il Verte e la canela. A loro che possono, la Troca! Che agli altri li fa solo buttare giù dalle finestre e senza paracadute e senza rete. A loro le colonie d'Africa, i biplani col motore, i piloti coi gradi cuciti... sulle canottiere... dove capita. A loro la Negrona, la Matumba camaliona. A loro il bacalaon che non puzza d'interiora, e la ribaltazione, e Creta e le isole di Kios, la notte artica di Riga, la Lettonia in mutande, le steppe del Caucaso, gli acquitrini di Hanoi, i girini vietnamiti... le saracche di Lisbona, le feste birraie della Germania, le cacche seccate yemenite, i fichi turchi, la Bessarabia e il rovigotto. A loro la decollazione, agli altri... A TERRA! La piana ipermercata!

L'hanno imparata a svignarsela da subito, loro, da quando li si istruiva da piccoli alla Casa d'Italia.

Ed eppure l'hanno passata anche loro l'epoca delle lampadine svitate e dei bagni nell'acqua di recupero lasciata dai congiunti maggiori. Bagni a tinozza. Bagni a rimessa.

L'hanno passata pure loro l'infanzia sparagnina, la tiratura monetaria, la risuolatura di scarpa, la lucchettazione generale, il razionamento elettrico e la stretta calorifera. Gli scaldabagni minati e la cabinazione telefonica, l'hanno conosciuta. Eppure l'hanno svignata. Hanno preso l'imbarco, la traversata, e sono finiti da subito ubriachi fino all'ultima lira nei pontili lontani, laggiù nelle spiagge di Jah!

È così che c'è cresciuto anche Dum Dum il viaggiatore, lassù, in Bern, dove che è nato! Là sopra nella lingua del Bern Deutsch, il mantovano del germanico, che già a Zurigo non si capisce più.

Là era la Casa d'Italia, e quella soltanto si frequentava. Ed erano tutti maschi lì dentro, e fumavano di continuo e bevevano la birra.

E sempre lì gli toccava rimanere, nel Bern Deutsch, quando la birra era finita, e la Casa d'Italia chiusa e gli toccava tutt'al più il cinematografo e infine la rimessa. Ah, quante belle domeniche alla Casa d'Italia!

E questo va detto per partire. Ma anche io in campo di pangermanica ne conosco di argomenti! Che siamo così tutti, quelli nati nell'internazionalità teutona, quelli venuti al mondo in territori stranieri, i territori madrelingua del vero continente migratorio. Lo *Sprechen Deutsch*! Il tognino. Tutti lo subiamo, *meine liebe!* Tutti ci mettiamo sull'attenti, è la nostra lingua di migratori da treno. Di trenisti ambulanti, di traslocatori coatti.

Vossen sie! Haben sie Gunden gegessen?

Per noi, i molleggiati da Celentano, ecco la vera lingua internazionale!

La guida sicura, la grande patria rispettabile. Cermania! Non ne abbiamo passati di oceani noi. Niente Statue della libertà, niente cambio di continente, che almeno poi da lì non si ritorna indietro e non ci si pensa più!

Niente, a noi è bastato il treno. E ce ne hanno messi di espressi a disposizione, comodi, con le fermate specificate sopra, paese per paese, come un reclutamento... *Willkommen!*

Venti ore di treno. Non ne conosciamo aeroplani e imbarcamenti. Ruote soltanto conosciamo. Tradotte e *Über Sie*! Niente lingue straniere a scuola. Francofoni, anglofoni!? Siamo fuori dal duopolio. Per noi vale il tognato!

È la mecca. E ce l'hanno fatta troppo vicina per poterci togliere il pensiero. Vicina abbastanza per costruire case come ponti da una parte all'altra dell'Europa. Per imbarcarsi a duemila chilometri alla volta, che così alla fine non si è più né di qua né di là.

Questo è che ci è successo a noi, i pangermani... la setta vera, numerosa e oscura. Emigrati a molla, col ritorno incorporato.

Siamo gli emigranti senza Brooklyn. I gangster malriusciti, senza Al Capone o Frank Sinatra.

Noi teniamo ADAMO. Questo ci hanno dato la Tomania, e le miniere della Belgica. Adamo e Rocco Granata.

Nemmeno un Ford Coppola c'è uscito. Qua solo invertiti e intellettuali ci hanno dato. E l'ordine... quello sì. Quello è rimasto. ORDINE! ORDINAT!

Che non è il tognino, una lingua soltanto. È un'intimazione. Un comando! Ci è rimasto bene in testa.

SPRECHEN SIE! KOLLECA! Lingua meravigliosa, addestratrice, che per dire amico, pronuncia Kolleca!

La lingua secca, del comando, cinofila, cinetica, razziale... *Sizzen! Baufen!*

Si parla lassù, in nostra vera patria di Cermania, e si espande per tutta l'Europa del Sud.

Emancipazione di gioventù per tutti noi, dauni, sanniti, moldavi, zigani, mori, elleni, slavi, isolani.

E poi ancora più oltre, lassù, nella Svizzera montana, la terra degli annuali, gli aspiranti cittadini. Dove si parla il Bern Deutsch, ferale, e non si mischiano le etnie, e per il freddo forse, si trovano tutti oggi, perfetti ancora e uguali come trent'anni prima, irrigiditi nella cartolina.

Le comunità congelate, che non si mischiano... a ognuno la sua. Che da una parte all'altra di una valle già si trasferiscono esistenze. Ed è sufficiente che uno se ne vada di là dei monti ed è già finito a un altro estero.

Funziona tutto, ancora, oggi come allora, congelato, per i nostri vestiti di gabardine e la bigiotteria domenicale.

Imbalsamati siamo. Tranci trasferiti. Carotazioni di paesi, innesti in territorio ostile. La vera diaspora è la nostra! L'yiddish, l'ebraico ci ha la barba lunga, la tunica, la circoncisione. Ma anche noi ci distinguiamo bene. Le signore, per prime, alle visite, in quei collant color di carne e le gonne fiorate e i bigodini rifatti e le Alfa Romeo con gli alettoni, e poi le voci alte, sempre! Ci si riconosce tutti subito alla domenica alla Casa d'Italia. La nostra Torah! Il Talmud! L'Esilio!

Domeniche tutte ugualmente piovigginose in qualsiasi posto in cui si sia finiti. E grigiastre, che ci si è tolta la luce, ed è già da un pezzo.

Vestiti a posto, in ordine, con la scrima fatta, la domenica, a strizzare gli occhi e cercare il mistero perduto delle candele. Coi capelli tagliati ai lati e il giacchino, con la cravattina di pelle bianca. Così siamo rimasti in fotografia.

Eppure da lì ci siamo usciti, chi prima e chi dopo, da quella Svizzera di regole stradali. Chi in treruote, chi in sidecar, scrutando l'oscurità coi cannocchiali. A rotta di collo per i tornanti. Chi sui vagoni della compagnia del letto, o sui motocarri e le auto di ristoro, auto di navigazione, sulle lambrette, sulle motorette, sui Motobecane. A colpi di pizzerie! Di autofficine! Di murature! A colpi di dodici valigie alla volta, a invasioni di treni, a molla... dispersi, col ritorno a metà...

Con ogni mezzo da lì ci siamo riversati nel continente, come una colata, una gettata di malta, una fondamenta."

Trink, trink, Brüderlein trink!... Laß doch die Sorgen zu Haus!... attaccarono allora a cantare i pappagalli a squarciagola, spalleggiandosi l'uno con l'altro ondeggiando e dondolando il becco pieno di schiuma, bevendo dai ditali che Dum Dum il viaggiatore gli andava riempiendo di birra.

I RACCONTI DEL NEGRO DUM DUM

Tutto intorno la torre d'acquedotto era circondata, assediata dagli alti fusti del frumentone, il grano da pannocchie. Più oltre erano l'argine, il circo e i giostrai.

Tutto era immobile, nel rumore assordante delle cicale a elettrodo, che stavano in alto, sugli alberi, e come chiunque altro da quelle parti, bestie o insetti che fossero, non si facevano vedere.

Nella fissità del pomeriggio le rotoballe di fieno correvano metafisiche come dischi volanti bloccati, lungo le ampiezze gialle dei campi rasati, al margine del mare di frumentone.

Dalla radio arrivava musica messicana. Veniva dalle cassette di Guadalajara, Guadalajara... terra di donne appariscenti e uomini nullafacenti. Ma in giro non si vedeva nessuno.

"Non ci sono un po' troppe mosche qui dentro?" chiesi.

Il Gaggio, che stava dietro al Tenente Dum Dum, girava come un maggiordomo per la camera ad aria rotonda dell'acquedotto con una paletta schiacciamosche in mano, e le abbatteva con discrezione. Per terra poi un piccolo animale col muso allungato, Giacinto, ripuliva tutto fiutando e ingoiandole per aspirazione.

Il pappagallo intanto si allineava le penne con molta cura.

"Cosa vuoi che siano queste poche di mosche... nel Corno d'Africa ce ne sono così tante che devi parlare poco se non vuoi che ti vadano di traverso."

L'altro continuava ad abbatterle con meticolosità.

"E tu Gaggio di che cosa ti occupi?" domandai.

"Il Gaggio costruisce dei totem nel fiume..."

“Sì,” precisava lui, “io faccio delle costruzioni di sassi nel greto del fiume quando è secco...”

“E a cosa servono?”

“A niente... per bellezza...”

“E di che forma sono?”

“A cono... l’anno scorso ne ho fatta una di sei metri d’altezza... e altre due più basse. Sembravano dolmen... poi d’inverno arriva il fiume e se le porta via... però i sassi ci sono solo lì nel greto... perciò è lì che bisogna andare a farle...”

Il pappagallo intanto becchettava i semi. Il girasole steso, senza più petali, il grande rosone esposto, gli alveoli dei semi come un radiatore, porgeva eroico sullo stenditoio dei panni il suo petto guerriero. L’adornava il verde accennato dei petali ventosi... stendardo rotondo... abbattuto come una cernia... trafitto dai semi, mobile come una spalliera... si rassegnava alle cure del pappagallo...

Poi il Tenente Dum Dum, ispirato, prese a raccontare. “Cosa vuoi che sia questa caldana? Laggiù a Moruà, verso la foce, dove l’oceano si fa marrone per lo sfogo dei fiumi... lì sì che il caldo è davvero caldo... o ancora più avanti a n’ Guanderè... in mezzo alla foresta pluviale, che è così fitta che il camion per passarci dentro deve tenere le luci accese anche di giorno... i negri da quelle parti fanno grandemente frastuono, sotto un tetto di lamiera largo come un quarto di campo di calcio si ritrovano... e intorno nella foresta si sentono i tamburi ingigantiti dall’oscurità... fanno ancora baccano e ballano tutta la notte... laggiù. A essere gli unici bianchi lì in mezzo a quei negri a migliaia, ci si sente un poco in imbarazzo... ma le ragazze non si mettono soggezione, vengono lo stesso... si parano davanti in cinque, in fila, come al mercato, come per farsi scegliere... e con un salice sottile scacciano a frustate, ridacchiando, i gruppetti di maschi, che tutt’intorno le molestano come mosconi insidiandole...”

Le mosche colpite intanto sporcavano lo stesso, e in mezzo alle ali appiccicate al legno del tavolo lasciavano una lieve traccia di sangue, prima di finire succhiate dal becco infaticabile di Giacinto...

“Laggiù in Africa, dove le macchine non partono finché non sono piene, lì vanno a finire i più grandi ricercati, perché è lì che è più difficile scovarli... ce n’è di criminali in giro, tutti nella terra avventurosa si godono la pensione.

Nella Giamaica l’ho incontrato una volta, un nazista scappato, aveva una sessantina d'anni, e possedeva lì due o tre supermercati... a cena si è ubriacato, e ha cominciato a spaccare le noci di cocco col machete... faceva paura... agitava la lama per tutta la stanza urlando in tedesco *Raus! Raus! Schloss!* ma a noi non ci vedeva nemmeno, che eravamo razza inferiore...

"Nell'Africa" continuava "ci sono baracche sulla strada di quelle che vendono il mangiare preparato a casa... *la viande de la forête* la chiamano... tapiri, ornitorinchi, e non si sa mica cosa c'è dentro la pentola...

Qualche volta viene a galla una testa, affiora, sembra un poco da roditore... però non bisogna importarsene a mangiarla... che a mangiare e a chiavare, dice Viggia, non è mai morto nessuno.

Anche i coccodrilli si mangiano. Una volta da mezzo la strada sterrata, dagli alberi, ne uscì uno d'improvviso e bloccò la macchina a noleggio. A tutti i costi voleva vendere all'autista il suo coccodrillo di un metro, appena catturato, vivo e col muso legato da liane, ma l'altro non lo voleva, che già ci aveva la macchina carica. E intanto ci guardava il coccodrillo, ottuso e ancora cucciolo. Guardava e non sapeva se ridere o compatirci.

Però è buono il coccodrillo, bisogna dirlo. Squisito. Ha una carne bianca, che somiglia al tonno e un po' anche al coniglio... ma la scimmia quella no, non l'ho voluta mangiare...

Ce ne portarono due alla baracca, mentre già faticavo con l'alligatore. Le avevano ammazzate il giorno prima, puzzavano molto... a me mi sa già di cannibalismo mangiare la scimmia... i negri però, non se ne importano, sono come i toscani, si mangiano tutto quel che si muove."

Il Gaggio intanto continuava ad ammazzare le mosche... fuori tirava vento, l'aria era secca e scuoteva il mare di granoturco.

Il pappagallo faceva versi umani, sospirava, tossiva anche. Tutto per finta.

I racconti arrivavano fino dentro la torre... l'Africa nera... la foresta pluviale...

"Eh sì... ce ne sono mosche laggiù, ma mai quanto in Yemen, di fronte a Gibuti... lì non puoi mangiare niente senza mangiarti anche le mosche... la bocca non la puoi proprio aprire.

E non c'è molto altro da fare laggiù... le donne scappano solo a guardarle, anche se sono velate, da bere non c'è nemmeno l'acqua... cucinare, cucinano tutto friggendolo nell'olio da macchina... io l'ho tirata avanti a biscotti Ringo scaduti e aranciata calda... nelle stanze delle pensioni non centrano la turca... cacano anche nella piazza pubblica, dove si ritrovano tutti... ci hanno il caffettano! Ne ho seguito bene uno una volta, a lungo, se ne stava accucciato nella piazza, mentre gli altri erano in piedi nel cicalio del mercato. L'ho ben visto che ricordo gli ha lasciato per terra... che ricciolino.

Ah, ma non ci fa caso nessuno, tanto non è il primo di certo... laggiù girano tutti armati, e lo stato sociale si misura da quanto è grossa l'arma che ci hai addosso... un bazooka lo sfoggiano come un orologio d'oro, le pistole come braccialetti... tutto il giorno masticano il cat... un'erba che dicono che li droghi, perciò la masticano da mezzogiorno a notte, come averci una palla da tennis in bocca, ma il bello è che non gli fa niente...

E poi per le emergenze ci sono gli sciamani, che qualsiasi male ci hai ti fanno due fori con un ago, e poi con un corno ti aspirano mezzo litro di sangue e sei guarito."

> Uno scorpione nella terra del cortile veniva assalito dalle formiche... era tanto più grosso, che non sapeva come difendersi... agitava la coda gelatinosa, la luce gli trapassava la scorza trasparente... muoveva le pinze, e il pungiglione, ma erano così piccole che non poteva nulla contro di loro. Le formiche lo svuotavano da dentro...

Il Gaggio versò un altro giro di guaraní.

"E poi i velisti, i perduti... quelli che finiscono a ubriacarsi nei porti del Caribe... nella Martinica, nel Guadalupe... si fanno di mojito e cuba libre... a Haiti c'è poco da andare... alle Bahamas invece si sfrondano i viaggiatori la costa, lì si ritrovano tutti gli scappati di casa... è il pettine oceanico della loro frontiera bianca, il cui orizzonte è sempre spumoso... e li avvolge a partire dagli zoccoli ai piedi, fino su ai bermuda chiari... fino ai denti, bianchi d'avventura e cariati di eroina...

Hanno asciugato l'inquietudine, gli hanno dato una botta di shaker... se la giocano sul surf veloce dell'onda... hanno frantumato lo zenit... ora nuotano nel daiquiri laggiù al Caribe...

Nell'Oceano Indiano invece, si incontrano ancora i pirati, arrivano coi motoscafi fuoribordo e ti svaligiano... tirano fuori il cannone... lo puntano addosso ai croceristi spauriti e intimano 'Appapà! Appapà! Date tutto appapà!'

Ah, si ammazzano facile, nei paesi avventurosi! Ne approfittano le multinazionali. In Africa si fanno le loro guerre come se avessero delle squadre di calcio, ingaggiano i mercenari, i più efficaci... cento guerre in corso... le guerre di tribù tutte pagate... agli indios in Amazzonia per farli sgombrare gli lanciano dall'alto, dagli aerei, le coperte infettate di vaiolo... i poveri ci si scannano in mezzo alla guerra, e i ricchi gliele pagano tutte...

Ai tempi del caucciù, gli tagliavano le mani gli eserciti regi ai sudditi di sua maestà. Ora lo fanno fare a loro il lavoro, direttamente."

Il Gaggio intanto continuava infaticabile e meticoloso a spalettare l'aria impiastrando di ali e di sangue di mosca i quadratini rossi della sua retina...

"E smettila con quelle mosche... tanto anche uccidere le mosche è un'illusione.Quelle volano, e più ne ammazzi e più ne arrivano... è come l'illusione della gioventù."

Poi, ispirato, il negro Dum Dum prese a versare il grog nelle tazze da una sua bottiglia tutta impagliata di filamenti di liane.

"Ma laggiù a Cabo Verde... in quegli scogli staccati d'Africa, alla deriva... non ce ne sono mosche lì... né merceneria. Si passano le giornate a grattarsi la testa, a guardare la linea dell'orizzonte, stanno lì con tutta quella nostalgia addosso e la loro morna, e non vedono nient'altro, possono solo immaginarsi tutto, stanno lì sull'orlo della risacca che pare sempre che se li debba portare via. Però hanno un grande aplomb... alti... slanciati... uomini e donne...

Una volta a Fogo, dov'eravamo arenati, ci parlarono di un'altra isola, un'isola di fiaba... provammo ad andarci anche noi, ma dopo dieci giorni che l'aspettavamo fermi, ci riuscì di perderla la nave, così dovemmo ripiegare sul biplano.

Là sopra in cabina, in mezzo all'oceano e alle nuvole, erano tutti ubriachi di grog, sembrava di essere al luna park... ah fanno molta cagnara... non gli piace mica a nessuno di ubriacarsi da solo. Non se la vogliono tenere stretta la bottiglia, ognuno per sé... quello che hanno lo compartiscono, tutto per tutti, e almeno ci guadagnano la festa...

Da uno che attaccò, si ubriacò l'aeroplano intero, comandante compreso e ci arrivammo con il botto e senza paracadute, giù a Brava, l'isola dei fiori e delle belle fiche... e c'erano davvero, mica per finta, ma io non me ne intendo molto, che se rinasco dopo che pappagallo vorrei rinascere femmina, così almeno ci capirei qualcosa... forse."

Mandò giù il grog, assaltato dalle spiagge, dalle risacche lontane e dalla sua negritudine incompiuta. I negri... l'essenza... la figura astratta.

Buttò lo sguardo viaggiatore fuori. Nelle calura, dal frumentone si sollevò uno stormo di cornacchie.

"Questo è malo segno..." disse "...bisogna farci attenzione. Te lo insegnano bene laggiù. Guardali i corvi... degli uccelli sono quelli che stanno più vicini all'uomo, ma anche quelli che si fanno meno toccare. Mica come il pappagallo, che è un po' tonto e si fida subito... il corvo se la gracchia nel campo, se ne va sui tetti, resta sui bordi, ma non dà confidenza. Di sicuro è un buon messaggero. Senza essere frainteso te lo dice chiaro 'Io te la porto la scalogna e te la faccio anche cadere dal cielo...'

Il primo a portarcela quella lì dev'essere stato un uccello di sicuro, che è l'animale più pulito, il più rapido. Uno di quelli notturni, che sono i più veloci, che certo non è arrivata a dorso di un mulo... è troppo lento, quella invece è sempre puntuale. Spacca il secondo. Non ha tempo da perdere.

Dev'essere stato l'untore uno della famiglia delle arpie, col becco aquilino, spennacchiato, poco curato insomma, con le unghie lunghe, magari un po' storpio, beccato da un fulmine di striscio... che forse è lassù tra i temporali... quando si formano le energie, che nasce la scarogna!

Non dipende da noi quella. È come la Forza maggiore... l'Accidente... non si può controllare. Se la ride e non ha carità. Ah, sono vigliacche, le scarogne, scelgono a caso e senza merito.

Lo sanno che quando il marinaio sbadiglia, è allora che è sordo. Ed è allora che arrivano, arrivano subito e più volentieri.

La fortuna viene di notte... dicono... *con le scarpe tutte rotte... bussa una volta, se tu dormi e non gli apri quella prende e se ne va.*

È molto permalosa la Fortuna. Se la disprezzi o la trascuri se la prende subito, non è come la Disgrazia, che se ne approfitta e si beve tutto, anche i fondi dei bicchieri.

Per quello i negri sono timorati, e mettono quei labirinti di fantocci davanti a casa.

Non è che è tutto chiaro... tutto curabile, spiegabile. Ci sono cose che non dipendono da noi e non si possono comprendere. E quando succedono poi bisogna indagarle col lumicino.

Se sei superstizioso bisogna meditarle queste cose, hrapaish!

Intanto la superstizione esiste. C'è! Ci si dà retta sempre meno perché i soldi hanno sostituito tutto, e con la carta moneta si crede di mettere a tacere pure quella, ma è un'illusione. Essa si allontana soltanto.

Nei paesi più poveri, più avventurosi, quelli senza doppi vetri e riscaldamento, la natura la sentono di più e perciò sanno temerla. Gli danno da fare le superstizioni! Ci stanno attenti, agli incantesimi, ai malocchi, alle fatture e agli strabici..

Le vedono annidate in ogni cosa. È tutto un antidoto, un amuleto. Qui invece, tra l'umanità ristrutturata, le sensibilità sono più occluse. Avvoltolati come sono nel triplo strato di bestemmie, preoccupazione e guadagno, pensano di esorcizzare tutto col gratta-e-vinci e la Lancia Thema. Però la scarogna esiste. Sotto sotto la temono tutti.

Nell'Africa Nera, usano i gris gris... li mettono davanti alle porte per scacciare la malasorte. Essi portano fortuna alla casa e sfiga a chi ci abita.

Può essere una cosa qualsiasi un gris gris... una piccola maschera di legno, uno sgabello del piano o un'anca di faraona... ognuno decide il suo, ognuno sa da cosa si deve difendere. Però siccome qui, se ci metti un osso di gallina, non lo vedono nemmeno, allora al Chiavicone davanti alla porta ci mettiamo la Betoniera, che almeno quando quella arriva si sente e fa più allarme di un antifurto.

D'un tratto tutto intorno si fece un grande silenzio, le cicale staccarono la corrente... le cornacchie sbiancarono, i coccodrilli nel frumentone caddero nel sonno... le piante si ritirarono alla notte... le mosche precipitarono al suolo... s'interrarono i marsupiali... e un rumore sordo come di spurgo scosse la terra e smosse le barbe delle pannocchie...

WOOOOOOOOOOUUUUUUUUUUUUUUHHHHHHHHHHHHHHHHH

Una zaffata d'acqua marcia pervase l'aria. Per qualche attimo tutto rimase sospeso... poi si rilasciò, e la canicola del pomeriggio riprese il suo abituale frastuono...

"Anche qui ne avremmo bisogno di gris gris... ma quantunque siamo sotto la stella del cane, la canicola... la nostra buona stella. Perciò non ci può succedere niente..." ma intanto cercava tra le mangrovie la collana di denti di macaco e se la andava attorcigliando al petto...

Le piante grasse pian piano ritirarono fuori le spine, le belle-di-notte si richiusero alla luce... e la giungla della torre riprese vita più lussureggiante di prima...

Anche di quelle ne aveva riportato da ogni angolo di viaggio, il negro Dum Dum, e ci aveva aggrappato le amache in mezzo, per l'eterno riposo.

La cisterna ne era invasa.

Ce n'erano di carnivore, di barbute, di pelose, di selvatiche, di soporifere, di seduttive e di ninfee...

I pappagalli ci si annidavano dentro, bisbetici e pettegoli come comari.

Solo il cinerino del Congo, più simile a un sauro che a un volatile, gli frequentava la spalla... si muoveva a passo di marcia, sospirava spesso e faceva anche la tosse, poi a dispetto esplodeva in rumori di scossa elettrica, rumori di corto circuito, che facevano temere per l'incolumità della torre.

Altri cantavano filastrocche in lingue sconosciute... oppure imitavano la voce dei loro vecchi padroni... versi che avevano sentito per i continenti.

Le voci avevano fatto il giro del mondo, si erano annidate nei loro becchi adunchi... nei loro petti pennuti.

Non ripetevano subito quello che avevano sentito, ma lo tenevano in corpo anche per anni... e poi lo ricacciavano fuori... frasi, bestemmie, addii e canzoni.

Le persone, le vite passavano e le loro voci restavano nei pappagalli.

La torre intera ne risuonava...

Quelli più colorati, più estroversi, più disertori... gli amazzonici erano fuggiti fuori... si annidavano tra i marangoni e facevano a gara con le cicale... i più biliosi, quelli dell'Africa australe, restavano al chiuso... s'intrappolavano nella serra... cercavano riparo tra le piante carnivore...

All'imbrunire, dopo il parlatorio, per tutti scattava l'ora del fracasso... davano l'attacco tutti insieme.

Assordavano le voci, rimbambivano come il ciuccio in mezzo ai suoni... fino a che tutto quel disaccordo prendeva un ritmo, un primitismo... un tribalismo da Santeria. C'era da fare gli scongiuri... Arrivava fin lì, a mezzo di quei pennuti, la lunga ombra della magia nera... del candombleau... della grande Macumba... il MAMBO WOODOO!

Senza più contenersi, presi da tremiti il Gaggio, il negro Dum Dum e il tapiro cominciarono la danza indiana... circolare... piena di scatti, scongiuri e torcimenti. Porgevano le braccia prima al pavimento e poi al cielo, esplodendo con le mani sulle bocche in grandi sbadigli. Fuori Giacinto prese a latrare, i cani da tana uscirono dalle buche e tutte le gatte smorte cominciarono a strusciarsi frenetiche, contro i grondoni.

La betoniera allora, forse per assolvere il suo ruolo, iniziò a rollare... a cantare con la sua voce di ferro... profonda e sdentata, come il pozzo di una balena.

Arrivò Tarasconi, mentre i pappagalli in coro cantavano ebbri "Cucurucucu paloma".

Venne dal vialetto di pietre preistoriche, si sporse all'uscio della torre e domandò coi suoi occhi strabici "Allora è vero... è vero?"

"È vero che cosa?"

"È vero che l'hanno visto?"

"Ma chi?"

"Come chi? La Bestia... la Bestia. L'Animale del Chiavicone. No perché quei lavori lì son pericolosi... ci vogliono le guardie... ce n'è cinque, ma per il caldo non ne ho trovata nemmeno una. Allora, insomma, è vero che l'hanno visto o mi state prendendo in giro?"

"Ma non lo so" rispose il Tenente. "Ho sentito dire che han trovato una gallina morta... che hanno visto dei legni spezzati... laggiù nel granoturco. Forse è un boa. Sarà scappato a Viggia. Lui ci ha anche una tigre."

"Macché, macché... l'Animale del Chiavicone. Qualcuno l'ha visto o no?"

"Non ne so mica io di queste cose io!" rispose serio Dum Dum.

"E il mio violino di rame... almeno l'avete visto quello?"

Poi si dileguò fuori, subito inghiottito dalla boscaglia di marangoni.

L'ANIMALE DEL CHIAVICONE

Il frumentone ci veniva incontro a viali, a plotoni, come in un inseguimento... gli alti fusti delle piante, verdi e molli, flagellavano le braccia, urticavano gli stinchi, si avviluppavano ai piedi... inseguivano... le scarpe si riempivano di terra secca e piccoli sassi... la terra procedeva a onde ed era spaccata dai crepacci, in alto ondeggiavano le piante spostate, con la loro spiga a ciuffo, salutavano il cielo, e poi, a correrci dentro, avanzavano di nuovo a plotoni. A legioni...

D'un colpo il granoturco diradò, e la terra fu di nuovo coperta di erba e di cornacchie.

Prima delle secche del fiume, il labirinto di arbusti, come per proteggersi, s'infittiva. Oltre ancora era il greto sassoso.

Si alzavano controluna gli alti alberi, e il sottobosco si intricava... si udivano rumori e versi venire da dentro... per misteriose e intatte vene di passaggio entrammo nel fitto del roveto. Le ombre si allungavano. Avvolgevano come spire inestricabili e violente i secchi scheletri neri degli alberi bruciati.

La terra iniziò a inclinare verso un affossamento... si sentiva nell'aria un odore come di acqua morta. Inciampai in una grossa tagliola fatta a imbuto.

"Sssst!" si sentì sussurrare tra le spine "...sst... soffia, soffia... è maldisposto, soffia acquaccia..." Nell'oscurità si distinse un occhio ingigantito da una lente... era enorme convesso e acquoso... intorno a quella lente, il volto era aggredito da lentiggini a macchie, e il resto non si distingueva perché era coperto e mimetizzato da frasche. Aveva capelli stopposi, come un cespuglio... "Sst..." diceva "...potrebbe essere la notte buona..." Parlava soffiando e sussurrando, di modo che veniva impossibile non sussurrare altrettanto...

"Sst... è qui nel sottobosco, è qui che vive!"

Sottovoce lo diceva, tra i gemiti dei rami spezzati... tra il gracchiare dei pappagalli fuggiti sugli alberi, che si erano fatti compari delle cicale... tra le tagliole a imbuto...

"...Fate attenzione, fate attenzione... potreste disturbarlo... compromettere le ricerche... la creatura..." "Ma quale creatura?" "Come quale? L'Animale del Chiavicone..." "Ma che animale è?" "...non lo so... non l'ha mica mai visto nessuno... se ne dice soltanto... io sto qui... cercando di attirarlo da anni... così poi... quando lo avrò visto potrò morire ricco..." "E perché mai...?" "Perché porta fortuna e si dice che quello che l'ha visto una volta, poi sia morto ricco..." "Ma che tipo di bestia è...?" "Ah, è malmostoso, malnaturato... dicono che è fatto tutto dello stesso colore, occhi, pancia, unghia e denti. Color fumo di nebbia... e ha dei grossi peli porosi." "E che verso fa?" "Fa versi mutevoli... ed è muto nel solstizio d'inverno..."

"E adesso dov'è?" "Qui intorno... ha appena buttato l'acquaccia, dev'essere indispettito... dorme sottoterra... nella camicia del pozzo... fa il verso dell'eco, e quando parla tira il vento..." "E che cosa mangia?" "...si nutre di gnagna, la barba delle pannocchie, ma non si sa come faccia ad arrivarci... le fa nascere forse già vecchie lui apposta, con la barba e rugose... di modo da nutrirsi della loro gioventù..."

"Ma si diverte mai?" "Eccome, fuma due pacchetti di Nazionali al giorno, e il sabato va a ballare... cammina all'indietro, e non lascia orme, ma ombre soltanto. È parente del polipo lucciola degli abissi, che sta in tenebre così profonde che non riesce a trovare compagna, e quando la trova le si aggancia al corpo e non la lascia fino a quando muore..." "E si accoppia?" "Oh, no... egli ha così difficoltà che non si accoppia... e nasce esausto, per combustione..."

"Ma lei l'ha mai visto?" "Non ancora... ho visto altre creature del pozzacchio... ma questa è la più difficile... dicono che sia più facile vedere lo yeti, che l'animale del Chiavicone... e che se lo vedi ti cachi addosso e muori. Adesso poi è diventato ancora più raro... ce n'erano... una volta... nell'antichità! Annibale ne aveva quasi preso uno, per la coda, ma gli scappò..."

"E lei lo cerca per ucciderlo?" "...no no, solo per morire ricco." "Ma non ha paura di morire dopo che l'ha visto?" "Be', è vero che dicono che ti arricchisci all'istante, ma immediatamente dopo muori... ma non me ne importa... voglio vedere se è vero... ne ho studiate altre di malebestie... i coccodrilli del granoturco... l'impastora vacca, che è il serpente più grosso di tutti, e si attorciglia alle zampe delle vacche da latte e glielo succhia tutto, al posto dei vitelli... e poi il tasso malogna, che taluni, pur di avere l'illusione di averlo preso, si sono dipinti un masso a righe bianche e nere da soli e poi gli hanno sparato addosso...

egli dev'essere un marsupiale... e nel marsupio ci tiene le sporte di plastica della spesa... ed è arrivato fin qui da quando hanno chiuso la chiavica... segue i flussi delle chiuse, è una creatura delle falde del sottosuolo... è pieno di risentimenti e di cimici..."

"Ma è buono?" "Non si è mai mangiato nessuno, però c'è una cosa che gli dà da fare... il tubo della sommersa lo infastidisce molto... forse perché gli ruba il lavoro... quando ne trova una la mangia, col suo unico dente nero, e non lo fa per nutrirsene, solo per crudeltà..." "Ed è temuto?" "Molto temuto, perché è immaginario... la gente lo teme, ma non lo rispetta..." "E perché?" "Perché al Chiavicone il rispetto è sconosciuto..."

"Ma cosa fa?... qual è la sua occupazione?" "Egli chiarisce le acque, e ricicla i sogni marciti nei pozzi della fortuna... il suo dorso è come un cofano di Fiat 1100, e per meglio mimetizzarsi è ricoperto di scaglie circolari, stampate, a riproduzione delle monete da cento lire buttate insieme ai sogni, nei pozzi... quando vuole ben apparire, si striglia il dorso e diventa lucente. Ha occhi tremolanti, cangianti e pallidi, come la luna che si riflette nei pozzi e solo a lei dà confidenza, solo da lei si fa vedere, che forse per poterlo vedere, l'unica sarebbe di andarci, sulla luna!"

"E qui sotto cosa fa insomma...?" "Egli concima la terra coi sogni andati a male... la fertilizza coi sogni marciti. Con il suo ventre spugnoso, assorbe i desideri e scoppia dal ridere a sentirli... delle volte lo si può ascoltare di notte, l'eco della risata. Ride dei sogni, e ha un dente solo... è amico delle lucciole, che gli fanno da guida nell'acqua stagna... ha un corpo molle, di cellulosa... come le meduse. Muore solo se lo si lascia al sole... forse... dà a volte grosse, gassose spruzzate di liquido antizanzara... dopo i grandi acquazzoni, esala... e gli puzza il fiato. È temuto da tutti, e quando va in amore non si esce più di casa dopo le dieci... più per solidarietà che per paura... alle porte si mettono mazzi di ortiche e di razze, in segno di comprensione mentre egli si aggrappa ai battistrada delle trebbiatrici e dei trattori, e cerca di accoppiarsi..."

"E lei come pensa di attirarlo...?" "Con un salvadanaio di coccio, e degli spiedini di monetine, anche se l'unica cosa che lo attira veramente è il verderame... quando lo trova ci si ubriaca. Come un pazzo! Si ritrovano da queste parti delle botti intere, prosciugate, e senza fori... ne va pazzo, e dopo canta d'amore... ma la femmina non gliel'hanno fatta... non al Chiavicone almeno... questo è certo. Però non si sa se è maschio o femmina, si sa solo che è putto... zitello, non accoppiabile... eh, è una bestia dispari, e s'innamora dei rondoni..." "I rondoni?" "...sì, quegli uccelli simili a rondini che fanno i nidi più in basso, nei buchi dentro le pareti di terra..."

"Ma, e lei, che ci si applica tanto, come si chiama?" "Ignaro è il mio nome..."

Poi si fece luce alzando ùna lanterna a carburo davanti a sé.

Aveva enormi piedi e mani da Patagone... il volto coperto di lentiggini e in mezzo una lente più grande... d'ingrandimento, su un occhio solo...

Ci porse un biglietto da visita.

Sulla destra in alto, come un francobollo, c'era un piccolo, accorto ritratto fotografico sotto il quale era scritto:

IGNARO TUTTO. SENSITIVO, INSETTOLOGO, ROVINOLOGO.
SCOVA PICCOLE E GRANDI MAGAGNE.
RICERCATORE DI ANIMALI SCOMPARSI.

"Venitemi a trovare quando volete... ho diversi esemplari di animali rari... la scalogna, per esempio, l'ippogrifo, e lo starnuto."

D'un tratto si sentì soffiare un grande spruzzo di antizanzara. La lente si illuminò e dal fondo del frumentone comparve un baluginio. Subito egli vi si diresse sudato ed eccitato insieme. Si udiva un brontolio vasto come un risciacquo. Al culmine della curiosità si sporse sulla buca brandendo il suo spiedino di monetine e una grande luce grigiastra lo avvolse. "Eccolo, eccolo, l'ho veduto, infine... è davvero putto!" Ma intanto gli occhi gli si andavano trasformando in monete da cento lire, e così i bottoni della camicia. Poi fu la volta delle stringhe delle scarpe, e al posto della pancia gli comparve un grosso doblone. Esalò una zaffata di verderame e rise felice e ubriaco dicendo "Ora muoio ricco, finalmente". E mentre lo diceva si irrigidiva come un lingotto e dalle tasche gli uscivano monete di cioccolato.

Si rifece buio, e una manciata di stelle cadenti piene di desideri inespressi cadde copiosa come una pioggia d'oro sulla notte del Chiavicone.

AUTOACQUISTI

"VENDO JAGUAR JLX 4.2 '79. IN BUONO STATO, 5 milioni TRATTABILI, oppure permuto con trattore agricolo, modello testacalda."

"VENDO SAAB originale svedese. SUPERACCESSORIATA! Quattro antifurti!! Tutti i comfort! Revisionata! Biesposta! DA VEDERE SUBITO!"

Lo attesi nella strada. Nel pulviscolo e nel chiasso del sabato mattina, con ancora nel palato il sapore dell'indigestione.

La strada davanti al residence aveva le rotaie ed era piena di escrementi di cane, che le signore, e i loro cani, evitavano.

La macchina era lucida all'arrivo, nello sporco dell'aria. Era una Saab 900 color canna di fucile. Guardai a lungo prima la macchina, e solo dopo l'uomo che c'era dentro. Passai dalla mia insonnia alla sua.

Era alto e aveva qualcosa di malato addosso. La pelle sotto le orecchie sembrava bruciata. Indossava un giubbotto di pelle, una camicia scura e pantaloni di lanettina. Calzava scarpe a mocassino.

Si presentò e subito iniziò a mostrarmi l'auto partendo dalle frecce, e poi proseguì con molte e molte altre minuzie, fino a che compresi che era un maniaco.

Gli interni, a dispetto della carrozzeria fiammante, erano in disarmo. La pelle color crema non ce l'aveva fatta con i mozziconi e i vizi di dieci anni.

L'alcantara s'era annerita, e la radica crepata. Ma conservava una sua dignità sportiva da cruscotto scollato.

Nel vano centrale destinato allo stereo aveva sistemato uno straccetto giallo da polvere, per distrarre i malintenzionati.

Me lo mostrava il suo trucco accongegnato, muovendo le grosse mani da onanista. Tristi mani, che uscivano fuori dalle maniche di maglina nera sollevate a metà braccia. Sciorinò tutti i metodi per evitare l'asportazione dell'autoradio e poi passò ai quattro antifurti di cui il mezzo era fornito. Non che montasse una radio speciale, ma parlare dei sistemi d'allarme lo entusiasmava, anche così, a quell'ora della mattina.

"Non conta tanto quello che ci hai addosso, l'importante è il metodo che hai per non fartelo portare via." Il mondo a suo vedere funzionava così. Tutti si affannano a chiudere bene le porte, senza mai preoccuparsi davvero di cosa ci custodiscono dietro, a quelle porte. L'importante è l'antifurto! Non farsi derubare, di che cosa non conta. In campo di macchine usate poi, suona sempre come un optional, un lusso sottinteso, un privilegio... l'antifurto... l'antifurto!

Per sicurezza l'aveva scritto anche nell'annuncio.

SUPERACCESSORIATA! QUATTRO ANTIFURTI!

L'ultimo di questi era una trappola a molla, direttamente nascosta nel vano del cruscotto. Li mostrava, tutti, entusiasta... come veniva veniva.

"Vede, vede!" E bisognava dare a intendere d'aver veduto e capito, e subito. E nel mentre a me stava salendo la nausea, lì così, in mezzo alla strada, afflitti com'eravamo dal pernacchio motorizzato. Per quel che lo riguardava invece aveva l'aria di non curarsene affatto.

Badava a mostrare l'esemplare, come un docente di anatomia sul tavolo operatorio. Da sotto un altro panno da polvere ammaccato estrasse a sorpresa la regina di tutti gli optional.

Il televisore! Piccolo, a due bande, da attaccare all'accendisigari. Lo volle anche sintonizzare. "Vede, vede, guardi, guardi come si vede chiaro!" "Oh certo." "E poi si può anche tenere in casa! Estraibile! Oppure portarselo in albergo, nel caso sia una pensione scadente... di quelle che non hanno nemmeno la tivù."

Lo guardai in faccia un momento. I suoi occhi erano scuri e bordati di bianco intorno alla pupilla. Lasciavano intuire quegli occhi tutti gli alberghi, le pensioni fuori stagione che doveva aver frequentato col suo televisore portatile. Il cielo basso di Grado e l'autostrada dei laghi, le fughe, le sigarette e l'insonnia. Ebbi paura della clandestinità maturata in quell'auto e compresi che non l'avrei mai acquistata.

Le macchine intanto ci passavano intorno sferraglianti e non potevo andarmene. Eravamo soltanto agli antifurti.

Di seguito mostrò tutti i posacenere, uno ad uno. In quello di dietro teneva i preservativi. Fece un piccolo colpo di tosse, come dire, questi sono in dotazione, come la ruota di scorta, e poi passò ai vetri elettrici.

Continuò minuzioso... "Ecco la macchina per il caffè!" e tirava fuori lentamente dalla tasca della portiera di guida un attrezzo a 12 volt e lo svitava in ogni sua parte. Dentro c'era il caffè già fatto... "se uno non ha tempo di fermarsi all'autogrill". Anche la scatole di caffè solubile ci aveva... "Gliele regalo nel prezzo..." proponeva. "No grazie, preferisco il thermos..." e avanti avanti.

Da sotto il sedile di guida estraeva allora un tostapane, sempre da collegare all'accendino, e poi il coltello svizzero di sopravvivenza, la pila a tre vie, il collegamento per il cibì... "E queste sono le spie delle luci, e quest'altro è un antifurto... e poi il sistema svedese della chiave... vede, vede che ingegno, si avvia da qui, e se nel parcheggio non si è inserito il freno a mano e la retromarcia, la chiave non esce dal suo posto... che ingegno, che sicurezza!"

Poi ebbe un momento di rifiatamento. "Non dormo da ieri" disse quasi confidandosi. "Ero di partenza, sa, mi aspettano alla stazione." Aveva in effetti un'aria latitante. "E comunque ecco qui il cassetto con il libretto, i fazzolettini, le caramelle per l'alito. Se vuole possiamo provarla." Mi squadrò, poi aggiunse altezzoso "Ma lei ha mai guidato questo genere di macchine prima?".

Già a me non importava più niente di niente e stavo per sboccare sulla sua alcantara da solitario, però per inerzia fui costretto ad abbassare la testa, ad entrarci dentro.

Ci avviammo nel traffico dei viali. Era molto rigida di sospensioni. Sul mattonato soprattutto.

"La tiri, la tiri! È una vettura sorprendente. Dà soddisfazione... e il consumo? Da non credere, non ho neppure dovuto mettere l'impianto a gas... vedrà vedrà..."

L'insonnia ci faceva vedere ad entrambi lo stesso pulviscolo sulle vetture... dappertutto... le lamiere opache del traffico... la vena esangue dell'incanalamento. Sembrava una cosa seria, quasi, filmabile, due sconosciuti a dividere a quel modo un'auto, che non avrei mai comprato, nel traffico polveroso della mattina presto.

"La cedo soltanto perché ho un'occasione. Una Mercedes 5000. Del '79 come nuova... vede, ho avuto anche una Ferrari, e una Matra Simca... ne ho avuto diversi di motori io... sì, sì... ma sono tre giorni che non dormo, sa..."

Provai a tirare le marce, ma non c'era dove infilarsi, dove sfogarle. Le tiravo ai semafori, costeggiando i mercati, nell'arrabatto.

Andava la canna di fucile! Arrombante nella circonvallazione. Andava bene, ma a intermittenza, un poco scarburata, a razzo!

Poi tornammo indietro. Il proprietario era sempre più febbricitante... voleva concludere subito l'affare, dopo tante spiegazioni! Pur di finirla stavo quasi per dargli tutti i soldi in contanti. Poi feci uno sforzo e mi trattenni. Mi lasciò un numero di telefono portatile, di quelli che a chiamarli di giorno, costano più che a telefonare a Città del Messico, però accessoriato, portabile!

In qualche modo si accontentò del mio rimando, forse perché doveva andarsene davvero. Saltò i convenevoli, salutò e infine scomparve di nuovo, inghiottito dalla sua insonnia. Verso il confine.

"VENDO MERCEDES IN BUONO STATO. 1983. Azzurra, carta da zucchero."

"VENDO mezzo a MOTORE. Solitario."

Aveva i capelli crespi, il giovane. Era basso di statura e agile come un cane di strada, con un naso appuntito. Il mezzo era una motocicletta, a due ruote. Ne scese con un balzo e l'appoggiò contro il muro dato che il cavalletto non ce l'aveva.

Il serbatoio era pitturato di nero e non aveva scritta da nessuna parte la marca.

"Questa" affermò "è la Solitaria. Dato che lo ero io, è dovuta diventarlo pure lei. E adesso non sopporta più di caricare nessun altro. È un cane bastardo. Un cirneco dell'Etna. La capisco. Ma adesso che solitario non lo sarò più, non posso più tenerla. E dato che sto per sposarmi dovrebbe rinunciarci pure lei. Perciò la devo abbandonare. Mi tocca lasciarla ad un'altra solitudine."

La guardai. L'unica cosa in ordine che aveva era la marmitta. Una bella marmitta d'acciaio, che finiva come un becco di pesce schiacciato. Per tutto il resto era di recupero. Faceva un rumore da mezzo più grande di quello che era. Simulava la cilindrata e i pistoni. Ma era soltanto un 150. Faceva la voce grossa, e non superava i novanta all'ora.

Non volle fare nessuna dimostrazione. Mi guardò in faccia, mi giudicò e me la lasciò. In un attimo si perse dietro al vicolo e sparì.

La appoggiai nel cortile interno, a cuccia. Le misi sotto una ciotola di nafta. A parte le lasciai anche dei cuscinetti conditi nell'olio se per caso avesse fame. Chiusi il lucchetto e me ne tornai dentro.

VOLKSWAGEN GOLF "VOLKS"

Nera, gommata. Declassata. Passato glorioso. Abituata a viaggiare. Baule da emigrante... sedili languidi e offesi... vetri anarchici, gomme rassegnate, motore che canta italoamericano. Dopo la sostitutiva, la più veloce sulla pista. Circumnavigatrice di circonvallazioni. Mantellata per la notte. Da tre mesi giacente in vicolo. Fantasmi di musica nelle portiere. Si cerca volontario civile per soppressione o rimozione umanitaria.

"LANCIA BETA HPE, bianca, assetto basso. Gomme antineve incluse VENDO. E poi... è una BOMBA!"

"FORD ESCORT. NERA, con alettone. CERCASI carrozziere, per separare ruota posteriore destra da abbraccio rigido di proprietario addormentato su pubblico selciato."

IL CROLLO DELLA DRINA E LA FINE DELLA MIA VOLVO

"Il ponte e la crudeltà di Abidaga s'impastarono assieme, come creta nella pioggia della Drina."

Le parole della vicenda lontana non mi lasciavano, mentre io dovevo separarmi da loro.

Freddo, pioggia, asfalto e lamiere. Camminavo con la visiera abbassata per non vederli, tutti quanti.

L'officina era nel parcheggio sotterraneo, di fianco allo slargo della trattoria giapponese.

Lì, nella notte, mi aveva mollato per l'ultima volta la mia Volvo, lo Scania, forse per protesta di vedermi sparire dentro quei posti di pesci freddi.

L'uomo magro, con gli occhiali, la tuta, la barba senza fare, stava in piedi nella luce livida filtrata dai grandi rettangoli di vetro sporco, tra i comparti dell'officina. Anche la faccia aveva di quel colore. Alla fine si decise a venir fuori per dare un'occhiata alla macchina. Ma non aveva i cavi.

"Ci vuole una batteria" disse. "Torniamo dentro. Chiederemo al collega. Al signor Nullo."

Di signor Nullo, però, lì non c'era traccia.

La pioggia nella via scavava le facce. Avevano tutti il colore dell'asfalto. Tutti con problemi epatici. Nessuno arrivava. La mattinata si consumava.

Tornavo di sotto. Mi aggiravo intorno, impaziente, fastidioso, questuante.

Lo smilzo stava parlando col suo capo. Il capo si chiamava signor Casadio.

Aveva un loden addosso, verdastro, e la faccia carnosa, Casadio, e i denti storti, da castoro.

"Mandagli Nicola" disse.

Venne un anziano, tutto raggrinzito in faccia, con la giacca a vento, che stava lì senza fare nulla, come un cane vecchio, di servizio. Di quella razza che passa l'anzianità a elemosinare lavoretti di scarto nelle officine.

Gli dissero "Vai tu con i cavi" ma a quel punto io, non fidandomi, me la svignai.

Fuori era di nuovo la strada. Non finiva mai. A perdita di piedi... palazzi e pioggia e gelo ai calcagni, aspettando niente, aspettando un signor Nullo.

Entrai a forza in una carrozzeria spostando i fogli gommati di plastica giallastra. Però lì dentro c'erano soltanto smalto e intrugli a spruzzo, sotto i nastri.

"Più avanti..." facevano segno "...più avanti."

Più avanti era un grosso stanzone invaso di automobili. Un'elettrofficina. C'era un signore con una tuta immacolata come un camice. Non ne conosceva di signor Nullo l'elettrauto col bisturi, e parlava solo con l'ingegnere, di un ritocco, di un ricamo elettrolitico.

Infine scrisse la fattura, molto, molto lentamente.

Aspettavo. Resistere, mi dicevo, occorre resistere ancora, un altro poco... lì a piedi in mezzo a quell'acqua sporca e cittadina, mentre la macchina che aveva visto la Drina giaceva ferma, inamovibile.

> "Era un abisso la Drina fra le due gole, solo un traghettiere si azzardava a passarla, e soltanto quando la piena non se la mangiava... lì doveva sorgere il ponte per la lunga invincibile mano, della volontà del visir, il visir che atterrisce e magnifica."

Il chirurgo si faceva attendere. Non diceva niente come una sfinge e solo dopo un bel pezzo si pronunciò "Se si accende te la porti e se no la lasci lì".

Di nuovo la pioggia e i piedi, e il sotterraneo...

> "la crudeltà di Abidaga..."

Cominciai a prendermi a schiaffi. "Ah, come odio me, e tutta la mia stirpe... e il tempo perso, nei garage, negli sfasci e le macchine che non vanno e noi idioti maledetti, sempre stupidi, sempre paralizzati, isterici e che niente ci spaventa mai più di quello che si desidera! Ah stirpe ottusa! Maledetta, suicida!" Pum, una sberla, pam, un cartone...

"E urlare sempre, e lo sfascio, e farsi rodere dai dubbi e non imparare mai niente, non insegnare niente! Accatastare e basta, le idee e le riparazioni!" Pam, un pugno sul muso! "Ah maledetta la razza e tutto lo scasso e il recupero, e stramaledetta la quantità inferma e rottamata e tutte le sue officine!"

Il vecchio, intanto, l'avevano messo a pulire una vettura. Ci sono sempre impigliati nelle officine, quei cani vecchi in pensione, che non se ne stanno a casa, che la casa ce l'hanno piccola e forse sono di troppo, e vanno a elemosinare un poco di tempo e di occupazione dai signori Casadio... quegli uomini di recupero che razzolano senza mestiere, elargendo congetture da unire al coro divinatorio della diagnosi, che stagnano docili vicino ai copertoni attendendo ordini.

Passavano le mezz'ore.. arrivò una signora coi capelli bruciati dalla tinta... Casadio se ne stava in borghese in quel diluvio insonne, tra gli attendenti in tuta, avvolto nel suo loden. Su qualche macchina c'era scritto OCCASIONE. C'erano una Porsche, una Volvo coupé, una Torpado, le occasioni di Casadio...

"All'inizio tutti erano stati contenti della grande opera, che il visir aveva fatto erigere nella sua contrada... che sarebbe stata guardata con ammirazione nel tempo, di pietra bianca, levigata."

Si era oramai al punto di caricare cavi e attrezzi, quando arrivò un rottame di Golf azzurrina, peggio della mia. La pilotava un vecchio con un cappello da marinaio in testa. Lo smilzo si sbarazzò subito di me. "Eccolo" disse. "È lui, il signor Nullo".

Il signor Nullo aveva un'aria bonaria. Salii sulla sua macchina senza farci caso. "Fatemene soltanto andare," imprecavo, "fatemene andare di qui!" Però per pignoleria guardai lo stesso dietro, nel bagagliaio e non c'era nulla, nemmeno la batteria.

"Signore," dissi, "la vettura è parcheggiata in modo infame, e senza cavi è difficile da raggiungere... ed è grave."

Allora il vecchio mi squadrò d'un tratto, da dentro i vetri appannati per la pioggia e senza nessuna cattiveria, con un bell'accento mantovano, mi guardò in faccia e disse "Dunque ragazzo, lo so io cosa ci vuole. Ce l'ho la batteria, stai tranquillo. Due ne ho! Sono stato capofficina per trent'anni al reparto corse. Ci sono venuto che avevo venticinque anni e adesso sono ancora qua. Devo essere un pazzo!".

Lo guardai meglio e pensai che avesse ragione.

Entrai in macchina. Iniziò a spiegarsi. La sua voce si confondeva con il rumore degli spazzavetri. "È stato mio figlio, vedi. Era calciatore, ha investito i suoi soldi nell'officina. Mi ha detto, è una vita che stai dietro agli interessi degli altri, adesso prenditi i miei. E cosa vuoi fare... i figli da un certo punto in poi sono loro a comandare."

I tergicristalli intanto annaspavano nel grigio.

"Nullo? Ah, è un nome certo, mica un cognome... mio padre lo lesse su un libro. Era il nome di un partigiano, di un anarchico... ma dunque, qual è la macchina, quella lì?"

"No, no, molto peggio, quell'altra!"

Scendemmo. Continuava a piovere. Gli aprì il cofano e la portiera. Ne uscì un odore di arance, di birra e di aglio.

"Mmh, mmh, ragazzo, capisco, ci sei affezionato, ma cosa hai intenzione di farne dopo? Rimetterla in moto si farà! Ma a vederla non sembra che voglia farne ancora molta di strada. Ad ogni modo ora andiamo a prendere quello che serve. E la portiamo a cuccia."

> "Accanto al ponte fu costruito un caravanserraglio, fu il primo ad essere dimenticato... poi venne la locanda di Lotika..."

Scendemmo da una rampa nel garage sotterraneo e poi in un'altra catacomba. Lì erano gli attrezzi. C'era anche la musica. Musica da sala da ballo. Scendemmo, ci mancava poco che si mettesse a ballare il tico tico, invece si sfregava le mani, come una mosca.

Mise in carica la batteria. Lì dentro non aveva i poster con le donne nude, solo la sua musica raffinata da balera. Proprio un signore a posto, pensavo, coi capelli bianchi e la riga sotto il cappello da marinaio. Mi fiderò!

"Bene, ragazzo, adesso pensiamo noi alla tua macchina" diceva con entusiasmo. "A me, a me! Alla diagnosi!"

Stese sopra al motore un lenzuolo bianco, e poi la auscultò, girandole attorno a destra e sinistra. "Sono, io, come Di Bella, ragazzo! Dalla lingua capisco la salute del motore e il suo malanno... oh, sì, sì. Vediamo il sintomo... acqua nell'olio! Eccola, ora le farò l'analisi. Certo, perfetto, come supponevo. Si può tentare. Una volta operata non sarà nuova" disse "ma tornerà alla normalità! Dunque, dimmi, quando sarai uscito di qui, dove hai intenzione di lasciarla? Ce l'hai un meccanico di fiducia? A pensarci bene, mi pare che la cosa migliore sia di lasciarla qui!"

Così ci decidemmo per il ricovero. Il signor Nullo si andava eccitando all'idea.

"Sì, sì, certo, non potrei alla mia età, ma me ne occuperò io stesso, personalmente! Come un figlio..." diceva "...come un figlio!"

La mise in moto, fece fatica a partire. Era tutta sporca dentro e cenciosa, piena di avanzi di viaggio... ma aveva trovato il suo Barnard. La vettura che era stata sulla Drina, che aveva strombazzato alle oche, che aveva sollevato la polvere, inseguita da cani e giannizzeri. Che aveva varcato la soglia dell'inesorabile, disperato crepuscolo di Visegrad.

Fuori pioveva, e pioveva forse la stessa cupa pioggia, di laggiù, tra le alte gole di Serbia, a tremila chilometri da quel sotterraneo, dove il visir aveva fatto erigere cinquecento anni prima la sua opera immortale, dove gli uomini ammassati, turchi, cristiani ed ebrei, avevano subito la corvetta, senza capire a cosa lavorassero davvero, e Abidaga feroce, intorno al cui albero non si spandeva ombra, rubava la loro paga e impalava come agnelli allo spiedo chiunque ostacolasse la costruzione paurosa, fonte del suo profitto, l'opera immane che si prendeva le vite...

Uscii fuori. Tutto era irreale e velato ora, nella cupa pioggia metropolitana della città levantina che si disfa ogni giorno, nel pulviscolo grigio che non è nessun posto. L'oscurità prematura già cadeva sulle tangenziali, sugli accampamenti dietro ai cavalcavia. Un unico filo come un anatema, un sogno che viene da lontano, erano quelle parole scritte, che riverberavano nel vuoto della mia testa. Alzando gli occhi alla pioggia, ne sentivo l'eco, tra i palazzi senza nome. L'alta gola di Visegrad, lontana, irraggiungibile, che atterrisce nella tempesta.

Mentre la vettura rimaneva lì, ferma sotto i ferri, impotente, incapace di avanzare ancora.

> "Nel corso della notte il cielo si coprì di nubi che si saldarono alle montagne e fra di loro, all'alba venne giù una pioggia fina. Vicino al ponte tutto pareva morto. I gendarmi ammonirono Alihodza, l'imano, che era molto pericoloso sostare vicino al ponte. Egli li guardò come ubriachi, già che sapeva da tempo che in quel posto la vita era in pericolo da sempre, e che tutti quanti erano come morti, e soltanto si seppellivano l'un l'altro."

Non ci tornò più sull'abisso lo Scania. L'operazione a cuore aperto di quel suo Barnard fu pagata per buona, ma non resse che un centinaio di chilometri soltanto. S'impennò di botto la temperatura, e gli crepò la testata in corpo, in un colpo solo.

Una truffa, una truffa di mercanti. Nemmeno ottomani, neppure zigani... bastarono le "occasioni" di Casadio.

Rimase al bordo della strada come un cavallo zoppo mentre l'aria sapeva di caglio, di canfora e di qualcosa di simile alla benzina. Fu sollevata a pinza, soccorsa, finì rugginosa nel catasto... lontana dalla Drina, lontana dalla frontiera... finì allo scasso di Benzina.

Ce la portammo nottetempo... a traino, in processione. Fu issata e conficcata nella terra nera del Chiavicone. Interrata per metà dalla parte del muso. Solo il volante ci prendemmo per ricordo, come fosse una ciocca di capelli.

E per una volta il magnete, che tanto mi aveva servito, glielo applicai io sugli occhi, per addio. Era rotondo, come una grossa moneta, e lungo la circonferenza aveva scritto:

COMUNQUE PROTEGGIMI

LO SCASSO DI BENZINA

Oltre alle macchine da sepoltura arrivava di tutto allo scasso di Benzina. Le autocisterne, i bilici infiammabili. Il flusso dei carburanti.

Egli li accoglieva e li indirizzava sbracciandosi come un direttore del traffico. Ci stava in mezzo a istinto. Gli piaceva. Adorava il puzzo idrocarburo. Lo faceva sentire giovane. Non lo temeva affatto. Li riconosceva a naso i figli della raffinazione. Dai più pesanti ai più leggeri, dagli oli esausti giù nella colonna, fino in alto al settore gassoso, ai prodotti di testa, da liquefazione compressa, omologati a parte, irreggimentati nel sistema delle bombole, delle pressioni, degli sfiati. Quelli soltanto non erano compresi nella rivendita.

"Crepano le testate i gas compressi" diceva.

Egli era piuttosto per il puzzo incendiario, per il carburante puro. Ma non faceva differenza tra il più nobile, quello da aviazione, e il più miserabile, il metano da trazione.

I prodotti di testa della colonna li riteneva adatti al più per il bombolaggio da cucina. Quelli di coda invece gli andavano bene. Gli oli minerali, la lisciva lubrificante, meglio ancora. Il miele dell'ingranaggio era il suo debole.

Arrivavano a tonnellate i carburi, affluivano in quantità nelle sue pompe truccate.

Sulle benzine si tratteneva 30 lire al litro, sulle nafte 40, sul gasolio 25, sul gasolio da riscaldamento 30, 45 sul kerosene da stufa. Truccava anche la miscela, nella percentuale d'olio e nel prezzo. Nemmeno la nafta agricola risparmiava. Le macchine uscivano truccate dalla sua pompa in ogni modo, senza nemmeno dover passare dall'autofficina.

La gente è così, diceva, come la raffineria. Ci sono quelli affidabili, gli affaccendati, quelli che conducono la vita avanti spediti, lisci, senza strattonare. Sono motori a benzina depiombata. Ecologica. I quattro tempi in linea.

Poi ci sono i compassati, quelli di lunga tenuta.

Vanno a gasolio, per la lunga distanza, arrivano nel tempo, e non si fermano. Alimentazione controllata, passo lungo. Ce ne sono pure a nafta agricola, e sono i meno costosi. Si nutrono di poco, si contentano e arano, producono, sono grezzi di fabbrica, costruiti con l'accetta. E ancora ci sono gli sgassoni. Vanno a benzina super, infiammabile. S'incendiano e bruciano in fretta, voraci. E poi, infine, i rimediati. L'umanità di recupero. Quella che va con impianti e con protesi, che si deve perdere nelle laterali, che deve uscire dalla strada grossa per rifornirsi. Quelli a propulsione gassosa, che la vita gli arriva in testa e gli crepa la guarnizione. Da allora iniziano a girare nel recupero. A tempo perso, a pesca di pezzi.

Hanno la carburazione difettosa. Non gli tiene il minimo.

Quando gli ritorna in corpo la benzina, per le incrostazioni della farfalla perdono la mezzamisura. Vanno soltanto a tavoletta. Sennò si ingolfano e si spengono. A malapena riescono a tenere il minimo, l'indispensabile per non morire sotto.

Ma appena si avviano, bisogna schiacciare tutto, a razzo.

WROOM WROMMMMMMMMMMM.

Non c'è da fidarsi. La vita gli scorre in corpo scarburata, in eccesso, in quantità. Al resto non arrivano. Gli rimane il torbido della quantità ad affliggerli. Gli si ottura il giglore, rimangono senza fiato, coi bocchettoni chiusi... annaspano, si addormentano all'impiedi addirittura. Poi dall'alimentazione difettosa gli si apre di nuovo la valvola e gli va tutta addosso la vita, a tavoletta. Battono in testa. Gli prende la colica, gli si imballa il motore! Battono in testa.

È un'alchimia la vita, così funziona. Chi carbura procede. Gli altri se la fanno coi ritorni di fiamma.

E poi restano lì, nel purgatorio del recupero. Nel girone tentacolare dello scasso! Uomini e pezzi! Il grande sotterraneo che scorre sotto gli ammucchiamenti, sotto le metropoli, sotto le stazioni, sotto le chiese, sotto la spianata ipermercata. Sbuca ovunque, fra le nebbie stagne. Sfoga i tentacoli all'aria aperta, come da gallerie ferrose. Sbuca in superficie sepolto nella mondizia, nel girone che vive per cunicoli e si muove come un granchio, e sfiamma dai bocchettoni, a vampate. Nelle stazioni del metano. Nelle chiese dismesse. Negli spacci del mobilio. Brancolano nel recupero preti e predicatori, aggiustatori di ossa e finanche predittori di catastrofi.

Ce n'era uno laggiù, dietro il fiume Magreta. Vendeva solo porte accatastate, porte senza case dietro, come usci aperti nella nebbia, e prediceva catastrofi, in grande scala, non si sprecava per quelle individuali... l'oracolo lo disturbava in sonno solo per sussurrargli di inondazioni, allagamenti, incendi e terremoti. Non si sprecava neppure per un solo numero di Enalotto! Potrà succedere il 25 o il 13, ammoniva puntando l'indice, sarà di lunedì o di venerdì. Comunque succederà. E la gente accorreva a catastate a sentirlo.

Sbuca ovunque e differente e in grande stile il sifone dello sfascio. A colonie di villeggiatura, a capannoni di motori. Rocche medicee piene di tostapane, libri smessi, tute ginniche. Ville venete, cadenti, nello sfarzo, occupate dallo spaccio, dalla scartina, dall'avanzo. Magnifico!

Scoppiano da sotto, vengono all'aria, urlano tutte la rivincita. Sì, sì, evviva lo scatafascio!

Il mondo arrivava lì senza doversi muovere. Attraverso le rotte ramificate dell'autoporto, reticolate per tutto il paese. I camionisti di lunga tratta avevano lì in sospeso piccoli affari e smerci. Latticini, salami piccanti, televisori, partite di lavatrici, carichi di videoregistratori, pellicce e anche pellami di Castorìa nell'Epiro.

Chi proprio non aveva nulla da fare, si occupava dei lavoretti attorno alle vetture.

Erano tutte macchine coi cruscotti divelti, le portiere appese, ma marcianti. In marcia sempre, a benzina, a nafta, a miscela. Con tutti i loro acciacchi. Andavano lì a rabboccare l'olio dei freni, a scaricare l'esausto, a cambiare le ciglia dei tergicristalli.

Ogni auto era un caso clinico anche per gli altri, quelli che neanche ce l'avevano una macchina.

Era la loro passione girarci intorno. Ogni decisione veniva presa per consulta, a capannelli di almeno quattro persone. C'era un viavai di pezzi di rimessa. I ricambi nuovi erano proibiti.

Si appassionavano, gli africani soprattutto, alle loro carcasse. Erano animisti. Inventavano soluzioni. Gris gris. C'era anche chi si fermava solo per far prendere aria al motore. Gli venivano le caldane e si fermavano. Aprivano il cofano, lo tenevano aperto una mezz'oretta e poi ripartivano.

Molti avevano la testata bruciata, ma aggiungevano acqua e camminavano lo stesso. Comunque avevano l'occasione per fermarsi. Benzina ci sguazzava su questi difetti. Non si accontentava di rifornire, doveva anche riparare, consigliare e prevenire.

Gli acciacchi lo entusiasmavano di più. I piccoli intrighi dei giglori.

Affermava Benzina... "Solo dalle macchine vecchie s'impara la meccanica.

Con loro bisogna essere animisti. Bisogna conoscere il trucco, saperci parlare. Conversarci dolcemente. Spaccargli il cruscotto a pugni.

Una macchina la deve avere almeno una faccia, se no come si riconosce? Come la si insulta?

Il movimento omologato non fa per me. Bisogna viaggiare a pistoni. O se no agli aereoplani! Direttamente! E così è anche per la riparazione. Ci vogliono meccanici ricoperti d'olio, impermeabili come foche! Diffidate delle officine tirate a lucido, con le apparecchiature per la diagnosi. La riparazione deve avvenire a sentimento, a orecchio! A giro. Ce l'ho nel sangue, io, ereditaria. Che a me mi ci si portava fin da piccolo per gli scassi, come al luna park. Non ce n'erano giocattoli, né supermercati. Gli scassi, quelli sì, abbondavano. Tutto ci si trovava dentro! Ingranaggi, cuscinetti, rotori, biciclette, motori a carburo, leve, pinze, gru a uncino, motorini a pedali, col serbatoio a petto d'uccello! Era il paradiso. Il paradiso della ruggine...".

Dietro la pompa aveva sistemato lo scasso abusivo. La tratta del revisionato. La ricettazione. Ne era ghiotta la clientela. Era il giro internazionale. Le auto vecchie per la nazione andavano a nuova vita verso le colonie.

Si andavano a rifare il trucco e la gioventù. Non le ripitturavano nemmeno, né gli facevano lavori... l'unica manutenzione consentita era la limatura del numero di matricola.

In questo egli era un artista. Lo toglieva come un'efelide dal naso. Non rimaneva neppure la cicatrice. Passavano così a nuova identità, pronte per la legione straniera. Ognuno al suo!

Le francesi Voyager, le Renault ossute, le inaffondabili Peugeot, regine della nafta, esse tutte andavano verso l'Africa sahariana. Se le contendevano i figli dell'Atlante. A Casablanca! Alla villeggiatura! Senza passaporto!

Verso le piane d'Egitto finivano le inglesi, le Vauxal, le Ford Capri.

Al Bari-Bar i motori del Deutsch Mark. L'Albania se le rubava. Le Mercedes soprattutto, quelle a culo alto, con le sospensioni rinforzate, le capre di montagna, le limousine dello sterrato. A est! A est!

Le Volkswagen Golf, le Opel Rekord! Ai Balcani! Allo sconnesso!

Le grosse di cilindrata invece, quelle placide, i 5000 cc, si dipartivano lentamente verso lo sceiccato. Per tratte misteriose finivano per prendere le strade dei sultani. Passavano dagli ecclesiasti agli islamici come un volo di fringuelli.

Esse tutte si sdoganavano nell'autoporto della Bruciata, nel porto franco del camionaggio internazionale. Da lì scendevano i Lucignoli dell'autorimorchio, giù fino dai mari del Nord e se le prendevano di notte, nelle stive. Non se ne sapeva poi più niente.

Ma Benzina incassava. Questo era sicuro.

Quello che qui era dismesso, altrove non mancava d'esser valutato. E senz'assegni. Arrivavano con la mazzetta dei contanti. In tagli piccoli per fare più impressione.

Valigette portavano, o persino borsine per la spesa, piene di banconote rosse, da cinquanta, e a volte pure blu. Da dieci!

Lo strumento creditizio non era contemplato, le banche potevano fallire. Loro no. Non gli piaceva vederle sparire negli sportelli, le svanziche. Se le tenevano in tasca. Ben ammassate, arrotolate. Camminavano con tutto l'avere addosso, lo rimiravano a ogni giro di bibita. Che si vedesse!

Abolite le carte, restava la filigrana, o altrimenti il baratto diretto. Non si curavano né di interessi né di accumuli.

Si acquistava al brucio, a contrattazione istantanea. Coi biglietti sotto al naso. Gli dava un'emozione accartocciarseli per bene, rigirarli nelle tasche. A contante.

Soldi ne circolavano in quantità nel rifornimento, per questo Benzina teneva a portata di mano la pistola. Una bella pistola in acciaio, da caccia agli elefanti. Se la teneva tutta lucida e infilata nella bottega dei pantaloni. Gli piaceva molto.

Sotto sotto ci sperava sempre nel rapinamento serale. Anelava la scusa di provarla. Che almeno lei non facesse la ruggine.

Così prosperava nell'esercizio.

A volte, per festeggiarla questa prosperità, sul ponte di carico si organizzavano grandi banchetti all'aria aperta.

Dentro i bidoni dell'olio ardeva il fuoco. Si alternavano sui sollevatori pneumatici apparecchiati le cucine internazionali. Fegatini bulgari, cevapcici croati, cus-cus e kebab, interiora e carne di cavallo, porcetti sardi, gelatine di unghia di maiale alla uzbeca, galletti cedroni, polli, alligatori e salamelle.

Tra i fuochi e le ruggini si alzavano cori e brindisi coi bicchieri colmi di liquido antigelo.

TARASCONI E IL MOTO PERPETUO

Nei pressi dello scasso ci venne incontro, con un faro acceso e uno spento, dondolante come una lanterna, il furgone camionato di Tarasconi. Avanzava con quel lume flebile come un Diogene cercando l'uomo. L'abitacolo era pieno di carta, stracci imbevuti di nafta e confezioni di cioccolato fondente aperte e mezze finite. Non si curava di nient'altro, Tarasconi, che della sua scienza. Aveva frantumato lo zenith. Era ricoperto di grasso dalla testa ai piedi. E i piedi li aveva larghi come le gambe. Era un blocco unico, senza giunture, e la testa aveva come quella di un Polifemo. Ingoiava pastiglie e cioccolatini di continuo per via del morbo di Parkinson. Ma non gliene importava nulla, viveva solo per la sua missione: il Rame. Per anni, tutti i suoi anni buoni, aveva trasportato materiali d'ogni tipo. Aveva smobilitato, divelto intere cataste di ferraglia, scaricato ogni fabbricazione deceduta, ogni attività fallita. Aveva vissuto nella ruggine e nell'ossido, il cancro dei metalli, finché un giorno, d'improvviso, aveva detto a se stesso "Non toccherò altro che il rame! Costruirò, inventerò ogni cosa col rame e con quello soltanto. Sarà questa la mia impresa! Ogni parte, ogni vite, ogni giuntura. Rame, solo rame, di ogni qualità. Rame di conduzione, rame di lamiera, rame di lattoniera, rame di rivestimento, rame di abluzione, rame zincato, rame rubato, Rame, Rame, Rame! Fino allo sfinimento. Prenderò, riscatterò tutto il rame che mi sarà possibile trovare e con quello costruirò ogni cosa. Motori, aeroplani, elicotteri, sommergibili, pistoni, sculture, fiori, animali mitologici, macchine e dragster finché arriverò all'invenzione finale! Al mio Graal! E una volta che l'avrò trovata... me lo terrò per me!".

E così fece. S'impadronì di ogni ammucchiata di rame, ogni accrocchio, ogni svendita. Lo rubò di notte. Lo trasportò di giorno.

Vicino o lontano che fosse, spese i soldi che ancora aveva nell'acquisto del rame e il rame invase la casa, s'ammucchiò nelle cantine, nei capannoni, all'aria aperta, a cataste, e piano piano scacciò fuori tutta la sua famiglia.

Rimasero soltanto Tarasconi e le sue tonnellate di rame.

Iniziò legando i fili, attorcigliandoli, componendoli, accostando i colori sempre diversi del metallo ossidato. Ed essi presero per lui tonalità infinite, quante ne può vedere un pittore sulla tavolozza. Con quei filamenti si iniziò alla costruzione di oggetti inutili e primitivi. Quel che è certo, è che trovò uno stile inconfondibile, da subito. Da qualsiasi pezzo di rame partisse infatti, la creatura finale era sempre un Tarasconi. Un tozzo ammasso di rame primordiale dall'incommensurabile peso specifico.

Seguimmo il furgone senza spalliere nella strada sterrata del Cornocchio fino alla Bonifica. Anche l'erba era rada, la terra spellata infiorata di rottami sparsi, seminati, lasciati a se stessi. Infine arrivammo al capanno colonico. Era quasi inghiottito dagli accatastamenti del materiale.

Motori, turbine, avvolgibili, grondaie, rotoli di fili di ogni diametro tutti indistricatamente insieme. Gatti circolavano tra i rottami, gatti magri, bianchi con gli occhi rossi come conigli e un cane nano, che si avvicinò pancia a terra al padrone. Era grasso, largo, ramato, a pelo corto, agitava la coda mozza. Tarasconi gli appoggiò la sua mano larga sulla testa chinandosi come un pistone. "Sono anche loro creature dello sfascio" disse. La luna frattanto se n'era andata, inghiottita dentro l'umidità.

Il cagnotto ci seguì sotto il porticato dell'aia. Era chiuso da grossi portelloni di legno catramato, di quelli da ferrovia. Anche il casotto degli attrezzi era ricavato da un vagone. Tarasconi aprì i chiavistelli di ferro e spostò il portellone. Da dentro si sentiva odore di nafta e di petrolio. Poi ci fece fermare per accendere la luce a gas. Nel poco che si vedeva non si sapeva dove cercare. Il rame era dappertutto. Da sotto il soffitto, di fianco ai muri... usciva dagli scaffali, dai tavoli di ferro, in tutte le sue forme. Ali di aeroplano di rame intorcigliato, zampe di animali immaginari, ruote a raggi, teste di serpente... tutti formati nel suo mondo impastato, fatto di fili aggrovigliati, verdastri, arancioni, rossicci, bluramati.

Tarasconi si infilò nella massa dei fili, come sparendoci dentro, e da quelli iniziò a estrarre le sue creature metalliche. "Ecco..." diceva "...vedete, questo è un fucile..." e lo porgeva dietro. Pesava almeno cinquanta chili e non era più grande del normale. Fili di ogni colore lo ricoprivano in tutte le sue parti. A impugnarlo si fletteva molliccio. Si apriva addirittura in due, permettendo la ricarica delle cartucce, di rame anche quelle.

"Questo invece è un Minotauro" e porgeva un ammasso di rame in forma di uomo con la testa di toro. E poi venne il cobra col collo a ventaglio, e la piovra gigante, in cui rimase impigliato, e poi le ruote di bicicletta, i meccanismi a cilindri, le leve a stantuffo, gli spremipatate a braccia, le ventole a manovella, le eliche a compressione, i pistoni a due tempi, tutti ugualmente mollicci, pesanti e intarsiati come cashmiri rossastri. Irrimediabilmente inutili e fantastici. Alla luce del gas anche lui aveva preso l'aspetto delle sue creazioni, sformato e approssimato com'era. Aveva pochi denti e la faccia larga da ciclope, si muoveva lentamente in mezzo al suo bestiario, come un Efesto zoppo nel vulcano dell'officina.

Per ultimo se ne uscì con quello che doveva essere un leggio. Provò a metterlo in piedi, ma non ci stava. Era costruito su un unico tubo piegato. Alla base, a garantirgli l'equilibrio, gli aveva affiancato un piede come il suo, un piede da armatura, ma mancava ancora di un esatto punto d'appoggio. Salendo verso il poggialibro due grandi teste di cobra si formavano dal basso, fino a sostenerlo. Avevano la bocca aperta e la lingua a forcina all'infuori, in piena posizione d'attacco. Altre decorazioni guarnivano la parte superiore. "Questo" disse "l'ho fatto per un musicista di spurgo, è un leggio da musica, ma non è molto trasportabile. Così me lo tengo io. Come tutto il resto. Non vendo niente io. Se qualcuno me lo chiede, domando milioni, altrimenti li regalo. Tieni! Tu prenditi questo cavalluccio marino." Al Tenente invece porse una bicicletta di rame.

D'un tratto si udì il fischio di una sirena a vapore dal reparto di fianco e subito un gatto uscì come un razzo da sotto il groviglio. Le porte interne erano come portelli bassi da miniera, e le passammo da sotto.

La stanza era enorme, solcata da binari di ferro. Urtai contro un carrello da ferrovia pieno di spolette da bobina. La poca luce che veniva dal bagliore della fucina dietro ai tagliafuoco di ghisa faceva intuire una grossa sagoma parcheggiata. Tarasconi ci raggiunse con una lampada da ferroviere e gliela puntò contro. "Questo è il prototipo, ora devo solo costruire un motore di rame adatto. Poi farà i trecento orari almeno!"

Il Dragster era costruito su di un telaio di bicicletta orizzontale e ricordava le prime macchine volanti. Aveva meccanismi a cremagliera, a rotelle, a cinghie per tutta la sua estensione, un manubrio al posto del volante ricavato da un condotto da caldaia, e poi manometri di rame prelevati dai tini di fermentazione del vino.

Il sedile proveniva da un trattore per zolfare le vigne. Nel corpo centrale, ottenuto da una vasca da bagno, partivano i tubi piccoli da metano che si annodavano dal centro verso il cuore. Tubature laterali più grandi, da grondaia, fungevano da scappamenti. La parte posteriore terminava in una grande elica da nave. Anteriormente si allungava per almeno cinque metri in una grande presa d'aria da boccaporto.

In attesa di terminare il motore, il dragster era provvisto di un sistema di cinghie a pedali che non gli consentivano il movimento.

"Quanto peserà?" domandò il Tenente. "Sulle quattro tonnellate." "E si muove?"

Tarasconi disse "Può funzionare con una elettromotrice, ma per la conduzione potrebbe avere un collasso termico. In quel caso si dovrebbe isolare il guidatore con una camicia d'amianto, dato che il guidatore non fa parte della macchina, che dev'essere per forza di rame, come vi ho già spiegato. O in alternativa si potrebbe usare l'elettrobobina di una locomotiva che giace inoperosa allo scalo a riposo, oppure ancora la fermentazione a vapore, o la compressione ad aria liquida. Tutto questo potrebbe funzionare, a patto di avere davanti una pianura estesa e senza ostacoli, ma non è ancora sufficiente".

Così dicendo ci era salito sopra e si era infilato in testa un paio di occhiali da saldatore in rame, e una specie di cotta fatta anch'essa di fili rossi, sottilissimi. Anche le mani e le braccia avevano preso lo stesso colore, intriso com'era di polvere ferrosa. Sulla faccia gli riluceva una sfumatura verdastra come se stesse iniziando a ossidarsi.

"Questo si può fare, ma quello che cerco davvero..." disse stancamente "...quello che sarebbe la vera soluzione..." e carezzò il manubrio e i manometri "...la soluzione di tutto, sarebbe... il MOTO PERPETUO! Questa è la meta... quello che sto davvero cercando... l'origine del movimento! Oh sì... arriverà il giorno in cui staccherò il chiodo, e il movimento del braccio di oscillazione comincerà per sempre... e così quello della biella a lui saldata..."

Lo diceva bardato a quel modo sul suo dragster. Poi si calò giù alla meglio e ci portò vicino alla grande fucina. Si distingueva appena sotto la grande cappa di rame.

A vederlo così non aveva nulla della leggerezza che si collega all'idea di un moto del genere. Pareva piuttosto una macchina da spingere in eterno.

Era un enorme cubo, un altro groviglio di tubature ad alto peso, sventrato al centro, come per un'operazione a cuore aperto. Inchiodati al muro, appiccicati alla meglio, stavano i disegni, simili a geroglifici, che esponevano l'aspetto teorico dell'impresa.

"Finora..." spiegò riassuntivamente "...si è provato con le camicie iperbariche, con i compressori a nastro, con l'oscillazione sottovuoto, ma nessuno ha mai pensato al rame. Il più versatile dei conduttori. Io lo voglio condurre, stimolare nella sua conduzione a un livello così assoluto, tale che gli elettroni non incontrino più nessun attrito al loro passaggio. E una volta spinti dentro a forza non la possano più smettere di andare avanti. Perciò devo arrivare a ottenere il rame pesante per fissione, ma la quantità di energia che quest'operazione necessita è grandemente superiore a quella di cui posso disporre, così ho bisogno di superare questo ostacolo iniziale, e per farlo dovrò agire come le grandi compagnie di canalizzazione del secolo scorso. Fonderò perciò una Società per il Moto Perpetuo. Ma siccome non voglio divulgare la scoperta non la aprirò a nessun estraneo."

Così quella sera sottoscrivemmo privatamente e segretamente la Società Fondiaria che ci avrebbe portato al moto perpetuo. Una condizione che personalmente avevo già sperimentato.

La deposizione fu fatta al distributore. Per realizzare l'impresa ci impegnammo a trovare i pezzi necessari al macchinario e, per i fondi, a rubare una colonna di tir pieni di benzina.

ADDIO AL CHIAVICONE

Nella notte della partenza, già imballati come eravamo, passammo infine, a razzo, anche dal pub sulla statale. Il raduno, il rastrello della serata.

Frankie La Luce era lì, affranto, deambulante, ondeggiante in mezzo alla mota della marmaglia, in balia delle spinte e delle birre che gli si rovesciavano addosso, con l'occhio vacante e lo sguardo che si aggrappava alle ragazze spetazzanti nella calca. Era imbeonito fino ai capelli, ammazzava il resto della notte come se fosse lui stesso la mosca. Si fermò pronta, nel pieno della gazzarra, la nostra corriera stravagante. Benzina lo avvistò, scese, lo afferrò per un braccio e se lo portò via al volo, come si ruba una gallina da un pollaio.

Lo spinse dentro il carro bestiame. Già era tutta imbrattata la vettura, in più, ogni cosa che si trovava sui sedili veniva subito gettata per terra, verso il fondo. Siccome dietro non c'era posto nemmeno in doppia fila, fu issato davanti La Luce, e La Bionda dovette finirgli in braccio. Stratronco com'era, quasi gli veniva di lamentarsi per questo cambio di bar. Fui io a dovermi occupare dei rifornimenti. Poi ritornai dentro e misi in moto. La confusione era grande, urlavano tutti, e Benzina intimò di prendere per lo sterrato, quello che porta al fiume, mentre il Tenente Dum Dum da dietro allungava le mani di continuo per controllare che La Luce non giocasse di mano con La Bionda... per prevenzione diceva, per prevenzione.

Benzina, demonio, ambiva a finire ancora oltre, nell'orgia campagnola... spingeva addirittura per la Felicina. Ci arrivammo allora. Puntammo i fari contro il muro della baracca. Il cane abbaiava. Venne fuori la Felicina, tutta impellicciata, dalla roulotte che teneva sul retro, scalza e scarmigliata, attratta dalla luce della macchina come una falena. Venne fuori dalla notte, con gli occhi rotanti. Già declamava tra l'erba medica e il fango senza nemmeno distinguerci... "Maschio, maschio..." ululava. "...vieni, vieni, tesoro mio, mapfchio, mapfchio..." ripeteva con la bocca piena di briciole. Allora io che avevo il comando, e la regola è sempre che chi guida decide, non ci pensai due volte e tirai dritto riprendendo la strada di corsa. La musica intanto impazzava. Tutti debordavano nel fracasso degli ottoni, si comprimevano, si contundevano, con le teste piegate contro il soffitto basso dello Scania. Si palpavano, si scuotevano, tracannavano tutti, mentre costeggiavamo il fiume paludoso, fra i treruote e i paletti della luce. Le oche stavano all'erta come sentinelle e i corvi sui bordi biliosi beccavano la strada.

Il Tenente finì la birra e fece per prendermi la mia, poi subito cambiò idea e si buttò sulla Luce mettendogli le mani nei pantaloni... per controllo diceva... per controllo.

Girammo ancora le contrade, quelle del Cornocchio e della Rampata... Erano rimasti tutti eterni ragazzi laggiù... se lo dicevano anche ai loro raduni, i ragazzi della Rampata, quelli già passati in cavalleria...

Ah, ragàss, vi ricordate quelle corse in mezzo ai sàss? Se ne sono andati già quarant'anni, ragàss, solo che ne passino altrettanti, allora soltanto potremo dire di essere diventati grandi!

Recitava così la targa annuale dei loro raduni. Anche i vecchi mantenevano le braghe corte. Non voleva crescere nessuno al Chiavicone.

Ogni tanto incontravamo macchine orfane, senza le ruote sotto mentre passavamo nella tenuta di Macari, il sindaco del Chiavicone, dove tra i giunchi nascosti vivono i misteriosi animali e poi ancora e ancora, fino alle stalle a castello, dalle grandi arcate sempre illuminate, e giù giù fino al Privé... la trattoria cadente da cui si intravede la sagoma interminabile al neon della fabbricazione cucine, lungo le corsie dell'autostrada...

Infine arrivammo alla torre. Era fatto eccome il Tenente, ma non era fatto il bagaglio. Entrò dentro scomposto. Tra il mobilio africano della Rastavilla arraffò la biancheria, la buttò nella valigia. La valigia era come scrociata per terra, si dibatteva di vita sua. E intanto si affannava il Tenente, che d'improvviso s'era fatto tardi... soprattutto si preoccupava di non dimenticare i soldi e il passaporto.

Fuori nel vialetto la macchina dei putti era bell'e pronta, già in moto. Si procedeva al cambio del vettore... Mellone aspettava dentro, con la sua faccia da maniaco guercio e Ozzie Osburne gli sedeva a fianco, tutto buono... erano sobri loro, appena alzati, pareva che andassero a una gita, forse la mamma gli aveva anche preparato la colazione con le fette imburrate da un lato e dall'altro. Il Tenente intanto continuava a chiudere e riaprire la valigia, anche lì sull'asfalto della strada, sempre cercando cose indispensabili, ma non gli riusciva di maneggiarla bene, così finiva per spandere per terra ogni cosa.

La notte stava finendo, si fracassava, faceva schegge dappertutto. Era quasi meglio del viaggio.

Però era solo il Tenente Dum Dum a partire. Se ne andava infine, il viaggiatore...

Mi sentivo sempre più di perdere un'occasione. L'Appuntamento è sempre il più difficile da riconoscere. Era forse lì, dietro a lui che sarei dovuto andare a finire? O dove altro? Dove per ricongiungere l'unità dei giorni? Da qualche parte di sicuro, perché la notte ci si sgretolava da sotto i piedi come una banchisa sghiacciata...

Ogni scusa viene buona per dichiararsi perdenti, così tastandomi scoprii di non avere i documenti addosso. Il Tenente abbracciò goffamente La Bionda, se la cullò, e poi si raccomandò... "Non preoccuparti, cara, tanto non telefono, non telefono..." diceva ondeggiando e sbracciandosi. "Non ti telefono..."

Gli altri intanto caricavano la roba...

La Luce a quel punto s'era addormentato in villa, sul divano... e Benzina da fuori tirò un petardo.

La macchina si mise in moto a tre pistoni e noi gli corremmo dietro. Dallo Scania a porte aperte veniva ancora la musica a fracasso di ottoni e di tromboni... il fumo dello scappamento si confondeva con la nebbia... come in una lampada di Aladino... il genio Dum Dum salutava andandosene.

Rimasi così a quel punto, solo, nella strada, e per davvero lo desiderai di non avercela più sotto il culo quella terra asfaltata, sempre da inventare. Dargli una bella sgassata, sollevarcisi sopra.

Altro che le ruote! Ci volevano i reattori... non vederla più... staccarsela di sotto. Non avevo la forza di percorrerla ancora, nemmeno per andarmene. Era una palude. Ah, qualche volta gli aeroplani si desiderano proprio, come birra fredda d'agosto in cantiere!

Fu la partenza. Tutto il Chiavicone diventò subito più miserando già un attimo dopo. La festa era finita.

Benzina si avviò con un braccio sulle spalle della moglie. A Penelope, La Bionda, rimase la villa in custodia, e non era un bel regalo, vuota com'era. Ci tornammo dentro. Aveva un che di mutilato senza il padrone che ora era già avanti a spasso nell'oscurità...

La Luce frattanto s'era addormentato sulla sedia. Sembrava il neonato gonfio di *Trainspotting*...

Si risvegliò tutto a un tratto, col terrore di doversela fare a piedi fino a casa. Feci io da camion scopa a quel punto e ce lo riportai.

La moglie, già separata in casa, in cuor suo aveva deciso proprio quella sera di offrirgli l'ultima possibilità. Lo aspettava sveglia, già da due ore...

Scelse di accoglierlo all'antica, fingendo di dormire. Ma quando lui andò per fare la stessa cosa, si ridestò subito come un cane pinzer e attaccò l'arringa... e che era tutta una finta... e l'avvocato... e la separazione... e che insomma lo faceva per metterlo alla prova... ma lei lo amava ancora e voleva continuare... e invece, guarda come era contento lui... come si comportava, come s'impegnava per fare andare meglio le cose! Era uno straccio, come al solito, anzi peggio del solito.

"E sei tu che non cambi mai... e io l'ho fatto invece per cercare di cambiare le cose..."

Lui l'ascoltava, e cercava di combattere con la nausea e col sonno e lei intanto parlava e straparlava e non se ne usciva più insomma... allora La Luce glielo disse, che oramai ci era entrato nell'idea anche lui e non se ne faceva più niente, e lo diceva più per andarsene a letto che altro, ma lei non mollava e cominciava a gridare. Al piano di sopra i genitori di lui si rivoltavano nel letto, già che gli toccava pure di dividere la casa. Poi furono i pianti. La Luce se ne andò di sopra chiamandola strega. Ruttò e si addormentò vestito...

E quella sera per lui fu tutto finito. Lei fumava, insonne. La bambina sognava tra gli stupidi giochi.

Benzina, sempre in forma, vedendomi quell'aria dispiaciuta addosso si offrì di farmi da autista anche a me fino all'aeroporto, nel caso me la fossi voluta svignare per davvero...

"Ti ci porto io" mi disse. "Ma prima devo portare a letto la bambina..."

"Come!" esclamai. "Ma non è già a letto a quest'ora?"

"Sì, ma l'ho lasciata dai vecchi... ci ha il raffreddore."

"E la vai a prendere adesso?"

"Merda, dovevo andarci alle undici, a ritirarla!"

Erano già le cinque. Alla fine si risolse. "Aspettami qui allora, col motore acceso..."

Si avviò furtivo, e sembrava entrasse in una banca. Io rimasi fuori, guardavo il cielo, ma anche quello se n'era andato. È imbecille una notte senza cielo, e anche trovarsi davanti a una villetta coi mattoncini rossi e la ringhiera e la bombola del GPL nel giardino e i nanetti di gesso sulla ringhiera, con la macchina piena di giornali impregnati di birra e cenere, mentre gli aeroplani partono e il cielo è blu sopra di loro è imbecille eccome.

Dal freddo umido sbucò Benzina, silenzioso come una faina... teneva sua figlia in un fagotto. Quella non si accorgeva di niente, aveva frignato come una strozzata fino a mezz'ora prima, innervando i vecchi furenti, ma adesso era diventata un angelo. Prendeva già il fuso orario del padre. Salimmo in macchina, diretti al condominio. Stavolta fu ancora più rapido nello sparirci dentro.

La notte era avanzata come un mozzicone. Che cosa bisognava farne ancora? Ne avevo avuto abbastanza... fu un attimo soltanto, e decisi... a quell'ora e a quella carburazione, si fa più in fretta a seguire le intuizioni quando fanno tanto di affacciarsi... le si abbatte subito, come al tiro al piattello...

IL CAPPELLAIO MATTO

Ed eccola, nell'aria fredda e sporca del quartiere, tra la porta e la dogana, nascosta tra i vicoli fumiganti di cartoleria a vapore, illuminata... un angolo di aristocrazia... un ritaglio di tempo... una galanteria... un saluto, un inchino... in vetrina... ecco... la cappelleria!

Uh, uh... classe sopraffina... cappelli! E per davvero. Eccoli, in parata, in rassegna... sull'attenti. Voilà le pellicce, i crini, le volpi! Una campagna... la cappelleria a cavallo. Ecco un intero squadrone di colbacchi in rivista... da infilarci subito la testa dentro. Uhm uhm, pechinese... ah, lo conosco bene questo che già me ne inastai uno... moscovita... del centro... della Piazza Rossa appunto... magnifico... da alto ufficiale, da aristocrazia cosacca. Ma proprio l'altra sera, l'amica d'un tempo, per dispetto in un volteggio nel gran ballo, me l'ha sciabolato di testa e via! Il lavoretto d'un minuto e in un giro di balletto tutto se n'è andato. I chilometri... le camere... i letti. Finite le eroiche passeggiate, le nottate assieme, misurando i campi con gli stivali, come un ussaro sul fronte, sentinella dell'oscurità. Il cipiglio, lo schiniero, tutto andato.

Sembrerebbe niente un colbacco, invece è una divisa, una medaglia. Ed eppure anche lui se n'è andato, così come la gloria sottratta con le bandiere ai reggimenti dopo la sconfitta.

Mi creda, signore, sono rimasto come un albero senza le vele. Un volteggio... un colpo di mano. Così mi fu dato, così mi fu tolto, e la mano amorosa che me l'aveva poggiato e insignito sulla fronte è la stessa che ora, rapace, mi spodesta con dispetto.

Però, perché ancora gli anni mi rendano qualcosa in cambio di quello che si sono presi, e per farmi un po' più ricco di spirito e di umore, sento che oggi, da voi, farò una grande spesa.

Una campagna d'acquisto per intero. Da rinnovare l'uniforme! Rimpiazzerò le file, di quello che la vita si è già presa in pedaggio.

Certo qui da voi se ne trovano magnifici di guarnimenti e di pellami, una parata... però non credo troverò qui quegli schizzi di fango che mi hanno ricoperto gli stivali, sulle strade sterrate dove ho condotto il mio pastrano foderato di montone, una sciccheria della steppa, un involgimento, che solo a passarmelo sulle spalle, mi mette già in armi per la strada.

Ci sono calzature, vedete, che non si trovano all'acquisto, nemmeno nei gran bazar del sultanato, neppure nelle vetrine scintillanti della città di luce. Ecco... quelle scarpe... anonime per tutti gli altri, buttate, sbucciate, scozzate... che solo a vederle i piedi mi si rimettono in cammino, spente, abbandonate sotto bauli di fortuna, quelle sono LE MIE SCARPE. Hanno consumato la strada fino alle suole, il cuoio fino al buco. Glorie ambulanti, veterani! Hanno imbarcato i fianchi come tolde al rollio della strada.

C'è da pensarci, prima di finire altrove, che senza i miei ricordi e il mio dolore, sarei un niente sulla terra...

E io lo posso dire, che già ne ho avute di stanze d'albergo e materassi rivestiti d'incerata da ospizio e ho conosciuto gli scompartimenti dei treni adriatici, quando la vita mi si è spogliata di dosso. Lo posso dire io che conosco il valore di una scarpa, di un guanto o di una sciarpa.

Batteva sul ferro e rollava il mio treno dell'addio e, signore, niente c'è di più crudele al mondo di un volto visto per l'ultima volta. In una casa vuota, in un atrio vuoto, rannicchiato e rinchiuso sul pavimento contorto nel caglio del mattino. Dopo di allora, quando il treno rolla, si fa caso a tutto... al cappello che si ha in testa, a che lacci si hanno alle scarpe, ai colori degli scialli delle ragazze zingare nel vagone.

Il mare, fuori dai finestrini, in quella stagione che è l'inizio d'anno, è come un lungo sfinimento, una vena aperta che corre lungo tutto l'orlo del paese. Un languore interminato. Un oblungo stabilimento fuori stagione, triste e inutile, adatto soltanto agli addii. I binari corrono come lame e il treno non lascia dietro altro che parole...

E anche questo significa, vedete, l'avere avuto un'epopea. Averci in corpo un dolore vero da mangiare. Da portarsi dietro come un cane e accudirlo bene, che anche di quello c'è da temere che possa finire.

Perdere tutto, si fa una volta. Rimangono poi i cirri del pensiero. Nuvole basse, un cielo annuvolato, incoperchiato sull'anima, che scalda, dà un calore, un languore conosciuto che mi appartiene, lo posso dire, così come il pelo di questo pastrano... pelo vecchio... terzo pelo.

Perciò insomma, vedete bene, che già ne ho posseduti di guarnimenti da portare, e anzi... a ripensarci non è affatto detto che oggi qui io sia in vena di acquisti, che nemmeno anzi credo di potermeli permettere.

Bisogna avere da parte anche dell'entusiasmo, oltre alla risorsa, per riuscire ancora, e per davvero, a scialare. Acquistare va bene, fare compere è per tutti. Lo si può ben comprendere, la necessità, il bisogno! Cose infallibili, i desideri uno alla volta.

Per comperare è sufficiente averci un posto nell'armadio, e sulle spalle.

Ma lo scialo, invece! Prendere così, a quattro alla volta, a ispirazione... quello che c'è, nell'abbaglio di un momento! Razzolando, saccheggiando, imbrattando i locali. Senza nemmeno l'indirizzo per i fattorini... questo sì che lo si può chiamare entusiasmo!

Ma, che non sia comunque oggi il giorno buono... il sonno tagliato via di dosso me lo fa sperare. Ben sperare. E dunque procediamo. E ci sono ottimi motivi giacché è il vostro il negozio che più stimo in tutta la città.

Ci vengo apposta, da lontano, e voi pure potreste forse ricordarvi di me, e se non di me... almeno di quei cappelli che già vi acquistai, come me li ricordo io ad uno ad uno...

Questo per esempio... berretto irlandese! In panno trapuntato, tre colori... adatto sommamente a tirare di fionda ai lampioni. Questo lo conosco eccome, in tre tonalità, ruggine, campo, marron. Vi saprei raccontare ogni cosa che mi è capitata con questo attrezzo sul capo. Un inverno intero sulla strada... nel mezzo della strada.

Ma coperto. Guarnito. Attrezzato. Incoppolato. Che quando si è così sperticatamente ospiti, un cappello bisogna pure avercelo, almeno per chiamare casa il posto dove lo si appoggia.

Un cappello da pomeriggio freddo in città, per le strade grigie del quartiere. Un cappello da giacca corta e pantaloni stretti, e mani in tasca. Un cappello da molo, da banchina. Un cappello per non essere ricevuto in casa e prendere a calci lattine, e sedersi sui gradini, e soffiare in armoniche a bocca, e averci sigarette in bocca. Un cappello per svignarsela, per mancare agli appuntamenti, da farsi ingrassare il didentro, da scolorare il foglio della marca, da non togliersi mai più di testa, che non rispetti nessuno... e così forse, finalmente finire perduto... come una rivincita, sulla gioventù.

È forse per quello che quel vostro cappello se ne andò da sé... scomparso, non rincasato, come per randagismo. Ed ora rieccolo invece, qui sullo scaffale... identico, preciso... e voi, che già me lo vendeste una volta, lo potete ben confermare che è precisamente lo stesso... ed eppure per me è soltanto un pezzo di stoffa nuova in mano... e che sia così bello e sfolgorante di colore e caldo di stoffa viva, non vuol dire davvero niente, un pezzo di lana è, buono per gli altri forse, ma niente in tutto per me!

Vedete bene com'è... viene da chiedersi... perché ogni volta non può essere una nuova volta?

Una stagione o un'altra, tanto varrebbe trovarne una nuova di stagione, a poterlo! Invece di tornare a quelle vecchie e morte, nelle stanze buie, negli oscuri, elettrici labirinti dei telefoni. Negli androni, nelle sacche della vita, nei surrogati. Nelle case, che sempre restano dietro e a cui sempre c'è da ritornare con il bilancino, come un peccato, un'espiazione.

Vedete, là dove le si dovrebbero appoggiare le cose preziose e riporre questi vostri cappelli, e i bastoni e gli ombrelli, in quelle case che dovrebbero essere depositi di quiete, io ci trovo invece soltanto e sempre la stessa puzza di chiuso. A una cosa soltanto servono. A sfebbrare. A domare, a raddrizzare quell'inquietudine che già ci ha portato lontano appena usciti...

Non basta mica mettersi un cappello e partire, bisogna anche sapere tornare a dove si era partiti. E non basta tornare, bisognerebbe tornare a come si era prima. Uno ha voglia di avere i permessi e i lasciapassare timbrati in famiglia... non ce la può fare. Prendi il nostro amore... fino a che non muore... mantienilo per quando... non ce ne sarà più...

Non perderlo per strada, non attardarti, non impigliarti, riportalo indietro. Ma, e la febbre allora? Dove la si lascia poi, una volta esposti a quella carburazione che il mondo intero ha alimentato?

Ne dà pure di allucinazioni la febbre, di miraggi, di cantonate. Lo vede anche lei quanti non ce l'hanno fatta a ritornare, e per molto meno. Ecco per esempio questo copricapo a busta di leopardo. Lo si può ben acquistare e partire subito per il fiume Congo verso il centro del continente e lasciarsi dietro ogni cosa, all'avventura finalmente. Ma non aggrovigliarsi alle calze di nylon degli uffici, al segretariato, al collegariato! È immorale quello. Non trova?

È che non si è sfebbrato bene, e la febbre, invece di scrollarsela di dosso nel vestibolo, la si è sfogata nella rete telefonica, nei ristorantini dove niente avviene, ma che nella febbre clandestina si fanno romantiche alcove, tutt'uno con l'avventura. Ah, l'AVVENTURA!

È la voglia. Uno se ne sta affacciato alla finestra, con la voglia, e non lo sa bene nemmeno lui di chi e di che cosa, ma già si è sospesi sulla voglia, esposti al colpo d'aria e tanto basta per uscire di casa. Ed ecco fatto. Andati. È solo una questione di sfebbratura!

All'aperto bisognerebbe finire invece! Alle conquiste, agli spazi circolanti! Che l'aria chiusa ci fa marcire i piedi, e viaggi ne abbiamo già falliti diversi.

Con questo attrezzo in testa per esempio. Una lobbia! Cappello di classe, non è vero? Da diplomatico, da saltimbanco.

Me ne arrivò uno una volta, e non fu da un negozio. A cuccia mi venne ad annusare le scarpe di suo. In una casa lo trovai, per l'appunto. Di quelle a noleggio. È anche questo il vantaggio delle case ammobiliate. Tutte quelle cose ammonticchiate, l'odore di chiuso, le cataste degli avanzi delle vite degli altri. Quello che non si paga in fondo non vale niente, e neppure quello che si vede tutti i giorni e io, in tutta modestia, una casa aristocratica posso dire di avercela avuta... enorme... piena d'intarsi e vuota di solitudine, e fornita di mobili sacri, madonne, e quadri cupi... da morirci di malinconia, tra le esalazioni dei fantasmi altrui.

Ah le case, gli appartamenti! Che trappole... un attimo, e le nostre vite hanno preso una direzione invece di un'altra. Da allora non ne presi più... ma, auff me ne feci abbagliare addirittura. Dentro di mio nemmeno uno spillo. È la regola dell'ospite, è l'affittanza, la vita a noleggio! Usare, usare soltanto senza mai possedere nulla, mai essere padroni... ed eppure anche in quella cupezza a prestito lo riconobbi... laggiù nella penombra... procedendo a tentoni. Giaceva in un ripostiglio, soffocato dal nylon, dalla polvere e dalla nostalgia di un intero armadio di vecchi cappelli da donna. Gli prudeva quasi il naso in mezzo a tutte quelle velette, a quelle civetterie. Nero era, giustamente vedovo. Tondo, composto, firmato. Borsalino addirittura... rifinito, bordato di pelle da dentro. Pronto, soltanto da appoggiarsi in testa.

E una volta issato in capo ecco... un'epopea! Un cappello da cercatore d'oro. Da andarci a spasso nell'Orinoco, nel Klondike, nel Cornocchio del Chiavicone!

Da andarci per i palchi delle piazze, fra i tornanti e i bidoni fumiganti, adatto per l'erba medica e per il fango. Da risalirci il fiume, viandante tra gli sciamani. C'è da arrivarci lontano con un oggetto del genere. Da abbandonarsi all'ebbrezza del teatro! Bisognerebbe disporre di una sala ricolma almeno, solo per il gusto di poterla salutare con un cappello così. Un gesto ampio... uno svolazzo... una vanteria!

Ma ora, anche lui eccolo. Andato. Abbandonato.

Le cose non la smettono più di lasciarti. Forse lo fanno perché sanno che devi procedere leggero, cercano di farti un favore. Quando hanno fatto il loro, non hanno voglia di finirci al deposito, preferiscono salutarti sul ciglio della strada, di modo che tu possa continuare ancora.

Ci sparisce tutto di dosso... camicie, mutande perfino, taccuini, scarpe, anelli, tutto quello cui non teniamo abbastanza ci abbandona spogliandoci, lasciandoci spogli anche di ricordi a non stare attenti, fino a che si diventa come quelle mongolfiere in avaria che bisogna buttare giù la roba dal cesto perché possano alzarsi ancora.

Finì quella bombetta non lo so dove. Anche i cappelli hanno un pudore, fanno come gli eschimesi, preferiscono non guardarti in faccia nel momento dell'addio, non se la sentono, non vogliono darti un dispiacere, così quando hanno dato tutto quello che potevano, spariscono, senza salutare... ti giri ed ecco, non ci sono più.

Quest'altro invece mi lasciò per mare, lo vidi prendere il largo. Nero era, di quelli ad ampia falda, circolare, da ebreo alla festa, da rabbino, custode della cabbala, gli ostinati mantenitori dell'Unità. Mi volò via di testa, fatalmente, soffiato via a dispetto su un pontile sonante di vento mentre io restavo lì a guardarlo, decappellato, senza nient'altro che potessi fare. Finì tra le onde nere, vicino e imprendibile... non ce la faceva ad annegare... galleggiava tra i flutti... e si allontanava così, decapitato come un Achab preda del mare, e non si sa se mai andò a fondo, o se continua ancora a vagare come una bottiglia senza messaggio.

Ma vedo che di lobbie ne avete qui di diverse e immacolate. Ecco questo modello per esempio. Ha davvero un che di signorile, così alta, così allungata... ed in grigio poi, un grigio quasi azzurrato, come carta da zucchero... ci sarebbe da farsi rispettare, qui fuori, nella strada affollata, tra i fumi che escono dai tombini nell'autunno... potrebbe perfino obbligarmi ad acquistare un'automobile... inglese forse... di grande cilindrata.

Perciò via, allora! Ai cilindri! Alle tube... eccoli. Di raso! Da magnifici becchini! Nessuno uguale all'altro.

Ci sarebbe da condurre processioni... da fare invidia alle civette! Da nascondere pezzi interi d'esistenza nel tubo del prestigio! Farla sparire nel cilindro, come avviene con la vita, quando ci si slaccia ai nuovi incontri. Metterci tutto dentro nella tuba. Pene, magagne, marciumi. Sfolgorare soltanto nella mossa, nella grazia dell'illusione!

Voilà! L'AFFASCINANTE!

Il meglio soltanto! Simpatia, denti puliti, sorriso, galanteria, giro di ballo! Olé, si riprende fiato, si ritorna alla carica, puliti, senza passato, appena nati.

Al corteggiamento!

Verrebbe da stregarsi da soli, da ammaliarsi allo specchio, tutto per la platea, ad avercela! Auff! Da rotolarsi per terra nell'ebbrezza! Nell'euforia! Una mossa, ed ecco a voi... piccioni... colombi... meraviglia... l'incanto!

Ah, l'ammaliamento del prestigio! L'illusionismo! Ci sarebbe sempre da tenerselo in testa quel cilindro, roba da non mostrare mai il doppio fondo. A nessun costo. Mai confessare. Tenerlo anzi lucidato. Meglio ancora portatile, a clap, a molla... un disco di raso sempre pronto in mano, che con una mossa soltanto si estende e al volo! Voilà, pronto s'intuba!

Ah, i trucchi! I trucchi soltanto ci possno salvare... bisognerebbe conoscerli tutti. Frequentarli, praticarli, senza darli troppo a vedere. Tenerseli stretti.

Non regalare niente. Tenere in vita il domatore... fargli schioccare la frusta, fasciarsi di pantaloni alla zuava. Frustino e bastone... U-nò du-è! U-nò du-è!

ABRACADABRA! All'illusione! L'illusione è tutto nella vita... e quando siete morti è finita.

E bastoni signore, ne avete? Bene... anche di quelli un'esposizione... una scelta perbacco, una risma!

E con animali imbalsamati, installati, incastonati come trofei. Bestie, soprattutto, della notte... volpi... gufi... arpie! In avorio, in argento, dorati perfino...

C'è un che di sinistro in questa messinscena, non trovate? Adatto al lutto mandorlato. O ai teatri gotici di Londra! Tutti impellicciati di stoffe e di borgogna, che verrebbe da girarci dentro avvolti in mantella... in carrozza... con un delitto da portare a termine...

Quest'altro, per esempio... a testa di pappagallo, col becco ritorto, affogato nell'argento vivo. Adatto al passeggio, alle pozioni, ai liquori, all'alchimia alcolica distillata in casa, dietro spesse tende di velluto, da sipario.

Un pappagallo d'argento. Ottimo! Da capitano, da vecchiaia prematura... sapete, è il pappagallo il vero compagno dei solitari, dei rancorosi, dei marinai... un pappagallo è più fedele di quattro cani, più affezionato di una suocera... più spiritoso di una civetta... più malinconico, più romantico di una vecchia moglie... può lasciarsi morire di fame se lo lasciate da solo... può non farvi dormire se lo mettete a letto prima di voi! Può svegliarvi se dormite e parlare se state zitti.

Ah sì, un pappagallo bisognerebbe avercelo! Ma quando si ha ancora troppa irrequietezza per potersi permettere un affetto o un salotto o una cuccia, allora si può ben rimediare con il pappagallo da passeggio, quello argentato, da compagnia. Il buon compagno della sbornia domestica, che tutto ripete senza farsi sentire!

Ah! Ma qui mi si mette voglia di tutto!

Mostrate ancora. Ecco. Guanti... di pelle fina... scamosciati dentro, ben cuciti... una carezza alle mani, che quando altro non si ha, rimanga almeno quella di carezza... la loro, e quella delle cinture di sicurezza... e il nido delle tasche felpate... imbrattate di spiccioli e tabacco, di sigarette rotte... alcova per le mani al freddo dei pontili di Amburgo e degli ormeggi...

E accendini allora. Per quelle sigarette! Perfino gli accendini! Avete dunque ogni accessorio! Ecco... mostrate... qui si mette in vendita uno stile. Un Ronson, lo vedo bene... mi accompagnò anche lui ma... forse a non farci attenzione, le cose se ne vanno... e poi ci si abitua ai cerini Minerva. E invece, eccolo qui! Già a guardarlo è un piacere! Che linea! Sempre uguale... ora come trent'anni fa. Più antico, più moderno!

Né troppo, né poco. Né la caratura massiccia del Dupont, né il puzzo imbenzinato dello Zippo. Un acquisto da fare una volta. Un classico. Giacché solo la classe può permettersi di non dovere cambiare.

E dunque sigari ne avete? Vedo qui un portasigarette d'argento, rivestito in pelle, da tirare fuori quando è il momento, perché, come si dice... il gesto è la persona!

E bretelle, e cravatte e valigie! Care, giustamente, come si conviene alle cose care. Eccone una da averci a fianco. Guarnita di cinghie e finimenti. Adatta a un treno in partenza, fermo da quattro ore mentre il cielo levantino di Stanbul vi cade addosso, e non finisce mai, e non si comprende se sia una luce d'alba o di tramonto quella che sta arrivando.

Soli, davanti al caffè della stazione. Tra le foto dell'Orient Express... ogni epoca a portata di mano.

O forse ancora, meglio sarebbe non sopravvivere a un'epoca! Andarsene con quella, precipitare col vagone notturno dell'Orient Express, affondare col Titanic! Tirarsi a fondo il mondo, quando se ne è andato. Ma morire così, schivato dalle epoche, questo è peggio. Così è morire soli!

Ci si inizia a capire qualcosa soltanto dopo, quando è passata la contingenza. L'affanno. Quando un aperitivo non è più un naufragio. Si inizia allora a diventare grandi.

E per allora, ci vogliono valigie bardate, e pelle e cappelli e guanti. Si comincia a partire preparati per il viaggio.

Come se ci fosse ancora vapore intorno agli stantuffi d'acciaio. Con le valigie smaltate sulle reti del compartimento. Informati degli orari, adagiati nella notte. Si inizia a diventare uomini.

E per allora si possono indossare cappotti, e avere scatole per i cappelli. E si può cedere, in quelle notti, anche a un portasigarette, alle cartoline, alle calligrafie, ai calchi dei fogli, alle carte invecchiate. Si può disporre allora di valigie e pettini d'osso e di astucci per lustrarsi le scarpe, e si può cedere, infine, anche a un lustrascarpe.

Si può cedere allo stile che mette gli argini alla vita, e la dirige e all'improvvisazione che la trapazza.

E che non l'abbia più vinta sempre la schizofrenia ambulante. I cambi di rotta, i bagagli lasciati a prestito e tutto l'andare avanti, a strattonate finché ci si ingolfa, e poi... più niente. A casa! A letto addirittura!

Io, signore, prediligo i mezzi lenti, perché la lentezza è aristocratica, e la nobiltà è obbligatoria. Navi, pullman, vagoni delle compagnie dei wagon-lits. Carrozze cromate, oppure vecchie e sporche anche loro, con la fiancata timbrata in un altro alfabeto! Non importa, a patto che siano di lunga percorrenza.

Che venga da chiedersi, quando si è lì sopra, dove mai possa arrivare una carrozza di treno verde e oro, con la destinazione scritta in cirillico e tappeti per terra e puzza di cavolo tra le tende broccate e un cuccettista con un samovar in mano?

Certo terra ce ne sarà da quella parte! In abbondanza.

...Ah... i treni della notte, eccoli sferragliare.... vuoti lombrichi dai lunghi corridoi illuminati... cunicoli di fòrmica traforata... nidi di scompartimenti, alveari di luci. La gioventù è andata a nascondersi lì tra quelle ruote, e lì si fa ritrovare... nel movimento. C'è da non sapergli resistere.

È da giovane soprattutto che ne ho presi. Sembravano arrivare al di là della notte. La scavalcavano, l'attraversavano come un oceano nero fino a che ci arrivavano di là, dall'altra parte della sera.

Arrivavano al mattino d'altrove, nuovi nell'aria fresca... diverso il profumo... diverso il respiro... il giorno catturato da sotto, in anticipo... finché l'alba l'avesse avuta vinta sulla notte.

Si è guadata la corrente, che fosse treno o bastimento, poco importa, la notte è stata attraversata. Galleggiando, sospesi su due abissi, come le navi, che mentre avanzano non si spostano di niente rispetto al cielo, e avanzano sospese, le stelle immobili. Avanzano come comete illuminate nel cielo al rovescio che è il mare, per le creature degli abissi che le scorgono lontane, lumescenti sul nero, elastico dirupo marino.

Le auto devono essere scelte così, in modo da avere una luce di bordo per la notte, simile a quella dei vagoni, delle cuccette o delle navi! Devono avere un baule alle spalle in cui cullarsi, e un muso davanti, per aprire il buio a folate.

Così dev'essere un'auto! Un wagon-lit della nostra personale compagnia di navigazione, un cerchio d'acciaio, guarnito di retina per bagagli, e una distanza da coprire. Dieci ore di strada.

Non dovrebbe mai superare i centoventi chilometri all'ora, perché quello è il limite del viaggio. Il resto è trasferimento veloce.

Deve procedere come un espresso, e avere comodità all'interno. Thermos d'alluminio, luci di riserva, radio a onde medie. Un mezzo non ti deve mai lasciare solo. Deve dividere l'ignoto, sporgersi avanti con il muso, dallo stemma sul radiatore, come le prue delle navi avanti, quando avanti non si vede altro che notte e notte, e la piccola parabola del radar la scandaglia ancora e la restituisce alla conoscenza degli strumenti. Mentre il ponte di comando è deserto e addormentate anche le luci azzurre della plancia, esse procedono nel buio. Devono averla una direzione, una guida, un misterioso conforto.

Così avanza l'auto nella tempesta. L'acqua la ferisce e schiaffeggia l'antirombo del fondale... il vento la sposta, ed essa supera la strada. E poi e poi... infrangere i chilometri... volteggiare in veronica nelle curve scoscese... scivolare a pancia bassa sulle terre straniere. Come un pesce nel mare procedere... avanzare nel conforto delle luci di bordo e quando anche il contachilometri ha smesso di segnarli, affidarsi solo alle gomme e ai pistoni. Aggrapparsi al volante di bachelite, a doppio giro di clacson. E auff!

Amore ci vuole! Questo basta! Amare volanti, velluti, poggiagomiti, finestrini, maniglie, cinghie e radiatori... amare scarpe e gomme consumate... amare pomelli di cambio, amare ginocchia e portiere, e sedili, e mozzi, e scambi, e insomma, amare... perché quando non si hanno più oggetti, si è ancora più soli.

Uh! Mani mie! Roba mia! Una carrozza blu in partenza e una valigia bianca sono tutto quello che rimane. Che ancora ostinatamente si strugge di voler restare giovane. Quello che ancora può innamorare.

Dunque signore, vi prego! Fornitemi subito degli attrezzi! Prenderò tutto! Anzi vi lascerò tutto. Che infine a che servono poi gli accessori senza la destinazione... vestiti di tutto punto senza un posto dove andare?

Bisognerebbe ricordarselo invece...

Che il delta del Danubio esiste, per esempio! Ed è piangente quando è magro, e l'erba cresce, laggiù a Edirne, dove si incrociano regioni. E non importa quanto esse siano scolatura di piatti. Importa che ancora ci vogliano due giorni di viaggio per raggiungerle. Giorni che rimarranno così, come giorni in più, scheletri allungati, giorni di nulla, zeppe nel tempo, cunei nel cammino della vita.

Per quei giorni io sarò guarnito. Per le cose inutili, per quelle che ancora mi faranno sentire avvinto alla geografia. Che cosa rara cedervi... lussuosa... cedere alla geografia!

Così sarà per me, signore. E per nessun altro. Sarà solo gloria personale. Come suonare nel teatro di Empedocle da solo. Per la gloria! La mia.

Baratterò quello che ancora posso con la possibilità di andarmene. Andarmene alla zitta! Di nascosto. Come fare la carriola al cane...

La vita è stata infine una pendenza tra mete lontane. Un filo teso tra chi abbiamo amato e chi ci ha amato.

Sono venuti i giorni e le notti, e le partenze e i ritorni e una cosa soltanto è rimasta... un modo di salutare... un vuoto d'aria lasciato dietro, spostato da un vagone... un binario vuoto.

IL GIRONE DEI REBETICI

"L'Europa è una tana di talpe. Bisogna andare a Oriente. Tutte le vere glorie vengono da lì."

Napoleone a Bourienne

Nel frastuono e nel traffico ininterrotto di auto nuove e usate, ci aggrappavamo alla strada. Passavano in fiumana senza che nessuna si inceppasse mai, che nessuna ostruisse. Si trasportavano l'una con l'altra, spingevano e sferragliavano in un unico assembramento di lamiere e di carburatori.

Vecchie Toyota, Mitsubishi, Mazda, agghindate con i cruscotti color crema e gli interni di pelle borgogna e di plastica e la fanaleria larga e luminante. Gli autobus Mercedes, imperio d'Europa, anche loro arrancavano col muso largo e il volante di madreperla, e poi le auto europee, quelle contemporanee, pubblicizzate addirittura e le vecchie, dagli stemmi incomprensibili, le immortali levantine. Era una discarica in movimento tra i blocchi paralleli dei grandi condomini l'autopista.

Tutta l'umanità cittadina si riversava nelle arterie stradali senza mai, a nessun costo, staccare la mano dal clacson, laggiù a Tesalonicchi, porta d'Oriente.

Le auto procedevano e non si fermavano nemmeno in caso di contatto o di scontro. Era un'intesa. Per i tamponamenti leggeri bastava la parola. Gli altri intanto continuavano indefessi, incontrollati, rombanti tra le edicole illuminate e il porto in un unico giro, una gara, senza possibilità di sosta, ed eppure, anche in mezzo a quell'armata inossidabile e monoblocco, la magia riuscì a scovarci.

Fu una ragazza con gli occhi neri, i capelli di carbone, implasticata, all'avanguardia. Saltò fuori dall'impiastro, all'improvviso mentre chiedevo "...Dove, dove?...". E il transatlantico stemmato in corsa non sapeva dove fermarsi, perché una volta dentro quella giostra non c'era modo di uscirne, e anche le triple file laggiù non restano ferme. Così, nel bel mezzo della rapida, mentre cercavamo di ancorare il mezzo a una cabina del telefono, per appigliarci a qualche soccorso telefonico, a qualche direzione, nel giro di un momento finimmo col carambolare in un'edicola, una di quelle costruzioni semovibili che vendono ogni cosa. Lì, tra le pile della tabaccheria di Kalamata e nel bel mezzo delle pubblicazioni, dei latticini e della rakia sfusa, la ragazza ci incontrò e, come una chiave nella serratura, col solo grimaldello dell'introduzione anglofona, ci schiuse un corridoio nel mezzo della lamiera navigante che assediava la città.

Salì al volo la ragazza nel mezzo coraggioso, e non seppe fare altro che saltellare sui divani posteriori aggrappandosi e iniziando a indicare... Di qua! di là! No, di qua!... E in virtù di quelle indicazioni ci avviammo rombanti tra le laterali inerpicate fino a che scomparve il girone tangenziale e al condominio si sostituì il vicolo, la pietra e lo scalino.

"Dal boy-friend! Dal boy-friend!" ordinava la ragazza. Lo incontrammo più avanti, il boy-friend, giovane e melanconico, all'appuntamento sul marciapiede livido, sorpreso sul piazzale da quelle che parevano essere cave dove le nostre ombre camminanti si allungavano gigantesche tra i detriti. Il mezzo lo arenammo, e con rapidità cedemmo alle chiacchiere i saluti, e i loro destini si persero all'istante dietro ai nostri.

Il sasso e il gradino si presero l'asfalto tra gli edifici gloriosi e decaduti che marcivano nei saliscendi del quartiere antico. Inerpicandoci nella via incappammo infine nel monumento della tabaccheria. Stava lì aggrappato alla scalinata. Tra le cassettiere di legno tarlate dipinte di azzurro si spostava a tentoni, come un granchio, la padrona. Era vecchia e muoveva le chele delle vecchie mani tra i pacchetti, pinzando le confezioni di lusso della ditta Karelias and Sons, e quelle rosse della Santé e altre mille delizie tabagiste infiorettate. Anche le bibite ammassate nelle casse, tutto si trovava in quella farmacia dell'anima. Per l'euforia mi presi una Amstel in vetro e ce ne uscimmo a riprendere un poco di spirito e di conoscenza. Sedendo a bere in quella luce giallognola di quartiere, fu da lì sotto che lo vedemmo passare il ragazzo, con lo strumento appeso dietro le spalle e in un attimo mi chiesi "Che musica mai potrebbe sorgere dal glicine di questi quartieri antichi?".

Andava di fretta il ragazzo, procedeva veloce, come per farsi inghiottire dagli scalini, e allora pronti, in un balzo ci buttammo dietro al passo, per parlargli... domandargli, così al trotto, e quello concitato com'era nella corsa balbettò soltanto "la... là" e indicava più in basso "là... è la musica dei negri elleni. Rebetico si chiama!".

Era un ristorante con la vetrata affacciata sulla strada, imbandito già all'ingresso, di octopodi servito al banco e di insalata acida tzatziki e di retsina in bottiglia e sfusa. La sala dentro scendeva tre gradini sotto. Sulle pareti erano appese fotografie di cantanti del passato.

Ai tavoli sedevano i clienti. Appena si distinguevano nella luce bassa e nel vapore. Apparivano compatti come ombre, ammassati tra i tavoli e le botti di legno riverse all'impiedi.

Per cominciare bevemmo magnifica retsina, anima di vivi e di morti, e mi stordii, appannandomi nel mormorio della sala. Nessuna parola si distingueva, nessuno schiamazzo. Imperava invece un sussurro ininterrotto... l'aria ne era intrisa... un brusio strisciante... una complottazione. Ci fu servito a più riprese in minuscole bottiglie da razione lo zippuro, che così si chiamava quell'anice feroce, frammezzo necessario ad ogni ordinazione.

All'ultimo tavolo appressato alla parete era seduto un uomo. Serio, di barba matura e composto. Sul tavolo aveva una custodia aperta. Concentrato, ripuliva le corde di un minuscolo liuto.

Non si curava d'altro, preso com'era dall'operazione. Scrutava lo strumento come un collezionista di francobolli. Altri poi lo raggiunsero alla spicciolata. Per primo un uomo autorevole che poggiò a terra una chitarra, e per ultimo un giovane dai capelli allungati, che sfoderò come una spada, dalla custodia ricamata, un lungo strumento di liuteria bardato e intarsiato di madreperla.

Si offrirono sigarette, si scambiarono parole. L'aria dei glicini entrava a folate nel locale, ad ogni apertura della porta. Al tavolo, seduti lì come si trovavano, presero ad accordare gli strumenti.

Fu da subito una musica dimessa, appoggiata, stanca e disillusa. Venne dal cuore dello strumento e dalla retsina, e come la retsina inebriava allo stesso modo. La eseguivano seri, in un rito. Si spandeva la musica nella sala, senza scuoterla. Saliva d'intensità. Scioglieva come anice e con quella aumentava il brusio, la rakia e la conquista a cui cedevamo. Avevano l'aria, gli interrati, di sapere già. Non davano nemmeno l'impressione d'essere rapiti da quella loro musica. Pareva che già vi appartenessero. Avevano arie complici tra loro, nel locale. Da congiurati. Doveva essere un verbo, quel cantamento. Il verbo del porto, il lunfardo del Pireo. Si accendevano sigarette senza filtro, e se le accendevano l'un l'altro, mormorando ed annuendo.

Poi giunse al tavolo, inattesa, una caraffa di quel vino chiaro, resinoso. Veniva a noi offerta da un giovane dallo sguardo infebbrato che stava appoggiato al muro di fronte, sillabante, come appeso ad ogni strofa. Brindammo insieme rispondendo al segno. Ci guardavamo ancora intorno, circospetti e con ragione. Più che una musica era una cospirazione.

Attaccò il pezzo con una lunga smitragliata di bouzouki, come per riprendere l'accordatura. Poi partì il tempo, un tempo stanco, binario, un passo dopo l'altro, appoggiato, dimesso. Strofa dopo strofa. La chitarra lo portava e lo reggeva appoggiandosi ai bassi come a stampelle. Bassi cadenti, irregolari. Lo strumento minuscolo, il baglamas, da sopra pizzicava il ritmo spezzato, come una puntura d'ape e di anice.

Il suonatore di bouzouki teneva gli occhi chiusi, buttava indietro i capelli. Rifiniva la melodia sul manico lungo, intarsiato, di madreperla... poi la riprendeva... la storpiava, la modellava come poteva... si aggrappava, pizzicava la molletta acida della penna, ornava di ricami il vuoto lasciato dai cantanti. Tutto si accollava lo strumento magnifico, il destriero, e quando nulla aveva più da inventare, lo trillava come un mandolino... nello spasmo ripeteva il tema di nuovo, a quel modo, o ancora si avventurava sui semitoni alla maniera islamita, o ancora a bicordi... a tricordi... era il solista! Si accaniva! Pallido, emaciato nello sforzo col mistero. Era il solista! E così doveva essere. Con una febbre che lo minava dentro. Sono i belli, quelli che non ce la fanno, quelli che muoiono prima. A loro sta di cercare sul manico intarsiato note a veronica sul drappo rosso nell'arena. A loro le corde raddoppiate, dal suono acre e dolce come l'ouzo. A loro soltanto lo strumento prestigioso.

Terminò alla fine l'intarsio esuberante... si appoggiò sull'accordo, esausto, ed anche gli altri lo seguirono. Non ostentavano nulla, nessuno applaudì. Non era richiesto.

Venne poi il canto, e non ci fu cantante. Lo fecero a turno, loro stessi, insieme, e le strofe gonfiarono l'aria di un eroismo dimesso, come un orgoglio, come una danza senza festa. Cresceva il coro, di suo, e si spandeva per la sala.

Ah! Questa zebekika era musica perfetta. Aveva un'aria indefinibile, qualcosa di perduto, un profumo.... si respirava l'Assenza, strofa dopo strofa, pausa dopo pausa... un'assenza come nel tango e nella morna e in tutte quelle musiche di città di porto, che gli uomini che le fanno è come se stessero più sospesi sulla vita e la nostalgia più li arriva là dove si trovano.

Solo che questa era più antica, più rassegnata di tutte le altre. Non si piangeva l'assenza di una donna, o di un quartiere. Era piuttosto un'epoca intera a mancare... un continente perduto.

"Ecco dove siamo finiti" mi dissi allora rinvenendo. "Mentre tutt'intorno è pianto e stridore di freni, e strade scarburate noi siamo finiti qui. Potrei ben essere in un posto qualsiasi adesso, un altro, anche un metro soltanto oltre, e sarei intento forse a celebrare un altro funerale. Ed eccoci invece in mezzo a questa malattia! A questa congiura... ah, la vita un'altra volta mi ha smarcato... si è ben ricordata di scendere a prendermi dov'ero. Per i capelli ci ha condotti dentro a questo lamento... a questa rotta di sentimenti... come ussari perduti oltre le linee delle retrovie..."

Si bevve lo zippuro allora, e con salute. Efkaristò! Dalla bottiglietta minuscola lo prendemmo, brindando avidi di tutta quella rotta e un'altra volta mi raggiunse l'Epopea.

Si alzò un uomo da un tavolo. Aveva una camicia bianca slacciata sul petto. Allargò le braccia, mosse un passo alla volta, senza abbracciare nessuno. Metteva all'inizio un piede davanti all'altro, poi si appoggiò su uno soltanto... squilibrava... si alzava... si abbassava... si torceva come vinto da un demone, fino al limite dell'equilibrio. La danza era per lui soltanto. Gli altri battevano le mani intorno, a tempo, solidali... gli strumenti gli strappavano il cuore. Bevve rakia allora, secca, il bicchiere fra i denti. Gli bruciava il petto, l'incendiava come un fuoco di campo, e continuava ancora.

Ogni cosa mi tornava alla mente, in quell'amplesso... mi aggrediva la vita, mi doleva del tutto, non mi lasciava in pace niente e, al culmine di quel dolore estatico, mi venne di pensare che infine è meravigliosa la vita, e che in realtà non frega nessuno mai. E fui contento, per tutto quello che era già passato, perché non doveva andare in nessun altro modo... che non sarebbe mai potuto essere diverso, nemmeno ad averne in quantità di vite... che mai sarei potuto essere diverso da come ero... che là solo... istante per istante, dovevo condurre le mie ossa, come un ulano perduto, smazzato tra i barili delle taberne e tra le epoche.

Bevvi, ancora, anch'io, senza sentire altro che il rumore dei passi a tempo. Prese a girare intorno la sala, e io con lei, e girai, girai... girai ancora come a scuotermi la vita di dosso, se per caso se ne fosse andata in un altro modo... e poi non vidi nient'altro che dischi bianchi di luce. Giravano al contrario, in direzione del passato.

Era il canto del derviscio. Il mio rebetico! Quello che era stato e non sarebbe stato più... la purezza perduta e tutto il resto, e rividi altre cose ancora e avanti una strada esatta... nient'altro che la vita dispiegata per intero... e gli altri, gli stranieri intorno, le comparse di tutto quello che non avevo potuto avere... ombre, apparizioni. Chi si era già perso... chi si allontanava... chi non la smetteva di lasciarsi.

Il frastuono si spense piano piano. Morì anche lui, strappando.

D'improvviso, come da una folata di vento, la porta d'ingresso fu abbattuta da un clarino.

Per primo irruppe nella sala il ragazzo. Aveva un grosso tamburo addosso e lo portava di taglio. Guardò svogliatamente per terra e poi batté la pelle d'asino a fracasso... PUM PUM. Era qualcuno più importante di lui che andava annunciando!

Entrò in un lampo lo zigano. Bardato con un giubbotto da motociclista di pelle, verde e rosso.

Aveva un clarino in bocca e urlava e flautava al doppio del volume di tutti gli altri. Entrò come una tromba d'aria. Interruppe la litania, d'assalto. Era l'urlo della zurla che irrompeva! L'urlo del giudizio! Lo spandeva con occhi di bragia. Declamò la melodia zingara. La spiegò subito! Che non ce ne si dimenticasse! "Basta" diceva. "Basta le vostre litanie, i vostri lamenti. Questa è la zurla che vi chiama! La zurla che vi abbatte! La zurla dell'Epiro! Il richiamo della montagna. L'assedio dei giannizzeri!"

Soffiava tra i tavoli all'impazzata, mulinando gli occhi da ogni parte. Lo scudiero lo accompagnava, gli arrancava dietro, dignitoso, come poteva... percuoteva il grosso tamburo con la bacchetta sottile da una parte e la mazzuola dall'altra.

Lo seguiva rassegnato con gli occhi a terra, che non vantava altro diritto. Il centauro invece, spetazzante, col berretto a calzamaglia da aviatore, se li prendeva tutti i suoi diritti. A man bassa e subito!

Puntava gli occhi, li conficcava nei volti seduti ai tavoli ad uno ad uno.

Il clarino riempiva l'aria... ammutoliva... e il pifferaio incantatore ci si buttava! Eccome... soprattutto sulle femmine, le spifferava tutt'intorno, da dietro e da davanti, come fossero serpenti.

Poi, per pirotecnia finale levò dal bocchino lo strumento e continuò a soffiare.

Era il numero a impressione! Il botto.

Spernacchiò coi palmi delle mani aperte in ogni direzione, sempre buttando le palle degli occhi in quelle di tutti, e anche a quel modo, senza l'aiuto della canna dello strumento, riuscì a dirompere la stanza, a scrostare l'aria, a sollevare le sedie.

Poi, d'improvviso, come una saetta, così com'era entrato, il principe della zurla disparì. S'involò via in motocicletta, in un istante, lasciandosi lo scudiero dietro a raccogliere le mance.

La sala non si scompose. Non perse la flemma congiurata. Scorsero le dracme tra le mani. Gli zigani soltanto, si sa, prendono soldi. Glieli si diano allora! Quando c'è di mezzo la rebetica invece, niente si fa per lavoro. Niente per compenso. Solo la dedizione conta, che è faccenda di tutti e non di qualcuno.

Ne approfittammo per avvicinarci al banco. Bisognava riprendersi, andarci ancora più a fondo. L'uomo della retsina salutò...

Ci si vedeva appena, per le luci basse e per il fumo. Di lui si distinguevano soltanto i capelli scuri, crespi.

Dagli altoparlanti frattanto venne una musica registrata, dello stesso genere, però più vecchia, venne uscendo come da una macchina del tempo.

Guardai le foto appese al muro, erano dagherrotipi ingialliti. Ritraevano orchestre compunte, maestri cattedratici, con strumenti fini, di lusso. Fieri li mostravano impettiti all'obiettivo. Si tenevano stretti attorno alla cantante. Come una liturgia la avvolgevano, mentre accanto all'asta del microfono ella posava dignitosa.

"Questa che state ascoltando, signore, è musica rebetica" sussurrò alle nostre spalle l'uomo dai capelli crespi. "Rebetica smirneca. Il rebet, che venne dall'Asia Minore, da Smirne profumata, quando era ancora città di Grecia... da lì, da dove furono cacciati tutti e trucidati, e ributtati al mare...

...Da lì il continente perduto si riversò nei porti del Pireo, di Salonicco. Erano, questi, greci e stanchi. Esangui per tutta quella nostalgia di vita perduta. Non ne ebbero niente in cambio. Solo cassis, rakia e prigione. E da lì venne il loro lamento in coro, dal cafe amman... e profumò di spezie, di Trebisonda, di Stanbul. Che da laggiù ne tornarono un milione.

Si suonava la rebetica con clarini e pianoforti e orchestre... e la cantavano donne, accompagnate con lire e con sas. Veniva da Oriente, dove gli strumenti presero i lamenti dei minareti. Violini e clarinetti sostituirono i bouzouki bizantini, e il lamento triste, dolce come rakia, arrivò fino alle coste della Tracia.

È musica questa di città di porto, di prigione, un lamento che si canta in coro, ma si balla da soli.

Musica ricamata e stanca, per quegli uomini che se ne stanno così, appesi alla vita... sporti su un tavolino prendendo aria... boccheggiando... e niente li distoglie... sospirano, come iguane sulla riva con gli occhi semichiusi e un pettine in tasca... si fanno passare l'aria tra i denti, soffiano alle ragazze... sembrano chiamare qualcuno... e non lo fanno. Restano... nient'altro che questo. Restano. E fumano... fumano come le banchine del porto di sera... si passano uno con l'altro i loro confetti di cassis nei labirinti del quartiere e fumano. Il tabacco gli brucia il tempo e li consuma. Così mandano in cenere il loro cuore. Piano piano.

Ecco, sentite questa canzone per esempio... dice...

'Io me ne stavo andando per la mia strada, fumando il mio cassis, quando la polizia mi prese e mi sbatté in galera, ed io dissi. Che c'è? Non ho fatto nulla, ma mi portarono via lo stesso'.

Così sono i rebetici, ribelli che non si curano dell'autorità, vogliono solo essere lasciati in pace. E protestano per se stessi, non per tutti gli altri. Sono ribelli senza rivoluzione."

I musicisti intanto pulivano i loro strumenti. Come fucilieri lucidavano i moschetti.

"Ecco, ascoltate quest'altra. Dice 'Signora bella che avevi tanti amanti, adesso il mio cuore è per te come una pietra, e tu mi chiedi invano...'."

Fumava e sospirava Sakis, che così si chiamava, mentre parlava stordendoci. "Io amo questa musica" diceva. "È la mia... perché dovrei andarmene in giro nei locali... dove la gente si guarda soltanto intorno e mai nel proprio piatto. Guardano intorno, cercando per cosa?

Nel mio mondo io conosco. Non ho bisogno di presentazioni. Quando vado in un posto, non devo nemmeno salutare, perché sono già a casa. Mi piace così, la mia rakia, il mio zippuro... i miei saluti, giocare a tavli... è la mia città questa!

Ognuno, io penso, dovrebbe avere il posto in cui si sente a casa. Vuoi sentirne ancora, amico?..."

Così uscimmo, ci avviammo tutti e tre su una motocicletta che aveva e sfrecciammo per la città. Il disgelo dell'orario aveva provveduto a sciogliere il traffico. La città si era sturata infine.

Passammo per il quartiere dei ricambi d'auto, e poi in quello delle pellicce di castoro, poi nel quartiere della mafia russa, nella piazza degli uzbeki... e infine arrivammo sotto un palazzo condominiale. "Tutti i locali chiudono a orario di chiusura" disse con orgoglio. "Ma qui l'orario non c'è!"

Entrammo da un corridoio. Era una piccola sala quadrata illuminata da una luce blu cobalto.

La donna sulla pedana era vestita di bianco. Cantava come una vela gonfia. A mezza luce. Ci sorrise vedendoci entrare. Sorrideva a tutti, sempre, come se li conoscesse uno a uno... era Atkis, la cantante famosa. Ne cantò altre due, poi, finita la magia, tornò a prendersi cura dei suoi clienti. Per ognuno aveva una parola. Se li sarebbe messi tutti nella scollatura del vestito, a poterlo.

Venivano musicisti ospiti, di sfuggita da altri locali, si presentavano con lo strumento e si univano alla schiuma della serata. Si facevano complimenti tra loro come toreri. Poi tra la folla si fece largo fino alla pedana uno straniero

Aveva l'aspetto del pistolero. Sguainò lo strumento e tirò l'introduzione a lungo, indomito. Atkis allora ritornò sulla scena e prese il pezzo. E lo cantò in modo che si sentisse tutta l'orchestra di violini che non c'era. E la melodia cadeva e rovinava a terra e tutto il coro la issava nuovamente in piedi.

SAAAAAAAAAAAAAAAAAAAAAAAAAAAAAAAAAAAAAAAAAAAAAA

Allo struggimento!

GAAAAAAAAAAAAPÒOOOOOOOOOOOOOOOOOOOOOOOOOOOOO

Ti amo... diceva. Solo quello. Ti amo perché sei bello. Ti amo perché sei tu...

Ed era come scendere al fondo della melodia e poi risalire fino ad issarla al soffitto. Sospendevano la coralità come un intarsio, si appoggiavano sul punto di mezzo del coro, e di nuovo intonavano *Sagapò*...

E di nuovo cantava... ti amo, e amo tutto il cosmo, perché nel cosmo ci sei tu...

Dopo tutta quella vocalità toccò a lui, al pistolero. Glielo tirò bene il lungo collo d'oca allo strumento principe e lo scavò per tutto il manico. Prese in controbalzo ciascuna nota, come una scossa, e tanto fece fino a che si fermarono tutti sull'accordo sospeso del taxim e lì li tenne bloccati come una diga, e da lì sotto cercò e ricamò fino a che abbassò il capo e si arrese dando il via allo sturamento del finale che lo investì in pieno come una frana.

SAAAAAAAAAAAAAGAAAAAAAAAAAAPÒOOOOOOOOOOOOOOO

La sala, i congiurati della notte, le ragazze e i loro protettori, i grassi solitari, gli accaniti, i perdigiorno, tutti lo seguirono gonfiando la strofa e il filo del finale lottando col bouzouki che rimase finalmente solo, e per sfregio finì il pezzo stramazzando su un accordo sconosciuto.

L'azzardo armonico dipinse sul volto del pistolero un sorriso compiaciuto. Si prese gli applausi, poi scappò immediatamente, per precipitarsi a suonare in qualche altro covo lontano.

"Questa è musica di festa..." proclamava Sakis man mano che si avvicendavano i pezzi "...e questa è delle isole, questa ancora è di Creta, dove si balla il più difficile, su una gamba sola. Appoggiati su una bottiglia. E la bottiglia la si mette sopra a un tavolo, che così sono i cretesi, e il bouzouki appena fuggito via a quel modo lo si può capire subito da quale isola veniva."

La gente intorno si salutava e parlava e non si vedevano mai soldi, perché ognuno aveva l'accortezza di non farsi vedere maneggiare il denaro, che non sta bene, e che essere lì non è nient'altro che essere a casa.

È la loro rivoluzione. Uomini che una volta presi tra loro non domandano più niente, agiscono soltanto. Sono rebetici, non vogliono sapere altro.

Salimmo ancora nella notte, tra le rovine della collina, all'essiccazione dei tabacchi, mentre la luna era alta. Da lì scendemmo le scale fino al Tempio.

Incassato tra i molossi e le vestigia antiche era il locale, il Tempio appunto dei rebetici.

"Silenzio" ammonì Sakis entrando.

L'uomo era vestito di nero. Era vecchio, coi capelli tinti, tirati dal pettine.

"Ecco... egli è il mangas" sillabò con rispetto.

Il mangas sedeva su uno sgabello alto alla maniera di quei vecchi che restano e aspettano che la vita gli ritorni in corpo e non ne sprecano nulla, e stanno soltanto sul ciglio, con le labbra socchiuse a drenare l'aria e masticarla.

Chiamò a sé un suonatore di bouzouki della sua stessa scuola che aveva fama di essere tra i migliori del paese.

Lo istruì complicemente.

"Ora guardate..." disse. "Quando il mangas canta tutti lo devono guardare negli occhi. Non è la canzone che importa, ma il suo dolore. Perché egli ha vissuto quello che canta."

Il mangas allora parlò e disse "L'unica cosa che importa è dire la verità. Se sei drogato o se hai ucciso qualcuno, o se hai tradito, non importa. Però tu devi essere l'uomo che dice la verità in un mondo di bugiardi.

Ora canterò un pezzo, ed è stato scritto dal migliore di tutti, ed era di tutti noi, e io l'ho seppellito, come un fratello".

A quel punto soltanto il mangas, enormemente dignitoso, cantò.

"Uccidimi..." diceva la canzone "...solo questo ti chiedo. Non farmi morire... uccidimi. Io sto soffrendo, perché ogni giorno ti sto chiedendo di uccidermi e tu non lo fai. Strappami questo cuore.

Sono qui sotto la tua finestra e ti dico goditi questa notte perché è l'ultima che vivrai.

...E poi la neve venne improvvisa."

La cantò con rabbia cavando da se stesso la sua verità a ogni parola. Non c'era nulla di lacrimevole.

Cantò quel pezzo soltanto il mangas, guardando ciascuno negli occhi.

Non ne cantava mai più di due in una sera.

Poi, da solo come era arrivato, il mangas, vecchio e vestito a lutto, se ne andò avvolto nella sua personale leggenda, lasciando un'ombra dietro di sé.

E dalla porta vidi uscendo, da uno specchio, nel vestibolo, passare un uomo col mio stesso volto.

...Quando non si è nella luce ci si contenta di sentire delle ombre. Ombre nel cammino come alberi attorno a un viale. Soltanto i marciti, gli incattiviti non fanno ombra attorno a sé. L'ombra è la ricchezza che non si vede, ma rende luccicante il cammino là dove si deve andare da soli. Per quei viaggiatori soli, quelli che arrivano più lontano, ci vogliono le ombre. Per non perdersi del tutto. Che così passano tra gli uomini, donandogli a loro volta il bagliore, la perla che essi hanno intravisto.

Nella nostalgia e nell'euforia. Così sono quelli che arrivando a sé trovano anche la vita, e nella loro ebbrezza c'è la perla. Quelli che ancora si addentrano nella notte, nelle pieghe, nelle visioni, e rimangono altro da sé. Cantano celebrando, e allora soltanto amano. E amano così, come nella sbornia, nella luce che gli si apre davanti a squarci, e poi ritornano quelli di prima, peggio di prima, per quanto poco sopportano di ritrovarsi.

E tutto li fa soffrire e li ottunde... il miracolo appena accaduto, perfino. Non li appaga affatto! Continuano, come per acciuffarne ancora, però non si sa quando succede. Sono iracondi e non lo sanno fare a comando. Perciò soffrono come cani, come cani soli, rimpiangendo sempre la sera prima. E ogni cosa intravista è per loro un sorriso tra i denti nell'estasi e un lutto. Però... dignitosi. Nel continuo ombreggiare intricato, dignitosi. Come chi possiede qualcosa. Solo allora finisce. Senza abbracci si ritorna...

TAVERNA TSOZZOS

Saliva la strada e saliva, aggrappata ai glicini, fino al culmine della collina, e quando finì non ci fu più città. Solo un cortile con un porticato di lamiera ondulata, sopra al tetto posticcio reti da materassi per non farla scoperchiare.

Lassù, sotto un balcone, si apriva la taverna Tsozzos. Direttamente sotto la casa. Oltre era il bosco. Altro non c'era. La strada finiva. Era l'Olimpo. Il vertice. Il girone più basso.

La porta si apriva tirando un tappo con un filo di ferro attaccato. Le pareti e i soffitti parevano reggersi per le pile di cassette di vuoti a rendere... l'industria nazionale. Le casse di plastica impilate separavano i cunicoli tra le salette inscurite dal fumo sotto ai bassi soffitti del labirinto. Persino il nostro Caronte parve intimidirsi mentre andavamo infilandoci nell'ultima sala.

Al tavolo era l'officiante. Non si perdeva in sorrisi. Masticava e cantava calando accordi così come venivano. Era la cupola. Il vertice del girone dei rebetici.

L'officiante cantava e sudava sepolto tra le cassette, con una vecchia chitarra consunta... socchiudeva gli occhi e sorrideva. Teneva la sigaretta accesa tra il mignolo e l'anulare, e aveva unghie appuntite al termine delle sue dita a cono, da levantino. Spennava la chitarra a pennate sghembe, senza ritmo. Le tirava il collo. Scannava le corde ricavandone a quel modo il contrappunto per il suo lamento.

A pochi era permesso di stare al tavolo. Era una cosa da iniziati. Per gli altri c'era la sala grande. I congiurati fumavano ininterrottamente e avevano la lingua marrone. Bevevano vino bianco e gazzosa insieme. In piedi li serviva il dottore. Era un uomo dignitoso vestito di scuro con la barba brizzolata. Egli coadiuvava e assisteva l'officiante. Come un chierichetto girava tra i commensali del tavolo dell'abisso recando tra le mani un piattino pieno di enormi pomodori cosparsi di origano e di sale. Mesceva e sorrideva. La morte oramai andava sciogliendosi nella sala come zucchero nell'assenzio.

Il poeta suonava solo e s'immalinconiva, masticando chiacchiere impastate. Al suo fianco un gentile col naso da faina provava a seguirlo con un bouzouki inscurito. Ma era incapace, e il poeta lo scacciava. Lo tacitava con la mano senza guardarlo, infastidito come da una mosca.

La faina lasciava allora scorrere un po' di note e poi ancora cercava di riunirsi al canto e di nuovo veniva allontanata.

Ripiegava infine nel servizio. Pur di ronzarci ancora attorno si arrangiava a fare da cameriere. Nessuno li assisteva del resto, si servivano da soli, nel privé. Erano tutti orcomoni, con le rughe e gli occhi di fuori, iniettati di sangue. Di giorno non esistevano neppure, solo la notte comparivano, quando se li riprendeva la rebetica.

D'improvviso, con uno scatto, il dottore si abbandonò a una solitaria danza da satrapo. Un sirtaki amaro, da guitto, tra le pile e i vuoti della gazzosa. Una donna c'era, che non era faccenda da donne, ma sussurrava seguendo il canto a bassa voce, perché l'officiante soltanto cantava veramente. Il sentimento e la fama lo rendevano padrone.

Dal suo sorriso imperlato vennero le canzoni che spanse come inchiostro.

Intonò *La morte del fratello* e tutti ne furono rapiti. Lungo il tavolo si fece silenzio, la donna soltanto, dal viso largo con gli occhi all'ingiù, continuò a mormorare, e quando il momento si fece alto, egli cantò a lei suadente, trascurando la chitarra.

Poi introdusse *Vorrei avere un amico come Atanassis*, ed ella che altra fortuna al mondo non vantava sentì come di celebrare una sua propria epopea.

Aveva i riccioli da poeta Angelus, l'officiante, e la bocca disegnata. Sempre più sorrideva a sue visioni, e al suo trasporto. Sudava e sudava. L'amico lo ascoltava intimorito, con la pelle increspata dal brivido. Era la deriva. La fine del mare tempestoso le cui onde si arrendevano srotolandosi a quella spiaggia in riccioli di Metaxa. Tutto drenava la lingua nel trasporto esausto del poeta. Era una draga della vita perduta. Abbandonato al naufragio dell'umore egli cantava.

Ora iniziava le canzoni e non le finiva, ora le indagava posticce e poi demoliva accordi di chitarra e repertorio. Cantavano anche gli altri, mormorando come a una messa. Sponzava egli, e galleggiava nelle canzoni. Diventava sempre più triste. Ne prendeva una, se era troppo festosa non la finiva, la cambiava subito. E il bouzouki gli arrancava dietro e veniva cacciato anche lui e quello, il licenziato, smetteva e poi si riassumeva da solo.

Ma in definitiva lo struggimento era permesso solo al canto, gli strumenti non ne avevano abbastanza. Dovevano tacere e prolungare così indefinitamente la liturgia dell'orcomone.

Lo ammiravano e lo seguivano i congiurati, perché era il più avanti nel naufragio, quello che più sapeva abbandonarvisi e così gli stavano intorno, compresi. Come vestali lo vegliavano fino a che il suo fuoco ebbro non si fosse spento. Egli era il punto, la barca più avanti nell'oscurità e lo servivano come i sacrari dei popoli antichi. Lo guarnivano e lo provvedevano di oli e di provviste per farlo arrivare fino a dove il viaggio sarebbe appartenuto a lui soltanto. Fin dove la sua stessa vita si sarebbe ricongiunta e ritrovata.

Si struggeva, gonfiandosi come una bolla. A momenti pareva che tutto gli fosse chiaro in quel sorriso vivido, mentre sponzava negli accordi, assistito dall'accolita. Tacevano gli altri, anche loro assaliti dalla vita, la loro triste amante perduta, epperò non arrivavano a tanto, perché il viaggio del poeta era qualcosa che andava succedendo e catturava la vista. Poeta, poteva dirsi. Poeta per questo.

Tutto lo rivoltava. La vita stessa, e anche quel che non era stato. Non sognava per gli altri, sognava per sé. E questo bastava ai congiurati. Alimentava la loro congiura.

Questo gli era sufficiente, e questo desiderava anch'egli da dietro gli occhi semichiusi che teneva come un pugile nel finale dell'incontro.

Il suo brancolare, il suo abbandono lo rendevano cantore! Non suonava per dare gioia ad altri, non suonava per gli altri proprio. Pure li sentiva, li avvertiva intorno a sé, ma non li toccava.

Intorno a lui portarono altre offerte, come a una veglia. Erano tutti in fin di vita, era il loro canto finale. Era l'addio. La litania continuava. Fino a che anche per lui non ce ne fu più. Fino a che non arrivò in fondo. Ma non gli servì. La bolla in cui aveva soffiato si disfaceva senza poter sopravvivere alla serata. Arrivati a quel punto non c'era altro in cui perdersi. Questo era il rebetico. Perdersi senza essere soli.

Egli era arrivato fin dove tutto si raccoglie. A quel punto si accasciò con la testa sotto la cassa armonica e da lì, dai piedi del tavolo e dalle fondamenta della taverna, emise un ultimo, unico prolungato lamento assassinato. Non arrivò alle note alte, che gli erano precluse, ma lo scavò nella notte il lamento, e lo sostenne mentre il popolo accorato si tratteneva la vita, con occhi comprensivi, non lacrimevoli, non appassionati. Solidali. Ed egli, l'orcomone, cacciato dalla beatitudine sollevò la testa cieco, accecato, brancolante in quello che ancora gli riusciva di afferrare. Nell'aria stantia della taverna alzò il capo e gli mancarono le ottave per elevarsi alla tragedia. Restò solo a metà, fino a dove poté annaspare la sua pena e rotto finalmente, conchiuse la frase sorridendo tra sé e sé.

E così restò una volta disarmato. Lo strumento gli rimase in mano, inutile. Tornò a essere un pezzo di legno consunto. Era finito. Lo si offrì addirittura agli estranei. E poi, in ultimo, al chiodo. C'è sempre un chiodo in questi santuari, dove è permesso di officiare soltanto con lo strumento della casa. Il chiodo. Il posto a cui tornare. E lì tornò il legno consunto.

L'orcomone invece rimase come goffo, inutile nella sua mole, accasciato sulla sedia. Solo, esausto e dolce, come l'albatro dei versi di Baudelaire. Privato dell'aria e delle sue ali di gigante. Inciampante, mormorò qualche parola di ringraziamento. Non lo fece per gli altri, che per i congiurati non c'era bisogno. Lo fece per la vita, e in ultimo per chi non vi apparteneva, e poi si abbandonò, quest'uomo ferino di cui temere lo sguardo. Si abbandonò alle chiacchiere. Disse, per prima cosa "Io ho una moglie, e due bambini. Li amo. E lei lo sa. Però devo venire qui. Ne ho bisogno".

Poi ci strinse la mano, e ci avviammo nella strettoia, tra le cassette di gazzosa e la porta col tiro di spago. L'officiante all'uscita salutò con la mano davanti alla fronte, alla maniera militare. E fu ancora la strada.

Perché c'è sempre una strada di mezzo, fra tutto quello che ci succede. Ci sono scalini, e portoni, e vicoli, e scomodità. Sempre c'è, e a essa sempre si ritorna, a mischiare la povertà con la ricchezza. Forse è tutto questo. Sapere che c'è sempre della strada di mezzo. La stessa che l'orcomone si avviò a fare entrando nella sua Seat famigliare e così fu per tutti gli altri congiurati. Gente che non si telefona mai il giorno dopo.

Restò solo il balcone sotto la luna acida. E da sotto, sparsa, allargata sul suo ventre, gialla per le luci del porto, la città.

Una volta tornati giù dalla cupola, restavano le banchine, le stazioni, per asciugare lo sciroppo, il liquore del rebetico mentre la notte esausta sferragliava alle spalle negli ultimi automezzi. Vagando a quel modo, sul mare d'anice del mattino ci venne incontro un cartello di destinazione ciondolante sul pontile d'attracco di un piroscafo. Era vasto il golfo a quell'ora, come una porta aperta, e noi un niente su una banchina, sospesi sul soffio delle rotte.

Da lì ancora veniva la vita, sospesa anch'essa per aria e con valigie. Si era nel punto buono, a tiro per essere catturati. Si era già su una rotta. Non si poteva non andare, che nella parola stessa si riassume il fatto che occorra capitolarvi. Questa soltanto è la resa senza sconfitta... capitolare alle rotte, alle targhe delle carovane. Prenderle, azzeccarle come un filotto. Così come sono. Bell'e scritte sulle fiancate dei treni. Sui treni stantii, sui treni vaporosi che restano e partono a dispetto dell'indecisione. Sulle fiancate arrugginite dei mercantili diretti oltre, fino alla città d'oro che atterrisce. Le rotte, affascinanti come una cartina. Niente ha più partenza dei nomi. È solo questione di presentazioni. Uno li legge e già non conta più la terra che ha sotto i piedi. Non esiste nemmeno. Si è già sulla rotta.

Basta un abbaglio, un luccichio, un miraggio abbagliante di bazar, dall'altra parte del mare. E già si vede la fine del continente. Spingere il ferro avanti inseguendo una sola indicazione, un nome di città che cambia di lingua e di alfabeto. La freccia che indica per esteso la direzione, COSTANTINOPULOS, oltre le terre di Alessandro, oltre le dita dei monasteri che si stendono affusolate fino nel mare, guarnite di chioschi ambulanti e di zuflas.

Un'unica freccia disposta per il lungo fino ai confini della nazione e poi... che niente più si sappia, dopo è la scimitarra degli effendi. Così dicono le cartine. L'inganno delle cartine, la loro seduzione.

Ci si intravedono forme, distanze, geometrie, indicazioni, si sentono predestinazioni, si adatta a loro il mezzo, lo si dispone come ingravidati per trovarsi sulla linea immaginaria. E si è già sulla rotta.

STANBUL

Nessuno si salva. Sono tutti ugualmente uccisi, deformi, cagliati, puntiginosi.

Talpe spelate, nemmeno i cani per le strade mantengono un poco di razza, la perdono a macchie di pelo, a ciuffi arancioni sulle ossa magre, tra lo sfascio arrugginito del bazar. Qui, non ne è arrivato di Deutsch Mark. Non se ne sente nemmeno l'odore. Non trabocca dalle vetrine, nemmeno dai woofer bassi dei baretti. Non scorre nei carburatori la piena del Deutsch Mark, non affolla le strade il circo monogiro. Qui si razzola a piedi, scalcagnati come sotto la centrale atomica avariata. Il disastro è successo senza sapere come, senza nemico. Ci si è abbrutiti e accozzati, ci si è ridotti alle frattaglie.

Niente sfolgorare di divise nuove, di gradi stranieri, di ambasciate. Non ce n'è stato di nemico qua. Niente guerre dichiarate, niente obici, e cani, ma il risultato è ugualmente sfasciato, dai tetti alle strade, e in giro solo matricole nei loro completi verdi stazzonati in fibra grezza cucita male, di una sola misura, sulla pelle abbrunita. Circolano così i commilitoni, tutti lividi e sparsi. Corpi ceduti dalle famiglie alla patria.

Niente in mano ai caporali. Niente comando. Bastonate soltanto.

La polizia controlla gli angoli, staziona ai crocevia. Gli sbirri non si prendono nemmeno la pena di scendere. Hanno attrezzato le loro auto d'ordinanza di un altoparlante e gracchiano ordini e rimproveri e minacce da dentro, fermi come lucertole nelle piazze, nudo terreno di randagi.

L'amplificazione di metallo della lingua turca li scanta subito, li fa saltare sull'attenti, li sloggia in fretta e con efficacia. È la macchina stessa che ordina, che emana. La legge!

I soldati vanno a spasso coi loro camici verdi ridotti al minimo. Anche sul colletto si è risparmiato. L'automacchina amplificata gli mantiene sveglia la libera uscita e li riempie d'insulti e di raccomandazioni come un venditore di materassi.

Finiti i solimani, passati i sultani e i visir, restano soltanto gli sbirri. Dei floridi mercanti, niente più. Gli uomini di panza dai baffi appuntiti, i levitatori dell'ammucchio, gli sponsali dell'interesse, i crumiri sono tutti caduti nella morte e nella catastrofe. Così finiscono gli imperi.

Gli ebrei di Maometto, i caffettani dell'usura, anche loro l'hanno smessa d'ingrassare finimenti, ammucchiare provviste e sementi. Niente si contratta più, se non un poco di Deutsch Mark. E le intere mura sono cadute, senza rivoluzione.

Lo si capisce già da come impoverisce la piana anatolica, passate le verdi terre di Alessandro. Da lì in avanti diventa carreggiata riempita, acconciata in ghiaia e condomini senza quartiere intorno né strada per arrivarci. Niente. Costruiti a mucchi, accostati a schiera, a grappoli, come un herpes sulla costiera nuda. Stanno lì, innalzati e vuoti. Anticipano l'arrivo nella capitale dall'autostrada sconsolata come il Mar Nero fino all'espansione della metropoli. Cemento, lamiera e autobus. Rossi e arancione. Già da lì si sente la puzza di cessi chiusi e di frescume. Quello che arriva dopo, quando ci si addentra tra i vicoli, sotto la moschea, avanzando tra i tiratori di funi, gli erettori del mercato. E il mercato già all'alba si alza, si gonfia, si espande, si dispone alla vendita... ma tutto questo niente conta, rispetto alla città.

Gli uomini tutti non sono niente in confronto alla città, sono escrezioni della storia, rimasugli.

Tanto meglio che siano così abbrutiti da non invadere, se non come sporcizia, il FULGORE della città.

Questo spetta alle popolazioni vinte dal loro onanismo nelle lenzuola sporche. Pomeriggi, giorni, anni di inedia passati senza sollevare altro che quello, che basta da annusarsi le loffe da soli. Ben gli sta. Che non disturbino! Che restino come mosche, grassi mosconi attorno alla pietra immortale, attorno alle spade aguzze nel cielo.

Niente è mai come si immagina. È questa la città che dà il viaggio... che lo comanda. Già dai minareti di Sarajevo, Stanbul di montagna, già si avverte l'ombra del Solimano. E da Tessaloniki poi, fin dal mercato di fronte al mare si sente il respiro lungo ed estremo che arriva dalla Città d'oro, la città che atterrisce, la magnifica capitale d'Oriente. Bisanzio costantina, la scimitarra degli effendi.

La città che annienta. Che trucida e impala, che tutti ha piegato. Percorsa, sovrastata, attraversata dal Dio magnifico e innominabile di cui è proibita anche la rappresentazione. Che cova lì dentro, negli intarsi dei tappeti, chiuso nel mistero, sotto i paurosi elmi moschei.

È annunciato da lance affilate protese al cielo, di pietra, senza apertura, sentinelle da cui si espande la Voce, la preghiera, il comando. Le moschee titaniche rimbombanti di potenza, tese una all'altra, si rimandano il richiamo.

La prima, la Sapienza, possente come un macchinario arenato, inaugurata col trucidio di tutta la civiltà millenaria e decaduta, indebolita dal vizio che tutti li racchiuse, i bizantini, e di tutti ne raccolse il sangue. Nessuno si salvò dalla furia della prima Ombra di Dio sulla terra, del primo albergo della giustizia. Maometto il Primo, il condottiero dei turchi nomadi delle montagne, che la strappò ai greci lascivi, ai pavoni di Bisanzio.

Nelle cupole chiuse come elmi si celebrò per prima la potenza del Dio che prostra a terra. A cui non bisogna altro che cedere. Il Dio che tutto dona e ogni vanità annulla. Che sovrasta, che lava e rende scalzi.

"Allah Akbar!"

Tutto bisogna levarsi, calzari e sudori e impurità, a ogni ora del giorno. Correre, lasciare quello che si sta facendo. Lavarsi, genuflettersi a terra, gli uomini con gli uomini, le donne con le donne!

Al grido! Al lamento!

Niente letizie, arcadie, cinguettare di campane. Il lamento ci vuole. Esso toglie l'indecisione e la scelta. Atterrisce i fedeli e annienta gli infedeli. Escono dalle trombe amplificate le voci dei muezzin. Si rincorrono a segnale, di modo che non si abbia scampo.

Si rispondono uno all'altro come in un incendio. La fede li brucia e li butta così come si trovano e di corsa negli ingressi del culto senza bisogno di custodi o celebranti. Il Dio li vede. Tutti.

Ognuno sa di cosa necessita. Alle abluzioni! Ai lavaggi! Si buttano le scarpe, si slacciano le camicie. Grassi con magri, asmatici a soffietto, tutti al lavacro! A cosce di fuori! E poi di corsa al tempio. Il tempio che schianta! Lì dentro il Dio esce dai muri, dagli intarsi, dai tappeti, dai vetri delle luci, dalla cupola enorme e multipla, dalla pietra stessa... ed eppure a nessuno è dato di vederlo. Emana soltanto il Dio. Non va celebrata la sua potenza. Essa è tacita. Completa. Schiera gli uomini sul muro, a file ordinate, finite. Li fa guardare contro il muro, oltre il muro... oltre e oltre ancora, fino laggiù... all'elemento primigenio... all'ammeccamento.

Li fa alzare come un unico corpo e poi li schianta a terra, li sdraia in ginocchio con una parola. A plotoni! Nel silenzio assoluto. Ancora li prostra e li solleva. All'insieme! All'unisono! Senza curarsi uno dell'altro. Kismè!

A ognuno il Dio risuona dentro, a ognuno parla, a nessuno è dato predicare. Si ordina e basta. Così impone la religione del Potente, che ha mandato i suoi figli fino a dove calava il sole... a orde, a imbarcate, a giannizzeri.

La città che atterrisce tutto s'è riportata indietro. I cuccioli strappati alle madri, le teste dei nemici, l'oro, le donne. Alla razzia! Al piratismo! Per il serraglio! Per l'Effendi! Al sultanato! All'ombra di Dio sulla terra!

"Allah Akbar!"

Il Verbo emana e arriva a mezzo di un solo ordine fino ai confini della terra. E il Verbo diventa fuoco, o schianto, o immortale opera di pietra. Diventa ponte impossibile sull'abisso della Drina. Tutto può il Verbo impalatore. E tutto riporta infine alla più magnifica delle città della terra, al fondaco dei mori, alla meraviglia del Bosforo... a Stanbul!

Bisogna vederla così, la città, alla fine della notte, andare ad alzarle la veste, mentre raccoglie la sua mota. Bisogna prendersi un'emozione, farsi tutte le buche asfaltizie d'Anatolia, attaccati come pitbull ai calcagni della strada. Non mollarla, prenderla d'incontro lungo i pali del telefono. Farsi schiaffeggiare la scocca dalle pozzanghere, bruciare il rettilineo livido, scrostare la piana stepposa, filare sotto i condomini deserti, sotto ai fantasmi dei casamenti. Arrivare fino alla steppa gialla tangenziale seguendo una sola indicazione canina... prenderla al largo, dai gironi capannati d'eternit e lamiera... entrare nella cortina fumosa del megalopolio, arrivare per le strade deserte, livide dell'alba.

Quella è l'emozione! Bisogna arrivare solo per prendersi l'emozione di arrivare. Visitare è un'altra cosa.

Arrivare è la virulenza... infilare il muso del radiatore nelle salite macilente, fumiganti di mondizia stracciata, sorpassare i bus vuoti, dopo la luna splendente, tra il razzolare di avanzi d'uomini. A crocchi, sfigurati dalle penurie, dagli incesti, dagli sbirri. Lì bisogna andare a mettere la punta del cofano, mentre alzano i tendaggi del mercato della domenica sotto la moschea del Solimano, tra le aiuole spellate, gli arbusti bruciati, il verde cagliato.

Nella decadenza della pietra gotica che il tempo ha oscurato. Razzolano i dannati nella strada mondezzata, e si fanno scacciare come cani dal bastone, dal monito secco dell'ambulanza questurina.

Si prendono le misure alla città rombando sui ponti deserti, sui vaporetti arrugginiti, sui primi commilitoni buttati fuori dalla libera uscita. Li si può vedere da vicino mentre cominciano la loro processione silenziosa di morti in piedi. È tutta loro la città degli effendi. Gliela lasciano per la festività.

Arrivarci nel freddo, nella cugina di Kabul, fra le torri annerite di medioevo, con solo l'adrenalina negli occhi e in corpo gli scossoni del freddo insonne. Tutto vale l'arrivo. L'emozione dell'arrivo nella febbre.

Tra i casamenti di legno, da montagna, sfasciati e marciti, appesi alle strade. Mischiarsi nella cianfrusaglia del mercato, fra le trippe arrostite.

Così bisogna vederla, quando viene via tutto il cellofan che la tiene insieme, l'orribile umanità rassicurata.

Questi solo contano, a questi è rimasta la moschea magnifica. A loro, è finita, che tutto vendono a settemila lire.

Li seppellisce e li domina l'elmo abbassato del Solimano da sopra la collina di Topkapi.

Una volta lì, bisogna avanzare ancora, passare il ponte, finirla con l'Europa. Nel traffico dei tredici milioni infilarsi a passo lento nella colonna sull'abisso. Mentre il cielo cade addosso, nella tenebra incombente, quando la nebbia del mare si unisce alla pioggia.

Marciano a migliaia sul cemento sospeso, il ponte spaventoso che s'inarca sui piloni, oltre le teste a cento metri sui due mari. Da lì in poi comincia l'Asia, ma altro non si vede che nebbia, mentre anche il giorno cade e il declivio pare avviarsi direttamente agli inferi.

S'inghiotte tutto il ponteggio intercontinentale. Avanza e brandisce fino alla riva di Scutari... arriva alle case basse battute dal placido passaggio dei mercantili russi del Mar Nero... e piove su tutti loro, sulle luci che scendono all'acqua... sulle vite rinchiuse negli alberghi di fòrmica... nei palazzi soli e perduti dei primi acquartieramenti d'Asia Minore.

Verrebbe, in tutto quel confine, da confortarsi da clandestini, sulle terrazze illuminate al neon.

Verrebbe da infilarsi nei taxi gialli, l'orgoglio italiano, la Fiat gramigna, la Ford del Sud Europa. Dappertutto marciante, eternamente cangiante nel nome.

Modelli inossidabili di 132 a vapore, di Regate di recupero, di 124 Lada, di 128 Zavastava, la ventiquattromilabaci a motore.

A Stanbul il modello è unico, per tutti. Tofas si chiamano quelle 131 col cruscotto scassato, che arrancano per ogni vicolo come capre di città.

E quando ci si finisce dentro c'è da sentirsi orgogliosi della nazionalità, più che dei titoli mondiali della calciopopea.

Lasciati a parte i lustrascarpe, i palloncini, i militari in posa, occorre andare a lavorare ai fianchi la città, per vedere quanto si è incarognita. Bisogna andare verso il tramonto, quando i vecchi turchi respirano i profumi e ricordano.

Infilarsi nel bazar, nella parata dei tappeti, il sofà dell'aritmetica, della contrattazione deteinata.

Un attimo e si è fatti. Presi al gancio degli islamiti. Basta uno sguardo troppo lungo alla mercanzia e si è già finiti dentro la bottega.

E lì hanno garzoni pronti, che distendono, srotolano, apparecchiano la stuoia. Dalle lane di Persia alle montagne curde, dai villaggi del Cashmiro, fino a Stanbul, non si fa altro che intessere la stuoia preziosa. Se ne trovano di meravigliose, colore del vino di Borgogna. Ed altre a intreccio. Ci si consuma gli occhi fino a che il mercante infido, dopo averlo cucinato per bene il cliente, e stordito nell'esalazione delle spezie, se lo porta dentro lo sgabuzzino, nelle merci più preziose, più appartate, di modo che gli venga impedita l'uscita e anche la luce, e solo allora gli fa comparire il Gran Mercante in persona. È quell'intimità un onore caro a concedersi, perciò quando chiude la porta e fa luccicare gli occhi nell'oscurità, un lampo di cupidigia, un movimento della lingua a forca, vecchio di secoli e di razze, è la fine, a non averci soldi. A quel punto, sommersi dal tappeto, è lì che bisogna svignarsela direttamente, da sotto i ginocchi e darsela a gambe.

In un attimo sparire fuori, nel flusso anonimo, e tornare nel marasma. Finire ansimanti a nascondersi nella fumeria delle pipe.

Sono, questi, attrezzi a forma di alambicchi con un lungo tubo di stoffa per tirare. Adattissimi al rifiatamento.

Si aspira la spezia riscaldata e la si accompagna con bicchierini piccoli, da tè. Ciai si chiama quella mistura. Ci si siede e si rinviene. In quelle vecchie sale dell'impero gli uomini assumono un'aria cogitabonda, da bagno al vapore.

Fu proprio lì in mezzo che, nel giro di una presa di pipa, finimmo per scovarlo, Levant. Aveva i capelli tirati indietro, da unno, e la barba rada da transilvano. Era un filosofo, un ciarlatano, un pazzo, esperto di ogni cosa, un appassionato della storia. Lavorava a ore nel bazar e si trapazzava tra le nazioni occidentali e i quartieri di Stanbul. Se la rideva sempre. Si eccitava delle donne, delle femmine e quand'era tardi anche dei travestiti. Aveva sposato una giapponese che non vedeva da sei mesi. Diceva di averla conquistata in una notte e sposata il giorno dopo. Se ne vantava. Si azzuffava tra quattro occupazioni alla volta e conosceva per intero tutta la notte della capitale e subito si offrì volontario alla guida al guazzabuglio.

Abitava in un appartamento divelto dalle sue nottate, concimato dalle cicche, invaso dai gatti, con la musica stereofonica sparsa fra le stanze. Le finestre si affacciavano su case demolite, a poca distanza dal quartiere del divertimento, dove finimmo subito, per inclinazione.

Era la Nuova York eurasiatica, Stanbul! La Città del Messico fumigante dei due mari.

Caucasici, armeni, ucraini, anatolici, uzbeki, curdi, bulgari, siriani... il melting pot intercontinentale. La megalopoli.

Il quartiere brulicava di chioschi sempre aperti, vendevano kebab per strada, in quantità, come le patatine lo vendevano, usando lo stesso neon colorato che usano i cinesi di Harlem. Li passammo tutti quei chioschi, e poi ci buttammo dentro al multitaxi, il taxi collettivo che parte solo quando è pieno. Con quello ci arrampicammo verso il quartiere alto.

Ci lasciò a una rotonda enorme sotto i grandi alberghi Holiday Inn da trenta piani da cui partivano le carovane di autobus, dirette a tutti e tre i rami della città. I pedoni ci si scaraventavano dentro a ogni ora del giorno e della notte. Ne prendemmo uno, e con quello finimmo nel traffico a quattro corsie, il traffico delle grandi arterie, fino giù al precipizio, sui ponti del Corno d'Oro, fin sulla riva del quartiere dei genovesi. Galata.

La strada scendeva al mare, solcata dalle rotaie del tram in disuso, tra i palazzi aristocratici all'occidentale e le vetrine. Sopra quelle facciate annerite pulsavano i club. Ci infilammo nel primo. Si salivano scale di condominio, da postribolo, e poi si entrava in una stanza allungata. Dentro erano tutti maschi, il cantore, i clienti, il cameriere e l'intero corpo personale. L'artista cantava su una piccola pedana da solo, accompagnandosi col sąs. Le parole parevano non importare. Cantava come in trance, ad occhi chiusi alla maniera sufi. Ricavava tutto dalle tre corde del liuto, cantando come su un bordone. Suonò, l'estatico, per due pezzi ancora e poi un altro si avvicendò a lui.

E in breve, si andò trasformando allo stesso modo nell'estasi.

Erano pezzi ricavati da specie di salmi religiosi, o da parole di saggi, che davano sempre uno sfondo di bellezza, di misticismo pastorale.

Si mangiava insalata frattanto e si beveva rakia, la sola bevanda concessa. Fuori erano locali in ogni dove. Sporgevano in strada insegne al neon da marinai e saloni da veglione ai primi piani. Ragazze scure attendevano appoggiate ai finestroni con aria malinconica. La strada profumava di kebab nel passaggio affollato da anatolici e lituani.

Nel locale curdo c'era caldo e odore di cipolle. Un uomo minuto con gli occhi vispi e i baffi, in camicia bianca e cravatta verde suonava l'oud e cantava. Due donne al tavolo del secondo piano, con vestiti orlati d'oro, battevano le mani e mimavano le mosse della danza. I curdi, al banco, s'infiammavano. Più il pezzo era tradizionale, più si incendiavano. Non avevano bisogno di buttarsi nel ballo, che già ballavano mangiando.

Nel locale del Mar Morto, invece, tribù remote praticavano una musica più orientale. Una musica fatta di tamburelli, sas e flauti. Quelli ancora rimasti si trattenevano aggrappandosi al tavolo, poi, quando non ce la facevano più, si struggevano nel corteggiamento del ballo. Una donna con un vestito azzurro e gli occhi profondi ballava come una Salomè librandosi attorno al suo mastodontico compagno.

Poi quando tutte le porte furono chiuse, e rimasero solo le carte unte dei chioschi a rotolare per strada, finimmo nell'ultimo porto della notte.

Era un posto con molte porticine e specchi, laccato di rosso. Di invertiti dentro ne era rimasto uno solo. Era grasso, col rossetto carminio sulla bocca. Levant li frequentava di riserva. Non smetteva mai di essere vispo Levant. Passava da un posto all'altro come un'ape sui fiori...

"Tu amico..." diceva "...somigli proprio a quel cantante... Johnny... come si chiama... Johnny... ah Johnny Walker!" E continuava "...Ah italiano, in Turchia tutto si divide, tranne la guancia della donna. Ma se vuoi possiamo fare un'eccezione, per questo genere di donna almeno..."

Poi parlò di Donizetti pascià, il fratello del compositore, quello che organizzò la banda imperiale. E di molte altre cose ancora parlò.

Io ascoltavo e basta, preferisco rimanere un'impressione, preferisco le impressioni. Le impressioni emozionano. È inutile conoscere. Molto meglio supporre.

Era un levantino, Levant. Levanten, così si chiamavano i cristiani che vivevano nell'impero ottomano, e beveva molta rakia. In ogni posto del resto si beveva rakia, il latte del leone. Rakia e ceci bianchi.

Così ci si esalta e stordisce dalle coste adriatiche in poi. Dall'Asia all'Epiro, è tutta orzata. Distillati d'anice a settanta gradi che si allungano con l'acqua. Si brindava dicendo "Slorafè! All'amore!". Già che c'era, commentò che gli italiani assomigliavano più ai turchi che ai francesi. E poi il discorso cadde sul grande Kemal Atatürk, l'elegante padre della patria. Il padre dei turchi.

L'uomo effigiato su ogni taglio di banconota del paese. Appeso in cornice in ogni esercizio pubblico... ritratto in abito da sera... in divisa militare... vestito per l'opera... in colbacco. Un uomo, e lo disse Churchill, di quelli che nascono ogni duecento anni. L'uomo che raccolse il paese negli ultimi corrotti sussulti dell'impero, già svenduto agli stranieri, e lo portò alla repubblica.

Il giovane generale che prese gli uomini, li accentrò all'interno e li mosse a guerra contro i greci colonizzatori e li ricacciò in mare in sei giorni.

Il presidente che decretò l'uso dell'alfabeto corrente, che tolse il paese dal medioevo e lo portò nell'età moderna.

Mustafà Kemal Atatürk.

Dappertutto figura la sua effigie alla Gardel. Mai s'è vista, diceva, in un paese una devozione così duratura per un uomo morto da sessant'anni. Poi, esaurito ogni discorso, ancora uscimmo allo sbaraglio delle strade.

I primi vapori dell'acqua del Bosforo li schiarisce l'aurora tra le carrette arrugginite dei porti, da dove per primi i viaggiatori avvistavano Stanbul.

È opera di Caronte, il ponte intercontinentale, e le navi ci scivolano sotto minuscole, come fatte di carta, tra le catene che marciscono nelle acque. Lì arrivammo, sotto l'abisso nelle strade deserte, sbandate, nella notte della megalopoli, proprio nell'orario in cui i ratti se la riprendono.

Quando i muezzin intonano il primo canto.

Tutto rimane sospeso... i banchi di vapore... l'alba oppressa di gas... si ferma a quell'ora ogni cosa. Perde il sonoro. La voce si spande sul deserto.

Nessuno esiste più. Solo il richiamo del Potente, variegato e unisono su tutto il paese. Solo i cunicoli della terra vincono la notte e urlano. Lacerano il latte acidulo del sogno. E anche il mare, sentendosi non osservato, si libera e fa versi.

Sotto la strada, il vapore si addensava alle piccole finestre di vetro sul selciato. Si diramavano giù raggi di luce che i forzati, purgati dal vapore, intravedevano nella loro sonnolenza.

Dallo sporco della città a quel paradiso si entra da una porta semplice. E già un piano sotto il mondo conosciuto non esiste più.

Ha l'aria, quell'atrio, di una sala di scommesse. Un barista sta lì sempre pronto con le arance e coi limoni. Qualcuno è vestito in borghese e qualcuno viene con l'asciugamano stretto alla vita.

È l'anticamera del vapore. Lo si avverte come in una stireria. Dalla porta escono grossi molossi in asciugamano chiacchierando fra loro come ferrovieri. Sono i massaggiatori che hanno finito il turno. Un uomo basso coi capelli lisciati indietro, da allibratore, consegna le chiavi.

Si passa la porta di mezzo e si sale alle gabbie. Sono celle disposte una sull'altra fatte di assi di legno. Come una voliera, come un'attrezzeria da teatro, formano un grande quadrato a scale.

Da lì sopra gli inservienti forniscono asciugamani per la cella. Già da allora niente si sente più al solito modo. Arrivano i suoni, come da lontano. Rimbombano. Ci si sveste. Si entra scalzi e si apre la porta del marmo. Ogni cosa è calda attorno a sé. I piedi calpestano il marmo tiepido tagliato a piastre. L'umidità gocciola da ogni parte e si attacca alla faccia, alla pelle. Tra il vapore si distinguono le sale. L'acqua scorre di continuo nei lavacri, nei bagni e rifluisce sul pavimento, sempre tiepida. Sempre corrente. L'aria ne è densa, pregna.

Un banco rotondo, inclinato ai lati, troneggia nel centro come un altare. Sul suo marmo pendente giacciono gli uomini, abbandonati. Lo spazio s'allarga intorno e sopra di loro in forme circolari. I grossi schiavi li maciullano fra le dita forti e rimbombano i gemiti degli stritolati e degli stritolatori, uniti nello sforzo e nella nebbia.

Il molosso li prende, come fossero cuccioli ciechi. Con un lembo di stoffa prepara la schiuma. Poi lo immerge, lo tira e lo impregna. È una schiuma leggera quella che ottiene. Ricopre tutto. Come una nuvola si fa scivolosa tra le tozze dita del molosso. Inizia a passarle, quelle dita, sui muscoli esanimi, mentre tutt'intorno non è altro che caldo, vapore e rimbombo. Il molosso come i lottatori di sumo ha addosso soltanto un asciugamano arancione. Schiaccia a pancia a terra il padrone e lo crepa. La pancia nuda sul marmo caldo emette tutta l'aria. Non bisogna altro che cedere, abbandonarsi alla sapienza del forzuto. Egli prende gli arti e li torce, prende la testa e la fa schioccare dal collo con un suono secco di noce. Ogni catena di ossa e vertebre si snoda sotto le sue dita come quando si sgrana un rosario. Poi con quella tenaglia spreme il filetto dei reni, lo strozza, e la testa si abbandona al suo gomito. Nella stretta il gemito esala dal corpo, involontario, come da una busta svuotata.

Lascia il padrone esanime il servitore e si munisce di una stoffa crespa, a smeriglio. Con quella gli strappa di dosso la schiuma e la pelle. Per la caniglia prodotta dal corpo il tessuto si ricopre di sostanza morta. Lo si può ben dire... non si è mai stati puliti prima di un bagno turco.

Infine dopo averlo disossato lo lascia esanime sul banco di marmo e si allontana come uno schiavo romano. Più ha strozzato il padrone, meglio viene pagato il compenso.

Una volta abbandonati da quella presa altro non si sente che il rintrono fioco, nel ventre nebuloso. Il marmo caldo sotto la pelle, e la luce traforata della cupola che chiude il marmo. Le membra diventano più pesanti nella narcosi del vapore, e la vita si stacca di dosso nella sua forma conosciuta per diventare solo visione... macchie di colore sotto gli occhi, come buchi di spuma.

Si cede a quella morte come, nel ventre materno, si cede e ci si adatta alla vita.

Ed è dolce cedere... cedere... nel rimbombo... nient'altro che questo... non uscirne mai più...

Dopo, si sciacquano lentamente, come possono, come sonnambuli, i massaggiati. Rinvengono nelle vasche più fredde delle docce, passando da un'acqua all'altra.

La ricevono sulla testa, sui piedi, sulle membra infanti. I molossi invece conservano la forza anche dopo il salasso. Escono a gruppi e prendono le mance dall'inserviente di piano, il custode della cella. A lui si torna, come a un purgatorio. La cella di legno è fresca, avvolta in una penombra penitenziale. Ha una piccola branda di legno. Ci si può sdraiare e rimanerci dentro, come i fumatori d'oppio al teatro cinese. Rimanerci dentro così, con tutte le visioni ottenute a mezzo dell'acqua calda.

Infine vengono accolti al bar, i virgulti, gli appena nati, e serviti di spremute di arance.

Si rinfrancano lì nella sala delle scommesse... tornano alla vita... gli unici uomini puliti della terra...

“...Café! Ein Café, mein Kolega!”

Così si chiamavano a frastuono fra loro, e così ci chiamarono dentro il chiosco a budello dove eravamo finiti. “Kolega!”

Slavi, levantini, turcomanni, suditaliani, accolti di tutto il continente che l’amico sconosciuto lo chiamano ancora “Kolega! Mein Kolega!”. Nella lingua dei popoli sconnessi, migratori con le code di volpe allo specchietto, emancipati dallo Sprechen Deutsch, fregati dall’ordine, affascinati dalla divisa, dallo stemma!

L’effigie del Benz! Il motore del continente che sempre indica la strada col suo cerchio napoleonico stellato affrescato d’alloro, conficcato sul radiatore.

Quando uno ha un mirino così è andato, non ha più da stare fermo. Non è mai perduto! Può arrivare ovunque, che lo stemma lo guida e lo precede in ogni dove. Carreggiate, sterrati, piste, carovane. Sulla punta dei camion bombati, sui musi dei bus con le ali all’ingiù e i finestrini azzurrati, è sempre lo stesso stemma che impera. Si migra nella Persia, nell’Egitto, per tutto l’Oriente. Si va per spedizioni di pellami di contrabbandi, di manutenzioni, di fiori di plastica, di tappeti, barattoli, e si arriva. Si arriva sempre con quello, anche al caffettino turco nella periferia di Stanbul dove eravamo.

“Kolega! Kolega!” E ci abbracciavano e declamavano le virtù dei motori Mercedes Benz gli ex trasportatori accolti al bar della partenza. Dicevano che l’Europa la si vede meglio dal basso, che da sotto la si comprende tutta, che è da lì che si origina e si spande.

Il ragazzo zigano intanto soffiava nella zurla e l’altro l’accompagnava con un darabuca.

Ci facevano la festa. I maschi ballavano coi maschi alla maniera babbuina. Il camionista internazionale, intanto, sconsigliava il passaggio dalla Bulgaria. “...Tutto ti prendono lì” diceva. “Pure il pesce dalle mutande...”

Erano appagati. Ormai avevano imparato come funziona. S’erano tutti ritirati dal Deutsch Mark. Ora lo offrivano ai viaggiatori. Si trovano sempre queste specie di perpetue quando ancora si ha di che abbandonarsi al calore dei posti di passaggio.

Quando ancora ce n’è per trovare casa nel neon sdentato sulla fòrmica.

I ragazzi zingari suonarono a festa, invasati. E con quell’ultimo accompagnamento ci avviammo a lasciare la città.

La lasciammo alla fine, rombando, sotto le ciclopiche mura antiche di Bisanzio, paurose e interminabili, che ancora dividono i gironi dei quartieri. Sfrecciando lungo le giostre illuminate, sulla banchina lungo i chioschi la lasciammo.

La macchina riprese ad avere luci e cruscotto ed effigie, e ruote mentre tagliava come una forbice la via dietro di sé, e assieme la vita, dall'ultimo posto trascorso. Era un lutto al chilometro. Un bisturi la strada, che niente salva, niente conserva e porta solo e definitivamente da un'altra parte.

La macchina la ritagliò tutta la città, malinconicamente, come chi non ha scelto bene il tempo e controvoglia se la tranciò dietro. Per uscirne la si accodò all'inseguimento di un camion di paglia diretto a Bursa.

Prese la strada dei suburbi, fino ai fari allo iodio che accompagnano le terre di nessuno, le bretelle tangenziali. Poi tutto restò dietro, ma non la malinconia come per una rinuncia, come per aver mancato il colpo. Essersi perduti nelle strade laterali, avere intravisto qualcosa e per la febbre palparlo appena senza afferrarne.

Rimasero dietro i congregati, Levant, i minareti e anche il resto. Rimase indietro la possibilità. Il continente intravisto.

Restò la strada. Non si dovrebbe mai rifare la stessa strada, bisognerebbe andare in tondo come i colombi. Solo le disfatte rifanno la stessa rotta per tornarsene.

Tutto il passaggio della storia lo può riassumere una frontiera. Quella, dove bisogna lavarsi la terra dalle ruote per passare da una parta o dall'altra, è in una zona di uccelli lungo un piccolo fiume. Ci fanno i nidi le cicogne.

È un ostacolo a passarsi. La strada ci arriva quasi insignificante. Nessuno la frequenta ed è l'unica che collega i due paesi. Non c'è motivo di attraversarla. Così ci sono solo grilli e poliziotti.

Presero quelli in ostaggio il mezzo avventuroso e lo portarono dentro all'officina. Un'accolta di macchine stava lì fuori, orfana su un prato brullo. Auto sequestrate e private della targa e dello stemma.

Gli uccelli si alzavano in volo senza frontiera all'alba, mentre i turchi smontavano l'auto pezzo a pezzo.

Non c'era altro da fare che aspettare. Aspettare che alzassero i sedili, smontassero i fanali, svitassero i pannelli delle portiere, togliessero tutto e poi che i greci si svegliassero dal loro turno alla guardiola, per mettersi anche loro a rismontarla, ostinati ancora più degli altri, pezzo a pezzo, a cominciare dai bulloni.

Non ne vogliono sapere di farci passare la gente per di lì. Non gli piace... né agli uni né agli altri. E quando finalmente si passa, ti fanno pulire le ruote dentro una pozzanghera. Da lì iniziano gli Stati Uniti d'Europa.

Che non ci si porti dentro terraglia!

QUATTRO PASSI NEL BARRIO

Dalla voglia che ne avevo, e per tutto il lavorare che mi si faceva in testa da solo, mi dissi "Voglio ancora una volta e finalmente tornare a finire nel barrio! In quelle quattro vie puzzolenti dove tutto ricomincia sempre!". E dissi "Guidala tu questa!", e quella puzzava di salame raffermo e di panetteria turca, e andava in moto a tre pistoni, e così, con tutta la magnificenza, imboccammo il corso largo e infiorettato da cascate di fontanelle elettriche, luci tirate da una parte all'altra e brillantini come stelle cadute rilucenti nell'asfalto del corso di Buenos Aires. Ed io, preso a quel punto dal languore dissi "Ferma, ferma!". E scendendo al volo, in mezzo allo strombazzamento, m'infilai vorace in una di quelle pasticcerie, subito perso a sguazzo nel candore delle panne e delle creme.

"E mi dia questo... e anche quest'altro... e quest'altro ancora!" e distrattamente, la faccia esercente, grinzosa come l'incarto della mignoneria da asporto, riempiva i vassoi che sorbii al volo.

Di corsa a quel punto ci infilammo nella via. E levati finalmente dallo scintillio di lungo corso dei cofani, del catrame e delle luminarie, ci avviammo a perderci nelle laterali, il nostro genere appunto.

Nel pieno ventaglio delle possibilità delle sette di sera, si proclamò e si propose di andarcela a giocare al bar della Piazza. Alla distilleria vinicola. Lo lasciammo il dinosauro, così sconcio com'era e reduce, tra una motoretta e una gettata di sacchi neri d'immondizia. Scorrevano illuminate le vetrine infarcite, nella miseria e nella foschia dei viali dietro alla stazione monumentale. La stazione mastodontica, il colosso di pietra, il monumento delle partenze, la sfinge corrotta dalla vita inetta e brancolante che gli si cela intorno tra i cunicoli e gli inferriamenti di grate e binari. Eccole le vie dai bassi casamenti, già oscuri, già collaterali. Allungati nella notte... a stuffo. Mi ci butto! Una bella razzolata di ricordi! Come un cane pulcioso... mi ci rotolo per terra.

Così ci riversammo dentro... al tempio alcolico... all'abluzione.... all'aperitivo! Ed eccoci serviti! Subito! A due alla volta!

Chiraz del Cile. Doganieri mancavano... e marinai e compagnie brillanti... zampettavano solo degustatori... dopolavoristi... terziari... m'infervoravo dell'ingiustizia dell'estetica dell'epoca e nelle rimostranze... e nelle romanticherie... fino a che lo Chiraz mi crepò i sentimenti nel petto, come un disgelo. E così riscaldato, proclamai "Fuori allora... alle strade! Alle strade!".

E alle strade ci eravamo già ributtati, contemplando e farneticando, nello scintillio della pietra e dei binari... quand'ecco, tra il magma lamierato che mai non cessa, a inciampo mi ritrovai un muso d'auto a invadermi il pensiero ed il discorso.

Mi arriva tra le gambe quel muso, come un annusamento di cane... come un moscone, come un fastidio... ed io preso nel ritmo, a tempo con il flusso ininterrotto e musicale dello scorrimento, lo salto quel cofano, come un invito... mi plasmo sopra alla lamiera, nient'altro opponendo a quell'intrusione, preoccupato soltanto di non interrompere il fluido del discorso acceso... il flusso onnisciente che tutto fa circolare allo stesso modo e come in una musica supero il vetro e già riprendo la corsa, quando il piede, come una dimenticanza, rimane indietro... a terra senza più inseguirmi... fermo... a intralcio del battito... della corsa che tutto sospinge.

Fa un rumore secco, come di uno schiocco di dita l'osso che si rompe e mi spezza il cammino e mi falcia a terra, per terra, a masticare polvere d'asfalto e da lì sotto, nell'accidente, mi viene meno il sangue e lo Chiraz.

S'infiammano subito gli allarmi. Escono dagli androni, persone, creature, vigili e cristiani. All'armi! Si dice... agli Ospitali! Mentre m'abbraccio alla mattonata, rantolando da azzoppato, s'accentra l'accalcamento tutt'intorno... mi sollevano a passo di corsa... m'impennano sulla portantina, già parati in cilindro i lettighieri. E da allora ci inoltriamo nella notte, al trotto, fino ai depositi, che incombono sulle laterali. Ai magazzini.

Tutto ci finisce dentro, anche i binari addirittura, dentro all'atrio del Soccorso. Si caracolla ancora e maggiormente nel mezzo dell'oscurità, che quello è solo un avamposto, e io la seguo al trotto, dall'alto, quella processione senza più ossa e senza fiato. Vengono avanti lenti i padiglioni ospedalieri, ad uno ad uno. Arrivano da sopra... incombenti, come in una città dormiente, con vie e con piazze, i quartieri divisi per catastrofi.

Li indicano le frecce ad uno ad uno! L'acquartieramento chirurgico, il viale delle Ustioni, lo slargo della Malattia venerea. E strade, e vicoletti perfino ci sono, dettagliati quanto le disgrazie. Divise, a divisioni, e poi come un perno, nel centro del cortile da adunata, nel mezzo del grande trattato della vulnerabilità umana, un grande albero di natale, di quelli di alta montagna, guarnito da cuccagna, da consolazione.

Dorme la cittadella, e dormono le palazzine tutt'intorno, in stile libertario e le aiuole e le chiese e le luci azzurrine rassicuranti che vegliano la notte inferma e arginano nel silenzio l'oscurità malata. Fino a che, come emergendo da una nuvola di cloroformio, arrivano i lettighieri di gran trotto, scalpicciando. Bussano a un portone addormentato, bussano svelti, come carbonari. Da quello esce una signora, buona, congiurata, azzurrata pure lei dalla luce sottomarina. Ci prende dentro con occhi imbonitori, da madre superiora, madre laica, scienziata.

Arriva crescendo, in quella quiete illuminata lo scalpiccio... esce direttamente dal bianco del muro e del pannello... invade in forze le corsie. Eccola, l'Istituzione finalmente!

I tentacoli della vigilanza sempre attenta. La bocca che s'apre e afferra nel girone misterioso del soccorso!

Esce dappertutto, l'istituto. Dai tombini, dalle ambulanze, dai cunicoli, dalle stanze addormentate.

Sempre insonne, vigile, come i portieri degli alberghi. Come tutti gli imboscati nel nascosto passaggio delle ore.

I naviganti sicuri dell'oscurità. I praticanti, quelli che tengono la notte in pugno, al sicuro.

I guardiani del faro, i capistazione, i parlatori dell'etere, gli intrattenitori dell'emissione radiofonica a onde medie, quelli che indagano la notte e i mari coi loro bollettini internazionali, recitati in ogni lingua.

Anche il girone del soccorso appartiene a questo Graal, alle sentinelle della notte, ai custodi che la vegliano, dietro le loro luci di posizione.

Al reparto di controllo! Ai radioamatori! Ai raggi X!

Eccomi issato in un colpo nel ponteggio, infilato. Al parcheggio! Alla corsia del ricevimento!

Si raduna qui come in un pettine, l'accolta dei feriti. La vita ne ferisce in quantità. È un bollettino! Una campagna senza gloria! La campagna dell'Accidente!

Si riversano di continuo i corpi flaccidi, le tossine in astinenza, le carni aperte. Gemono e si lamentano, riversi, imbarellati. Non dormono mai i soccorsi, mai la smettono. Vecchie carni al macero, pellami, corpi disfatti. Arrivano a ogni ora al soccorso. In quantità!

L'interezza persa, la sanità perduta. S'ammucchia nel nodo l'inesatto... s'aggroviglia tra gli accuditori, incamiciati nel loro verde sanitario.

"Ai ferri, ai ferri!" gridano.

È lì il nodo dell'accettazione, lo svincolo della riparazione. Il grande parcheggio. Li dispongono a lisca di pesce i conduttori, e poi, seguendo dispacci misteriosi, li inoltrano per cunicoli, ognuno al suo girone. Chi alla sutura, chi all'analisi, chi alla trapanazione.

Di nuovo mi afferra l'ambulanza. Procede per i corridoi, per i comparti, veloce, gira ad angolo, nei cunicoli... sfugge sotto alle plafoniere al neon, sotto alle tubature stagne. Corrono appese ai soffitti delle corsie le aspirazioni, i condotti dell'aerazione, le grate. Si affacciano come vene, infilacciate, nella tenue luce fluorescente dell'illuminazione notturna.

Poi devia in corsa la lettiga, per la medicina nucleare, alla radiografia. Alla radiografia! Alla radiazione! Al raggio indagatore che spolpa le membra e le scarnifica! Che tutto riduce all'osso, sintesi suprema della struttura deambulante. Quello che conta! Quello che rimane!

Ecco il mostro idraulico tentacolare, che nasconde alla vista il raggio invisibile, e lo produce. Non si è altro che conchiglie una volta là sotto, per il macchinario poderoso. Calcare consolidato sul corpo freddo della stesa. Cala il braccio a periscopio, manovra il sottomarino nascosto nella sacca del reparto nucleare... solleva a destra, alzo 15... ecco lo scasso osseo inquadrato, la frattura, nella croce del mirino, SFLASH... scatta l'obiettivo rapido come per un'infrazione di velocità. Eccolo! Si raccolga l'indagato! Col cucchiaino, nel gambale, a lato adesso, sul fianco, girato... SFLUSH sulla lastra di metallo impressionato. Nel cuore della macchina del freddo, asettica per sempre e ben pulita... ecco ricevuta la pappina... flasciata, scattata.

Scatta di nuovo, la lettiga e i barellieri spurgano in corsa i veleni di corsia... SFLASH il fotogramma. Rincorre la squadra il tecnico radiale... sventola la lastra come un fazzoletto perduto, una fototessera d'amianto, un ricordino... STRAC è individuato! Sul banco luce! Sul neon d'indagine! La foto segnaletica! Nessuna incrinazione può più nascondersi... tibie, peroni, malleoli, legamenti, niente gli sfugge di tutti gli ossicini di cui si compone e articola la calcagnazione.

E ce ne vogliono d'infiniti, per assicurare la perfezione del movimento.

È un miracolo di naturalezza la sanità! Divina l'interezza del Creatore! Solo la riparazione è difettosa, così sfiatatamene umana.

Via! Via! Corre ancora la lettiga sotto gli oblò azzurrati dell'emergenza notturna. Al comparto d'aggiustaggio! Muovono i camici... svolazzano le code, le ali bianche, zoccolanti.

Eccoli, gli orchi. I forgiari delle officine ortopediche. I mastri carpentieri. Pinze e cemento, con le mani impastate di farina, come massaie, col camice verde senza maniche, scamiciati, rilasciati, sbracciati nella notte, i fornai, i panettieri del rinsaldo. Manovrano ossa rotte come pagnotte calde. Si prendono al gancio il loro pesciolino, alla granchivella, nella rete, ne fanno un bel sacchetto... lo trattengono in postura, appeso, sollevato nella calzamaglia a rete, e poi finalmente lo mettono all'impiastro!

Nella buttata di gesso, a bacinelle, calda di fornace, s'inchioda il piede nella morsa cementante. Oplà! È un abbraccio! In solido di nuovo! In un momento, tutto radunato, nei vapori di calce delle officine, pronto per il valzer della stampella. Trasforma il riparato in grande ufficiale della Legion d'Onore!

Ecco a voi, signori, una gran gamba di gesso. Da parata. Con stampella d'alto bordo, a presa ascellare, che conferisce al movimento quella rotazione d'anca che già da sola attribuisce il grado e il rispetto di feldmaresciallo a riposo. Oppure, a preferirla, quella più sportiva, a metà braccio, canadese, da centometrista... adatta al gambaletto col tacco, da corsa del sacco. A voi la scelta.

Eccovi fornito, signore, di un'occasione. Ve la regala la vita. Una sacca, giusto nel mezzo. Una bella palla di gesso al piede, adatta ai carcerati. Ai pensatori.

Ed ora via... andare, andare ancora, nel purgatorio dell'aspettativa.

Venni infine sputato fuori dal gran groviglio notturno ospitaliero. L'Istituzione mi depose sulla soglia, di nuovo sotto le stelle, all'incrocio tra il viale dell'Urologia e il vicolo Maternità, attraverso l'ultimo ramo dei giardini, già arrancante nella corsa a tre gambe verso l'uscita. Unò duè, Unò duè... quattro passi nel barrio...

SOLLEVATORI BULGARI

...Il televisore piccolo aveva bisogno di una messa a punto... le bande erano disturbate... non teneva il quadro. I bottoni dei canali erano così sporgenti che si potevano cambiare a colpi di stampella... le immagini arrivavano come dentro un acquario... una vasca d'anice, vaporose come il luogo da cui venivano trasmesse...

Il locale. Più che un tempio dell'atletica era un locale. Una fumeria turca. I fari bianchi e blu da discoteca illuminavano il palco sponsorizzato dalla Everlast. Tutto era in ordine, la pedana rossa e le righe bianche del quadrato in bella evidenza per le riprese televisive.

I sollevatori erano arrivati direttamente in macchina a bordo delle loro Lada, delle Skoda e delle Moskovich, e ora stavano tutti raccolti in uno stanzone illuminato al neon, la palestra della scuola.

Da una porta di vetro laterale fuoriuscivano i vapori del bagno turco incassato nel marmo, sottoterra. Avevano posato le borse e tirato fuori magliette e pedalini aggrovigliati e gli asciugamani che gli allenatori provvedevano a stendere sul vapore caldo. E poi la polvere di gesso, la cinghia di cuoio per l'ernia, le mutande rinforzate, i manubri dei pesi.

Gli allenatori erano tutti grossi, tozzi con spesse dita a cono. In gran parte ex sollevatori, passati poi dalla parte dell'addestramento. Ogni squadra era composta soltanto dall'atleta e dall'allenatore. Erano arrivati dall'Ucraina, dalla Romania, dall'Epiro, da Atene, dalla Bulgaria. Da quelle terre venivano i migliori specialisti del mondo. E poi dal resto del continente.

Per la maggior parte avevano un'aria ottusa e parlavano poco, ogni tanto si sganasciavano per qualche battuta grossolana, poi riprendevano il grugno silenzioso ereditato dai loro allenatori.

All'arrivo si salutavano tra loro, da vecchi conoscenti, congratulandosi tutti per il viaggio e per l'aspetto.

Verso le nove la Bbc aprì il collegamento, dal Gymno Palasz di Stanbul. Il presentatore era vestito all'occidentale con la scriminatura tutta da una parte, i capelli impomatati e spessi occhiali neri con le mezze lunette. Col suo vestito da sera blu attillato e la pettorina bianca annunciò l'inizio della serata.

"Buonasera" disse. "E grazie a tutti per essere accorsi qui!"

Il Palasz era una sala socialista a due piani. Per l'occasione era stata attrezzata con i tavoli. Le prime file avevano un'aria da nightclub con le tovaglie bianche e il secchio per le bottiglie. La parte dietro e il secondo piano erano per lo più serviti da un banchetto allestito in mancanza del bar. Due grandi tinozze di zinco piene di bottiglie di birra senza etichetta e ghiaccio in blocchi costituivano la fornitura della sala. Le birre, a dozzine, coprivano i tavoli di formica, tra il brusio degli islamiti, che parlavano, mangiavano lupini e sfogliavano i giornali dell'evento.

"La città è felice di ospitare i maggiori atleti del mondo..." disse ancora l'annunciatore "...che ancora danno lustro alla grande arte del sollevamento pesi. La gara si svolgerà sulle cinque alzate e assegnerà il titolo mondiale che già fu di Mustafov, Saliev e del grande Parraz. Il mondo intero è collegato stasera, certo di assistere a uno spettacolo degno di tanto passato. Onore alla memoria del grande Atatürk."

E questo fu tutto l'intrattenimento della serata. Il resto si svolse tra atleti che entravano, sollevavano e uscivano senza commenti. Gli allenatori li guardavano imperturbabili, con uno sguardo di sufficienza.

La gente continuava a parlare, mentre i campioni alzavano. Erano una parata di bulldog.

Per primo entrò il greco, il forzuto Atanassis. Aveva l'aria severa, da uomo fatto, i capelli corti e dritti. Come tutti gli altri sembrava fabbricato in un pezzo unico, tozzo, con le gambe e le braccia corte. Entrò con un'espressione preoccupata, come un cane che deve farla davanti a qualcuno.

Non guardò affatto la sala ma si diresse, molto concentrato, all'attrezzo. Il manubrio era di metallo e montava sull'estremità tre grossi dischi per un totale di duecentodieci chilogrammi. Era fermo, morto per terra. Attaccato invincibilmente alla pedana.

Atanassis sulla stazzonatura portava una canottiera di viscosa bianca, marchiata sul petto con la bandiera bianca e azzurra del suo paese. La vita e i fianchi erano stretti da una spessa cintura di cuoio che si allargava fasciando i reni e la schiena per meglio contenerli nello sforzo.

Sotto indossava le mutande rinforzate in spugna blu. Le gambe erano un tronco unico con le caviglie. I piedi, fino a metà polpaccio, erano fermi in uno scarponcino squadrato come un gambaletto di gesso. Un pugile al confronto sarebbe sembrato una ballerina di danza classica.

Con lo sguardo rivolto lontano, in alto, prese la calce bianca, s'impregnò le dita e la buttò sul collo e sulle spalle. Poi si concentrò sull'attrezzo. Ci mise le mani sopra, stringendole al manubrio, come se lo volesse impastare, muovendo un poco le anche e le gambe. Si curvò abbassandosi da una parte e dall'altra mentre l'attrezzo rimaneva inchiodato a terra. Quanto più ci si torceva attorno come un ragno, più quello dava l'idea di essere saldato al pavimento. Cercò ancora a lungo la presa. Le mani iniziarono a diventare di ferro, un'unica cosa con l'attrezzo. Finalmente lo prese. Puntò i piedi per terra piegandosi in un arco. Le gambe iniziarono a tremare e flettere. Fece una finta di sollevamento, poi si curvò ancora come un elettrodo. Il peso si mosse da terra, si staccò dalla pedana. Fu un momento. Se lo tirò addosso portandoselo sulle clavicole, piegò le leve delle braccia e lo appoggiò alle spalle, mentre si chinava sulle gambe come una rana, arrivando a finire col culo a terra. Così restò, nel bel mezzo del suo sforzo. Il collo già gli tirava grandemente, e in quella posizione precaria, con addosso un peso due volte e mezzo il suo, cercò di trovare un equilibrio.

Ondeggiò un poco gonfiando la bocca e poi con le cosce tremanti si diede a salire, svitandosi, aprendo il corto compasso delle ginocchia. Le alzò piano piano, come un granchio, come un cavatappi a bracci e finalmente fu in piedi. Lui, Atanassis, e il peso da duecentodieci chilogrammi. Restò così qualche secondo sempre con la bocca gonfia d'aria, il sangue che gli appesantiva gli occhi, continuando a guardare lontano, avanti a sé.

Radunò ancora le forze il sollevatore greco, e poi produsse il solo scatto veramente veloce che è concesso a questo sport. In un unico momento, portò i duecentodieci chilogrammi sulla testa, alzando e stendendo in alto le braccia e contemporaneamente piegò a terra la gamba poggiandosi su un ginocchio e tenendosi sull'altra, come un gladiatore. Il sangue lo rendeva paonazzo mentre porgeva al soffitto del Palasz il manubrio. Sforzandosi allo stremo per mantenere l'assetto, mentre tutto il corpo ondeggiava e aveva l'aria di volersi spetazzare sull'istante, portò avanti l'ultima manovra del sollevamento, la distensione delle gambe, che centimetro per centimetro salirono a loro volta e finalmente, a conclusione dell'impresa tutto il suo corpo fu in piedi, formando una X tremante sotto il ferro del manubrio curvato anch'esso alle estremità dal peso.

Per qualche secondo tutto continuò a vacillare nella posizione vittoriosa, Atanassis aveva l'aspetto di un orco prossimo al collasso, mentre governava ginocchia, ernie, gomiti e ogni cosa non voleva altro che cedere e così cedette.

Buttò a terra il ferro, scostandosi da sotto. Quello rimbalzò e tornò a essere incollato alla pedana. Liberato dal peso Atanassis aveva un'aria ancora più tozza. Non sorrise neppure, ma fece un breve saluto uscendo dalla scena.

Non aveva fatto gol, non avrebbe avuto stadi osannanti, né copertine di giornali. Aveva solo alzato duecentodieci chili sulla testa, e ne doveva alzare ancora altrettanti, così tornò al neon della palestra, mentre la sala applaudiva e mangiava lupini, che ancora ce n'erano.

Entrò Afasiev, il bulgaro. Era ancora un ragazzo nel viso, per il resto era già un molosso formato come tutti gli altri. Aveva i capelli lunghi, dritti all'ingiù, gli occhi vispi, neri e il naso aguzzo. Avanzò nella sua canottiera rossa con leggerezza verso il centro e si buttò la calce sulle spalle. Baldanzoso saltellò davanti al ferro alla maniera dei pugili, salutò la sala, sempre più vaporosa di fumo, ottenendo di diminuire appena il brusio. Girò intorno all'asta, la studiò, poi sputò per terra e la prese, a braccia larghe.

Le tenne distese e cominciò a sollevare da sotto, dalle gambe, inclinate come un ballerino di limbo sotto l'asta. Miracolosamente mantenne l'equilibrio e issò il peso sulle spalle saltando la fase della rana, appoggiandosi subito sul ginocchio. Il corpo era gonfio e glabro come i lottatori di sumo, una gomma bianca. Gli occhi gli si mantennero vispi mentre sollevò le braccia a stantuffo, e quando infine stese le gambe stringendole a forbice. Non tremò quasi col suo trofeo in aria. Lo gettò e fece l'inchino. La squadra bulgara lo accolse nel vapore dello spogliatoio. Aveva l'aria davvero felice Afasiev. Prese un grosso telefono portatile, estrasse l'antenna e chiamò subito Varna in Bulgaria, da dove veniva.

La soglia dei duecentoventi kg sfoltì subito le fila, uscirono lituani, slovacchi e uzbeki, ma furono i duecentoquaranta chilogrammi a stroncare tutti i molossi in mutande stagne. Avevano voglia di girarci intorno al ferro, di fiutarlo, di provarlo, di impugnarlo! Il ferro li accappottava tutti quanti.

Chi perse l'equilibrio appena preso, chi non riuscì proprio ad alzarlo, chi cadde col culo per terra nella posizione della rana, chi portandoselo alla spalla. Tracagnavano tutti, ostinati, indispettiti, coriacei, a costo di farsi scoppiare i reni, di farsi scendere l'ernia per terra, di scacacciarsi addosso, non ci mollava nessuno. E dire che non c'erano nemmeno applausi, né belle ragazze, c'erano solo gli istruttori della federazione nel vapore e nel neon del bagno turco ad aspettarli. Eppure questi, come una manica di pitbull incarogniti, si ostinavano a sollevare i loro duecentoquaranta chilogrammi. Non si davano pace. Nessuno parlava, tutti si facevano scendere la borsa a terra sulla panchina. Non camminavano nemmeno avanti e indietro, non si insultavano alla maniera dei lottatori. Ognuno guardava fisso il pavimento e non aspettava altro che il momento della vita, il momento di sconocchiare per terra con duecentoquaranta chili di ferro sulla testa. Cinesi della Manciuria, sollevatori di Giava, sumatri, siberiani, danubiani. I più grossi e ottusi di tutti i villaggi degli Urali, prelevati dalle loro federazioni e intestarditi al sollevamento, cadevano uno dopo l'altro. Ulanof, l'ucraino, si ribaltò all'indietro e il peso gli cadde sul piede destro spezzandoglielo. Kanu, il rumeno, si cacò addosso.

Rimasero infine solo Atanassis e Afasiev.

Salì Atanassis.

Non aveva cambiato in nulla il suo modo serio, da uomo fatto, e il suo sguardo lontano. Per l'ultima volta si spalmò la polvere bianca sui muscoli delle spalle, strinse per bene il cinturone da gladiatore e afferrò l'asta a modo suo, come fosse un pezzo di sé.

Il pubblico aveva quasi finito i lupini e iniziava a essere annoiato di tutti quegli insuccessi. Nessun turco si era distinto nel sollevamento ed erano tutti così generalmente malcavati che non si sapeva proprio per chi tifare. Speravano solo di vederli schiattare, e se quello che schiattava alla fine era greco tanto meglio.

Perciò fu accolto con ostilità, Atanassis, ma guardò come al solito lontano e non se ne curò affatto. Pensava alla trattoria sul mare che avrebbe aperto coi soldi del premio della federazione, se gli restava la salute. E pensava anche al discobolo di Mirone. Per cui si concentrò come e più delle altre volte. Aveva sempre sollevato. Una vita a sollevare. Da piccolo i sacchi di cemento, e poi i mobili, le casse del porto, le motociclette, le ancore per scommessa. Aveva solo sollevato senza mai nemmeno la soddisfazione di tirare un pugno.

Erano solo venti chili di più. Si alzarono da terra appena se li tirò addosso. Bestemmiò in greco sibilando e alzò ancora. Gli finirono sulle spalle i duecentoquaranta chili, quelli che nessuno era riuscito ad alzare. Se li sentiva scappare da tutte le parti, le ossa non li volevano tenere in piedi, ma resistette. Rifiatò. Per tenersi concentrato badava solo a un punto nero che egli soltanto vedeva nel bianco della testa. Alzò le braccia e si appoggiò sul ginocchio destro. Adesso lo teneva in aria. Doveva solo alzare le gambe. Sentì il peso ondeggiare ed ebbe paura di cadere muovendosi. Così restò fermo ancora. Quando si sentì più sicuro fece leva sulla coscia. La fascia elastica la teneva insieme e andò ancora su. Le braccia tremavano e non distingueva più niente attorno, sentiva solo il rumore del sangue nelle orecchie e il fumo puzzolente della sala. Bestemmiò ai turchi. Continuava ad alzare, ma senza capire più niente, adesso tremavano anche le gambe. Scorreggiò. Le ginocchia erano quasi stese. Tremavano. Ora avrebbe dovuto solo restare fermo e aspettare il tempo della giuria. Cercò il suo punto nero in testa ma non lo vide più, vide solo rosso, rosso e bianco. Le ginocchia gli sconocchiarono di sotto. Tutta la posizione cadde come un castello di carte, le ossa se ne andarono per conto proprio. Cadde a culo per terra e gambe avanti. Il peso non gli fece niente, ma aprì il pavimento della pedana che gli si sfondò sotto. Ci finì dentro come in una grancassa di tamburo, col suo manubrio in mano. Poi sentì gli spasmi della colica mordergli i reni mentre la sala scrosciava d'applausi. Tutto il pubblico batteva i piedi per terra a ritmo e applaudiva. Il fumo ormai copriva tutto. Il presentatore interruppe momentaneamente il collegamento. I lupini finirono e la gente prese d'assalto le tinozze delle birre.

La pedana fu sostituita in trenta minuti. Afasiev il bulgaro dagli occhi vispi sollevò e vinse con la sua tecnica innovativa. La televisione lo inquadrò a lungo mentre parlava felice nel suo grosso telefono portatile. Parlò a lungo e nessuno capì cosa dicesse. La Bbc chiuse il collegamento su queste immagini senza accompagnarle con alcun commento. Poi la federazione bulgara andò a festeggiare in un ristorante di pesce a Scutari, sul lato asiatico della città. Era molto affollato, c'erano famiglie senza bambini ed era piuttosto caro. Ma aveva una bellissima vista sul canale e facevano anche la pizza.

RIPARAZIONI TV

Nuttless aveva una pausa. Per distrarsi si diresse oltre il bar. Il solito bar. Buttò un'occhiata alle scarpe in liquidazione. Erano di quel genere già in liquidazione prima ancora di essere fabbricate. Attraversò la strada, si infilò nel negozio di libri usati. Si estendeva su due stanze, ugualmente sfitte e malinconiche.

Arredamento non ce n'era e i libri nel complesso non valevano il loro prezzo, ma c'erano le riviste per adulti.

Erano impilate una sull'altra su un tavolino da scuola, di fianco al settore dei best-seller.

Un uomo alto e stempiato con un giacchino di gabardine sportivo ne reggeva una in mano e la consultava, fingendo che fosse un manuale da cucina. Aveva una faccia allungata e amorfa, la barba di un giorno, ed era sudaticcio, come se avesse due lineette di febbre. Si passava di continuo il pollice sulle labbra annusandosi. Lo faceva sempre, era un habitué. Veniva un'oretta la mattina in consulta, come in biblioteca, e poi se ne andava senza mai comprare niente. Con l'aria afflitta di chi non aveva trovato quello che stava cercando.

La proprietaria era seduta su una sedia senza scrivania sotto lo scaffale delle guide Michelin e continuava a leggere senza curarsi di loro.

Era magra e stava ingobbita sul libro. Indossava un pullover nero non stirato e aveva i capelli che le cadevano in avanti a ciocche, bruciati dalle tinture. Pareva più una guardarobiera che una libraia. Leggeva coi lineamenti aspri, induriti dalla concentrazione.

L'uomo in gabardine ogni tanto alzava gli occhi dalle riviste e la guardava di nascosto.

Nuttless gironzolò un poco tra le pubblicazioni. C'era un vago odore di ammoniaca e di deodorante da armadio. Nell'aria la radiodiffusione spandeva la musica leggera italiana.

Si avvicinò e chiese qualcosa sulle divise napoleoniche. Lei si alzò e cercò, con le mani rovinate, color aragosta, nel comparto girevole.

Disse "Ho questo".

E allungò un pocket di vent'anni prima.

"La vita e le imprese di Napoleone Bonaparte nella straordinaria biografia di un grande storico inglese."

Il prezzo dietro era da intendersi dimezzato. Lo prese. La donna tornò alla sedia. L'uomo in gabardine emise un bisbiglio. Sibilava come un mantice rotto e cercava di nascondersi dietro il mucchio delle riviste. Era ancora più pallido di prima. La bionda continuò a leggere, mentre lui usciva furtivamente coprendosi la macchia sui pantaloni.

Era un nostro cliente. Uno del quartiere.

Rientrai al lavoro in negozio. Nel senso dell'attività, perché di negozi lì non c'era traccia.

Era un garage con una porta di vetro, ma un'automobile passabile non ci sarebbe entrata.

L'insegna non c'era, ma il quartiere lo sapeva lo stesso, e sapevano anche che le riparazioni da noi costavano meno. E così se ne fregavano dell'insegna, del camice e del banco, che non c'era neppure quello. Venivano, ci portavano i loro televisori scassati, che nella maggior parte dei casi avevano superato l'età della revisione. Loro, però, non li cambiavano lo stesso, perché tanto ripararli costava sempre meno che comprarne uno nuovo.

Li conoscevamo quegli apparecchi, come il medico della mutua conosce i suoi mutuati.

Conoscevamo i mali dei proprietari dai malanni dei loro televisori. Sapevamo se era lo schermo principale o quello secondario, destinato alla cucina. Se avevano preso un tinello nuovo. Se qualcuno in famiglia si era sposato. Se pagavano senza storie, se a rate, se tiravano a non pagare proprio. Siccome erano tutti una manica di vecchi scorreggioni taccagni, il prezzo lo maggioravamo sempre di un ventimila lire, che poi toglievamo di fronte alle loro rimostranze, spacciandolo per sconto. Così pagavano, se ne uscivano contenti, e ci mandavano pure i loro parenti.

Erano tutti padri di famiglia, spesso numerose, venuti anni prima dal Meridione. Gente che risparmiava su tutto, ma al televisore non poteva rinunciare.

Gente che al cinema non ci andava più, perché tanto... fra un anno lo fanno in televisione, che la sera non usciva, perché... ci guardiamo la televisione, che non andava da nessuna parte, perché... la televisione gli faceva vedere quante brutte cose c'erano in giro...

Ora questi uomini, per i quali un acquisto era una cosa da programmare con anni d'anticipo, se il televisore gli si scassava non potevano più avere pace. Era la disgrazia.

In casa si respirava quell'aria di situazione d'emergenza, come avviene quando c'è uno sciopero generale, o la guerra del Golfo, o qualcuno in famiglia è dovuto andare all'ospedale, e se ne sente l'assenza.

Il grande malato, la grande madre di fronte alla quale ogni tragedia domestica si stempera, nel soporifero bagliore fluorescente, aveva necessità di cure. Le più rapide e le meno costose.

E per questo esistevamo noi. I fratelli Martelli.

Senza insegna, senza telefono, senza un cazzo, ma riparazioni in giornata a prezzi concorrenziali. Ritiro e consegna anche a domicilio. E che domicili! Quarti, quinti piani senza ascensore, appartamenti stonacati, pieni di marmocchi fetenti.

Ma quando arrivavamo ansimanti, stringendo il 24 pollici redivivo, che festa! Ci si guardava abbagliati, come salvatori, di più, come maghi, stregoni miracolati dalla CONOSCENZA!

Si stappavano bottiglie di spumante da Ipercoop, conservate per le occasioni. E poi erano pacche sulle spalle, dichiarazioni di amicizia imperitura, proposte di tenere a battesimo l'imminente nascituro, benedizioni, panettoni vecchi, e se era orario, pronta apparecchiatura di insaccati del paese.

Capitava di consegnare anche quando il marito non c'era e allora, forse per l'emozione del prezioso ricongiungimento, le signore davano a intendere improvvisi calori e tiravano fuori dalla credenza qualche liquore dolciastro col quale si ubriacavano la mattina di nascosto. Languidamente andavano riempiendoci di complimenti.

"Ma che bel ragazzo che siete... e come siete forte... tutte quelle scale da solo, e con quel peso... poi! Che gambe formidabili che dovete tenere. Ma la ragazza, giovinotto, ce l'avete?"

Se si facevano un'idea diversa, allora provavano a pensarci loro, i capifamiglia.

Scapurro, il lattoniere, si mise in testa addirittura di farmi accasare alla nipote. Mi trovava un buon partito. Avevo un mestiere del resto. Disse "Venite, venitemi a trovare, ve la devo proprio fare conoscere questa figlia mia".

E così una mattina al momento della riconsegna combinarono l'incontro.

La ragazza stava seduta sul divano e non diceva niente.

"Ciao" faceva solo. "Ciao."

Poi dalla porta sbucò fuori la zia, con un vassoio di pasticcini.

"...Ma chiacchierate pure... fate fate, bisogna pur che vi conosciate un poco! Eh, voi siete giovane... su carina, non essere timida, guarda qui che bel ragazzo!"

La poveretta se ne stava lì a gambe unite con la gonnella, senza dire niente, e sorrideva.

Da quelle situazioni era tutto sommato facile svignarsela. Ma non alla mattina presto, laggiù ai condomini degli anonimi.

Quando salivamo riportando i loro Sony a noleggio, nel freddo dell'inverno, lì non era semplice.

Ce n'erano a quantità di quei bei palazzi, con i numeri sui citofoni. Anche da lì ci raggiungevano le ordinazioni. Russe, polacche, dominicane, orientali e rumene. La ricezione internazionale ci alloggiava dentro.

Si poteva servirle soltanto di prima mattina. Per il resto del tempo erano occupate. Ricevevano direttamente a casa, anche senza appuntamento. Bastava suonare il campanello, se era libero si saliva, se era occupato si rimaneva fuori. Nell'alloggio c'era soltanto il letto, il bagno e la televisione. Anche a loro si scassava spesso e perciò bisognava pure pensarci ai loro apparecchi impiastricciati color antracite.

Arrivavamo alla mattina presto, noi, bella gioventù, da mezzo al lercio del traffico. Aprivano ancora assonnate, avvolte nelle vestagliette di raso, senza nient'altro sotto.

C'era da sudare freddo.

Dicevano "Da da. Televisiona". Era tutto il loro mondo. La televisione, il citofono, e i clienti.

Non si muovevano mai da lì dentro. Mantenevano la posizione.

Una donna di servizio al piano rifaceva le camere a ogni ora, e questo era tutto. Si preparavano molti cappuccini e guardavano fuori assorte, nelle nebbie tangenziali. Fumavano sigarette davanti alla tivù. Le sorprendevo quasi sempre sintonizzate sulle televendite.

Dicevano che ci si potevano fare buoni affari lì.

Una di quelle mattine portai un Toshiba al sesto piano. Nella stanza non c'era altro che il letto e il tavolino per l'apparecchio. Era una ragazza thailandese. Aveva un'aria triste. Posai il televisore.

"Sono centomila lire, signorina, per la riparazione" dissi.

Lei rispose imbronciata “Mi spiace. Non avere soldi. Niente, tutto rubato. Però potere scopare te in cambio”.

Da dentro la camera non si sentiva nulla del traffico, del fuori, dell’imbratto da cui venivo.

Guardai lei e guardai la stanza. Dissi “Non importa. Me li può dare quando li ha”.

Lei sorrise e aggiunse “Tu venire quando vuole...” così me ne uscii per le scale tristi.

Fuori era il solito. Rimisi in moto la R6 e tornai alla base. A Martelli dissi che li avevo spesi in filo d’antenna.

C’era poi la via Pergolesi. Lì si trovavano anche i nidi di topi, dentro al tubo catodico. Bucce per terra, giornaletti in giro e minorati rinchiusi col lucchetto. Che non li vedessero gli altri. Con le nostre consegne ci si paravano le intimità davanti, si scoprivano le bollette nei pantaloni, di tutta l’umanità da riparazione. Le donne in vestaglietta, ubriache dalla mattina, quelle coi riccioli unti, i maniaci rinchiusi nelle camere, con gli attrezzi da culturismo e le pistole cariche. Gli psicopatici, coi canali fissati sugli annunci del sesso telefonico... dalla mattina presto. Le petomanie solitarie degli scapoli calvi, gli ammucchiamenti maghrebini con le antenne paraboliche attaccate alle finestre. C’erano stanze dove stavano accalcati in otto e non si capiva niente di niente, e noi ugualmente arrancavamo come granchi, col pacco regalo, in quei dormitori pubblici. C’erano poi gli incustoditi. I marmocchi, i neonati, gli handicappati, gli ospiti. Per tutti loro la televisione era la grande Balia.

Per gli anziani soprattutto. Glieli avevano lasciati tutti in affidamento. Il mondo se ne era andato, gli era sparito dalle case. Se ne era uscita la vita. Figli, nipoti, amici, ognuno aveva preso una sua strada. Gli orizzonti invece di allargarsi s’erano ristretti, come le mutande di lana in lavatrice. Restava l’apparecchio a condirseli a puntino, il suo bagliore fluorescente, l’intrattenimento e i manici di scopa dei vicini che battevano da sotto il soffitto per via del volume alto dei televisori confinanti. BUM BUM!

Quando passavamo di lì sotto la sera, per un’urgenza, non si sentivano più voci di cristiani. Parlavano solo le Televisioni. A volte chiamavano di sera, per convocarci, e dal telefono pareva che avessero la casa piena di gente, per il frastuono di voci che si sentiva. Ma erano soltanto le Televisioni. Farneticavano, spistolettavano, musicavano, litigavano, chiavavano. Facevano tutto le Televisioni, come le mignotte del ponte. Poi finalmente un giorno scoppiavano. Gli si bruciavano i neuroni, le prendeva l’ictus catodico, il brutto male, l'Accidente. Per quello c'eravamo noi. Rimanevano inerti, come casse morte, cadaveri gonfi. Ci toccavano le loro puntine bruciate, i filamenti.

A volte gli esplodeva proprio per intero il catodico. C'era da spaventarsi per il botto. Ma anche in quel caso non rinunciavano al tentativo della riparazione.

In certe case le signore anziane, le più accorte, gli coprivano il muso. Forse perché un poco lo temevano il terzo occhio dello schermo. Terzo occhio del mistero. Si sentivano osservate mentre facevano le faccende e allora, con rispetto, gli cucivano una bella vestina, come ai cani. Col pizzo, l'orletto e tutto quanto. Poi gliela infilavano addosso e la incappucciavano da sopra. In quel modo finivano per avere un'aria innocua, come le macchine da cucire, e non disturbavano più.

Bisognava accenderli a volte quei tipi di apparecchi con un trasformatore sistemato sul carrello, come fossero by-pass. Erano modelli difettosi, col soffio al cuore. Necessitavano di quella piccola premura in più.

Siccome parlavano sempre, le Televisioni, quando quelle smettevano di parlare, gli uomini parlavano di quello che avevano visto alla televisione. Ce lo raccontavano, a volte il riassunto di puntate intere, sceneggiati, teleromanzi.

Ma quando arrivavano dai Martelli, sul ferro operatorio, lì la smettevano di spadroneggiare. Tornavano a essere ferraglie spaziali quali erano state. Inerti. Con la pancia di vetro. Dietro la facciata dell'immagine fluorescente, onnisciente, non erano altro che rocchette di rame e puntine di stagno, con le ragnatele dentro. C'era da rimanere inorriditi per quanta mondezza si raccoglieva lì dentro! Una delusione per gli appassionati quelle macchine sventrate. Si vedeva che lo fabbricavano a forza l'artificio immaginativo, i catodi.

Apprenderla, quell'arte riparatoria era un impegno.

Molti imparavano il mestiere all'istituto professionale, tra le birre Ceres dei sedici anni, le partite di calcio e gli spintoni nei corridoi. Erano riformatori quelle scuole. Riformavano gli spiriti e li declassavano. Non consegnavano nemmeno alla maturità. Li demolivano e li lasciavano imberbi al limbo della Licenza del biennio. R.R. *Riparatore Radio*. Gli apprendisti arrivavano con le vespe truccate e i riccioli con la permanente alle lezioni, che erano soltanto pause tra gli scioperi.

Noi però non temevamo questa concorrenza. Nessuno di questi diplomati poteva arrivare alla perizia della nostra scuola! Scuola ereditaria! Mestiere tramandato in casa!

A maestro! Come i calzolai.

Era Martelli la nostra luce. Il nostro mastro Ciliegia. Lui solo ci aveva istruito, e fin da piccoli. Era stato come imparare ad andare in bicicletta. Riparavamo senza neppure sapere noi come. A istinto, come i figli dei barbieri che suonano a orecchio.

Certo ci aveva soprattutto mandati al facchinaggio, con la motoretta furgonata. Le lezioni se le era tenute con parsimonia per il dopo, ma ci aveva instillato nel sangue la febbre della riparazione. Quella ci veniva facile, cromosomica, ma il vero lavoro di corvetta, il sacrificio dell'uomo, era quello dell'antennaggio. Quelle antenne che pungono il cielo, che stanno di vedetta su tutti i palazzoni, le dovevamo montare a condomini interi.

Dopo le coliche delle riunioni condominiali, dove l'aggiunta di un canale avveniva per decreto amministrativo, arrivavamo ancora noi. Gli uomini della provvidenza. I fratelli Martelli.

Gli installatori del lume.

Issavamo a forza sul cucuzzolo del tetto la bandiera condominiale, a quattro barre. Formicolavano di antenne i palazzoni, e dopo la grandine cadevano a fasci, come grano maturo. Noi prontamente le risollevavamo. Ed esse potevano di nuovo tornare ad afferrare la frequenza come radar, disposte al loro pattugliamento perenne, come una contraerea, una cavalleria dell'aria.

Fin oltre il mare arrivava quella malia. Portava il verbo intrattenitivo. Muoveva esodi, la televisione, agitava le masse il grande pifferaio. Li schiodava dal paese delle aquile, dalle Albanie. Dalle montagne li faceva correre giù a bagno, all'esodo, nelle bagnarole da sfascio. Li chiamava scalzi, a piedi, con gli infanti in braccio. Come nel quadro del Quarto stato.

Muoveva l'emigrazione la televisione nazionale. E si buttavano agli scafi macilenti per raggiungere la grande reclama. L'ammaliamento.

E se arrivava fin laggiù oltre il mare, il grande pifferaio, doveva ben arrivare anche sui tetti di via Pergolesi!

E chi altri la doveva garantire questa certezza se non noi? I fratelli Martelli!

Che si sentisse bene allora! E limpido, senza interferenza. Non ci fossero più storie! I più bassi di casamento pativano, gli sfortunati. Non arrivavano a prenderla, ad afferrarla bene la linfa dell'etere. Erano schiacciati sotto canestro dai pivot centrali della PANEDILIZIA.

Guai ai bassi! Schiattavano di rabbia, d'invidia e di disturbi di frequenza i due piani con cucina. Subivano svalutazioni catastali, addirittura. C'era da vendersi la casa! Allora imploravano di fargli il miracolo. Noi ci applicavamo. Gliele preparavamo apposta, su misura, autocostruite, con prolunghe e verricelli, raccordi e serpentine. Tutto pur di farli arrivare all'onda. Allo sci d'acqua dell'etere eterno.

Toccava d'andarci su quei tetti anche di sabato e di domenica mattina. Era dura, dopo le sbornie colossali della notte prima. Non mi mantenevo. Me le prendevo sacrosante in ogni modo. Non me ne importava della vertigine. Sboccavo anche in marcia. Col sacco a pelo pronto al pernottamento, all'addiaccio.

Però alle 8 e 30 della mattina ero sul posto. Ne vedevo quattro di tetti e tre antenne alla volta.

A guardare in basso mi tornava su la pappina. M'inerpicavo lo stesso tra i coppi scivolosi, come un serpente. I tiranti da fissare erano dappertutto, fin sugli spigoli delle grondaie. Da lì potevo vederli di sotto, a testa in giù, piccoli, meschini, gli omarini affannati della mattina presto. Ci furono volte che gli sboccai di sopra, nelle gronde. Ma bisognava mantenere la posizione. Ostinarsi! Arrivarci in fondo. Tiravamo e tiravamo fino ad alzarla quella bandiera di reggimento.

Oh issa! L'installazione rotante... oh oh!... il pennone a tentacoli pendeva... a destra... a sinistra... sul cornicione. Si sporgeva paurosamente sull'abisso... alla mercede della saetta folgorante, ma alla fine si alzava... si drizzava... si installava l'aquila della vittoria!

Prontamente si spargeva la novità dei nuovi canali. S'irradiava nei filamenti di rame, fino alle prese e agli attacchi, la linfa nel palazzo. Ringalluzziva le massaie! Dava forza agli esercizi ginnici! Inaspriva gli animi e spingeva alle masturbazioni!

Pure i coiti si impennavano. Tutto il palazzo ne veniva travolto. C'era ancora di che parlare!

Una mattina intera ci voleva, e a volte anche il pomeriggio, per giungere a quel risultato. Me ne dovevo bere un altro per non farmela sotto. Mi portavo, anzi, la borraccia di soccorso, al collo, apposta, come i cani sanbernardo, ma alla fine scendevamo dal tetto, e fin giù dalla strada si poteva ammirare il capolavoro.

La guardavano anche i condomini ammirati.

Lucente. L'antenna! Finalmente!

Era finita con le onde disturbate. Si potevano ammirare i canali nella limpidezza originale. Quei disturbi, quelle righe d'interferenza erano per i nostri clienti fastidiosi come reumatismi, come una scabbia.

E il quadro che non stava fermo? Quello li faceva impazzire del tutto... se ne scendeva il quadro come l'elastico delle mutande quando è largo, procurandogli lo stesso fastidio.

Scendeva e rimaneva nel mezzo, lasciando metà faccia di sopra e metà di sotto. Dava fuoco a litigi il quadro mosso, a volte arrivavamo che già si contavano i contusi, nel parapiglia.

C'era pure chi simulava il televisore a colori, ricoprendo di uno schermo il bianco e nero. Era questo un trucco applicabile, a buon mercato, col cielo azzurro in alto, a metà giallino, e più scuro a terra. Il fondale western universale.

Infine c'era il lavoretto più semplice, la sintonia. Dopo il crollo dei televisori a regolazione manuale nessuno riuscì più a sintonizzarsi i programmi. Si chiamavano i parenti diplomati per primi, i nipoti studenti poi, e per ultima soluzione sempre noi!

Era una cosa quella che con poca spesa li rendeva entusiasti. La casa tornava a essere casa solo quando si aveva il pieno comando dei canali. Finiva l'anarchia. Ogni cosa andava a posto. Era piacevole come un taglio di barbiere.

Anche i videoregistratori erano pane nostro. Ce li portavano spesso con la cassetta ancora dentro incastrata, cosicché all'atto della riparazione a volte usciva la faccia di Bud Spencer e a volte un tremmone, un succhiamento alla radice.

"Uhm uhm" faceva il televisore, e i clienti subito si giravano, vinti dal richiamo. Si eccitavano in natura.

Un monitor esposto sulla strada provocò una volta un tamponamento. E si costituì una claque di ragazzini che faceva la posta alla vetrina. Fummo costretti a controllarli prima.

Altri ancora, i più sentimentali, ci portavano le radio. Quelle vecchie. Ancora prima di consegnarle supplicavano lo sconto. "È solo per un ricordo di famiglia... non la ascoltiamo nemmeno..." dicevano "...ci tratti bene." Poi se ne andavano e ci affidavano i loro cimeli.

I registratori, i mangiadischi, i mangiacassette, i mangianastri, i cibì da camion, i walkie-talkie da casa, i telefoni a pila, i filodiffusori, gli altoparlanti da materassai, gli stereo da macchina, i televisori 10 pollici per gli autotreni, le televisioni arancioni da picnic... pure i tamagochi ci lasciavano in affidamento.

"È morto!" supplicavano. "Faccia qualcosa, la prego. Mio figlio è disperato, dice che non l'abbiamo curato abbastanza, ci vuole assassinare!"

Li portavano a riparare e poi non passavano più a ritirarli. Era diventato un banco dei pegni, il negozio. Appena se la vedevano brutta s'impegnavano la radio.

Anche gli zingari vennero a servirsi da noi. Gli altri, del resto, non li volevano, come la maggior parte della nostra clientela.

Non temevamo concorrenza. Eravamo gli unici sulla piazza ad avere la loro stessa aria abusiva. Questa sensazione li riconfortava. Li faceva sentire a casa. Nel mezzo dell'accolta dell'umanità di recupero. Uomini e pezzi da scasso, tutti insieme.

La prima volta vennero in un pomeriggio di nebbia. Erano accampati vicino alle torri ipermercate, sotto il ponteggio tangenziale. Vennero un uomo e una donna con le facce da faine. Ci portarono un Grundig scassato con l'alimentazione modificata per la batteria della macchina. L'uomo lo appoggiò sul banco e disse "Ieri sera il mio televisore è caduto per terra. Ero ubriaco e l'ho preso a calci. Forse si è rotto".

Ce lo lasciarono e tornarono dopo due settimane. Era vestito tutto stracciato, ma aveva bracciali d'oro addosso, e catene e orologi.

Disse "Senti, dammi intanto il televisore, che i soldi li ho perduti a giocare a carte".

Gli dissi "Amico, torna a prenderlo quando ce li hai". Allora cominciò a tergiversare. Nel frattempo la donna afferrava l'apparecchio e se lo faceva sparire sotto la gonna.

Gesù, se lo venivano a rubare, il loro stesso televisore! In casa del ladro poi! Mi toccò di andargli dietro a riprendermelo. Però dissi ancora pacifico "Amico, torna quando hai i soldi".

Non ce la prendemmo nemmeno a male, erano fatti così, dovevano farlo come lo scorpione deve pungere. Da allora però vennero regolarmente, diventarono clienti.

In più, iniziarono a portarci autoradio, gomme da macchina, telefonini a carriolate, che nemmeno se gliele toglievano in corsa alla gente! Erano tutte robe d'occasione, dicevano. Gli altri clienti se le compravano. Stava diventando un centro di ricettazione. Dovemmo sospendere i commerci.

Fu in quel periodo che un giorno, all'ora di pranzo suonò il telefono.

"Pronto" dissi io.

"PROO-NTOO."

Era una voce bassa e gutturale e parlava molto lentamente, tirando tutte le parole.

"Sì... chi parla?" chiesi.

"SOON-GHIOO. SCA-FAR-DO."

"Scafardo? Dica, signor Scafardo."

"TE-LE-FO-NO PER LA TE-LE-VI-SIO-NAA" disse lentissimo, tirando ogni sillaba.

"Sì, l'ascolto, che disturbi ha?"
"ME L'HAN-NO AR-RUB-BA-TAA!"

Così Scafardo venne per la prima volta al negozio, venne per via del banco dei pegni. Dell'occasione!

Aveva un'Ape treruote da città e dentro montava nella cabina un 10 pollici alimentato dall'accendisigari.

"Buonciorno racazzi." Così si presentò.

Ci sguazzò subito nell'esercizio. Divenne un affezionato. Il televisore disse che glielo aveva rubato il fratello. E poi si fece così assiduo da sbilanciarsi in confidenze al bar di fianco, dove offriva il cappuccino o il frizzantino. Le confidenze andarono così avanti che una mattina strofinandosi le mani dichiarò "Eh, eh, racazzi... sono venuto a salutare. Voglio proprio vedere come stanno questi due bravi racazzi, ah vedo che lavorate, molto bene. E bravi guaglioni. Guadagnate! Mi fa piacere. E allora mi chiedevo se avreste una trecentomila da prestarmi. Perché, vedete, mi serve l'avvocato!".

Ma Scafardo aveva l'Ape, dunque a cosa poteva servirgli l'avvocato?

"È perché ci ho una causa con mio figlio, è perché insomma questo figlio mi vuole arrubare tutto. Eh... al giorno d'oggi i figli servono soltanto a arrubarti tutto."

Dopo un periodo d'assenza passò con il braccio ingessato. "Che è successo?" chiedevamo. "Niente, niente, è stato mio cognato." Dopo un po' tornò con un occhio nero. "Che è successo?" "È stato mio cugino." Altre volte entrava nel negozio, si portava lo sfilatino e si apparecchiava il pranzo.

Noi lo apostrofavamo "Allora come va la vita signor Scafardo?". "Eh..." rispondeva lui "...parte dal '21."

E poi a seguire erano storie di questura, di ospedali e di risse, tutte, sempre e rigorosamente, in Famiglia!

L'ultima volta però entrò senza salutare, aprì la porta sbattendola e disse "Quella stronza di mia moglie mi ha denunciato. Lo sapevo che era una puttana!".

E per un pezzo non lo vedemmo più.

Finalmente arrivò Natale. Si poteva rifiatare. Il momento peggiore dell'anno era sempre quando rientravano dalle ferie. Era il periodo dei guasti.

Sotto le feste invece era una tregua. Chi poteva se la comprava nuova la televisione. Così non rimaneva molto da fare, a parte andarsene in giro.

Tutta la pianura era un unico deserto. Nessuno si muoveva, nel buio e nella nebbia. I centri commerciali erano travestiti da pacchi giganti, lungo la tangenziale, addobbati, infiocchettati di luce, come enormi scatole da regalo. Dal vetro della R6 non si vedeva altro. Self-service accesi... magazzini... alberi di natale.

Faceva freddo. Il palazzo era vicino alla stazione. Gli ingressi si aprivano sotto la galleria, lungo un grande cunicolo, sotto il centro commerciale vuoto. Nella nebbia si distinguevano i manichini, immobili come fantasmi nelle vetrine spente.

Entrai dal portone. Il rivestimento dei muri delle scale era sporco, e faceva odore di chiuso. Su ogni porta c'era un numero. Arrivai al 27, bussai e aprii la porta.

Stava seduta su un copriletto con i pupazzi disegnati, e un piccolo orso di pelo, tra i cuscini. Sfogliava un giornale a fumetti orientale.

Veniva dell'isola di Simpur, dove si allevano gli elefanti. La stanza era piccola con una finestra. Da fuori entrava il bagliore blu dell'insegna del supermercato. Spensi la luce. Nella penombra rimase solo il viso largo, il corpo formato di lei, e lo schermo acceso della televisione.

I piatti erano riposti in ordine nello sgabuzzino e si sentiva odore di pulito e di disinfettante. Mi affacciai alla finestra. Fuori non c'era nessuno, solo palazzi vuoti e antenne montate. Come si sarebbe comportato Napoleone, adesso, se avesse avuto a disposizione un bonus per Natale?

Dalla scatola della televisione una voce disse "Cosa vuoi di più dalla vita... un Tucano!? Buon Natale con Tucano!".

"Ah, vedo che funziona bene adesso" dissi io.

"Sì, tu fatto molto buono lavoro..."

Qualche volta anche il Dio delle Televisioni sapeva essere riconoscente.

L'IMPRESA

Camminavamo a spasso nella notte io e Nuttless, tra le strade poco illuminate. Vagavamo tra l'oscurità. Era quella del resto la sensazione che sempre avvolgeva il nostro cammino.

Il buio. Sì, un poco di iodio giallastro si trovava, ma non bastava mai a dare la sensazione della luce. Così è la pianura, un continuo brancolare incrociati dalla luce dei fanali, e nient'altro, un buio limaccioso che costringe sempre a inventarsi tutto. E così è anche per le città. Non ce n'è qui di "Ville lumière".

È un paese imbalcanito, avariato, in balia della merce. E nemmeno c'è andato in fondo.

Strade rugginose, capannoni nel fango, tangenziali e centrali elettriche. C'è un bel ristrutturare e rinchiudersi, arginarsi in case che odorano di disinfettante, con i mattoni rossi all'esterno, sabbiati, appendere le lucette, le palline di plastica illuminate attorno agli abeti del giardino a Natale. Strade e ancora strade rimangono, strade su cui ci si incidenta, ci si amputa a morte, insensatamente, e per quanto la si impellicci e la si riscaldi nel comfort degli interni, rimane sempre strada e bruttura e tempo marcito, su cui ognuno edifica il suo castello.

"...Ci vuole qualcosa di grande per salvarsi, una grande impresa, qualcosa di più grande di noi, Nudols. Un sogno. Senza, l'uomo è uno straccio strizzato, ci vuole qualcosa che faccia della vita un santuario, un'epopea, un'impresa, un afflato con la storia..."

"Ma quale impresa? Non ce la meritiamo noi la grande impresa.

Si è incapaci di godersela. E anche con la pena si può fare come certe donne dicono degli uomini, che lo fanno come i cani. Ci salgono sopra, fanno e se ne vanno. Per quanto ci si riveli, si cerca sempre il modo di uscire fuori a farsi due passi. È l'invincibile educazione all'Intervallo!

Si vive così, allora, tra gli intervalli. Tra la sigaretta che si può fumare nella pausa, tra i dieci minuti che si possono rubare al bagno, per nascondersi sotto ai corridoi della scuola. Te li ricordi quei bagni Nuttless?

Pare che siano monumenti di vita vera quelli, dove la vita si riversa, si slaccia finalmente le brache... l'intervallo. La scappatina al bar. Non siamo seri per niente!

In qualche modo ho comunque portato a termine la cosa tra echi che non ricordo affatto, echi prossimi al mio labirinto, come sono stati in molti dopo... vagavo e mi dicevo che non era giusto viverla a quel modo, Nuttless. Che non si può pensare solo per sé e vivere incapaci di parlare e di muoversi e poi doversi allontanare dalle persone disgustati di noi stessi. No pain... no gain. Non si calano carte pesanti, e si vive così tra le cianfrusaglie. Uno poi si ritira e se la gioca in parrocchia. Può anche farcela, giocarsi niente, senza puntare niente.

Ci può stare anche quello. Nessuno viene a dirti niente comunque. La gente ti giudica per quello che hai fatto, non per quello che non hai fatto. Le cose funzionano lo stesso, anzi ci si sistema meglio in carreggiata.

È lo spirito che muore, prima della carne. Molto prima. Basta che non bruci.

Ci si rimane in mezzo nell'intervallo. Anche tutta la vita."

Nuttless non si tirava indietro nel lavoro. Dopo la gioventù delle riparazioni tivù doveva passarci il tempo, lì dentro, e allora tanto valeva farlo fino in fondo. Il lavoro dipendente e retribuito però non si prendeva niente della sua ambizione. Guardava l'orologio ogni tanto e valutava quanto tempo ancora mancasse alla fine.

"Sette ore, cinque... un'ora e mezzo, poi vado a casa. Ancora mezz'ora... quindici minuti. Ecco, adesso vado a casa."

Nell'officina tutto il resto del personale parlava volentieri, parlavano e ridevano, di calcio e di passerina soprattutto, oppure delle macchine, o di cosa avevano fatto la sera prima. Questo era il campo. Nuttless sapeva troncare il discorso. La gente un po' si innervosiva, e a volte se ne aveva a male. Lo prendevano in antipatia. "Di' tu, com'è che non parli?"

"Si vede che non ho niente da dire."

Tagliava corto lui, non dava la possibilità al discorso di andare avanti. "Forse sono diverso da te" diceva.

Però faceva il suo lavoro, e il fatto che tacesse lo rendeva ben visto ai superiori. Affidabile!

Così continuava. Non aveva altra scelta. L'ambizione era la scelta.

Guadagnare abbastanza per smettere. Aveva il suo piano.

L'ambizione e il sogno lo rendevano invulnerabile, inattaccabile.

Gli permettevano di trattare la cosa come uno straniero di passaggio, pure se si doveva alzare alle sette di mattina come gli altri. Si alzava anzi perfino prima, perché non gli piacevano le corse ai semafori. Non desiderando incrociare sguardi e rischiare chiacchiere, camminava a testa bassa.

Non amava disperdersi. Sapeva già di essere diverso, di avere un altro cammino da fare e perciò se ne sentiva esonerato. Come per l'ora di ginnastica. Non aveva in mente rivoluzioni. Niente su cui protestare. Gli serviva sapere, per quel periodo, su quanto poter contare alla fine del mese.

Parlare? Aveva moglie. E l'aveva presa la faccenda del matrimonio come un'impresa ancora più che come una moglie.

Perciò se ne stava nel suo. Il lavoro gli permetteva di abbandonarsi ai pensieri. Non doveva infatti, nell'officina, impegnare troppo la mente. Così la teneva in esercizio, la faceva tornare ai suoi eserciti...

Ripassava mentalmente i particolari. Li collezionava a memoria. Periodo per periodo. Le divise, i colori dei reggimenti, i vessilli...

Ogni tanto, per passatempo, provava a formulare delle ipotesi storiche.

Come sarebbe andata per esempio a Waterloo, se non si fossero persi i primi due giorni... una mattina intera... filosofeggiando sulla terribilità della guerra. Questo non era stato da grande condottiero. Forse non aveva più la determinazione, la fame, l'urgenza... oppure, perché Grouchy con trentamila uomini passò tutto il giorno a spostarli nella campagna? E d'Erlon ugualmente... se non avesse vagato a vuoto...

Ah, l'incuria dei sottoposti...

Il tempo intanto passava esatto fino alla fine della giornata.

Non c'era da sbagliarsi. Era un fatto accertato.

Mentre ripassava in rivista corazzieri, lancieri, ulani, fanti, artiglieri, il tempo continuava a passare. Le divisioni gli sfilavano davanti in alta uniforme come un balletto, una danza macabra, un Bolsciòi. Una coreografia in costume.

Ne faceva una scienza. Le variazioni di colore, le divise, le spalline, la pelisse su una spalla sola, gli alamari, i bottoni... questa quantità di venature, di sfumature di pennello, applicata a figure così minuscole... avvicinarsi alla Grandezza riducendola al minimo della miniatura. Questa era l'impresa. La Vecchia Guardia! Così l'avrebbe chiamata.

Tanta impassibile dovizia faceva di questo pensiero un ideale.

Lo teneva sollevato. Siccome covava dentro di sé l'impresa, questo gli permetteva di superare gli ostacoli senza nemmeno vederli. Guardava più avanti, lontano, all'orizzonte... come da Waterloo si vedeva già Bruxelles!

La vita è troppo triste per ridere di continuo, Nuttless. Non si può ammazzarla a furia di cose piccole. Bisogna tramortirla con colpi ben assestati allora. Perciò... alle macchine... ai Motobecane... ai motel... alla cappelleria a cavallo... all'impresa... all'impresa! All'impresa occorre che ci si immoli... a ognuno il suo, ma all'impresa!

Però, potevamo aiutarci un po' di più...

...Tu eri mio fratello, Charlie. Mi dovevi aiutare un poco di più... perché io ero il migliore... e avrei potuto essere qualcuno, Charlie. Tu dovevi starmi un poco più vicino...

Già, potevamo starci un po' più vicini. Lasciarci meno soli... senza perdere il tempo a ricordare, mentre intanto avanti si stava preparando un altro rimpianto... e noi, con la testa girata all'indietro, sempre intenti a guardare oltre, lontano, avanti... lo sguardo già a Bruxelles, mentre Waterloo era lì pronta sotto i nostri piedi.

Potevamo aiutarci di più a non fare di noi dei mausolei, che mica eravamo già morti... nemmeno di mattina.

Pareva che a venire grandi si fosse raggiunto qualche lido, qualche lembo dove la terra non trema, ma quelle mura in cui sembravamo rinchiusi non erano che sabbia... mobile... pronta tanto all'avanzata quanto alla ritirata.

Però avevamo costruito tutto sulla sabbia... apposta, forse, per metterci a tiro dell'onda, per la tentazione di prendere ancora il largo, per annegare una volta per tutte, per avere il viaggio ancora a portata di scarpa, per finire eternamente perduti.

E invece ora... lo vedi cos'è successo... abbiamo dovuto richiamare i riservisti... i veterani della guardia, quelli che la battaglia l'avevano già fatta, e pensavano di potersi godere il riposo, la pace.

E invece niente. Mica l'hanno presa bene loro, se ne sarebbero stati più volentieri al loro posto... si sono incattiviti per questo scomodamento i veterani, e ci hanno incarogniti anche a noi.

Che poi basta con tutta questa epopea...

Potevamo andarcene a ragazze, al Lidò... o vaffanculo... tutta questa serietà... questo andare a letto presto la sera... annegarci nel campari, scioglierci nel ghiaccio dei cubetti, vedere il mondo da lì dentro, come in un caleidoscopio ad alcol e finirla con tutta questa ambizione, saltare le linee, buttarci nella vasca del negroni a piedi pari, abbattere le piramidi di calici di Berlucchi come al tiro al barattolo, al luna park... invece di fissarci.

Ma quale epopea poi... la nostra è l'epopea di tutti ... tutt' quant'. Ma quale impresa! Non siamo stati noi eletti più degli altri...

Non democraticamente, almeno, che siamo dei tiranni invece, insatrapiti dal nostro castello di fantasmi... l'Impero!... che se ne vada ad affogare tutto nella mota, che affoghi nella Beresina, e che ci si lasci in pace una volta... e ci si vada a tuffare nella vita così, a culo nudo... come buttarsi al bagno con la macchina e tutto... buttarsi... inzaccherarci, spassarcela... così come doveva essere...

La Gioia... dove l'abbiamo lasciata? L'impennata, lo sparo, il botto... dov'è che siamo rimasti a terra, Nuttless?

Tutta questa inedia, questo carcere scambiato per santuario...

Potevamo aiutarci un po' di più, e senza chiedere consiglio a nessuno... senza telefonare a nessuno, saltarci a cavallo... in groppa... À L'ATTAQUE!

Senza temere tutto quello che ci si perde prendendo una cosa sola... a riconoscere le cose quando arrivano, gli occhi sempre così distratti che non si capisce nemmeno di che colore sono...

Potevamo aiutarci un po' di più, Nuttless, a imparare a prendere, a non temere... ad afferrare! A farla nostra la vita, a godercela del tutto una buona volta, senza bruciarci le dita con tutta questa impresa!

HARRY'S BAR NELL'AFA A VENEZIA

Nella piazza spaziosa come porta d'Oriente il buio afoso della notte.

Smobilitano i caffè lussuosi, raccolgono dentro i tavoli da sotto i lunghi porticati geometrici.

Le orchestrine continuano a suonare sulle cartacce svolazzanti abbandonate dagli ultimi avventori sulle sedie dei primi nella notte appiccicosa. Il gruppo, un quintetto, esegue repertorio americano.

Il sassofonista è imbragato come in un paracadute per reggere lo strumento. Fa schifo come suona e gli altri che gli corrono dietro. Il cielo è nero, senza vento, senza brezza.

La chiesa, la basilica bizantina, si staglia enorme, in parata di fianco al crocchio dei telefoni arancioni.

Da un'altra parte, più distante, un'altra orchestra spande le note del *Danubio*. Più lontano ancora echeggiano gli ultimi tamburi.

Entrarono nel gran caffè mentre si issavano le sedie sopra i tavoli, nell'ora della ramazza e dello spolvero.

"È chiuso signori" li liquidarono gli inservienti in volata.

"Chiusura, chiusura!"

"Solo una birra."

"Chieda al titolare."

"Diavolo, chiedo birra, non biada!" fece lui ragliando.

"D'accordo la beva... maniscalco" disse il lavorante grosso dall'alto del piano rialzato.

Lui appoggiò lo strumento al bancone. Bancone antico, in legno lussuoso, lucidato.

Dal soffitto pendeva il gigantesco lampadario tentacolare, da parata austroungarica, danzante!

I camerieri in camicia chiara stazionavano intorno alla cassa, sfaccendati.

Lo specchio enorme, laccato, dorato, rifletteva le loro facce stanche, si specchiava davanti alle zampe di gallina attorno agli occhi di lui, davanti al ciuffo di capelli giovani di lei, davanti alle ciliegie rosse del vestito.

Lei lo guardò. Lui guardò la birra e poi oltre, tra i tavolini da caffè vuoti e la tappezzeria da parata. Si fermò su un quadro. Era Wagner che meditava da un secolo prima, ritratto nello stesso caffè.

Ingoiò la birra finalmente, e la sudò subito.

L'afa era stagnante anche lì, nei caffè di lusso.

"Niente telefono?" chiese.

"Niente."

"Provo fuori."

Lei restò tra i camerieri che si scioglievano dalla giornata e ammucchiavano cicche.

Lui ritornò dentro stancamente.

"Non risponde, è staccato. Perciò niente telefono, niente serata, niente alloggio, niente in tutto."

"Prova, ancora, allora. Più tardi!"

Più tardi egli suda, contro l'apparecchio sporco. Poi fa segno di no.

Fuori un crocchio canta, la chitarra sferraglia, una ragazza si abbandona. Bisanzio cade con fastidio dietro al profilo enorme, ottomano della basilica di San Marco, spaziale e partente sulle cartacce e l'afa della fine dell'estate.

L'aria della città era umida ed elettrica, percorsa dall'affanno diffuso del festival. Nell'aria sembrava che tutto dovesse succedere, ma non si diceva né dove, né come.

Certo non all'hotel del Gambero.

La stanza ha due finestre. È in alto fra i tetti. Da fuori arriva aria fresca e la luce gialla e opaca dei canali. Non accendono luci. Lui prende la chitarra, vecchia, preziosa, la pizzica a lungo ascoltandola. Per il silenzio ogni nota si fa intensa.

Da sotto si odono passare gondole trabordanti, con cantanti di arie liriche.

"...Per la bruttura mi si crepavano gli occhi, mi sentivo spezzare, e allora ho dovuto, ho voluto abituarmi, con disciplina, a non vedere, per non farmeli cadere per terra gli occhi. Disciplina ho messo in ogni cosa, ho dovuto metterla per non cadere aperta in due in mezzo alla strada."

Lui continua a pizzicare la corda. "Io non ne sento, non ne sento più" dice. "Dovrei forse per primo imparare a non ascoltare per farmi ricrescere i suoni dentro. Ora sento solo dolore nelle orecchie, come per il fondo del mare, quando ci si è pescato con le bombe. Il suono dovrebbe riempirla la testa... rimbalzarci dentro, a piacere, altrimenti si è perduta la musica.

Quando la testa è pulita, non c'è nemmeno bisogno di suonarla la musica, si può sentire un'orchestra intera dentro, non più mozziconi di suoni e di parole.

La musica non è un pensiero, ma suono. Suono soltanto."

"Io vedo tutto per immagini, fisso ogni cosa con un'immagine. A questo mi servono gli occhi... devo educarli, per passarci in mezzo, per ricordarmelo. Rivedo le cose soltanto associandole ai colori.

Anche tu ora sei un colore, ma devo tenere pulito e in ordine, perché i colori ci possano rimanere.

Mi aiutano le fotografie. Preferisco farle di cose brutte, così quando le ho scattate, quelle se ne vanno via da me."

"Così ho perduto la musica. Non ho chiuso le porte, e mi è entrato dentro di tutto.

Titoli di giornali, discorsi, musichette nei bar, nei taxi, canzonette. La musica non ha più avuto dove rimbalzare e l'ho perduta... e dopo ho perduto anche il resto."

"E cosa farai adesso...

Sapessi che dispiacere, che grande dispiacere che sento, quando vedo la tua faccia nei corridoi degli alberghi... quel modo di camminare curvo che hai, cercando tra i numeri delle porte la tua... tirandoti dietro la tua disordinata valigia... con quelle poche cose di casa... sarebbe meglio non ti portassi niente... che fosse solo per dormire una notte, senza fare casa di tutto.

Anch'io adesso che non ho nulla mi sento un niente... non sai che desolazione mi viene in tutti quei posti dove non c'è niente di te... quei tavoli, quelle sedie... le facce, le tovaglie, le posate... tanto meglio la strada allora... una panchina, una piazza, un'ombra... ricordi..."

...Tra le case sventrate la piazzetta, di fianco a una piccola moschea... una donna vestita con stoffa pulita, in piega, color fucsia, il velo in testa chiuso da una spilla di madreperla bianca... le calze e i sandali, così dignitosa. Ha caldo, si avvicina alla panchina, ha i guanti bianchi, estrae dalla borsa a scatto, che contiene l'indispensabile, un pacchettino di stoffa bianco. Lo stende e poi ci rimane sopra così, senza guardare, senza parlare, gli occhi come fessure, incurante. Una lezione. Il mondo poteva cambiarle intorno, ma lei restava così, ferma, rifiatava. Una cosa alla volta. Rifiatava nella piazza. Per quello era stata fatta la panchina...

Caldo nel pulviscolo della laguna, nel colore indefinito, portieri in livrea, camici bianchi, dorati. Di sotto continuavano a passare gondole con la fisarmonica. Processioni che avvicinavano e allontanavano, nell'acqua, verde di giorno, nera di notte... Gente a fiumi, riversa sui battelli, per le calli, incessantemente sciacquettante, trasbordante.

La si sentiva scorrere fuori. Fuori dalla porta ordinata, in legno discreto, fuori dall'insegna scritta in stile déco del bar.

Soffitto basso, tappezzeria avana, i ventilatori. File di bellini per signore al banco.

Lui sedeva vicino alla cassa. Lei vicina a lui.

Chiese due daiquiri. Contemplò il legno scuro, il marmo e la curva regolare del bancone. Taceva.

Lei lasciò a mezzo il suo e gli offrì di finirlo.

Poi cambiò. Vodka sour. La mano ferma, professionale, glieli allungò davanti.

Disse "Vuole un altro poco di zucchero? È troppo sour?".

Era acre in effetti, ma solo alla prima boccata.

"Prego, un assaggio anche per la signorina. Non ne vuole? D'accordo, allora lo prenderò io. Lo sai piccola, con quelle medicine, lo sai no... della salute, quelle medicine. Come mi lavorano... non dovrei farlo!"

Lo disse e s'incupì, come fosse stato rimproverato... ma non per questo smise. Bevve anzi, più avidamente, e poi completamente. Fino a che si sentì male. Aveva come un ronzio negli occhi, ma gli venne di bere ancora. Fino a morire, fino a perdersi e cadere a terra, fino alla morte senza spiegazioni...

Ma come si fa ad arginare la voragine che si apre a digiuno, dopo due daiquiri, nei pensieri e nel cuore?

Ah! Non parlarne più! Niente da dire! Meglio non imbrogliarsi. Smetterla. Concentrarsi solo sulla perfezione della porta e della giacca immacolata, da ufficiale di marina del barman.

Abbandonarsi con cieca fiducia alla sua precisione. In quello che rimane della carta di credito. Nelle facce estranee e nel loro orrore. Abbandonarcisi, senza che ferisca più l'orrore. Senza opporsi. Solo un altro, e un altro ancora. Contare sulla professionalità. Sul professionismo.

Lei vedeva questi pensieri in forma di lampi colorati, nella voragine degli occhi di lui.

Subito pensò di andarsene, ma alla fine restò.

La luce sospesa, diffusa, accecante nella nebbia, contro la muraglia dell'approdo delle gondole.

Gli occhi di lei, bottoni verdi di madreperla stretti tra le palpebre.

Il sapore acre ancora in bocca del rum bianco, e i sensi aguzzi. Sensibile.

"Vuoi essere i miei occhi? Voglio che tu lo sia" gli disse lui.

"D'ora in poi ti chiedo che sia così. Ah, non farmene vedere più, non farmene ferire più! Appoggia le tue mani. Coprimi gli occhi! Voglio che tu sola mi dica cosa vedere. Che tu dica Guarda! E tu dica: Non guardare!"

La baciò a lungo, la bocca resa viva dalla vodka. "Tu devi essere i miei occhi. Ti curerai solo di quello che non me li crepa."

Lei allora s'incamminò con lui tenendolo da dietro. Appoggiò i palmi delle sue mani sopra i suoi occhi, e lo accompagnò così, come un Edipo accecato nell'esilio. Ed egli andava cieco e ubriaco nel pomeriggio afoso.

Ora sentiva soltanto i rumori. Erano tutt'intorno. Un'olofonia a destra, a sinistra, sopra e sotto. Gli spazi, privati della vista, prendevano un'altra forma. Si convinceva di camminare su un bordo di canale, o su di un viale, o su un ponte. Ma s'ingannava sempre. L'impressione era sbagliata. Come le voci al telefono che non sono mai uguali alle facce. Come i posti che si immaginano prima di arrivare.

Avanzava a tentoni come la vita che avanza decifrando intuizioni.

"È un gradino questo, un canale? ...il sole mi è davanti?" il futuro anche... davanti, come una possibilità perenne...

Quando lei lo lasciava, allora brancolava, pendolava immerso nella folla, solo nel rosso che lo inondava a schegge, da sotto gli occhi schiacciati.

Ma neppure allora voleva aprirli e vedere. Continuava ad attraversare. Alcuni si mostravano infastiditi, altri lo ignoravano, altri si facevano da parte. Comunque egli procedeva non desiderando altro che il buio. Non avrebbe voluto più rinunciarci. Andava avanti a tentoni, senza più distinguere tra le ombre, e l'ombra diventava colore, e il colore cambiava al passaggio degli uomini.

Poi ella tornava e lo riprendeva e lo portava via, e aveva ormai perduto ogni idea della direzione.

Procedevano nei vicoli, che smarrivano man mano la gente e l'affollamento, e tutto spariva lento come un'emorragia. Finché si sentì solo lo sciacquettio del canale. Il rollare dell'acqua ferma.

Non vedendo più nulla gli riusciva facile cadere preda di sensazioni e di ricordi.

Chiassosa la sentì arrivare dall'acqua, sciabordante, la teoria di barche, in festa, con le loro fisarmoniche e le canzoni. Sentì il chiasso avvicinarsi sempre più, e poi allontanarsi piano, e infine scomparire. Quando furono passate del tutto, rimase ancora abbacinato, cercando coi palmi nel vuoto.

Passava con quelle barche il chiasso, e la festa, come passa la gioventù. Il matrimonio, gli sposalizi, la festa delle voci mai più udite, le voci di cui si era privato.

Passò come una tentazione, un rimpianto. Con buonumore perfino.

La ascoltò allontanarsi, dal suo buio.

Continuavano ancora, egli sempre cieco e abbacinato, per calli più lontane, nella caniggia lagunare del pomeriggio morente, fino a che giunsero alla stanza d'affitto. Entrarono. Sedettero sul letto. A quel punto aprì un poco gli occhi solo per vedere lei.

Il sonno di melassa, appiccicoso, venne denso e pesante, col tramonto rosso nella canicola.

Si svegliò così, con la bocca arsa, dopo averci fatto all'amore con la voluttà, con l'impasto, con la morte del pomeriggio. Si lavò con l'acqua fredda le tempie.

Qualcosa s'era rotto nel giorno. E non c'era più modo di rimetterlo a posto.

Succede, a caderci in mezzo senza mani, a interromperlo nel pieno. Le ore non si incastrano più.

Poi bisogna andarle a riacciuffare, con determinazione, per non morire nelle stanze. Per rimettersi in piedi.

Qualcosa s'era rotto nel giorno e non c'era come riprenderselo per farlo arrivare alla fine.

Si diceva che ci fossero in quella stagione in giro barconi, all'aria aperta, imbarcazioni preparate, con pesci e con vino, e buon ristoro contro il mancamento del tramonto. Io li cercai eccome, ma anche caracollando all'infinito nel girone dei fondaci, nel bagnomaria, senza riparo, pure a mettersi d'impegno, non ci fu verso di procurarsi una sardina qualsiasi. Si trovavano bibite soltanto, nei bar stipati. Si guardava l'ora e bevendo, veniva di rimandare la partenza.

Me li trovai di fianco al banco... parlavano di partenze di lungo raggio, ingiustificate, quantunque possibili... apparivano e scomparivano quelle partenze dai discorsi di lui e di lei, sorgevano ed ebollivano lasciandosi dietro un oscuro senso di perdita.

Un'inquietudine comprensibile, perché, nonostante tutto, pure lì nel fondaco, nei trani, finiva per arrivare un poco di Oriente. Fino a lì, nell'opaco. Fino dentro le tovaglie di senape, fino al coloniale ordinato dell'Harry's Bar.

Nel colore pastello nascosto, al riparo dei piroscafi paraguaiani, che solcano il Paraná dei canali e delle calli.

Quell'Harry's Bar! Finirci dentro... scoprirlo così, come un'imboscata. In una buca, finirci dentro di nascosto dal giorno e affogarcelo. Un cocktail lì dentro... ben fatto, come una mina antiuomo, e PAM, il giorno prende un'altra strada. Esplode!

Ce li hanno rassicuranti gli attrezzi, opachi e semplici. Nulla luccica lì dentro, è tutto a mano, tutto di alluminio, di legno e di ottone, e anche il bucato delle giacche, della biancheria, non c'è niente che abbaglia. La mistura, viene come un rinfrescamento alla mente, come un conforto da piroscafo del Guaraní.

Lo si sente addirittura galleggiare questo Harry's Bar. Anche la clientela ha da crociera, vestita di colori pastello da terre di mare. Uno squarcio di mondo che non si muove. Le giovani ereditiere d'Australia, le vecchie d'oltreoceano... farfugliano tutti, come un fumetto di classe. È tutto autorizzato! Ci si può andare a fondo. A picco. Non ci si riprende più. Si rompe qualcosa e non si rimette più a posto. Si diventa, dopo, solo pedine, sperdute nei canali, travolte, estranee... sull'orlo della sera... in balia delle serenate, delle gondole... della notte altrui. Venezia... la seconda delusione della sposa nel viaggio di nozze. Venezia è marcia dalle fondamenta.

Nella stazione i treni esteri attendevano il fischio e la livrea dell'addetto. È un precipizio la sera. C'è da tenersi stretti a qualcosa per non sparire.

Fuori, per tutto il centro, le ristorazioni traboccavano, i piccoli tavoli imbanditi stretti tra loro nel vocio. Ogni lingua era concessa. Ognuna praticata. Non ci si tirava indietro. Era una congiura intercontinentale. Nel grande piazzale della stazione era stato sistemato, issato, al posto del patibolo, lo schermo gigantesco, da pubblica esecuzione.

Vi si potevano ammirare le celebrità. Con poco prezzo. La gente si appassionava, si sedeva sulle valigie, rimirava e rifiatava nell'acqua opaca. Si sentiva di essere al mondo, al centro del mondo!

Si avviavano le imbarcazioni nella notte, luminosa e riflessa, cangiante sulle acque nere. La banchina ondeggiava.

L'afa veniva a galla dappertutto, dall'acqua marcia, verdastra, delle fondamenta. Dai grossi topi che ci nuotavano dentro, lì, dove affondavano i pali di legno vecchio della stazione galleggiante

I vestiti si appiccicavano. Dai canali saliva ogni genere di odore.

I vaporetti parevano affondare sotto il peso del carico viaggiante. "A Venezia! A Venezia!"

Tutti stavano uno sull'altro. Grondanti. Ad ogni fermata il ragazzo annunciava la località berciando tra le puzze sciolte, come un marinaretto d'accademia. "A Venezia! A Venezia!"

Gli stavano intorno sette spagnoli e tre principini, freschi di toeletta. Un poco più in là certe ragazze si facevano complimenti tra loro, si toccavano i vestiti. Profumavano. Luccicavano di grasso applicato, testato. Nessuno la poteva smettere di sudare, né di prendere battelli nella laguna. Bisognava vedere tutto. Il festival, il cinema, l'arte moderna, quella figurata, quella collezionata, quella a esposizione, quella a scommessa. Il ponte di Casanova, il ballo in maschera... tutto e ancora tutto!

Anche i treni erano imbottiti. I ragazzi poderosi del Nordest si avvinghiavano alle ragazze, e quelle gli infilavano il naso tra i peli del petto, incuranti del puzzo forsennato e della calura da scolatura di pasta, mentre tutto intorno altri ancora soffiavano nelle trombe dello stadio, che lasciavano la città dopo la gara, intonando i motti della fede.

E poi sull'acqua, davanti alla stazione. "In gabina! In gabina!" Urlava il mozzo, ma nessuno ci voleva andare, che si crepava di più ancora di caldo lì dabbasso.

Le vecchie invece ci stavano volentieri in gabina, coi loro capelli argentati sotto il neon della plafoniera. Erano le uniche indigene del luogo.

Tutti gli altri pativano, ma non ci mollavano. A ogni cozzata il ragazzo in camicia azzurra doveva declamare il nome e sempre più forte. Si formavano smottamenti, tutt'intorno. Si muovevano, i passeggeri, come talpe riassestandosi continuamente per l'effetto di misteriose migrazioni interne.

Tra tutto quel frastuono eccoli sul vaporetto... rimpiccioliti dalla calca e dai vortici.

Lei s'appoggia al parapetto d'entrata, e spinta dal misterioso riflusso si trova prima in mezzo agli spagnoli, e poi alle grasse enormi matrone americane, e poi allontanandosi in mezzo ad altri ancora.

Lui la guarda da lontano... si separano e si avvicinano, a folate... eccoli che vagano, salendo e scendendo, tra l'acqua e la terra... sbattuti sui piroscafi o brancolanti attorno ai ponti, ai batiscafi, nella notte d'Oriente. Tra le luci e le luminarie, nell'afa notturna, sul petrolio elastico sotto gli scafi delle gondole intramontabili, laccate, il loro pettine d'acciaio come una chiave di musica... nel traffico intenso del canale, tra le luci verdi e rosse delle lance... il brontolio scuro dei loro motori... i paletti a righe nell'acqua oleosa. Passano avanti tra gli alberghi da un milione a stanza, e attraversano la notte mentre la notte va avanti col suo rastrello e la febbre si dissipa e sfilaccia e muore poco a poco e si fa esangue fino a che rimangono soltanto i forzati del casinò, gli sconfitti, i loro volti terrei, senza più speranza, gli sguardi fissi davanti a sé nel neon impietoso degli ultimi vapori ed essi ancora si impigliano... e poi procedono... e si allontanano... si guardano... erranti... sotto i ponti... a vista, vicini, senza tenersi per mano.

Mi svegliai nel mezzo della notte e dal finestrino aperto i binari ululavano furiosi, come su un dirupo. L'aria era grassa, di legno e di erba... mi affacciai al finestrino. La notte comparve, spaziosa... la curva del treno la offriva tutta intera... il locomotore tondo, nero, fumava, ansimava, scuoteva il ferro e lo scrollava in ogni bullone, e tutti noi scivolavamo sulla terra, inghiottiti dalla notte. Il rumore del ferro nella curva e l'aria... l'aria fresca mi dissero il resto...

Dal pacchetto di cartone ruvido estrassi un'altra Carpati e me la accesi. Quando si è soli a quel modo, nel mezzo del continente, è difficile tornare indietro... ci sono le birre allora, e l'adrenalina del cuore. Ecco perché i vagabondi non sono mai tornati a casa, è un lusso che non si scorda, quando non ci sono più strade a ferirti gli occhi, e chiacchiere a ferirti le orecchie... rimane solo davanti quello che non si è ancora visto. Si apre una porta e non si sa quanto sia lunga la strada dopo.

...Città intraviste, apparecchiate di bagagli e di uffici di cambi e di arcate di ferro e di gabbiotti di biglietteria, dove stanno rintanate le donne scortesi che custodiscono il segreto del timbro e dell'orario, della scienza bigliettaria, chilometrica e non ne danno che a spiccioli. Ed eppure, anche in loro è la partenza, annidata come un germe... anche in loro s'intravede qualcosa di lontano... sono le custodi della rotta... della staffetta... del testimone.

Ai bigliettai! Ai doganieri! Ai cuccettisti! Il lungo filo... ovunque proteggi... ovunque proteggi la grazia del mio cuore.

Arrivo con la febbre ancora addosso dei cinquemila chilometri di ferro nelle ossa, arrivo a vapore e carbone e non so spiegarmi, balbetto addirittura. È il movimento che, rimescolato all'anima, mi fa rimpiangere tutto. Il cielo pomposo e le foglie che lo assaltano e i binari, nervi scoperti, vene della terra. L'elettricità è la lava che li percorre e trapassa. Tende volano da ogni parte, escono dai finestrini come veli di spose, ciondolano dai corridoi, salutano a vanvera, arringano la notte, come la cappa di un torero... la ruota frusta la terra e la dissangua... la velocità si prende tutto... urla il dirupo e mi divora i piedi.

Datemene. Datemene ancora... non sono fatte le stazioni per restare ad aspettare.

Nella stazione enorme e pietrificata, dove mi sono venuto a rintanare, i treni covano come mammut nel tempio di pietra, brucianti di elettricità e di addio...

LA COSTOLA DI GAROPABA

Ed ecco che dai denti sollevanti e mobili... da sotto ai cunicoli del mastodonte... la sfinge, il molosso di pietra... da sotto le inferriate, le gabbie da gladiatori del colosseo ferroviario, tra i leoni ruggenti nel marmo venne deposto al suolo il negro Dum Dum.

Aveva un sacco a tracolla e una grande spina ricurva sulle spalle... era lunga almeno due metri e mezzo e avvolta da stuoie arrotolate. La portava su uno dei carrelli a noleggio della stazione, un carrello con i denti da pesce-sega. Se ne andava a spasso così, verso l'uscita, sempre avvolto dalla sua apnea di cosmonauta galleggiava avulso da tutto il mondo circostante. Poi la srotolò dalle amache che ci aveva attorcigliato attorno e la mostrò.

La costola era una virgola, un amo, il collo di un cigno, insomma un gesto incorniciato.

"Basta l'osso, vedi, per darti l'idea della balena che c'era dietro."

Lo rimirava e diceva "Che gran pezzo! Che perfezione, che ispirazione costante!".

La costola era come già fossile, grigia e pietrosa, orfana del corpo, del mare, dei concepimenti.

Avvolta dalle stuoie indie aveva attraversato i continenti e i mari e si era incagliata, così com'era fatta, a forma di amo, si era conficcata in lui che ad essa aveva abboccato.

L'osso se ne stava lì, curvo e sinuoso. E te lo faceva ben capire che ci puoi stare dentro anche all'impiedi nella pancia di una balena.

"Ah, non è stato semplice scovarla!" esordì il negro fieramente. Già sulla strada per la spiaggia laggiù c'erano segnali con la coda di balena, ma in giro non se ne vedevano. Per conto mio, io volevo soltanto una costola, visto che il cranio non me lo potevo portare, così mi accompagnarono dal negro Gico. Era quasi buio e ce n'erano diverse lì di ossa.

Non si parlava altro che di pesci laggiù a Garopaba, tra le baracche di legno, mentre i gabbiani giocavano a fare il tip tap con la risacca e ballavano avanti e indietro.

Pesci-cane, pesci-lenci, pesche miracolose, pesci-palla, squame di pesce-bue. Questi erano gli argomenti.

I crani di balena stavano lì, seminterrati sulla spiaggia e sembravano delle zucche rovesciate. Le balene, anche da morte, attirano attorno a sé le storie come mosche, le prendono all'amo per vocazione.

Così mi raccontavano di quando era finita la caccia. Erano storie di pesci, di dinamite, di grasso e di interramenti. Sebbene le interrassero lontane dopo avergli tolto tutto, quelle continuavano a puzzare per anni, e così tutti vivevano nel tanfo e con la puzza sotto il naso.

Mentre calava la sera mi sembrava quasi di sentirla quella pestilenza sollevata dai racconti e dalla birra Antartica.

La spiaggia era grigia, adatta ai gabbiani, di sabbia fina. Tirata com'era sembrava cemento. Intorno la vegetazione era rigogliosa. La Mata atlantica lì andava a buttarsi nel mare e la foresta lambiva la riva, già mescolata a piante d'Oriente, arrivate fino a lì per caso. Anche il cielo era grigio come la spiaggia, e incombente. Il mare sempre agitato si appiattiva quando il cielo gli si faceva cupo sopra, come di piombo.

Di fianco alla sua baracca il negro Gico aveva cementato una mandibola, che si alzava incavata dalla spiaggia e si stagliava nei suoi quattro metri di altezza, in bella vista. Sotto ci stava lui, seduto. Aveva una bella frisura e i denti ben divisi uno dall'altro.

Con la pelle ci facevano i *parachuva*, gli impermeabili, gli indigeni di quella spiaggia piovosa. Avevano ombrelli di pelle di balena, bastoni di osso e cappelli di tartaruga. C'erano anche cani da pesce, ma gatti non se ne vedevano, erano morti tutti a furia di abboffarsi di pesce-luna.

Quando gli veniva fame organizzavano la grande pescata. Si mettevano in semicerchio, venti di qua e venti di là e poi tiravano le reti. Dall'acqua usciva una montagna di pesce. A quintali la tiravano a riva, nel pulviscolo umido dell'orizzonte. C'erano ancora più gabbiani che pesci. Il frastuono era indescrivibile... cefali, persici, murene, anche le tartarughe ci finivano in mezzo. I pesci-palla però non li mangiavano, li scoppiavano direttamente sulla spiaggia, perché sono i più velenosi e solo i mafiosi giapponesi li mangiano, che sanno come pulirli. Quelli che avevano lavorato di più si prendevano i pesci grossi, e poi tutti gli altri, come pesci spazzini, il villaggio intero insomma, si prendeva il resto. Riempivano le loro sportine di plastica e se lo portavano via ancora viscido e pinnante.

Le balene venivano fin lì risalendo dalla Patagonia per riprodursi. Viaggiavano sempre in coppia e poi quand'era stagione ritornavano giù al freddo, che quando l'acqua si scalda allora sudano molto. Le puoi vedere anche dalla spiaggia, arrivano fino a quaranta metri, in pieno inverno le balene franche... le onde gli sbattono addosso come a uno scoglio invece che a un pesce... sono nere come la pece e il mare gli si infrange contro... fischiano il soffione e si parlano tra loro.

La testa ce l'hanno coperta di crostacei, di cozze e altri molluschi che gli si attaccano addosso come bigodini. Sono così lente a muoversi quando sono tranquille, che sembrano proprio atolli alla deriva.

E per questo forse i balenieri le uccidevano senza sensi di colpa. Non bisogna dargli contro, forse gli sembrava di uccidere uno scoglio soltanto... mica un animale... un grosso sasso nero.

È buona di carattere la balena franca, dolce, si lascia avvicinare facile... sembra un monumento al pascolo. Mica gli potevano andare sotto a fargli il solletico con le freccette, perciò dovevano usare il carburo esplosivo, attaccato al rampone.

Ma quelle si avvicinavano lo stesso. Solo a toccargli il figlio si imbestialivano, allora facevano sfracelli con la coda... altrimenti si lasciavano catturare lì, sottocosta, e poi, un po' con la risacca, un po' a spintoni, che tutto il villaggio ci si era buttato a braccia, venivano tirate a riva...

Oppure venivano a morirci da sole. Finivano lì, spiaggiate, come grandi Golia... le membra inflaccidite senza più la grazia dell'elemento intorno, morte, vinte da una qualche piccola fionda... morte lì, tra l'osceno sguardo curioso dei vivi... il loro vacuo occhio spiaggiato, che ancora si ostinava a guardare.

Ce n'erano un monte di ossa di balene interrate in quella spiaggia, ma adesso che non le cacciano più le si può vedere da vicino, accarezzare addirittura, basta affittare una barchetta piccola. Dato che sono attratte dalla musica, il barcaiolo gli fa una serenata e quelle subito arrivano curiose...

Appena l'ho vista volevo buttarmi a lei. Subito. In braccio, ma me l'hanno impedito a forza.

Era grassa e abbracciabile... l'ho vista sfiatare la balena Franca... ha tirato fuori un paio di arcobaleni e una botte d'olio... fosforescente era la scia che rifletteva sul mare andandosene...

La balena, che come un Dio viene adorata e bestemmiata, che fa parte di quelle cose troppo grosse per l'uomo.

Quando trovai le costole scelsi la più grande, e una volta scovata non ebbi fretta. Iniziai a divagare. Anche il negro Gico era un po' controcorrente nella contrattazione, che laggiù più aspetti a comprare e più il prezzo si alza, ma invece lui col passar dei giorni lo diminuiva e aumentava le confidenze. Ma se qualcuno ce lo domandava gli dicevamo che la stava vendendo a un prezzo spropositato. S'inorgogliva mentre mi strizzava l'occhio. Ci voleva fare la sua gran figura ad aver saputo vendere care le ossa!

Quando sono partito, sono venuti tutti incontro a salutarmi, a offrire l'ultima birra. Tutto il ghetto della spiaggia è venuto per l'addio, non riuscivano a credere che davvero me ne andavo con quella costola addosso...

Me la sono messa a tracolla e portata su fino a Rio, nascosta nelle stuoie. Quando mi domandavano che cosa era per dirglielo io gli chiedevo in cambio un real ma non me l'ha mai dato nessuno. Così mi sono fatto mille chilometri assieme alla costola di balena.

Mi ridevano dietro tutti girando per il continente con il mio fardello, però sono arrivato fino a qui e a questo punto ho da temere soltanto la guardia forestale!"

Rideva il negro Dum Dum ogni volta che nominava la balena Franca. Lo prendeva più come un nome proprio, le dava del tu, alla sua balena, la guardava amorevole.

"Mica ci sono arrivato subito a lei. È partita dal Nordest. A Couripe, lì l'ho vista la prima vertebra nella spiaggia. È lì che mi si è accesa la candela. Fu un indio che me lo disse e lo vidi bene che quello che si era infilato nel buco dell'orecchio era un osso di balena. Se n'era fatto un orecchino a scheggia, aggressivo, da difesa e siccome io avevo addosso una collana di denti di macaco, allora ha accettato di spiegarsi.

'Ma dov'è che l'hai preso?' gli chiedevo. 'Nell'Aldeia non ce ne sono di balene.'

'No, no!' gesticolava lui. 'Está, está. Se incailló como o meo amor pergido. Si interrò laggiù, a Portogrande.'

'Interrata... come interrata?'

'Está interrada, hrapaish.'

Ma appena ha visto che ne volevo sapere troppo mi ha messo gli orecchini in mano e se n'è scappato via. Si era incagliata lì, la balena, ma solo per sbaglio, era più giù, molto più giù che bisognava andare. Partire da Portoseguro, alloggiare da Joao da Sunga COM CERTEZA, che lì almeno l'ospitalità era certa e i dubbi erano finiti, arrivare a Santandré, dove l'acqua è dolce e ci sono solo mangrovie e zanzare e poi prendere la balsa, la chiatta che attraversa il Rio, arrivare a Coricipe, dove le case cominciano ad avere i tetti a punta e ci abitano i gauchos, gente che disprezza chi si diverte. E sono tutti biondi lì, e si organizzano anche l'Oktober Fest, e chiamano a suonare i gruppi direttamente dalla Germania tanto sono tognini completi. Anche da lì bisogna passare, seguendo le correnti fredde, per arrivare fino alle alte onde da surf di Garopaba.

E lì soltanto lo vidi bene che si era arrivati alla spiaggia della fine.

S'era fatta grassa anche l'aria... sfiatava... le musiche... gli ultrasuoni... scorrevano sottacqua i canti delle balene... le più allegre... le più Franche.

Bene. Adesso che l'ho trovata me la porterò al Chiavicone, nella torre. Cercherò di ricavarne una compagna, che laggiù mica me l'hanno fatta.

Sarà grassa, forse... e accogliente... allegra... fischietterà spesso di sicuro... forse si farà anche abbindolare da me... ma i piedi... le caviglie per andarsene... quelli non so se glieli faccio."

E così salutò avviandosi il negro Dum Dum, sparendo nella folla di fuori, lui, la costola e tutto il carrello.

La grande stazione ciclopica si stagliava ancora più gigantesca e oscura del solito. I binari arrivavano fino ai respingenti, sulle banchine, a fasci, a mazzi, come gambi di rose recisi.

L'umanità vi si rovesciava da tutto il paese come prendendo la rincorsa. L'ultima spinta e poi si arenavano, si riversavano fuori nel piazzale come una macchia d'olio da un motore rotto. Sopra tutti noi l'edificio si alzava sontuoso e miserabile, s'impennava sproporzionato verso altezze vertiginose.

Voci senza volto proclamavano annunci. Dagli altoparlanti da comizio rimbombavano le destinazioni. I tabelloni totalizzavano gli orari rigirando numeri e lettere come puntate alle corse.

Ronzava da tutti i cunicoli, da tutti gli accumulatori. I passeggeri ci rimanevano in mezzo, calamitati e vinti... giravano come formiche spaesate... tutta la galleria dei passi perduti risuonava del loro scalpiccio.

La luce aveva perso il colore. I colori vivi se ne erano andati, rimanevano quelli spenti... i beige, gli antracite, i carbonati. Una foschia si prendeva tutto. Le luci opalescenti da dentro i fari colossali non riuscivano a vincerla.

Aveva perso lo smalto, rimaneva il suo gigantismo leonino, da grande comò. Una montagna era, una sfinge di pietra. L'affollavano i minuscoli passanti, e la infastidivano. La sporcavano uomini e piccioni, nell'incuria del loro passaggio.

Eppure essa rimaneva elettrica e immobile e li teneva tutti avvinti come un grosso magnete.

Tutta l'umanità di scarto, gli incerti, i trascurati, i vinti e gli accidiosi, quelli che rimanevano nella sacca dell'indecisione, quelli fermi davanti al bivio, nel punto di passaggio, quelli a cui l'eccesso di possibilità gli paralizzava la scelta... tutti quelli incapaci di prendere il largo li teneva lì come una calamita, e il quartiere Partenza tutt'intorno ne subiva la gravitazione.

Da sotto il grande lucernario a voliera la grande madre si occupava di tutti i suoi vagoni, li svezzava e poi a notte fatta se li riprendeva.

Alcuni tornavano stanchi di viaggi, covando oggetti smarriti, bagagli persi, non ritirati. Dovevano sfebbrare anche loro, quelle carrozze, togliersi un po' della febbre, della virulenza contratta dai posti che avevano visto e che si erano lasciati dietro ai lampeggianti rossi del retrotreno...

Correvano lungo le scale di marmi i corrimano. Correvano fuori attraversando il quartiere i ponteggi. Sulla massicciata di pietra a dieci corsie che si stendeva come un letto sotto i binari i treni facevano un rumore cupo. Su quella battigia di ferro sopra le arcate dei magazzini, in quella luce malata, si sentivano fischiare in lontananza, partivano lentamente come lunghi lombrichi illuminati, lasciavano a fatica i depositi, gli scambi, la rete delle Partenze.

Radi locomotori correvano a vuoto invece, decisi e soli... come noi... verso la notte, senza che nessun altro vagone li seguisse.

Dalla parte di sotto, a livello della strada, pilastri di ferro lavorati come colonne greche annerite reggevano i sottovia, i passaggi, le gabbie delle palestre, delle pescherie e dei depositi chiuse dalle volte sotto la lunga alzata.

Oltre ancora erano i falò dei poveri, nei sottopalchi lontani della stazione, l'oltretomba dei carriaggi. Fiancheggiavano la strada come un lungo molo quei tubi, le grate e la banchina di ferro e di pietra. Era un reticolo d'oscurità da camminare da soli.

Mi ci aggiravo attorno avvinto.

Eccolo di nuovo il quartiere Partenza, di nuovo qui, come a dover ripassare dal via. Come allontanarsi sempre senza mai arrivare.

Occorre fare attenzione a camminare così. Si può arrivare lontano, perdere i volti conosciuti, la cura e l'abbraccio, si può arrivare fino in faccia alla medusa... e lei ci prenderebbe anche, mica ci vorrebbe fare male, vorrebbe solo averci, strizzarci anche l'occhio, così per piacere, per piacerci... ma intanto ci ha pietrificato il cuore.

Ora che le visioni sono cessate dovrò rimanere a nutrirmi ancora di queste fuliggini, in queste acque ferme, o cosa?

Ora che non ti risuona più niente dentro, che il teatrino tace... ora che ti sei svegliato, come a metà del sonno, e non c'è più nessuno intorno e non hanno lasciato indicazioni, e ancora ti aggiri qui, come un cane intorno alla casa bruciata...

...È proprio qui che dovevo venire a intricare il mio vizio... proprio in questo reticolo di nervi ferrati?

Tutt'intorno continuavano a incidere l'asfalto binari di treni più piccoli, vagoni da città con un occhio solo... quei fasci di binari estinti solcavano a vuoto il catrame dei piazzali, dei parcheggi, le pietre del selciato. Ci scorrevano dentro come vene senza più sangue.

Intorno s'incontrano agli angoli fantasmi, piccoli crocchi di spettri, figure sole. Si lasciano dietro anche loro, senza incontrarle... e piano piano ci si inizia ad abbandonare di nuovo alle strade, fino a che, lentamente, la gravitazione finisce, e a furia di seguire le rotaie, si arriva altrove.

Lungo le vie, gli alti palazzi e gli edifici sui cortili e gli interni niente lasciano più alle strade se non la facciata e l'eco dei passi di chi le percorre. Sopra, a guardare, i viali fanno a fette il cielo. La luce ci cade dentro. Precipita.

Nell'oscurità si aprono corsie lungo il coperchio del cielo e sembrano quegli stabili anche loro pronti a muoversi, a spostarsi, a prendere la partenza come grossi transatlantici. Grandi navi, impigliate, ancorate al selciato.

In mezzo a quelle strade a quelle corsie parevano non esserci soluzioni davanti, e nulla che davvero potesse accadere visto che tutto era già successo, ma poi mi giunse voce che Tony Castellano era arrivato in città...

NICE AND NICE

"L'età migliore, non c'è che dire, è quaranta" disse appoggiato al bancone.

"L'età in cui inizi a non fare più le cose che non dovresti fare. Fino ad allora continui sempre a fare gli stessi errori, e dici uh uh... accidenti a me... era sbagliato, e intanto però è la stessa storia, e va sempre avanti al solito modo.

È solo da allora che si impara a non fare, che è anche più importante di fare. Trenta è ancora niente, è ancora giovane. Ma da lì in poi, è meglio. Niente ti porta più via. You become a man!

Lo vedi, adesso ne ho sessantacinque, ed è molto diverso, completamente un'altra cosa. Non posso più bere, più fumare e neanche bim e buf e baf! No sex, no drink. Finito. Ed eppure, tu lo sai, I've been a professional drinker for fortyfive years... fortyfive, e anche fumatore professionale... always professional."

Diceva così e scuoteva intanto la testa come per scacciare tutti i vizi che non poteva più permettersi.

"E tu adesso vieni qui e mi dici di te che sei... lost! Perduto!

E che cosa accidenti vuole dire perduto?

Ah! Perduto è chi è senza amore. E l'amore che cos'è? Dio, God, Tutt' Quant'! E si trova in tutte le cose. Anche qui, presente! Oh, no, non è quel Dio che ti dice 'Ecco! Hai sbagliato un'altra volta. Ah, àggita!' e si torce le mani e ha i fulmini pronti e l'inferno e i confessionali, l'armamentario e tutti i santi. No! No, quello non c'entra con me.

Dio, God, Tutt' Quant', eccolo anche qua... It's love...

E dici 'Perduto!'

Ma hai un'idea di chi vuoi essere?

E per esserlo cos'è che ci vuole?

Lavoro! Ah! Lavoro ci vuole! Il lavoro è amore manifesto. Il resto è roba per tutti.

Niente per sé, tutto per tutti, niente per nessuno, niente in tutto. Tu capisce?

Oh, ma voi siete giovani, voi non capite che cos'è l'amore.

Bene, adesso però è ora di tornare al lavoro. Non bevo più, ma stasera farò un'eccezione per te.

E la farò alla tua salute. Nice and nice, Vanescio."

Così Tony Castellano si piazzò al piano, gonfio d'alcol, provò un arpeggio, capì che il piano era una schifezza e lui pure. Tutti i musicisti intorno erano pronti, come cani ai calcagni. Lui disse "Yeah!". Tutti dissero "Yeaahh!". Lui disse "È una magnifica notte". La sala intera rispose "Yeaahh!". "Lot of music in the air tonight!" "Yeaahh!" Così egli concluse "È perfettamente inutile che io suoni". E barcollando se ne andò fuori a godere di quella magnifica musica.

Abbandonammo il locale e fummo in strada. L'aria soffiava tra i palazzi come in un'armonica e c'era ancora di che parlare, saltato il recinto della circostanza, c'era da andarsene a spasso nel tempo, al galoppo, al rodeo.

"Uh uh Glenn Gould, per esempio! Hot man! Glenn Gould giovane! Ecco, listen. Glenn Gould playing Bach!... Le *Goldberg Variations* del '55!... Così! Uno, due, tre, quattro, come le sente lui, as he feels them. Col ritmo che sente, adrenalina giovane.

Virtuosismo. Nessuno mai le aveva suonate così prima. E fino alla fine. Quando si è permesso di suonarle ancora, per testamento, e le ha registrate allora più appoggiate, più lente, pesando la nostalgia. Le *Variazioni*, scritte per alleviare un'insonnia, che chiudono il loro cerchio incorporeo con la stessa aria che le ha aperte, come per dare un'idea di perpetuità.

Con quelle apparve la sua stella, e con quelle se ne andò. E così chiuse il suo cerchio perfetto.

Ma cosa è successo prima e in mezzo e durante tutto questo?

Hot! Hot! Caldo, ecco cos'è successo."

Diceva così sbracciandosi nella notte, in mezzo al traffico di quel tratto di strada che era come un corridoio da corsa per le macchine in pista. Gesticolava con le mani per dimostrare come la polifonia di Bach si muovesse per quattro voci, e come Gould si fosse separato anch'esso in quattro voci distinte, per inseguirla meglio.

...Ah, la gioventù! Il miracolo del genio! Ricchezza per tutti! Energia e fiamma! Ed ecco che ritorna! Auff! E io già non ne ho più per raccontare di come esalta e consuma...

"Ah, potenza della bellezza!" continuava lui nella notte incombente. "Oh, il mistero dell'arte! Tutti fanno le cose, ma è il modo in cui gli viene di farle che conta! Bach fece la melodia per quattro voci, a quattro versi. E Gould la cantò appendendosi quattro volte all'aria. Coprendosi e incappottandosi a quella maniera in tutte le stagioni!"

E inciampavamo e ci fermavamo di continuo.

...Ah! È un mistero la vita riversata così, quasi c'è da annegarcisi e perdersi, per quello che è dato ai grandi. E perciò bisogna avere animo da grandi per goderne e non ribaltarcisi in mezzo.

Dunque non confondiamo la gioia con l'allegria. E non celebriamo il funerale della gioventù troppo a lungo.

L'anima bisogna conservarsela, se non per sé, almeno per godere di quella dei grandi, e dei piccoli... e di Tutt' Quant'.

E perché questo fuoco a qualcuno dà, allora, e a qualcun altro toglie?

Perché per alcuni la sala risuona, e per altri opprime e contrasta?

E perché Gould preferì sottrarvisi?

Forse perché doveva ritenere per reinventare Bach, per resuscitarlo dalla tomba, per fargli scorrere nella partitura il suo sangue giovane, lo swing tentacolare! Il ritmo della fuga! La toccata!

E Johann Sebastian Bach, che tipo di uomo doveva essere? Un uomo quale adesso non si può neppure immaginare.

Un uomo con venti figli, un uomo che ha scritto per glorificare Dio! Un mistico adorante che scavava infebbrato nella perfezione della fede, che edificava visioni e le edificava una sull'altra, con rigore incrollabile, il rigore che conduce alla santità!

E Gould lo resuscitò, e non poté più uscirne, comprò la notte e l'abitò con lui. A chi gli faceva visita egli taceva e suonava Bach. Camminava dentro quelle impalcature dell'armonia, e lì ci è rimasto.

Ha vissuto come un monaco, cercando anch'egli la santità, e quando ci è arrivato, infine, che cosa ha mai potuto trovare?

E perché altri invece, come martiri, lasciano in giro orfani? Orfani del loro abbraccio? E i loro orfani, poi?

E gli altri ancora, perché diventano mezzi uomini nelle ossessioni, e si fregano e si cucinano da soli fino da piccoli?

Bisogna stare attenti, all'ambizione e alla gioventù.

È l'ambizione che divora i giovani, che non gli fa fare l'amore in pace con le loro ragazze, che li fa rodere nell'indefinito tarlo della gloria, che li fa girare nel sonno sempre distratti e alla ricerca di un appunto, che li fa accanire senza apprendere un mestiere, che alla fine è la sostanza di tutto.

È perché anche questo non basta. I giovani vogliono farsela con quello che non si riesce a toccare.

Con le distanze che non si possono colmare, vogliono immolare la loro vita a quest'incommensurabile. E quando anche arrivano a qualche risultato, non ce la fanno a godersela. Li frega l'affanno.

Si poteva fare di più, e meglio o semplicemente si poteva fare ancora.

L'insoddisfazione li fa andare avanti e gli mette una mina dentro.

Bisogna invece darsela, la soddisfazione. Occorre non rimanere soli, non diventare con le proprie mani elevate e mondate dei mezzi uomini, degli storpi. Degli esseri incapaci di amare, divorati dalla bellezza e dal tempo perduto...

Così procedevamo nella sera, sbracciandoci nella strada limpida, sulla pietra che strozza la primavera.

Ci buttavamo sui mezzi sferraglianti, salivamo, scendevamo e sbagliavamo le fermate. Ma calma. Tutto era sempre e nient'altro che calma. Le tre richieste dell'amore. Tolleranza, pazienza e disponibilità a dare di sé abbastanza. È tutta in quell'"abbastanza" la questione.

Pensare una cosa alla volta. Stile, manuale di comportamento. Quello che basta per non annegare del tutto e subito, tra le meraviglie dei geni e delle miserie santificate. Prima di tutto il soggetto, e poi il resto come viene. Questo sono i vecchi. Stile mantenuto su ogni terreno.

Il ristorante russo a quell'ora era chiuso, e il ragazzo stava preparando il banco. Ci fece accomodare su un divano viola, nell'angolo. Io ordinai il vodka sour e iniziai a bermelo con avarizia, per non sporcarmici le mani e lo stomaco. Prendemmo a parlare la lingua che avevo conosciuto, e man mano tutto il mondo disordinato e spacciato dagli anni prese a ricomporsi e congiungersi.

Bisogna approfittarne, quando il mondo la smette di richiudersi addosso nell'unico modo in cui ha preso il vizio di conformarsi.

Quando si apre una vivida vacanza, nella chiarezza aguzza della vodka.

Tutt'intorno la gente andava riempiendo il locale e cresceva fin quasi a sedercisi addosso.

La cameriera aveva un anello lavorato nel naso, i capelli biondi ondulati e il grembiule blu a righe. Era gentile e portava roba in continuazione. Alla diffusione misero un disco di Sinatra.

"Uh uh Vanescio, listen, listen Sinatra! Che fascino! Quando portai la mia donna at the Sands a sentirlo cantare rimasi così affascinato che alla fine mi avvicinai e gli dissi 'Ehi! Frank, take my ladonna please', ma lui non se la prese. E aveva ragione...

Be' non era certo come Vic Damone! Ah me lo ricordo Vic! Aveva una voce fantastica... a wonderful voice, ma quando smetteva di cantare, when he stopped, era finito. Tutto finito. E cantava di cuore, ma dopo quello, niente. Una bella voce dentro a un uomo senza fascino.

Non aveva personalità. Quando smetteva rimaneva solo l'eco della voce. E perciò è rimasta soltanto l'eco di Vic Damone. Non come Sinatra. Oh, lui sì che cantava col cuore e col fascino. A Frankie non gliene importava. Vedeva il mondo con i suoi occhiali rosa. Il mondo è rosa con gli occhi dell'amore, when you're looking at the world thru rose colored glasses, è sempre rosa con gli occhiali dell'amore."

Mentre affrontavamo il secondo giro arrivò trabordante Caarlo in persona, seguito da una troupe televisiva. Era carburato, il vecchio, e subito li condusse al bancone. Si girava uno special su Bodinsky, il poeta. Bodinsky era il suo Dio, e in quelle riprese doveva interpretarne la parte.

"Nice and nice..." disse Tony "...bell' bell'."

Poi vennero a fare domande anche a noi.

"La prego, un pensiero su Bodinsky, il famoso poeta."

"Ne diffido" dissi io. "E soprattutto diffido di quelli che lo leggono. Sono degli esaltati, gente che arriva a casa tua a tutte le ore, suona, sale e non centra la tazza. Gente che sporca, che si ubriaca, e che per questo pensano di essere poeti. Si chiavano le brutte fiche e declamano! Bodinsky è il loro alibi, ma a lui non gliene importa, non gliene sarebbe importato.

E poi scrive solo storielle sporche, come se bevesse e chiavasse solo lui. Statene alla larga.

Niente di personale. Apprezzo la sua prosa. Sostiene una buona causa, ma è l'effetto il problema."

Tony intanto sorrideva.

"Nice and nice" sussurrava compiaciuto.

"E lei cosa ne pensa?"

"Nothing. Niente. Ma nemmeno a lui però gliene importava niente. Questa era la sua grandezza. A lui importava di bere. He was a professional drinker. Fumare e bing e bung e bang. He didn't care. La vita gli faceva schifo, la morte gli faceva schifo. Era un duro, con una Bmw nera."

Dissero grazie, e se ne andarono.

Noi ordinammo altro caviale e filetto alla Kiev. La gente aveva iniziato a sedersi anche sul divano, trabordavano da tutte le parti, ci arrivavano addosso, ma Castellano, per niente infastidito, diceva "Don't worry, stay, stay!".

E aveva la faccia come per dire "Va tutto bene".

"Anche Bird" diceva "era un santo. È morto presto, è vero. Ma quando lo guardavi sembrava un Buddha e pareva sempre dirti Va tutto benissimo, everything's ok, baby."

La ragazza continuava a portarci ogni cosa, io chiedevo vodka pronunciando "vuodka", alla russa. I pallini di caviale mi scoppiavano in bocca. Erano amari come i crostacei, come la droga, come le ostriche. Tutte le cose di lusso sono amare. Il dolce va bene soltanto agli infanti. Il dolce va bene per le illusioni. La vodka col caviale invece, uh! È l'amaro del caviale che costringe a bere la vodka! Il liquore dei puri! La purezza distillata! Ogni altro liquore è grezzo al confronto.

Al tavolo ritornò Caarlo. Era stratronco e paonazzo, al culmine della curda e dell'entusiasmo e ci aggredì di brutto.

"Ehi tu, Castellano! Tu che hai visto l'America. Adesso bisogna che mi dici tutto. Tutto, tutto. Hai conosciuto Jack Kerouac? E che cosa ti ha sussurrato in un orecchio a San Francisco? E dimmi, davvero gli piacevano le scatolette di tonno? E di Joe Pesci, cosa mi dici? Hai conosciuto Bob De Niro? Voglio sapere tutto dei Soprano! E di Faye Dunaway che ne sai? Voglio che mi dici tutto. TUTTO!"

Così ruggiva scuotendolo.

Castellano si limitava a sorridere, ma il vecchio insisteva "Perché suoni, eh? Perché vivi? Perché non schiatti? Eh, che cos'è che non ti fa schiattare?".

"Ma chi è questo pazzo? Lo conosci?" faceva a me Castellano con la sua faccia di vecchia comare sibillina.

Non sapeva più come levarselo di dosso, e nemmeno io.

Caarlo allora, per svoltarla, disse "Forza, usciamo senza pagare e andiamocene".

"Ragazzo" lo ammonì lui bonario, "se facciamo così toccherà a questa signorina che ci ha servito pagare il nostro conto."

Caarlo allora lo abbracciò e disse "Scusa, tu ci hai classe! Anch'io qualche volta". Appena fuori gli brillarono gli occhi e come un condottiero indicò la strada.

"Al Bodinsky Pub! Lo renderemo famoso!"

E così finimmo nel pub, ma non c'era molto da fare per renderlo famoso, a parte guardare la televisione e ordinare le birre. Tutte le pareti erano rivestite dalle foto di Bodinsky il poeta... Bodinsky con il plaid scozzese sulle spalle... Bodinsky con Linda sottobraccio... Bodinsky con la vecchia baldracca davanti al frigo... Bodinsky santone... Bodinsky in boxer e camperos...

Caarlo a quel punto invitò il gestore a chiedere un autografo al vecchio Tony.

"Chiediglielo, chiediglielo... vedrai, gli farà piacere" lo spronava.

L'altro diceva "Va bene, ma chi diavolo è?".

"Che te ne importa, ti dico che se lo merita!"

"Prego, signore, per favore, una dedica al locale. Al Bodinsky Pub, please."

Castellano, compiaciuto, firmò su un pezzo di cartone, un sottobirra da tavolo, apponendo una dotta citazione dell'autore.

"Mai puntare su un cavallo che caca alla partenza." Poi disegnò un quadrupede nell'atto di evacuare.

Fummo di nuovo in strada. Caarlo ruggiva alle macchine che passavano. Non ne voleva sapere di andarsene a letto.

"Ho venduto un anello di famiglia oggi, e me lo voglio bere tutto!"

Alla fine ci lasciò e si buttò per conto suo in una bettola dove ramazzò un piatto e provocò gli ultimi clienti, invitandoli al suo tavolo a sedere.

"Voglio parlare con voi... venite qui!" diceva, ma neppure la proprietaria osava avvicinarsi per portargli il conto.

Poi litigò col tassista e rumoreggiando rientrò nel girello di casa. Trovò un messaggio di una ragazza. La richiamò subito. "Troia" disse. "Non devi parlare con la mia segreteria. Devi parlare con me!"

Sbatté prima contro il comò di destra, poi contro quello di sinistra. Infine, pensoso, si disattivò seduto, nella sua posizione di riposo.

Noi invece proseguimmo a piedi, a spasso nella notte. Si era fatto tardi, e non si vedeva molto. Anche la luna si nascondeva dietro le stelle, e quindi dietro di noi.

Quando fummo nei pressi della caserma dissi "Ecco questo è il mio quartiere, me lo sono dovuto inventare, però ora iniziano anche a farmi credito e i baristi si ricordano come mi chiamo. Mi ci sono dovuto rinchiudere dentro, che avevo preso la discesa e mi disintegravo per le stanze di tutto il paese. Non è stato facile, ma quello che so qui adesso lo so soltanto io".

"Nice and nice" assentì Castellano comprensivo. "Io capisce... ma e quella ragazza?"

"Be', è andata. Forse non mi sono saputo decidere..."

"It's a shame... ma è così che va, amico mio, se non prendi una decisione poi le cose decidono per te. Però sempre per il verso peggiore. Anyway, sull'amore solo una cosa si può dire per certo."

"E che cosa?"

"Che I love you, see you later non funziona. It doesn't work. E che a non starsi vicini, poi più avanti non ci si ritrova."

Gli uccelli cantavano già la sinistra sinfonia del tardo rientro, ma la notte li nascondeva ancora.

Non era più tardi adesso. Non sarebbe stato tardi più.

Chiusi la porta, accesi la luce e la radio, e assieme ci inoltrammo nei gironi del bebop.

"Chiudi gli occhi ora e dimmi. Chi è questo? Uh uh, lo puoi riconoscere subito... non si nasconde certo!

Senti il cobra nella mano... suona così fluido che anche quando è da solo, come ora, puoi battere il tempo, sempre in anticipo, e sentire che razza di tempo aveva addosso prima che la polizia gli spaccasse la testa col manganello. C'è da sudare freddi. Tac tac, snap, snap." Chiudevamo gli occhi e c'era da non credere alle orecchie.

"Bud Powell! Lo senti?... E ora Charlie Parker, ascolta... eccoli... i miei idoli... macchine in corsa... fuoco nella notte."

Dietro ai suoi occhi stanchi sillabava le note del fraseggio concitato. Le sgranava in bocca come un rosario, ne sentiva il sapore. Le conosceva ad una ad una. Erano tutta la sua vita.

Poi dalla macchina della riproduzione sonora si fece avanti Lennie Tristano, il padre di tutti, dal suono come di legno battuto sui tasti, un suono attorcigliato, da percussione ostinata, aggrovigliato nel *Turkish Mambo*. Il basso che pare afferrare l'aria con le dita, la pizzica e la strappa dal suo posto. La mano che gonfia mentre cerca. Uh uh! Che nervo fatto ostinazione, il vecchio grande Tristano! Cieco, brancolante anche lui, nell'inizio della fine, la dissonanza fatta a pezzi, che suona scavando, raspando con un'unghia d'osso la cresta della melodia. Questo è bebop rosicato. Solo. Andato in cancrena per la sua strada bianca. Ah! Un lavoro di denti sulla corrente elettrica del piatto. Percussivo, come Jack La Motta. Martelli presi a pugni. Lo strumento che suona fesso, senza armonici, senza suono, ridotto solo al nervo dalla gragnuola di colpi che gli tira addosso. La sua rivincita.

Lennie Tristano, il padre dei lirici! Un pugile italiano, ecco cosa sembra. Acre, isterico, come una cornetta ammaccata, una cornacchia col becco indurito sulla costruzione degli accordi, edifici che si crollano addosso uno sull'altro. Specchi a incastro. Labirinti. E quando la febbre si placa va a scavare il silenzio allo stesso modo, a grappoli di note disperate orfane tra loro.

E ancora le percuote, le rampina come un croupier, prendendole fino dalle ottave basse, rastrella tutta la martelliera facendola inarcare. Auff! Lennie Tristano, un accanito!

E poi ancora dall'oscurità avanzò Bill Evans. Nel suo periodo finale. Tony Bennet cantava con vocalità potente sul suo pianismo asciugato.

La sala di registrazione aveva l'aria di un locale chiuso. E Bennet cantava come una sirena di piroscafo nel naufragio. Evans lo accompagnava elegante in quel disastro. Era il Titanic che affondava, il bar del transatlantico dopo che hanno tirato su le sedie, e l'inabissamento si è trascinato di sotto anche l'ultimo dei lirici.

I belli non ce la fanno. Ecco Bill Evans, grosso, trabordante, con la barba, che suona in quel disco. Finiti i tempi Riverside, finito il volto efebo, da Clark Kent dissanguato, finite le camicie bianche immacolate. I belli non ce la fanno, si annoiano prima. Ora cantano da soli e suonano, mentre il locale cola a picco. E qualcuno sta passando lo straccio sotto i tavoli, e i piedi delle sedie sollevate sono tutto il loro pubblico.

Due uomini nella notte. La loro vecchiaia è un naufragio!

Il mattino non voleva arrivare più. L'incedere del basso, ancora, il frutto succhiato all'alba, la febbre... prima che il giorno arrivasse a tirarcelo su dai piedi quel lenzuolo di buio che ci aveva coperti fino ad allora, a strascico, e lasciarci finalmente nudi. C'era ancora l'incedere del basso e delle spazzole a trattenerci nella nostra notte.

"...Ma tu c'eri? Tu li hai visti davvero?" chiedevo. "E quando è che succede? Voglio sapere... dove succede? Perché questa è musica accaduta altrove, per chi ci si è trovato in mezzo. Per gli altri, per tutti noi, non arriva qui che il surrogato dell'epopea, il supporto. E dove ero io quando la cosa stava succedendo? Dove erano le mie orecchie? Bisogna andare dunque, trovarcisi nei posti dove succede prima che diventi soltanto un'idea, un'eco per l'eternità. Qui si brancola solo nella quantità delle incisioni.

Ma di loro, dimmi, che cosa è stato di loro? Del miracolo... quando ognuno si trovò nel posto in cui doveva trovarsi... il trio con Scott La Faro... lo senti? Nessuno accompagna nessuno. Aboliti i solisti, solo il suono del gruppo conta, il suono mantecato, sponzato, distillato nell'acqua stagna del club..."

E nei bicchieri e nel brusio del Village Vanguard pareva di sentire anche la neve che era caduta di fuori. La notte non finiva, e c'era ancora la perla. Castellano, come un Virgilio, mi conduceva fino al nervo affinato, alla mistica euforica dell'insonnia, a spasso tra i gironi del bebop che arrivavano a snocciolarsi fino lì, ricoprendoci, senza che ci fosse nulla intorno che davvero accadesse.

"Basta adesso. Basta!" dissi io. "La bellezza non bisogna frequentarla, perché ti costringe a ubriacarti. E l'ubriacatura ti costringe a fare a pugni. E i pugni, quando ti vengono chiesti, bisogna darli, e con gioia. Allora dammi un pugno! Forza Castellano! Dammi un pugno! E dammelo!"

"Oh no, Vanescio. You don't need it. La bellezza non ti deve fare male. E poi non ho più l'età per i pugni, adesso sono buono solo per le carezze.

Capisco, ora ti fa male, ma poi in fondo, col tempo, solo questo rimane. È il solo tesoro che ci può accompagnare.

Vedi, io sono avanti nella strada, molte cose mi sono lasciato dietro, mi hanno dovuto lasciare, forse per poter andare avanti ancora, e alla meta ci si arriva con sempre meno roba addosso, e sempre meno si è in grado di portarne.

Al punto in cui sono ora, in cui siamo questa notte, non so per quanto ne avrò ancora, ma mi resta l'amore e tutte le cose belle che ho avuto la fortuna di conoscere.

La bellezza! Questo soprattutto ci è donato, ed è tanto più preziosa quanto più le altre cose se ne vanno. Dio e la bellezza è quello che mi rimane per questi anni... ma in fondo è una cosa sola, perché è sempre Dio anche la bellezza, Dio, God, Tutt' Quant'."

Lo disse con tono compreso, poi restò estatico e quasi spossato per il discorso e per tutta la musica che ci aveva arato e inseminato il cuore.

E per la prima volta lo vidi nella sua stanchezza finale. Sulla sua pelle, vidi cosa la vita gli aveva combinato addosso, in quali solchi potevano scorrere le lacrime e quale ruvida spugna gli aveva passato sulla faccia. E infine, prima di cedere al sonno, dalla lama degli occhi appena aperti mormorò: "Sleep well... Vanescio, have a nice and nice... nite".

Si alzò al mattino, con passo da mammut, le gambe divaricate, lento e sciuffato come un vecchio brontosauro. Coi blue jeans, gli stivali da cowboy e la scunfarenzia addosso. Aveva dormito tutto d'un pezzo, duro come uno scarafaggio. Legnoso com'era si avviò, preistorico, a passi lenti verso il water closet.

Dalla tasca di dietro dei pantaloni gli sporgeva un pettine bianco di osso.

Con quel pettine per le mani, tra un brano e l'altro, lo vidi la prima volta. Era col quartetto di Tony Scott. Aveva un'aria da attore, alto, segnato, elegante. Sedeva al piano coi capelli bianchi pettinati all'indietro e teneva uno stuzzicadenti in bocca. Era di grossa stazza e portava la bozza del bevitore con molta dignità.

Aveva mani ampie e come plasmate sulla tastiera. Professionista da quando aveva quindici anni. Always professional.

Cresciuto a Brooklyn, e poi a Chicago coi migliori. In galera, invece, senza nessuno. A Miami infine, come le vecchie glorie, con la famiglia e il fratello gemello, pianista pure lui.

Ci eravamo conosciuti anni prima, per colpa di un paio di stivali a punta.

Li portava sempre quegli stivali, in tutte le stagioni, e un giorno d'inverno, sotto i portici ghiacciati, cercando di rincorrere un autobus alla fermata, scivolò per terra e si ruppe una gamba. Fu una vera disgrazia per lui, come per gli uccelli spezzarsi le ali. È tutto quello che hanno nel cielo e, una volta senza, il primo gatto che passa se li mangia.

Lo vidi scendere dalle scale molto, molto lentamente, con una stampella e il morso di ferro al piede rotto. Teneva le stampelle come pistole nel cinturone.

L'avevano appena operato e aveva la faccia contratta nel dolore. Imprecava tra i denti, tra le sottili labbra da lucertola. Non poteva camminare, era rimasto a piedi come la cavalleria appiedata. Così rallentato aleggiava di una sua gloria finale. Assieme a lui scendeva tutta la sua epopea.

Si piazzò nel club, che divenne in quel periodo la sua casa, e poi finì per passare alla mia.

Ma almeno in questo mestiere, in questa musica qualcuno è rimasto che ancora si preoccupa di passare il testimone, di lasciare qualcosa di quello che ha imparato, di insegnarti un trucco per allacciarti le scarpe, o lasciarti addirittura i suoi stivali a punta come per fargli continuare ancora la strada avanti, con i tuoi piedi.

E ora rotolando nel tempo, era arrivato fino a me come un segnale nella notte in cui mi ero perduto. Un avanzo, uno scampolo, un pezzo d'iceberg, che si era staccato dal mondo primordiale del bebop ed era arrivato fino qui. Si era arenato, spinto, impigliato in tutti quei posti, e poi rimbalzando per tutto il pianeta, da una casa all'altra, da un locale all'altro, da un oceano all'altro, era arrivato fino a me, fino allo scantinato. Spaiato, sparato come una biglia bianca dall'epopea del jazz.

Da fuori spirava il silenzio della domenica pomeriggio. Il primo vento aveva buttato le foglie dentro la cancellata di ferro del bagno. Nella cucina le formiche si accanivano su una buccia sotto il tavolo. Il lavandino era caduto e lo teneva su un armadietto capovolto e, dato che il piano era obliquo, l'acqua finiva per stagnare assieme al bilico dei piatti.

Castellano appariva più vecchio della notte prima. Aveva l'aria triste e sbuffava. Auff! faceva quando non ne poteva più. Auff! Di giorno poteva cadere in crisi di tristezza quali si permetteva soltanto in famiglia.

"Il papa ha fame" ordinò. "Pope needs an ostia!"

Così, obbedendo, iniziai ad affettare le carote e le zucchine. Le preparai per il soffritto di olio d'oliva e d'aglio sulla cucina smaltata. Poi aggiunsi il pomodoro. Castellano cominciò a girarmi intorno meditativo.

"Mmmh, it looks healthy... But, Vanescio, tell me... how do you say scunfarenzia in italian?"

"I don't know. It's italian!" risposi.

"I've never wanted to learn it, italian" disse. "My wife non ne sa una parola, non ha neppure sangue italiano eppure ci prova sempre a parlarlo. Allora io mi innervosisco e glielo dico. 'Caazz'! Ti piace forse di sbagliare? Ti piace farti prendere in giro, eh?'

Una parola sola ho imparato io, when I was a child. It was a special, universal word. Àggita! That's the word! It's even a song. Lou Canova la cantava."

"Ah, Lou Canova? Be', se si può amare un uomo, io allora amo Lou Canova!"

"Yes, true" confermava lui e si batteva sulla pancia come un tamburo. "You remember... ag-gi-tà my com-pà in the banzo, when I eat makes me feel like a ganzo..." canticchiava sornione.

"It's the first word I've learned... È la prima parola che ho imparato... e anche l'ultima. Lo urlava mia madre, a mio padre... quando non ne poteva più. 'Please' gli diceva, soffiando dalla bocca 'don't give me àggita.'

Ah! Think about it... my father and my mother have been living together for thirtyfive years and àggita... never stopped.

Àggita! Here, in the banzo!" e si indicava la pancia stringendola come se avesse le doglie. "Vedi, look!"

Il fuoco intanto stava facendo bruciare il soffritto.

"Even the flame got àggita. Àggita is everywhere, it's in every thing... love for example... it comes from àggita and gives you... àggita"

e iniziò a declamare ispirato "So... give me àggita or give me death...or give me life or give me.. àggita. The world gives you àggita... and you give the world... àggita. And agitation, something that happens here, in the banzo... àggita produces... life! And àggita produces... àggita.

It's a way of life... not money... not love... àggita makes the world go round, and round! Fammi vedere... show me a man without àggita and I'll show you a dead man... Who didn't have it?" domandava. "Chi non ce l'aveva?"

"Bah, forse Buddha" azzardavo io.

"Buddha? Right!" proseguiva annuendo. "Correct. That's why all the others have... even God..."

"Nooo!" lo interrompevo io incredulo. "Even God, Dio, Tutt' Quant'?"

"Of course" rispondeva lui. "Naturally he knows it... he has created it. In paradise! In heaven, he had put Adam and Eve without àggita, without aggravation. But he told them Don't touch the apple... don't touch the apple... and they did! And so... ahrrrr! Àggita!" e si mordeva le nocche della mano, le rosicava lamentandosi, poi cambiava mano e ancora si mordeva "Right hand... both hand... ahhrr!

GET OUT! GET OUT OF PARADISE! E indicava l'uscita col dito... il dito di Dio... get out! out! And this was the beginning."

"And this is the end" aggiunsi io indicando noi due lì dentro gesticolanti intorno a un soffritto bruciato.

"Listen" continuava lui. "We are all out of paradise, siamo tutti stati scacciati dal paradiso... tutt' quant'... i cattivi, ma anche i buoni, everyone with his misery... i trascurati e quelli che gli puntano il dito addosso... i poveri, ma anche i ricchi... i disgraziati, ma anche i belli, i simpatici, i fortunati... siamo tutti fuori dal paradiso, fuori dal giardino. Non siamo più figli del cielo, siamo tutti figli di quei due farabutti di Adamo e di Eva, tutti nelle nostre mani. Tutti qui sotto a cercare di nasconderci dallo sguardo di Dio.

Così non gli è riuscito facile poi a Dio trovarsi quaggiù qualche favorito cui affidarsi, qualche amico. Noè for example, he was the first, e non ha detto niente a nessuno... poi Mosè era un altro amico di Dio, e l'ha dovuto dire a tutti... e poi il suo preferito..." "Giobbe?" "No, Davide, a quello l'aveva incaricato di fargli la spia... Davide, my friend, dimmi, chi è che non si comporta bene laggiù? Mi raccomando, tu segnatelo e poi vienmelo a dire. And he did it.

Già, così ci dicono che è stato organizzato il gioco... così è scritto. Ma io non ci credo. Noo... it's not my God. Dio, God, Tutt' Quant' forse ce l'ha avuto un favorito, uno solo, però. Se l'è scelto giusto per quando si sentiva in umore di cantare... allora lo chiamava... non lo lasciava in pace... Puccini ferma. Listen! Gli faceva in un orecchio. E Puccini doveva fermarsi. Doveva smettere quel che stava facendo e correre a scrivere. Rimaneva con l'orecchio teso, lo sentiva solo lui, si sporgeva all'aria e ascoltava... *Nessun dorma*... that's why he wrote it! Perché Dio non lo lasciava dormire.

'Giacomo, Giacomo, listen.' 'Che cosa? A quest'ora?'

Ma Puccini non poteva dormire, era il favorito di Dio.

...And now, Vanescio, let's have a demonstration, let's take the aria, che se si chiama così ce l'ha il suo motivo. Senti come riempie le vele... senti il destino del soprano, prendiamo l'aria più struggente, ecco... *Un bel dì vedremo* dice. E già tu sai, you already know che quando si dice che una cosa un giorno succederà, ecco, è certo, quel giorno non verrà mai... *Someday my prince will come*, e quel principe non arriverà, and even *The man I love*... non verrà nessuno, tantomeno il clipper di Pinkerton, domani accadrà, vedrai... *Someday... One of these days...* appena un'aria inizia così già sai come va a finire. E adesso ascolta come questa figlia di Dio eleva la sua indole tragica, e cantando chiama in causa anche il cielo, che soltanto chi è solo a quel modo, in modo così famoso, amplifica la sua solitudine rendendola sconfinata quanto la sua fama. Listen, Vanescio, listen ascolta..." E l'aria gonfiava la stanza.

...Cinguettava quasi, all'inizio, come una sentinella sul cassero, però già gravida di presentimento Maria Callas, piena di grazia, erta sul molo, sull'aria delicata come il kimono d'Oriente che indossava.

L'attendeva sulle ali dell'attesa la musica. A grande altezza, sottile, un uccello leggero, di petto piccolo, che saprà stare nascosto, un po' per celia e un po' per... e in due sole battute Puccini la investiva con una sciabolata d'orchestra che sventrava il cielo e lo precipitava nel naufragio, e la abbatteva alla parola "morire", quasi come se si aprisse la nera verità sotto il velo azzurro dell'illusione, la verità che quello che stava cantando non sarebbe avvenuto mai, come è regola delle speranze.

Le fragili spalle di Madame Butterfly non reggevano quasi l'assalto dei contrabbassi.

Il compositore le toglieva la terra da sotto i piedi e la faceva volare pazzamente per mancanza d'appoggio, come un palloncino schiuso.

Scricchiolavano nel commiato gli alberi maestri dell'orchestra, tanto era tesa la vela gonfiata dall'aria di Butterfly. Le sartie tremavano, i legni gemevano, le ance, i violoncelli, come fosse l'orchestra stessa quella nave tanto attesa. Suo il volo, suo il viaggio che non le fu regalato.

Butterfly rimaneva tremante, trafitta sul molo fermo, crocefissa nella sua certezza...

...Ah sì, un bel dì vedremo, un giorno tutto sarà a posto, e lui verrà, e saremo felici, tienti tu la tua paura...

"Have you listened, Vanescio, understood?"

Prima di uscire Castellano scrisse su un foglio di carta chimica, carta da fax, parole destinate a scomparire nel tempo, la cui bellezza sarebbe svanita nell'ombra soltanto a toccarla.

Indeed... dicevano... *davvero... gli idoli che ho amato... the idols I've loved... all my life...tutta la mia vita... have done my credit in this world much wrong...mi hanno screditato molto nel mondo... I have drowned my glory... in a shallow cup... ho affogato la mia gloria... in una coppa poco profonda... e ho buttato via la mia reputazione per una canzone... and sold my reputation for a song.*

E come suo ricordo la lasciò insieme a una sua fotografia alla stanza. E fu l'ultima cosa che rimase di lui una volta uscito.

Quella sera andammo a sentirlo suonare al Norte Este, finalmente.

Era un club elegante, alla moda, ma molto rumoroso. Nessuno in realtà si interessava alla musica. Chiacchieravano soprattutto al Norte Este.

Lui ci arrivò lentamente e poi sedette allo strumento.

Suonava con un'espressione compresa, tenendosi ad angolo retto sul piano. Tutti eccedono in qualche modo, chi sporgendosi in avanti, chi di sopra, chi di sotto. Per lui, quella era la giusta distanza.

Ogni tanto sollevava gli occhi verso gli altri strumentisti. Occhi malinconici, marroni, con le pieghe all'ingiù. Un americano con gli occhi tristi come quelli di sua madre.

Quando suona è sempre così, serio sul pianoforte. Prende un'idea e la segue, senza importarsi di quanto rumore ci sia intorno. Canta la melodia che gli suona in mente e la srotola, senza mai abbandonarsi ad un eccesso.

Sembra un'iguana addormentata. Segue il gruppo svogliatamente appoggiando grappoli di accordi, e poi a un tratto, un raggio di luce lo va a scovare fino al fondo bassofondo dove si è andato a nascondere.

Nel lercio del club e nel rumore, nell'assordamento delle chiacchiere, che niente vogliono a parte battere il piede. Anche lì la Grazia lo arrivava a trovare. E così, da sottoterra, direttamente dal mammut che ha nascosto dentro il suo boa, estatico, inizia a srotolare la cosa che gonfia l'aria mano a mano.

La soffia, elastica e colorata la sua bolla, e quella si gonfia, abbaglia e scoppia senza poter sopravvivere alla serata.

Poi sorride e torna alla narcosi dell'età e alla fermentazione. Così suona Tony Castellano.

E così suonò le canzoni, con il suo tocco di vecchio romantico innamorato della melodia. Come a compensare il velluto della voce che mancava.

Tutto l'amore e ogni altra cosa perduta vennero a galla lì, senza che li avessi chiamati, vivi in mezzo a tutti quei morti.

Il club non se ne accorse, erano troppo abbuffati di aperitivi per sentire qualcosa. Castellano, rapito e avvolto come da una sua lontananza, non se ne curò affatto. Lo custodiva dentro il segreto. Non doveva prendere nota di niente. Bastava aprirlo e svolgerlo. Il resto non aveva importanza.

Era come il pianoforte affittato nel locale. Poteva essere di buona o cattiva qualità, comunque andava suonato.

La sala era per lui un prolungamento, una cassa armonica per risuonare oltre di sé.

Non opporre resistenza, diceva. Non contrastarla. Pensa solo alla melodia. E questo è tutto.

Quando ebbe finito, lo raggiunsi al bancone.

"Com'è andata?"

"Nice and nice."

"Suoni sempre così bene..."

"È il mio lavoro, mi pagano per questo."

"Solo per questo?" dissi io.

"No, a volte lo faccio anche per niente. Ma lo sai com'è il bissnìss! La musica è la benedizione. Il bissnìss sono le corna. Le corna, ah ah! Bisogna ricordarselo e tenerli separati. Perché una cosa è la luce, e un'altra cosa è la notte, però bisogna avere più cura della luce.

Più cura della luce!

Stay awake! Rimani sveglio, amico mio, resta sveglio e ricordati sempre di tenere accesa una luce da qualche parte, anche solo in un ripostiglio per quando ti sentirai di nuovo perduto, lost. Do you remember what you told me? Abbi cura della grazia, della luce. Stay awake, my friend, stay awake."

Forse è tutto questo. Avere più cura della luce. Non abbandonarsi alla notte. E non dico alla notte, non quella vera, dico al sonno.

Bisognerebbe riuscire a starci svegli, puliti, in mezzo alla vita. Che non ti prenda più il sonno, il marcio del letto, che è lì che fanno le cimici, che poi si finisce a chiocciare come i vecchi, con qualcosa tra le mani.

Tutto tace e il mondo non ti trova, la vita non ti trova. L'ossessione si prende tutto. E niente è più vasto del bicchiere d'acqua in cui ti sei annegato.

Dunque se arrivi a imparare che un'anima ti può rendere l'anima, bisognerà ricordarselo, perché non serve avere trovato. Bisogna ricordarsi di avere trovato.

Perché tutto può sparire attorno a noi. La casa, le strade, due occhi di biglie in un vestito a ciliegie, quello che eri fino adesso.

La notte ti prende e il mondo non basta più. Addio poesia, epica, amore per le scarpe, per i vestiti che iniziano a stare in piedi da soli, e sono proprio i tuoi vestiti. Tutto andato, e qualcuno ti viene a chiedere, 'Ma che è successo, che è successo?' E tu dici 'Non lo so. Non lo so'.

Perduto! Lost! Chi è perduto?

Anche se sei nato già incapace di difenderti, schifosamente obbediente, così teso all'impiastro, non bisognerebbe essere troppo crudeli con se stessi. Non darsi mai un sogno di quiete, né oggi, né domani. Non bisognerebbe, come se tutto fosse da arraffare, se tutto fosse sempre bottino.

Non bisognerebbe, o forse è l'unico modo. Amare sempre, nella colica. Vedere luci e abbagli e vederli scomparire subito, o stare a impazzire tra le camere, tra i rumori dei tubi degli altri.

Svuotarsi agli estranei, e non conservarsi niente.

Perché non si muore tutte le mattine.

Buttarsi sempre, non seguire la voce. Stordirsi. Curarsi di quello che non c'entra, affardellarsi il groppone, divorarsi, affezionarsi ai mali. Non impadronirsi di niente. Diventare meno ubbidienti e meno vigliacchi, perdere la poesia e le mutande, perdere ogni cosa di dosso, non conservare niente, e farsi attaccare tutto. Curarsi invece l'anima, metterne un po' dentro, un po' da parte. Come se non si dovesse morire per forza stanotte, come se ce ne fosse anche per domani, e dopodomani, perché è vero, si muore tutte le mattine, e un poco di più ogni volta e anche per tutte le altre volte.

Però intanto... domani andrò a comprare una macchina come si deve. Sarà una cosa da voltarsi quando passa. E dentro ci sarò io! Andremo io e Benzina, domani, di prima mattina, perché gli affari si fanno la mattina... presto. Prenderemo il tram e torneremo in limousine, una cosetta da niente. Una roba che quando la guidi arriva prima di te. Una cosetta adatta per l'Occhino, per lo sterrato, per le nuvole di polvere, per l'arrivo presidenziale. Un orgoglio, insomma, un tachimetro da gran viaggio, una stampella, e poi mi si vedrà bene nella corsa a tre gambe.

La nuova stagione scioglie i ghiacci, e le pietre ferme. Con una buona bottiglia posso non muovermi affatto. Il mondo dovrà iniziare a passare di qua.

Mi avevano detto, con un tetto addosso non sarai nessuno...

Ora i giorni si sono rappresi all'osso. Le parole le abbiamo divise.

Scure nuvole di parole, nere di seppia e d'inchiostro, spurgate, spruzzate nell'abisso da batiscafo in cui mi sono venuto a calare per essere infiocinato, e trovato infine.

Ho provato a vuotare il sacco, ma quello aveva il buco sotto. Occorrerà buttare via qualche cos'altro, infine, per potere avanzare ancora. Spogliarsi anche del dolore più testardo, più affezionato, per potere vivere.

Quello che non fai, domani non è fatto e il domani non viene mai.

D'ora in poi non ci saranno più ripetizioni, soltanto rivincite! Non sarà più il tempo di strizzare stracci stinti, sarà il tempo di essere finalmente e definitivamente MOBILI.

Oltre questa soglia cova sostanza vitale... della migliore, maturata, concentrata, che può sempre più fare a meno di tutto. Non si è seri per niente, guariti per niente. L'immaginifica degli altri mi ha carburato, solo che mi sfiorino io volo.

A ognuno il suo, a chi la famiglia, a chi il campeggio, a chi le

Americhe, a chi le fornicazioni... a me è stata data l'oscurità, la portineria, il quartiere dei fantasmi.

Che marci pure la vita e che marcisca, io non rinnego niente. Conosco la mia strada, ne trabocco addirittura. Non finirà mai il mio vizio, mi ci terrò ben attaccato.

Se occorre impiegare tutta una vita per morire... allora seppellitemi nella mia auto, con lo stereo acceso e tutto, che si possa sentire l'ultima toccata, il ritmo della fuga... io non ne so più non ne posso più...

Pulito come un solitario, prenderò d'anticipo il mattino... mi scrollerò di dosso l'obbedienza... la brucerò come un'efelide nell'acido della mia insonnia... sarò solo nervo e niente grasso... scintillante come una moneta nella benzina... scaltro come un affamato... veloce come un voltafaccia... disobbediente come un evaso... leggero come un salasso... nervoso come una rapina. Avrò febbre addosso... suderò impazienza come grasso... mi metterò nelle mie mani... giocherò di prima... forte come un epilettico... arrabbiato come una faina... mi toglierò di dosso i sogni con una lametta... li lascerò sotto il cuscino... mi scrollerò il sonno... veglierò per sempre... dormirò vestito... come un affittuario... rapido a partire... starò addosso alla vita... come un segugio... come un mastino... non guarderò mai più l'orologio... prenderò d'anticipo il mattino.

...Ploc... ploc... scivolavano a migliaia nei grossi merdoni di fango... ploc... gli pioveva addosso la terra e gli si ammollava sotto... affondavano tutti quanti... i cavalli, le artiglierie, le salmerie...

Il fango li avvolgeva come una rete, come un destino... più si muovevano le truppe più compromettevano l'esito della battaglia. I loro movimenti uscivano alterati, privi della nitidezza dell'ordine impartito. Il comando si sfasciava nei rivoli delle staffette, degli attendenti, degli errori dei quadri... fino all'imperizia voluttuosa del prode dei prodi...

"Vi accoglierò come dopo la Moscova" gli era stato detto... e intanto sfasciava l'impero, il maresciallo Ney, a colpi di cariche ottuse.

L'armée, tutta l'armata, scivolava dopo quegli attacchi.

Si infangava, si immerdava, si impantanava, fino a che anche la vecchia guardia rinculò... la Guardia, supremo pensiero!... gli immortali... la Guardia ondeggia... ripiega... rincula... *la Garde recule*... si salvino tutti, *merde*! Si salvi chi può!...

WATERLOO

Cosa sarebbe stata l'Epopea senza Waterloo?

Un'ascesa e una caduta, questo sicuro, ma non la più grande. Bisognava che si ripresentassero Napoleone e tutti i suoi seguaci, come pirati, da un'isola, sbarcando da clandestini, con l'avanguardia di Cambronne in testa. Ci voleva la rotta definitiva, la disfatta, l'abbraccio di una nazione alla sconfitta di un uomo solo.

Dall'Elba l'imperatore sbarcò a piedi, coi suoi duecento fedeli. Sbarcò e si avviò appiedato, nella polvere, esposto al fuoco di quei soldati che tanto l'avevano idolatrato. Il re dapprima non mandò l'esercito a fermarlo, ma i gendarmi, come si usa coi briganti.

Marciava a piedi, l'imperatore, avvolto nella redingote grigia, costante, inesorabile. Percorreva la strada verso la montagna. Un soldato semplice qualsiasi, di quelli del battaglione di Grenoble, sparando avrebbe cambiato la storia per un semplice atto di obbedienza. Non ci sarebbe voluto Wellington, sarebbe stato sufficiente un Lablanche qualsiasi, un oplita... ma il destino non aveva di questi piani.

Se era vero che oramai si dava fastidio al cielo, allora occorreva uno scenario adatto alla grandezza dell'ingombro. Ci voleva la grande battaglia epica. Sanguinosa molto, e con colpi di scena. E ci voleva la complicità costante del destino, come un'Iliade. Con le Deità che fanno il tifo aleggianti sul campo di battaglia.

E tutti gli accidenti necessari per seminare il dubbio lungo il corso della storia. Ci volevano i diluvi, i fulmini, gli assalti suicidi di cavalleria, l'arrivo di Blucher, al posto di Grouchy, perché la storia conoscesse il nome della disfatta. Ci voleva Waterloo.

Alle cinque del pomeriggio l'imperatore vedeva già davanti a sé Bruxelles.

Eppure in quello scontro soltanto la sconfitta poteva divenire così epica, dato che quando anche Napoleone avesse battuto Wellington, non avrebbe mai potuto vincere, giacché aveva tutto il mondo coalizzato contro e inoltre... e soprattutto... aveva già perduto una volta.

Ciononostante la nazione intera volle sollevarsi con lui, per celebrare la più inverosimile delle resurrezioni.

Perché l'uomo del destino potesse davvero finire incatenato a uno scoglio, come un Prometeo, divorato dalla sua gloria.

Senza, non sarebbe stato abbastanza.

Aveva ben ragione, l'imperatore di non curarsi per nulla delle palle che gli fischiavano attorno. Di proclamare che la pallottola che l'avrebbe ucciso non era ancora stata forgiata. Non era un'epopea quella che l'avrebbe visto cadere per caso, vittima di un oscuro fantaccino, di un proiettile vagante.

Altro era l'appuntamento che aspettava.

Gli ultimi a morire per l'Epopea furono i vecchi soldati.

Era il 14 dicembre. Un freddo violento aveva vinto la capitale. Il battello con le spoglie imperiali, dopo avere risalito il corso della Senna, stagnava attraccato a distanza dalla riva, guardato dagli ufficiali cui quell'onore era concesso.

Da tutto il paese arrivarono, i vecchi soldati. Nella spianata, in un'ansa della Senna, appena fuori dalla città, vegliarono le spoglie. Molti di loro arrivarono lì senza avere nulla, nemmeno di che mangiare. Accatastarono i moschetti, accesero i fuochi dei bivacchi, e le luci brillarono di nuovo e per l'ultima volta su di una campagna. Con la stanchezza nelle ossa e le lacrime agli occhi, alcuni di loro presero sonno avvolti del cappotto soltanto, sul suolo ghiacciato della riva. Non si svegliarono più.

Avevano mancato alla loro morte fino ad allora. Finalmente potevano abbandonarvisi con onore. Potevano morire con l'Epopea.

Il campo intero tutto era gravido dei loro spettri.

Per quanto fossero stati partecipi della Gloria, dopo la caduta non ci fu più nulla per loro. Rimase soltanto di andare a letto presto la sera. Ma per quella sola notte, essi tutti furono dissepolti dalle loro vite, come le spoglie dell'imperatore tornarono alla luce, un'ultima volta, per accendere i fuochi alla memoria del loro regno di morti.

Ci vagarono in mezzo, sulle coste del fiume, tra gli sbocchi delle fogne della città immensa. Bruciò in quelle torce nuovamente Mosca, Smolensk, Austerlitz e Borodino, e con loro tutto quel fuoco che gli aveva inoculato l'inguaribile germe della detenzione del passato.

Quelle fiamme alte, quegli orrori erano per loro la malattia, la grandezza perduta.

Se si fosse domandato a uno qualsiasi di loro che cosa fosse stata poi quella Gloria immortale, fatta di pidocchi, di marce e squartamenti... che avrebbero potuto dirne? Eppure anche quello era stata.

La loro ultima capitolazione non fu ai russi, non fu ai Borboni, e nemmeno alla gendarmeria reale. Fu a loro stessi che capitolarono. Al loro esilio. Non ci fu bisogno per loro neppure di un'isola. Se lo scavarono dentro fino alla fine. Non gli bastò più il mondo semplicemente. Capitolarono senza il nemico.

Tutto il fiume divenne una distesa di fuochi. Bruciavano a bordo delle barche. Altre fiamme venivano affidate alla corrente, come ninfe. I ponti ne erano guarniti e le zattere ne rilucevano. A perdita d'occhio i fuochi dei bivacchi erano accesi, tutt'intorno alle rive.

La temperatura scese sotto i 15 gradi. A dispetto. Come in un'ultima recrudescenza di campagna.

Dai suburbi della città straccioni in maniche di camicia, popolani incuriositi, studenti si affacciavano a contemplare le vestigia di quel passato prossimo, ed eppure remoto. L'armée era già venuta a noia a tutti dopo sei mesi. Travolta dalla restaurazione. Dalla normalità! Peggio per Napoleone e i suoi seguaci! Peggio per tutti! Nessuna gloria dura più di due repliche.

La ripetizione l'infrange. Così sfilava sull'acqua un passato che era soltanto vecchio, senza essere ancora assurto a Epoca. Troppo virulento di nostalgie personali, guasto di recriminazioni.

Non era definitivamente il Passato, quello lasciato soltanto agli indagatori della Storia, all'accademia. Era ancora vicenda viva e incanutita, coi reumatismi addosso, con tutta l'artrosi della sua vecchiezza.

Ben più limpide e stagliate sono le memorie una volta cristallizzate, senza bisogno di ossa rotte e di denti cariati. Più leggera e lucente è la Memoria, una memoria astratta, di un corpo difettoso ancora esistente e vecchio, nel pieno del disfacimento.

Memoria soltanto. Assoluta. Divinizzata.

Quella che sarebbe venuta dopo e per sempre. Quella per cui fu preparato il sepolcro in marmo, la cava minerale, la pietra eterna. Per conficcare le ossa dell'uomo nella cristallizzazione della Storia.

Dal giorno dopo, da quel 15 dicembre, esso non diventò altro che pietra, pietra miliare.

E quel passato divenne EPOCA. Astratto e pulito come un'opera d'immaginazione, mondato dal sangue dei morti, dalle budella dei feriti. Diventò soltanto ed eternamente Gloria.

E così rimase. Come dovrebbero essere tutte le epopee. Esaltazione mistica, senza sporcarsi i piedi. Astrazione dell'ideale, astrazione della grandezza. Ripiegamento di sé al vento maggiore della storia... quello che in fondo consente a tutti di essere Napoleone...

Nuttless finì di pitturare il soldatino di piombo. Era un granatiere. Ci aveva perso gli occhi sopra per due giorni.

Ogni cintura aveva fatto del suo proprio colore, ogni bretella del dolmen, la marsina, lo sciaccò, perfino le uose degli stivali.

Il quadro della caduta della guardia a Waterloo era pronto... i cavalli di piombo impennati... quello squartato sotto al maresciallo Ney, con la chioma rosso fuoco. E l'ultimo quadrato della guardia... i veterani con i volti contratti, induriti... il cannone al centro, piantati con il ginocchio a terra e le baionette alzate. Tutt'uno con il loro comandante... il solo in piedi... la bocca contratta nell'urlo e nel disprezzo. Cambronne! L'unico vincitore della battaglia, che smerda in due sillabe tutta l'epopea.

Le facce erano state dipinte con cura, pennellata dopo pennellata. Che si vedesse bene il fumo che le deturpava, e le ferite, i mustacchi e i lineamenti scavati come crepe sul volto, determinati a crepare, pronti a essere spazzati via a cannonate, ridotti a frattaglie fumiganti. La Guardia cede, ma non si arrende.

La rimirò... sì, la scena era perfetta. Di tutto quello che sarebbe diventato trippa da cani restava in quel momento solo la suprema distillazione della Gloria. Nulla aveva tralasciato dell'atto drammatico.

Perché non di un quadro di guerra si trattava, ma di un atto di teatro. Ed al costume che in sé racchiudeva tutta la terrena espressione della Gloria, la divisa, l'aquila imperiale, l'insegna del battaglione... a tutto questo Nuttless aveva reso suprema giustizia. Non una sola delle giberne dei soldati era adombrata di un'imperfezione nell'addobbamento. Non un numero di bande e di mostrine differiva da quello che era stato. A ogni bottone dorato di divisa era stato reso onore.

La gloria distillata stava davanti a lui, sul tavolo, in parata.

Fuori dalla casa si sentivano razzolare le galline, ma non si vedevano neppure, per via della nebbia fitta. Tutta la stanza era piena di truppe in miniatura, con le loro giacche colorate. Ussari dragoni della guardia, lancieri polacchi, volteggiatori, cacciatori, con le divise verdi, ulani tedeschi, ussari della morte, col teschio dipinto sulla bandiera, corazzieri, fanti, artiglieri.

Tutti erano fissati nella posizione plastica di un momento, un solo momento del loro passaggio, del loro eroismo.

L'ussaro con la rosa, il dragone di Crimea...

I reggimenti lo guardavano a loro volta nella fissità delle loro posizioni. Questo di Waterloo era però il lavoro che più l'avvicinava alla perfezione, il lavoro in cui aveva applicato tutta la sua perizia tecnica, le migliorie nell'arte del dipinto, i minuscoli pennelli, su cui perdeva gli occhi, fissando le variazioni impercettibili del colore ad acqua.

L'opera era finalmente pronta per il concorso. Gli americani avrebbero forse pagato fino a duecentomila lire al pezzo. Con i cavalli, anche quattrocentomila. La rimirò. Il piombo di ogni soldato non superava i 7 centimetri. Un lavoro da certosino. Senza dubbio.

La moglie gli passò il lucidatore. Poi Napoleone prese una teca di vetro e gliela infilò sopra. La sistemò tra gli altri reggimenti nella stanza della Guardia. La miniatura, l'impresa della sua vita.

"Cara, cos'hai preparato per cena?" chiese.

"Patate al forno e salsiccia con la senape."

"Bene" disse lui. "Cena prussiana!"

Si sentì riconsolato dal calore del forno a gas acceso. Tutta la cucina, che era piccola, ne era riscaldata, in un tepore che sapeva di rosmarino. Pensò alla ritirata di Russia, a un soldato di Westfalia che implorava di scambiare un lingotto d'argento con una pagnotta e che veniva deriso e si sentì ancora più confortato dal suo appetito. Una felicità latente che stava per essere soddisfatta.

Il fornello a gas metano gli sembrò fare fiamme, come un bivacco. Le patate si erano quasi bruciate. Tornò all'altra stanza per avvisare la moglie.

Era così ingrassato che faceva fatica a passare dalle porte. Pensò "Adesso le farò stringere per non uscire più del tutto. Così mi toglierò il pensiero!".

Tornò in cucina. Apparecchiarono sotto la luce della lampadina. Accesero un abat-jour, e iniziarono la cena.

Bevve un bicchiere di vino rosso, innaffiando le patate calde...

si sentivano solo i rumori delle posate. Non parlarono molto. Si limitarono a commentare la qualità della salsiccia. Nuttless accese la radio.

La quinta sinfonia di Čajkovskij irruppe dall'apparecchio. Iniziò con un corno, tracciò un motivo epico, e poi lo seguì l'intero battaglione dei violini, la cavalleria degli archi.

Un moto di enorme malinconia gli invase d'improvviso l'animo, e tutto gli vacillò intorno.

Sentì d'un tratto l'urto, l'onda d'oceano della storia, che lo abbatteva, lo affondava e poi lo lasciava ai margini, sul bordo di schiuma appena disegnato che impregna la sabbia porosa.

Non ne aveva abbastanza per contenere tutta l'Epopea spumeggiante. Qualcosa di più grande di lui lo avvolse, e lo vinse. Qualcosa che aveva mancato... come se in un momento gli venisse meno tutto quello che non aveva visto.

Si fece silenzioso, e cupo in volto. La moglie lo guardava senza parlare.

Per un attimo pensò inspiegabilmente di andarsene, immediatamente, e senza fare valigie, poi si vide fuori di lì nella nebbia e scacciò quel pensiero.

La sinfonia cresceva in tutta l'estensione dell'orchestra. Gli ottoni fiancheggiavano i volteggiatori, i legni affiancavano la carica, i timpani la sostenevano, e gli archi travolgevano ogni cosa... il Niemen per esteso si riversò nella pianura bianca...

Si vedeva qualcosa di lontano. Lo si intravedeva senza poterlo afferrare. Erano tutti loro. Tutta la loro epopea, ma infine che cos'era? Un'epopea di morti. D'improvviso lo colse il pensiero, semplice e rivelatore. Ce ne andremo tutti. Anche noi. Questo è. Io, la moglie, Caarlo, Nudols, l'americana... ce ne andremo tutti... come se ne sono andati tutti loro. Non rimarrà nessuno.

Nuttless spense la radio, non sopportando oltre il sentimento di mancanza che gli si era aperto nel petto.

Finirono la cena compostamente. Da un involto estrasse un dolce di mele. Lo mangiarono silenziosi.

"Forse vinceremo questo premio" disse.

"Sì, sarà la volta buona per visitare l'Inghilterra."

"È vero, durerà tre giorni l'esposizione. Potremo andarcene in giro a vedere qualcosa."

"Oramai li dipingi davvero bene. Meglio di ogni altro."

"Sì, infatti, mi pare..."

"Diventerai campione del mondo!"

“È probabile, cara.”

Poi sparecchiarono e andarono in sala. Nuttless prese il modellino e lo poggiò su di un tavolo. Accese una lampada in piedi di fianco alla poltrona e si sedette. Cercò dentro di sé il sentimento del lavoro ben fatto, e un poco lo trovò.

Infine però si chiese, anche quell'opera, che cos'era in tutto?

Sfogliò un grande libro illustrato. C'erano centinaia di divise in movimento e di assembramenti, batterie in manovra... in quantità. Tutte ugualmente ben fatte come la sua.

Gli occhi gli si fecero pesanti. Fuori la nebbia copriva anche la notte. Riaccese la radio.

Murat passò con una pelliccia di leopardo sulla spalla, il cappello grande, ornato di piume... cavalcando un destriero maculato... passava incurante, la più agguerrita cavalleria d'Europa... sotto la guida del re di Napoli. L'intrepido traditore...

Ancora non capiva se erano musiche o visioni, che lo avvolgevano nel tepore. Si sentì scuotere da un fremito alle gambe. Infine si rese conto che stava addormentandosi. Cedeva. Capitolava.

Guardò dalla fessura dell'occhio l'orologio a pendolo di formica. Erano soltanto le dieci e trentacinque.

PRIMA DELLA PIOGGIA

L'estate più lunga del secolo è finita. Il cielo si è incendiato ed è diventato rosso... gli acquazzoni hanno squassato la terra... tropicali... amazzonici, ed è piovuta sabbia. Dal nero sipario delle contrade dietro il frumentone si sono alzate le gazze in volo. Una malinconia, un'aria d'autunno serpeggia tra i ragazzi del distributore. Tira aria di ritirata. Ci si è stufati senza nemmeno il privilegio dell'anonimato, si è passata la linea d'ombra e un silenzio è calato. Sul fiume fangoso si è appoggiata una nebbia sottile che non ci dice se si solleverà al mattino. I pappagalli chiassosi e gli ornitorinchi hanno smesso di vociare. Tutto stagna. La gente si è fatta cupa e non esce di casa. Nessuno ha detto di preciso quando lo spettacolo finiva, o quando cambiava capitolo. Nella poca luce plumbea del cielo che sta cadendo sulla città c'è una ventata di catastrofe imminente. Un'ansia plagale, una pustola che gonfia l'aria fredda e gravida di premonizioni che arriva livida a premere le tapparelle dello scantinato. Butta dentro polvere e boccioli e fiori di magnolia avvizziti. È aria di terremoto.

Fuori, nella strada, il prete cammina muovendosi da una parte sola, incrocia l'uomo in tuta da meccanico, coi sandali, la giacca e la cravatta. Nessuno è sano in giro, e camminano per la strada a piede libero brancolando tra i supermercati.

Il traffico si ingorga, non si trovano taxi, e quelli rimasti sono tutti nervosi. La sotterranea non funziona. Alla fermata qualcuno si è buttato sui binari e tutto si è bloccato.

I mendicanti continuano a bere Tavernello in cartone, stringendosi sulla panchina. Nessuno ha detto niente, nessuno è stato avvisato, ma c'è stato un cambiamento nell'aria, in città. Forse perché sta per arrivare la pioggia, una pioggia punica, un lavacro, come fosse tutta la città a doversi fare un bagno. I vapori sgorgano dalle botole, dai condotti caloriferi, dalle reti sotterranee. Sbucano fuori prima che arrivi la pioggia come fosse l'ultimo giorno. Nella via ferrata davanti alla casa i carabinieri hanno smontato i vetri del loro abbaino. Nell'atrio impregnato di cavolfiore la custode ha aperto le porte agli acquirenti, all'agente immobiliare vestito da sindaco che li introduce mentre già a naso in su gesticolano facendo congetture sulla maniera più economica di abbassare il soffitto.

La casa ha l'aria divelta, prima della pioggia.

Il vento ha fatto aprire i vetri sul cortile della scuola. I fogli scritti sono volati via... altri sono restati sospesi, attaccati alle mollette per stendere i panni.

I vuoti della Forst ammucchiati in cucina, e un vestito di ragazza accanto al filo di un telefono rosso.

I tubi si lamentano nella stanza e brontolano nascosti nei muri. Fanno strani rumori mentre l'acqua calda li attraversa come per tenerli in vita.

Da fuori arriva un brontolio più vasto, più cupo, come fosse il cielo a non stare bene. Si lamenta il cielo senza un argomento preciso, mentre le nuvole disegnano tigri e dragoni. Agli incroci bloccati gli antifurto e i clacson strillano anch'essi più isterici.

Non si sentono più voci. Forse non succederà niente. Tutto è sospeso... i vapori si sono diradati... sono tornati ai tubi, alle grate, ai sotterranei, ai condotti. L'umidità si è sciolta... si è attaccata agli smalti... si è fatta ruggine.

D'improvviso una folata di vento ha spalancato le finestre e foglie di gelso sono finite nella vasca vuota.

INDICE

Stampa Grafica Sipiel – Milano, maggio 2004